Disparu dans la nuit

Secrets inavoués

CARLA CASSIDY

Disparu dans la nuit

éditions Harlequin

Titre original : THEIR ONLY CHILD

Traduction française de PASCALE DOMÉJEAN

HARLEQUIN®
est une marque déposée par le Groupe Harlequin

BLACK ROSE®
est une marque déposée par Harlequin S.A.

Photos de couverture
Paysage et neige : © ROYALTY FREE / MASTERFILE
Paysage de nuit : © ROYALTY FREE / FOTOLIA
Gants : © BURAZIN / MASTERFILE

83-85, boulevard Vincent-Auriol 75646 PARIS CEDEX 13.
Service Lectrices — Tél. : 01 45 82 47 47

ISBN 978-2-2808-4121-4 — ISSN 1950-2753

1

22 décembre

Theresa Mathews enfourna une dernière plaque de cookies et jeta un coup d'œil à l'horloge de la cuisine : 15 h 30. Timothy n'allait pas tarder à rentrer de l'école. Dans un quart d'heure tout au plus, il serait là.

Elle se dirigea vers la table où deux douzaines de gâteaux encore tièdes attendaient d'être glacés et décorés.

Elle avait réservé cette tâche pour Tim, même s'il n'aurait jamais avoué à ses camarades qu'il aimait faire de la pâtisserie. De même, il évitait soigneusement de leur dire qu'il aimait lire, ou qu'il avait besoin que sa maman lui fasse un câlin avant de s'endormir.

Theresa secoua la tête, un sourire aux lèvres. Son fils perdait une à une ses habitudes de petit garçon et, s'il lui était difficile de le voir grandir si vite, il lui tardait aussi de découvrir le jeune homme qu'il allait devenir.

Il était tout excité en partant à l'école ce matin : c'était la dernière journée de classe avant les vacances. Bientôt, il recevrait les cadeaux qu'il avait commandés pour Noël — un jeu vidéo, un nouveau vélo et le maillot de son héros, le joueur de football américain Joe Montana.

Il y avait une chose qu'il aurait aimée par-dessus tout : que son père et sa mère se remarient, et que tous les trois forment de nouveau une famille. Mais cela, Theresa ne pouvait le lui offrir. Elle s'efforça de chasser Sullivan de son esprit, pour ne pas laisser cette pensée assombrir la joie des préparatifs de Noël.

Elle était bien déterminée à offrir à Tim une fête aussi belle que les précédentes, malgré l'absence de son père.

Le grincement caractéristique de la porte d'entrée l'interrompit dans ses pensées.

— Il y a quelqu'un ? lança une voix claire et gaie.

Theresa sourit.

— Je suis dans la cuisine, Rose ! cria-t-elle.

Sa voisine apparut bientôt dans l'embrasure de la porte.

— Et où est mon petit prince ?

— Il n'est pas encore rentré de l'école, répondit Theresa en lui faisant signe de s'asseoir. Tu connais Tim : il lui faut plus d'un quart d'heure pour faire un trajet qui ne devrait prendre que cinq minutes !

Rose posa sur la table un paquet superbement emballé et tendit la main vers les cookies.

— Tu pourras mettre ça sous le sapin, avec les autres cadeaux.

— C'est le troisième que tu apportes, observa Theresa en secouant la tête. C'est trop !

Rose mordit avec entrain dans un gâteau.

— Comment peut-on en faire trop pour un garçon comme Tim ? C'est l'enfant le plus adorable que je connaisse, ajouta-t-elle avec un geste de la main, de façon à couper court à ses protestations.

Quand Theresa et son fils avaient emménagé dix

mois plus tôt, leurs voisins, Rose et Vincent Caltino, les avaient immédiatement adoptés. La jeune femme était pour eux la fille qu'ils n'avaient jamais eue, et ils se comportaient avec Tim comme des grands-parents pleins d'amour et d'indulgence.

— J'ai vu ce matin dans le journal que tu avais gagné ton dernier procès, remarqua Rose.

Theresa se sentit rougir.

— Oui. J'ai l'impression que Roger Neiman est derrière les barreaux pour un certain temps.

— Le journaliste écrivait que tu étais l'étoile montante de ce tribunal.

Elle s'esclaffa.

— La semaine prochaine, il dira la même chose de quelqu'un d'autre. Les journalistes encensent toujours le magistrat qui a gagné le dernier procès.

— C'est peut-être vrai, mais tu es quand même la plus belle de tous, insista Rose.

— Tu n'es pas très objective.

Un sourire bienveillant vint éclairer le visage de sa voisine.

— C'est peut-être vrai. Et maintenant, il faut que je me dépêche de rentrer avant que Vincent vienne me chercher. Je le trouve bizarre en ce moment. J'en viendrais presque à me demander s'il ne voit pas quelqu'un d'autre !

Theresa éclata de rire. Jamais elle n'avait vu un homme plus attaché à son épouse que ne l'était Vincent.

— Après trente années de mariage, je ne pense pas que tu aies à t'inquiéter de ce genre de choses. Vous êtes le couple le plus uni que je connaisse.

Rose se leva.

— J'ai de la chance, admit-elle. Bon, il faut que je

parte, maintenant. Je voulais seulement apporter ce cadeau à Tim.

Theresa la raccompagna jusqu'à la porte d'entrée. En traversant le salon, Rose désigna le magnifique sapin installé à côté de la cheminée.

— Quand allez-vous le décorer ?

— Ce soir. Je vais faire du pop-corn et du jus de pomme aux épices. Vincent et toi êtes les bienvenus si vous avez un peu de temps.

— Pourquoi pas ? répondit Rose.

Puis, en agitant la main, elle traversa la petite étendue de gazon qui séparait sa maison de la sienne.

Theresa la regarda s'éloigner et lui adressa un signe de la main lorsque Rose se retourna pour la saluer une dernière fois. Elle avait beaucoup de chance d'avoir des voisins comme les Caltino… Ils étaient d'ailleurs bien plus que des voisins.

Jetant un coup d'œil à la pendule, elle fronça les sourcils. Même si Tim s'arrêtait pour examiner la plus petite fissure du trottoir ou le moindre insecte qu'il trouvait sur son chemin, il aurait dû être là, maintenant.

Retournant dans la cuisine, elle posa des couvercles sur les bols emplis de nappage, puis enfila son manteau.

Elle sortit par la porte de derrière et inspira profondément. Le vent froid apportait avec lui la promesse de la neige. Elle enfonça ses mains dans les poches. L'idée d'avoir à demeurer à l'abri dans une maison douillette pendant que les flocons tombaient mollement au-dehors n'avait rien de déplaisant, bien au contraire. D'autant plus qu'elle avait pris des jours de congé pour rester avec Tim pendant les vacances. Ce serait bien d'avoir du temps à passer avec lui.

Il lui arrivait de se demander s'il ne faisait pas exprès de s'attarder sur le chemin du retour, quand il savait qu'elle ne travaillait pas et qu'elle l'attendait à la maison. Ces jours-là, elle avait pris l'habitude d'aller à sa rencontre. Et lorsqu'elle le retrouvait, il partageait avec elle ses émerveillements, lui montrant les mille et une choses qui avaient attiré son attention et l'avaient retardé.

La dernière fois, il s'agissait d'une feuille dont le contour ressemblait au profil d'Abraham Lincoln. La semaine précédente, c'était une toile d'araignée tendue entre les branches d'un arbre, splendide dans sa perfection et sa légèreté. Timothy l'explorateur… C'était ainsi que Sullivan et elle l'avaient appelé dès qu'il avait su marcher. Theresa n'avait jamais vu un enfant sur lequel le monde extérieur exerçât une telle fascination.

Alors qu'elle avançait le long de la rue bordée d'arbres, elle se félicita une fois de plus d'avoir choisi de s'installer dans cette coquette banlieue, située à moins d'une demi-heure du centre de Kansas City.

Quand leur divorce avait été prononcé, Sullivan avait proposé de lui laisser l'appartement où ils habitaient, mais elle avait préféré changer, prendre un nouveau départ. Elle voulait vivre dans un endroit vierge de tout souvenir — les souvenirs de douleur, comme les souvenirs de tendresse et d'amour.

Tout en avançant vers l'école, elle scrutait la rue des deux côtés, à la recherche de Tim. Quels vêtements portait-il ce matin ? Elle fronça les sourcils, tentant de se le représenter tel qu'il était au moment de son départ à l'école. Un jean, ça, c'était certain. Depuis qu'il avait huit ans, il refusait de porter quoi que ce soit d'autre. Il avait aussi un sweat-shirt bleu marine et son blouson rouge avec l'écusson de l'équipe des Kansas City Chiefs, où avait joué Joe Montana. Il lui serait facile de le repérer dans la grisaille de l'hiver.

Elle arriva à l'école sans l'avoir rencontré. Peut-être avait-il été retenu quelques instants de plus en classe, se dit-elle. Tim était bon élève, mais ses accès de rêverie lui valaient parfois des ennuis. Elle sourit. Qu'un papillon vienne se poser sur la fenêtre, qu'un nuage aux formes évocatrices passe dans le ciel pendant la leçon de mathématiques, et Tim partait aussitôt dans un monde où les animaux parlaient et où il pouvait chevaucher les nuées pour rejoindre les étoiles.

Elle secoua la tête, soudain inquiète. D'habitude, le maître ou la secrétaire ne manquaient jamais de l'appeler lorsqu'ils retenaient Tim après la classe.

Pressant le pas, elle se dirigea vers le secrétariat.

L'école primaire Kennedy était un bâtiment en brique bas flanqué d'un garage à vélos. Lequel était vide, comme le hall dans lequel elle entra. De nouveau, elle sentit un malaise indéfinissable l'envahir. Ses pas résonnaient bruyamment sur le sol carrelé tandis qu'elle avançait dans le couloir.

A l'approche du secrétariat, elle poussa un soupir de soulagement en voyant les lumières allumées. Elle entra, et Mme Jenkins l'accueillit avec un sourire.

— Madame Mathews, que puis-je pour vous ?

— Je suis désolée de vous déranger. Tim n'est toujours pas rentré, et j'ai pensé qu'il était encore à l'école.

Mme Jenkins mit la main devant sa bouche.

— Oh, mon Dieu…

Elle fourragea nerveusement dans les papiers posés sur son bureau en expliquant :

— Il me semble que Tim a été porté absent ce matin.

— Non, c'est impossible !

Theresa sentit sa voix s'érailler, et elle s'efforça de contrôler le tremblement qu'elle sentait monter en elle avant de poursuivre.

— Quand un enfant est absent sans excuse des parents, le secrétariat téléphone toujours.

Mme Jenkins semblait très embarrassée et extrêmement inquiète.

— C'est ma faute. J'étais en train de passer les coups de fil ce matin, quand Sammy Bowens est entré dans le bureau. Il saignait du nez, et comme l'infirmière s'était absentée un instant, j'ai dû prendre soin de lui… Et j'ai oublié de téléphoner aux derniers noms de la liste.

Elle continua à regarder dans ses papiers et trouva celui qu'elle cherchait.

— Voilà, c'est ça. Mon Dieu, je me sens si mal de ne pas vous avoir appelée !

Theresa lui prit le relevé d'absence des mains et regarda les noms qui y figuraient.

— Willie Simmons n'était pas là non plus, à ce que je vois. J'imagine qu'ils sont ensemble, conclut-elle, se raccrochant au moindre espoir, si ténu fût-il.

— Vous avez sûrement raison, acquiesça Mme Jenkins l'air soulagé. Ces deux-là sont inséparables. Ils ont certainement décidé de faire l'école buissonnière ensemble. Je vais téléphoner à Mme Simmons : je ne l'ai pas appelée non plus ce matin, et elle n'est peut-être pas au courant de l'absence de son fils.

— Laissez-moi m'en occuper, je vous en prie.

Mme Jenkins poussa le téléphone vers Theresa, qui composa rapidement le numéro de Willie, tout en priant pour que les enfants soient là, en train de se faire sermonner vertement par Mme Simmons. La sonnerie retentit une fois, deux fois… Elle en laissa passer dix avant de raccrocher.

— Personne.

— Mme Simmons est peut-être en train de chercher les enfants ou de raccompagner Timothy chez vous.

Elle sentait sa mâchoire trembler.

— Oui, oui. Ce doit être ça… Je ferais mieux de rentrer à la maison.

— Tout ira bien, assura Mme Jenkins d'un ton qu'elle voulait rassurant.

Mais Theresa pouvait sentir l'inquiétude dans sa voix.

— Timothy et Willie ne seraient pas les premiers enfants à avoir décidé de faire l'école buissonnière, ajouta la secrétaire.

Elle avait sûrement raison, songea Theresa en sortant précipitamment de l'école pour rentrer chez elle.

Les deux garçons avaient dû décider de se dispenser d'école aujourd'hui. Ce ne serait pas la première fois qu'ils se seraient mis dans une situation délicate. Tous les deux étaient plutôt sages, mais bizarrement, dès qu'ils se retrouvaient ensemble, ils s'entraînaient l'un l'autre dans les pires bêtises.

Je le priverai de sorties pendant un mois, se promit-elle, alors qu'elle martelait le trottoir d'un pas rapide. *Je lui interdirai de jouer à l'ordinateur, et je l'obligerai à faire la vaisselle pendant six semaines…*

Elle se concentrait sur les sanctions qu'elle allait prendre, afin d'éviter de penser à un autre scénario, autrement plus dramatique. Après tout, il n'était absolument pas certain que les deux enfants aient décidé de s'octroyer une journée de vacances supplémentaire et qu'ils soient maintenant en train de se cacher, effrayés par les conséquences de leur bêtise.

— Tim ? appela-t-elle en rentrant dans la maison.

Pas de réponse… Ni d'ailleurs le moindre signe qu'il fût passé par là.

Pas de panique, se raisonna-t-elle. Mais elle sentait les battements de son cœur s'accélérer. Les enfants, tout à la joie de la découverte, perdaient souvent la notion du temps et n'avaient pas la moindre idée de l'angoisse qu'ils causaient ainsi à leurs parents.

Elle se dirigea vers le téléphone et composa de nouveau le numéro de Willie. Elle en pleura presque de soulagement quand quelqu'un décrocha à la troisième sonnerie et qu'elle reconnut la voix du garçon.

— Willie, c'est la maman de Tim. Il est chez toi ?

— Non. Je reviens de chez le médecin. J'ai la rougeole.

— C'est pour ça que tu n'étais pas à l'école aujourd'hui ? demanda-t-elle en tordant compulsivement le fil du téléphone.

— Oui. Quand je me suis réveillé, j'avais plein de boutons, et maman m'a gardé à la maison.

— Alors, tu n'as pas vu Tim aujourd'hui ?

Elle parlait d'une voix étouffée. Le sang battait sourdement à ses oreilles.

— Je lui ai téléphoné hier soir, mais je ne lui ai pas reparlé depuis.

— Hier soir, il t'a parlé de ses projets pour aujourd'hui ? Il a dit qu'il allait voir d'autres amis ?

Il y eut un silence. Un silence qu'elle aurait voulu emplir d'un long hurlement. Mais elle réussit à ravaler son cri et enroula le fil du téléphone encore plus étroitement autour de sa main.

— Je t'en prie, Willie, dis-moi où je peux le trouver !

— Je sais que la chienne de Bobby Michael a eu des petits hier et que Tim avait très envie de les voir.

— Merci. Si tu vois Tim ou si tu as de ses nouvelles, dis-lui de m'appeler immédiatement, d'accord ?

Elle raccrocha, luttant à grand-peine contre la nausée.

Elle attrapa son carnet d'adresses et se mit à appeler tous les camarades de Tim, en commençant par Bobby Michael.

Lorsqu'elle eut téléphoné à tout le monde, sa peur était devenue une entité vivante, qui respirait et grandissait en elle, menaçant de l'étouffer.

— Mais où est-il ? s'écria-t-elle à voix haute.

Elle se rendit dans la cuisine et, se laissant tomber sur une chaise, regarda fixement les cookies qui attendaient d'être glacés et décorés.

Où était son fils ? Où était Tim ?

Elle pensa un instant à appeler Sullivan, mais c'était inutile. Si par miracle Tim avait réussi à se rendre jusqu'à l'appartement de son père, Sully l'aurait immédiatement prévenue. Et jamais il n'aurait prévu de prendre Tim avec lui pour la journée sans l'en avertir au préalable. Il n'était pas comme cela.

Elle décrocha une dernière fois le combiné et composa le numéro de la police. Maintenant qu'elle avait pris pleinement conscience de la gravité de la situation, elle tremblait de tout son corps : Tim n'était pas seulement en retard d'une heure après l'école. Cela faisait plus de neuf heures qu'il avait disparu.

*
* *

La sonnerie retentit à travers l'appartement silencieux. Sullivan Mathews tendit le bras afin d'appuyer sur le bouton du réveil et d'arrêter ce bruit strident. Puis il se retourna pour se rendormir.

Ce n'est que lorsque la sonnerie retentit de nouveau, qu'il comprit qu'elle provenait du téléphone. Il roula sur le dos et, les yeux toujours fermés, attrapa le combiné.

— Sully, c'est toi ?

La voix de Kip Pearson résonna à l'autre bout de la ligne, et il réprima un grognement de contrariété.

— Je viens tout juste de me coucher, grommela-t-il en jetant un coup d'œil à son réveil.

Lequel indiquait 17 heures.

— En fait, je me suis couché il y a une heure exactement, corrigea-t-il.

Il se remit sur le dos, se réveillant peu à peu.

Il n'aurait pas dû passer la matinée au club de fitness. Il avait fini son service à la boîte de nuit à 5 heures du matin, et il aurait mieux fait de rentrer se coucher tout de suite. Au lieu de cela, il avait passé toute la journée à s'entraîner, puis avait avalé un repas substantiel afin de compenser tout cet exercice.

Il se passa la main sur le visage avec lassitude.

— Qu'y a-t-il ?

— Le standard du poste vient de recevoir un appel.

Il fronça les sourcils.

— Et alors ? Je ne fais plus partie de la police. En quoi cela me concerne-t-il ?

Il y eut une longue pause.

— Sully… C'est ton ex-femme.

Il se redressa subitement et appuya le combiné si fort contre son oreille qu'il en eut mal.

— Qu'est-ce qu'il y a ?

— Ton fils a disparu… depuis ce matin.

Il n'entendit plus rien. Raccrochant d'un coup sec, il se précipita hors du lit et attrapa un jean et une chemise. Tim avait disparu ? Ce n'était pas possible !

Alors qu'il s'habillait, une multitude de pensées se bousculaient dans son esprit. *Reste calme*, se dit-il. Il devait y avoir une raison toute simple à cela. Des tas d'enfants perdaient la notion du temps, surtout des enfants comme Tim.

Il attrapa ses papiers et les clés de sa voiture, puis s'arrêta un instant dans le salon, devant une grande corbeille en osier. Blotti à l'intérieur, un tout jeune colley leva vers lui d'émouvants yeux bruns. C'était le cadeau de Noël qu'il destinait à Tim. Theresa serait sûrement furieuse de son initiative, mais leur fils avait besoin d'un animal de compagnie. Et si elle protestait trop vigoureusement, le chien pourrait toujours rester ici. Tim le verrait lors de ses visites.

Il donna quelques croquettes au chiot, lui fit une caresse sur la tête, et quitta l'appartement à la hâte, s'obligeant à garder son calme jusqu'à ce qu'on ait expliqué la situation en détail.

Quand Timothy se réveilla, la première chose qui le surprit fut d'être couché sur un matelas mince et inconfortable. Il était étendu sur le ventre, et une odeur de moisi lui assaillait les narines. Il fronça le nez et s'essuya la bouche, gêné de sentir qu'il avait bavé.

Il faisait très noir. C'était le noir le plus profond qu'il ait jamais vu. Dans sa chambre, même quand sa mère éteignait la lampe de chevet, une lumière diffuse baignait la pièce — la lueur de la lune, du réverbère, le petit point lumineux de sa veilleuse… Même au plus profond de la nuit, il ne faisait jamais aussi noir.

Il roula sur le dos et étouffa une plainte en sentant une vive douleur à la tête. Où était-il ? Que s'était-il passé ?

Les sourcils froncés, il essaya de se souvenir… mais c'était difficile. Il avait l'impression que son cerveau était réduit en bouillie dans son crâne. Il tenta d'ouvrir et de refermer la bouche, avec l'impression qu'on l'avait bourrée de coton. Etait-il malade ? Non, ce n'était pas tout à fait la même sensation.

Il se souvint qu'il avait mangé des céréales au petit déjeuner, qu'il était parti à pied à l'école… La journée promettait d'être magnifique. Le ciel était d'un bleu limpide, comme si on venait de le laver. Il avait remarqué une feuille qui avait la forme d'un cheval au galop. Un oiseau s'était mis à chanter sur une haute branche. Et puis…

Tim ferma les yeux bien fort, essayant de se souvenir. Il *fallait* qu'il se souvienne. Il avait été violemment tiré en arrière… On avait pressé quelque chose avec une odeur douce et écœurante contre son nez et sa bouche… Puis une vague de froid l'avait envahi… Et plus rien…

Jusqu'à maintenant.

Il aurait voulu crier, appeler à l'aide, mais il était trop effrayé. L'endroit sentait mauvais, un peu comme la cave de Rose, là où elle entreposait ses conserves de fruits et de légumes et gardait ses pommes de terre et ses oignons dans des caisses.

C'est un mauvais rêve, se rassura-t-il. *Je vais me réveiller dans ma chambre. Maman sera en train de préparer du bacon, et elle me demandera de me lever et de ranger ma chambre, pour que le Père Noël soit content.*

Il avait déjà eu des cauchemars. La seule chose à faire, c'était d'attendre que la nuit s'achève, et il se réveillerait dans son lit. Quand il raconterait à sa mère ce rêve fou, effrayant, ils en riraient ensemble.

Gardant les yeux obstinément fermés, il attendit que son cauchemar se termine.

2

Theresa faisait les cent pas dans le salon tout en répondant aux questions que lui posait l'inspecteur John Holbrook. Plus il l'interrogeait, plus elle prenait conscience de la fuite inexorable du temps.

Elle avait été heureuse en reconnaissant son visage lorsqu'elle avait ouvert la porte, quelques minutes plus tôt. John avait été le coéquipier de Sully quand ce dernier travaillait dans la police, et il était venu quelques fois chez eux avant leur divorce. C'était un homme d'âge moyen, aux cheveux blonds coupés en brosse.

— Donc, tu n'as plus revu Timothy depuis qu'il est parti à l'école ce matin ?

Il était assis sur le bord du canapé, un calepin posé sur les genoux, un stylo à la main.

— Oui, répondit-elle avec un soupir. Ecoute, John, ça fait au moins dix fois que tu me poses les mêmes questions. Je t'ai déjà dit tout ce que je savais : non, Tim n'était ni en colère, ni contrarié… Et je suis certaine qu'il ne s'agit pas d'une fugue.

Elle lui lança un regard plein de frustration. Comment pouvait-il rester assis là si calmement ? Pourquoi ne faisait-il pas quelque chose, n'importe quoi, pour retrouver son fils ?

— Penses-tu qu'il soit allé chez Sully ? demanda-t-il. Votre divorce l'a peut-être perturbé.

Elle se laissa tomber sur une chaise en face de lui.

— Bien entendu, notre divorce a été difficile pour Tim, mais il avait fini par accepter la situation... Et jamais il ne serait allé voir Sully sans m'en avoir parlé auparavant. C'est à plusieurs kilomètres d'ici ! Et si d'aventure, il l'avait fait, Sully m'aurait immédiatement appelée.

— Un de nos hommes est chargé de le prévenir, l'informa-t-il. Pas de problèmes à l'école ?

— Non, rien de plus que les petites histoires habituelles.

Elle ferma les yeux pour essayer de retenir les larmes qui lui brûlaient les paupières.

— Tu penses qu'il aurait pu monter de lui-même dans la voiture d'un étranger ?

Elle fit non de la tête.

— C'est impossible. Il ne serait pas non plus allé dans la voiture de quelqu'un qu'il connaissait... Ou alors, il aurait fallu que cette personne lui donne notre mot de passe secret.

— C'est une bonne idée, approuva John.

Il se leva et lui adressa un sourire empreint de compassion

— Je peux jeter un coup d'œil dans sa chambre ? Nous sommes obligés de suivre la procédure, tu sais.

Elle acquiesça.

— C'est la première porte à gauche dans le couloir.

Il sortit du salon tandis qu'elle se rendait dans la cuisine. Elle ne voulait plus entendre parler de procédures. Elle ne supportait plus qu'on perde du temps à lui poser des questions inutiles. Elle voulait qu'on retrouve Tim… Tout de suite.

Où était-il ? Mais où était-il donc ?

Elle était morte de peur et au bord de la crise de nerfs. Pourtant, elle tenait bon, craignant, si elle se laissait submerger par la peur, de perdre complètement la tête.

Le réfrigérateur se mit à ronronner, emplissant le silence de la maison. Un bruit familier, ordinaire… Elle entendait John aller et venir, et lorsqu'elle fermait les yeux, elle pouvait presque croire que c'était Tim qui jouait dans sa chambre, que tout était comme d'habitude.

Elle se dirigea vers la fenêtre et regarda au-dehors. Elle avait l'impression que si elle restait assez longtemps à guetter Tim ainsi, elle le verrait apparaître au loin, hâtant le pas car il savait qu'il allait se faire gronder.

Il aurait une excellente excuse pour son retard, une histoire incroyable à lui raconter : celle d'une chenille qu'il aurait capturée, ou d'un oiseau qui lui aurait montré le chemin jusqu'à un ancien nid.

La porte d'entrée s'ouvrit, et elle sentit son cœur bondir dans sa poitrine.

— Tim ? s'écria-t-elle en courant à sa rencontre.

Dans l'embrasure de la porte se tenait Sully, son ex-mari, vêtu d'un jean et d'une chemise bleu marine sous une veste doublée. Sans un mot, il ouvrit les bras.

Elle se précipita vers lui et se blottit étroitement contre son large torse, s'enveloppant de la chaleur de son corps, emplissant ses poumons de son parfum familier et réconfortant.

Les larmes qu'elle avait réussi à contenir jusque-là se mirent à couler librement, alors qu'elle enfouissait son visage dans son cou. Sully était la seule personne au monde capable de ressentir la même terreur, le même hébètement, la même douleur à peine supportable qu'elle, et elle ne voulait voir que lui.

La serrant dans ses bras, il lui caressa doucement les cheveux.

— Tout ira bien, Theresa, je suis sûr que tout ira bien.

Sa voix était pleine d'assurance. Et, d'une certaine manière, elle le crut. L'espace d'un instant, elle se sentit réconfortée.

— Comment as-tu été prévenu ? demanda-t-elle sans s'écarter de lui.

— Kip était de service quand tu as appelé la police. Il m'a téléphoné tout de suite.

Elle se dégagea de son étreinte en entendant John sortir de la chambre de Timothy. Dans le salon, il salua Sullivan d'un signe de tête.

— Que se passe-t-il ? s'enquit ce dernier.

Alors que John le mettait au courant, Theresa s'effondra sur le canapé. Elle ne comprenait plus rien. A une époque, elle avait été éperdument amoureuse de Sully, puis folle de rage contre lui. Et ces derniers temps, elle essayait tout simplement de ne plus y penser.

Elle était heureuse qu'il soit là, même si elle ne comprenait pas pourquoi. Elle savait qu'il allait faire avancer les choses, et que si retrouver Tim était seulement une affaire de volonté, il y parviendrait.

Elle l'avait très peu vu depuis leur divorce, et, tout en écoutant attentivement la discussion, elle le dévisageait avec attention, constatant à quel point il avait changé au cours de ces derniers mois.

Sullivan Mathews était grand — un mètre quatre-vingt-dix. Bâti comme un joueur de football américain, il avait des épaules larges et des hanches étroites. Elle remarqua qu'il avait perdu du poids. Pourtant, la même impression de force se dégageait de lui, et son visage s'était durci.

Quoi qu'il en soit, avec ses yeux gris acier et ses cheveux noirs, il était toujours extrêmement séduisant. Il avait des traits altiers, sévères, mais elle savait que lorsqu'il souriait, tout son visage s'illuminait, dégageant une chaleur et un charisme qui en avaient fait autrefois la cible privilégiée des journalistes et des photographes.

— La police a commencé à fouiller la zone ? demanda-t-il.

John acquiesça.

— Plusieurs hommes inspectent le trajet entre la maison et l'école. Nous appelons aussi tous les hôpitaux du coin.

Sully hocha la tête, apparemment satisfait par cette réponse : toutes les recherches possibles avaient été entreprises.

Il se tourna vers Theresa qui croisait et décroisait compulsivement les doigts.

— Tu as appelé tous les camarades de Tim ?

— Oui, tous. Aucun ne semble l'avoir vu ou avoir entendu parler de lui aujourd'hui.

— Je crois qu'il nous faut envisager la possibilité que Timothy ait été kidnappé, annonça soudain John.

— Kidnappé ?

Elle le considéra d'un air interdit. Cette hypothèse lui semblait totalement incongrue.

— Mais… Pourquoi ? Pourquoi quelqu'un l'aurait-il kidnappé ?

Elle se tourna vers Sully, espérant qu'il allait lui aussi rejeter cette idée.

— S'il s'agit d'un enlèvement, nous devrions avoir rapidement une demande de rançon, déclara-t-il. Mais il est trop tôt pour en arriver à cette conclusion.

John hocha la tête.

Sully se tourna vers elle.

— Pourrais-tu préparer du café ? Il fait froid dehors, et quand les policiers reviendront ici, je suis sûr qu'ils seront contents d'avoir quelque chose de chaud à boire.

— Bien sûr.

Elle se leva, heureuse d'avoir de quoi s'occuper. N'importe quoi.

Dans la cuisine, elle commença à disposer des tasses sur un plateau. Elle ouvrit la porte du placard pour prendre le sucrier et s'immobilisa en voyant les paquets de céréales bien alignés.

L'emballage coloré des Miel Pops était là, devant elle. C'étaient les préférées de Tim. Mais ce matin, il avait voulu des crêpes.

— S'il te plaît, maman, fais-moi des crêpes, l'avait-il suppliée avec un sourire enjôleur. Je te ferai plein de bisous si tu dis oui !

Elle retint ce souvenir dans son esprit, le savoura aussi longtemps qu'elle le put.

Assis à table, il lui avait parlé de Wendy Sorrie, qui s'était cassé le bras et avait fait signer son plâtre par toute la classe. Elle l'avait écouté d'une oreille distraite, passant mentalement en revue tout ce qu'elle avait à préparer avant Noël : il y avait encore des cadeaux à emballer, et elle avait promis de préparer des gâteaux pour la fête organisée par la paroisse.

— Je te ferai plein de bisous, maman, avait-il répété, essayant de la faire fléchir.

Elle avait posé le paquet de céréales et une bouteille de lait devant lui.

— Que dirais-tu de Miel Pops et d'un seul bisou ?

Elle s'était penchée de façon à déposer un gros baiser sur son front et avait rajouté quelques articles sur sa liste de courses.

Sa main tremblait lorsqu'elle attrapa le paquet de céréales et le serra contre elle. Elle pouvait presque sentir la chaleur des doigts de Tim sur l'emballage, alors qu'il se servait un plein bol pas plus tard que ce matin. Ses mains d'enfant, délicates et potelées à la fois... Ses ongles presque toujours sales à force de creuser et d'explorer...

Elle ferma les yeux, se souvenant du parfum de ses cheveux, du frôlement de ses lèvres sur sa joue lorsqu'il l'avait embrassée avant de partir à l'école. L'envie de remonter le temps, d'agripper son garçon et de lui interdire de franchir le seuil de la maison lui faisait physiquement mal.

— Theresa ?

Elle se retourna et vit Sully qui la regardait, l'air hésitant, depuis l'embrasure de la porte. Elle ouvrit la bouche, puis la referma, incapable de parler.

Elle lui montra le paquet de céréales, et les larmes lui brouillèrent la vue.

— Il... il voulait des crêpes ce matin, articula-t-elle péniblement.

Le paquet tomba par terre. Elle ne put retenir ses pleurs plus longtemps, et un sanglot lui déchira la gorge.

— Je n'ai pas voulu... Je lui ai donné des céréales...

En trois enjambées, Sully la rejoignit. Arômes boisés de

savon, de vent d'hiver, parfum de sa peau… Sa présence pleine de chaleur, de solidité la réconforta.

— Theresa, tu ne peux pas craquer maintenant. Tu as toujours été si forte !

Elle se dégagea de son étreinte, irritée par ses paroles.

— Pourquoi n'aurais-je pas le droit de craquer ? Quand tu as connu des moments difficiles toi aussi, c'est ce que tu as fait, non ?

Il recula d'un pas, comme si elle venait de le gifler.

— Je suis désolée, Sully, murmura-t-elle, horrifiée par ses paroles. Je n'aurais pas dû dire ça… Mais j'ai si peur.

— Je sais.

Il mit ses mains dans ses poches.

— John voudrait savoir si tu as des photos récentes de Tim, un portrait qu'il pourrait diffuser. Les miennes sont trop anciennes.

Elle se dirigea vers le buffet. Ouvrant un tiroir, elle en sortit une enveloppe.

— La semaine dernière, j'ai reçu les photos prises à l'école. Tim allait fabriquer un joli cadre et t'offrir celle-là à Noël.

Elle la lui tendit. Puis elle le considéra avec attention.

— Sully, tu penses vraiment qu'il a été enlevé ?

Il haussa les épaules.

— Je n'en sais rien. Je ne sais pas quoi penser. Tim est un enfant sage. S'il pouvait rentrer chez lui, il le ferait.

Elle croisa son regard. Toute sa souffrance se lisait dans ses yeux gris.

— En même temps, ce n'est qu'une possibilité,

continua-t-il. Mais au point où nous en sommes, il ne faut écarter aucune hypothèse.

Elle avait l'impression que des mains de glace lui serraient le cœur.

— J'ai si peur, murmura-t-elle.

Il marqua un temps d'hésitation, puis déclara comme pour s'en convaincre lui-même.

— Tout ira bien.

Ils échangèrent un long regard, et Theresa se surprit à se demander comment ils en étaient arrivés là, pourquoi ils étaient devenus tellement étrangers l'un à l'autre au cours de ces deux dernières années.

La sonnerie du téléphone retentit, et ils s'immobilisèrent tous les deux.

Sully se ressaisit presque aussitôt et poussa Theresa dans le salon, où John était sur le point de décrocher.

— Non !

Le mot était sorti spontanément de sa bouche.

— Laisse Theresa répondre, ajouta-t-il.

— Nous n'avons pas encore mis le téléphone sur écoute. Nous ne pourrons pas localiser l'appel.

— C'est quand même à elle de répondre, répliqua Sully en lui faisant signe d'avancer.

Elle avait la bouche sèche et l'impression qu'une boule obstruait sa gorge. *Mon Dieu, faites que ce soit Tim !* pria-t-elle. Elle espérait de toutes ses forces qu'elle allait entendre la voix son fils, qu'il lui expliquerait qu'il s'était perdu. Que rien de grave ne lui était arrivé. Qu'il avait seulement eu un peu peur…

Sully désigna le téléphone du doigt. Elle essuya ses mains moites sur son pantalon, prit une profonde inspiration, et décrocha d'un coup sec.

— Allô ?

— Madame Mathews ? Ici Mme Jenkins.

Elle poussa un soupir et ferma les yeux de désespoir.

— C'est la secrétaire de l'école, murmura-t-elle à l'adresse de Sully. Oui, madame Jenkins ?... Non, non... Nous n'avons aucune nouvelle pour le moment. La police est ici.

Elle répondit aux questions de la secrétaire, puis la remercia d'avoir appelé et raccrocha.

— Et maintenant, que faut-il faire ? demanda-t-elle d'une voix monocorde.

— Attendre, répondit Sully. Nous n'avons pas le choix.

Sully n'avait jamais été très patient, et l'attente — attente de nouveaux rebondissements, d'informations — était un aspect du travail de policier qu'il avait toujours détesté. Maintenant qu'il s'agissait de son propre enfant, cette attente était la pire torture qu'il ait jamais eu à endurer.

Theresa arpentait la cuisine d'un pas nerveux, et John coordonnait les recherches. Les laissant seuls, il se dirigea vers la chambre de Tim.

Il n'était jamais venu chez Theresa auparavant, respectant son intimité et son désir d'avoir une nouvelle maison, loin de lui. Tous les quinze jours, il se garait devant l'allée du garage et attendait que Tim sorte en courant pour venir passer le week-end avec lui. Mais à présent, il voulait — non, il avait besoin de — voir l'endroit où son fils vivait et rêvait, l'endroit où il s'endormait chaque soir.

La chambre de Tim… Il y flottait comme un parfum d'enfance, des arômes de cookies dissimulés dans les tiroirs, de copeaux de cèdre et de rêves de petit garçon. Le lit était recouvert d'un dessus-de-lit beige et bleu approximativement tiré, qui pendait d'un côté. Apparemment, Tim avait fait son lit lui-même ce matin.

La chambre était décorée avec des posters de l'équipe des Kansas City Chiefs, et un pan de mur entier était dédié à Joe Montana, le héros de Tim.

Sur la table de nuit se trouvait une cage à hamster avec, devant, une petite pancarte sur laquelle était écrit « Mon ami Petey » en lettres rouges maladroitement tracées. Le petit animal dormait sur un tas de copeaux, sans savoir que son ami Tim passait peut-être des moments difficiles.

Sully s'assit au bord du lit et se baissa pour ramasser un lapin blanc en peluche qui en dépassait. Il lui manquait un œil, et une de ses oreilles était à moitié arrachée.

Theresa et lui l'avaient offert à Tim pour Pâques, lorsqu'il avait deux ans. Il en avait aussitôt fait son doudou, refusant obstinément de s'en séparer et de s'endormir s'il n'était pas à ses côtés.

Une veilleuse brillait dans un coin de la chambre, fragile lueur qui, pour tous les enfants, avait l'inestimable pouvoir de tenir les monstres à distance.

Tim était un enfant plein de contradictions, à la fois fasciné par le monde rude et violent du football américain et fidèle à sa veilleuse. Sur sa commode, il y avait une collection de petits trésors : des feuilles, des noisettes, des pommes de pin — tout ce que le regard d'un enfant pare d'une très grande valeur. Les trophées d'un explorateur qui avait besoin de son doudou pour s'endormir.

Sully serra le lapin contre lui pendant quelques minutes, comme s'il allait lui révéler les pensées de Tim, les secrets susceptibles de les aider à le retrouver. Puis il le replaça sur le lit avec l'impression gênante d'avoir violé l'intimité de son fils.

La pénombre gagnait la pièce. La nuit allait bientôt tomber — la nuit et sa noirceur, ses mystères, ses ombres… Il fallait qu'il passe à l'action. Il ne pouvait plus rester ainsi à attendre.

Il quitta la chambre de Tim, enfila son manteau et se dirigea vers la porte d'entrée. Il s'arrêta en entendant Theresa l'appeler.

— Où vas-tu ?

— Je ne supporte plus de ne rien faire. Je sors, voir si je trouve quelque chose.

— Attends, je t'accompagne.

Sans attendre, elle ouvrit la porte du placard de l'entrée. Il sentit son cœur se serrer en remarquant à quel point ses traits étaient tirés.

— Non. Il faut que tu restes ici.

— Mais moi aussi, j'ai besoin de faire quelque chose ! protesta-t-elle.

Il posa les mains sur ses épaules. Une fois de plus, il fut surpris de constater à quel point elle était frêle, elle dont la force morale était si grande.

— Theresa, il faut que tu restes là, au cas où quelqu'un appellerait. Ta place est ici.

— Tu as raison…

Elle sortit malgré tout une écharpe du placard et, se hissant sur la pointe des pieds, la lui passa autour du cou.

— Il ne faut pas que tu aies froid.

Il hocha la tête, touché par sa sollicitude, puis il sortit dans la nuit. Une nuit si froide, si sombre…

Et Tim n'était toujours pas là !

Au lieu de prendre sa voiture, il choisit de refaire à pied le chemin qu'avait emprunté son fils pour se rendre à l'école ce matin. Il avançait lentement, méthodiquement, fouillant du regard non seulement le trottoir, mais aussi les alentours.

Lorsqu'il était tout jeune policier, il avait travaillé sur un cas de disparition d'enfant — une petite fille de cinq ans. Ils avaient fini par la retrouver, indemne mais terrifiée, le pied coincé dans des branches et des racines qui obstruaient une bouche d'égout.

Il espérait que le même genre d'accident était arrivé à Tim. Qu'il était tombé dans un trou ou avait glissé dans un fossé. Qu'il était coincé quelque part et qu'on le retrouverait en bonne santé. Malheureusement, il avait un mauvais pressentiment. Et son instinct de policier ne l'avait jamais trompé — ou presque.

Il avançait dans la nuit, tout à sa douleur. Le spectacle des guirlandes de Noël qui brillaient sur les maisons en un joyeux kaléidoscope de couleurs lui semblait presque obscène. Un Père Noël en plastique lui faisait signe depuis le perron d'une maison. Plus loin, un renne dansait sur un toit, la lueur de son nez rouge crevant l'obscurité de la nuit.

Où se trouvait Tim ? Bon sang, il aurait dû être à la maison, en train de se préparer à aller se coucher pour rêver au Père Noël et à ses cadeaux !

Sully arriva à l'école, maintenant déserte. Il serra l'écharpe autour de son cou. Le froid s'infiltrait en lui, jusqu'au cœur.

Où donc était Tim ?

Il jeta un coup d'œil à sa montre et constata avec étonnement qu'il lui avait fallu une heure pour parcourir la courte distance qui séparait la maison de Theresa de l'école. Il rebroussa chemin, marchant lentement, s'arrêtant devant le moindre fossé, le moindre abri qui se trouvait sur le trajet.

Un bruit de pas le fit relever la tête. Kip Pearson venait à sa rencontre.

— Theresa m'a dit que tu étais sorti, annonça-t-il en le rejoignant. Je t'ai cherché pour voir si je pouvais t'aider.

— Merci, Kip. Mais j'avoue qu'au point où nous en sommes, je ne vois pas du tout ce que tu peux faire.

Pourtant, Sully était touché par son geste. D'autant que Kip venait sans doute tout juste de terminer son service et que sa famille l'attendait à la maison.

— Rien de nouveau ?

Il secoua la tête.

— Non. C'est comme si Tim s'était évanoui dans la nature.

— Qui mène l'enquête ?

— John Holbrook.

— C'est un bon inspecteur, observa Kip, avant de lui lancer un regard de côté. Tu ne peux pas lui en vouloir pour ce qu'il s'est passé cette nuit-là.

Sully savait exactement de quelle nuit il voulait parler. La nuit où sa vie s'était écroulée. La nuit où il avait cessé d'être un policier, un mari, pour sombrer peu à peu dans la dépression.

— Je n'ai pas encore réussi à reprendre complètement le dessus, mais je ne lui en veux pas. D'ailleurs, je ne sais pas à qui je pourrais en vouloir.

— Il m'a semblé que tu allais mieux, ces derniers temps.

Il hocha la tête.

— C'est vrai, je commence à remonter la pente.

— Tu as envie de réintégrer la police ? Tout le monde aimerait que tu reviennes. Tu étais doué, Sully, très doué.

Il ne répondit pas. Il ne se passait pas un jour sans qu'il ne songe à reprendre du service. Seulement, c'était inenvisageable — ou plutôt, il se refusait à l'envisager — tant que ses supérieurs rejetteraient l'idée qu'il avait été attiré dans un guet-apens par un de ses collègues.

Au plus profond de lui-même, il craignait qu'il n'y ait une autre raison à son refus de réintégrer les rangs de la police, une raison qu'il n'avait jamais avouée à quiconque. Une raison qui lui donnait des cauchemars chaque nuit que le ciel faisait.

La peur.

Chassant ces pensées de son esprit, il secoua la tête. Il avait des soucis bien plus importants en ce moment.

— Tim n'est jamais arrivé à l'école ce matin, déclara-t-il. Il est parti comme d'habitude et a disparu.

Ils arrivaient en vue de la maison de Theresa, et Sully ralentit le pas, le cœur serré de ne pas avoir de bonnes nouvelles à lui donner.

— D'après John, il est possible que Tim ait été enlevé, lâcha-t-il.

— Je suppose que personne ne peut écarter cette hypothèse, surtout au moment où Theresa vient de gagner un procès si médiatisé.

Ils s'arrêtèrent sous le porche de la maison.

— Et toi, qu'est-ce que tu en penses ? demanda Kip en l'observant.

Sully enfonça ses mains dans les poches. L'enlèvement était une possibilité, bien sûr, mais il ne voulait pas s'y attarder. La pensée que quelqu'un retenait peut-être intentionnellement son fils loin de sa maison et de ses parents, lui donnait des frissons dans le dos.

— Je pense que je n'ai jamais eu aussi froid de ma vie. Viens prendre une tasse de café.

3

La nuit tombait lentement. Des nuages noirs et menaçants s'amoncelaient dans le ciel pour chasser les dernières lueurs du jour.

Theresa sentit son angoisse redoubler : Tim avait toujours eu peur du noir. Depuis qu'il était bébé, il avait une veilleuse allumée en permanence dans sa chambre. Et maintenant, la nuit s'installait doucement. Une nuit glaciale — des chutes de neige étaient même annoncées. A l'idée que son fils puisse être transi de froid dans ces ténèbres impénétrables, elle devenait folle de terreur. Il ne fallait pas qu'elle y pense.

Le regard fixé sur la fenêtre de la cuisine, elle avait vaguement conscience que l'on s'affairait autour d'elle. Elle avait préparé du café, et les policiers entraient et sortaient de la cuisine, tentant de se réchauffer en buvant une tasse fumante avant de ressortir dans la nuit poursuivre des recherches apparemment vaines.

Plusieurs heures s'étaient écoulées depuis qu'elle avait appelé la police, des heures pendant lesquelles des hommes avaient arpenté les trottoirs, vérifié les fossés, inspecté le moindre endroit où un petit garçon aurait pu se cacher ou tomber. Rien. C'était comme si le sol s'était entrouvert pour engloutir Tim et la moindre trace de son passage.

Theresa n'avait jamais eu aussi peur. Certes, elle avait énormément souffert quand Sully avait pris la décision de la quitter, un an auparavant, et appréhendé la perspective de se retrouver seule et d'avoir à recommencer une nouvelle vie. Mais ce n'était rien comparé à la terreur qu'elle éprouvait actuellement.

Un éclat de rire interrompit net ses pensées. Elle jeta un coup d'œil vers la table où trois policiers taquinaient un de leurs collègues. Leurs rires, francs et joyeux, retentirent de nouveau.

Même si elle savait que ce n'était pas rationnel, elle eut envie de hurler. Ils n'avaient pas le droit de s'amuser ici, pas tant que Tim ne serait pas revenu. Elle parvint cependant à se contrôler : s'aliéner les bonnes grâces de ceux-là même qui devaient l'aider était bien la dernière chose à faire.

— Theresa ?

Elle se retourna en entendant la voix grave de John. Il lui tendait une tasse de café.

— Ça te fera du bien. La nuit sera longue.

Il parlait d'une voix douce, pleine de compassion.

Elle réussit à sourire et prit la tasse.

— Merci.

John l'invitant à s'asseoir, elle prit place à la table que les policiers venaient de quitter.

— Il faut que nous parlions, commença-t-il en s'installant en face d'elle.

— De Tim ?

Il secoua la tête.

— Non. De Sully.

— De Sully ? répéta-t-elle, les sourcils froncés. Tu

ne penses tout de même pas qu'il ait quoi que ce soit à voir avec la disparition de Tim ?

— Non, bien sûr que non !

Il se leva et alla se verser une tasse de café avant de se rasseoir.

— Je connais bien Sullivan, et je sais qu'il est incapable de faire le moindre mal à son fils.

— Alors, de quoi veux-tu parler ? demanda-t-elle.

Elle serra sa tasse entre ses mains, cherchant à chasser le froid qui l'avait envahie.

— J'ai entendu dire qu'il était videur dans une boîte de nuit.

— Oui. Il travaille à Sam's Pit, un bar situé dans Procter Street.

— C'est un quartier mal famé, observa John.

Elle hocha la tête.

— Il paraît.

Non seulement Procter Street était réputée pour être une rue dangereuse, mais le bar lui-même servait de repaire à toutes sortes de petits truands. Les bagarres y étaient fréquentes, et la police devait y faire des descentes régulières.

— Sully te parle-t-il parfois de son travail ? Tu sais s'il a eu des problèmes avec quelqu'un en particulier dans ce bar ?

Elle étouffa un rire amer.

— Ça fait bien longtemps que Sully ne me dit plus rien. Depuis notre divorce, nous ne nous parlons plus, sauf lorsqu'il s'agit de Tim.

— Oh, fit John en plissant le front. J'ai l'impression qu'il agit ainsi avec la plupart des gens, depuis la nuit de son agression.

Oui, la nuit où quelqu'un avait tiré sur Sully, tout

avait basculé, songea-t-elle avec tristesse. Tout avait changé, ses relations avec ses collègues et amis comme sa relation avec elle. C'était cette nuit qui les avait peu à peu conduits au divorce.

Elle lut de la douleur dans les yeux de John et devina ses sentiments, lui qui avait été le coéquipier de Sully. Elle posa sa main sur la sienne.

— Tu n'es pas responsable de ce qui est arrivé, John. Je ne t'en veux pas, et je sais que Sully ne t'en veut pas non plus. Tu étais malade, et n'y pouvais rien. C'était un mauvais tour du destin…

— Mais si j'avais été là pour le couvrir, les choses ne se seraient pas passées comme ça, répliqua-t-il d'une voix sourde. J'aurais dû le protéger, et je l'ai laissé tomber.

Elle eut un soupir désabusé.

— Personne n'a laissé tomber Sully… si ce n'est lui-même.

Elle essaya de chasser tous ces souvenirs pénibles de son esprit, refusant de dépenser son énergie à ce qui ne pouvait plus être changé.

— Si tu veux en savoir plus sur son travail, tu devrais lui en parler directement. Il ne m'a rien dit.

John hocha la tête et but une gorgée de café, comme s'il avait besoin d'un moment pour réussir à se sortir de l'emprise du passé.

— Et toi ? Tu t'es fait des ennemis récemment ?

— Je suis substitut du procureur. Je me fais constamment des ennemis.

— Tu devrais peut-être essayer d'établir une liste de noms.

Il arracha une page de son bloc-notes et la lui tendit, avec un stylo.

Elle fixa la feuille blanche du regard, puis releva les yeux sur lui.

— Tu penses vraiment que Tim a été kidnappé ?

— Ça doit maintenant être considéré comme une forte probabilité.

— Mais pourquoi n'avons-nous rien reçu : aucun coup de fil, aucune lettre ? Et pourquoi enlever Tim ? Nous ne sommes pas riches, protesta-t-elle, toujours persuadée que cette idée était totalement saugrenue.

Il parcourut la pièce du regard.

— Tu as manifestement une certaine aisance financière. Et ta photo apparaît régulièrement dans le journal. Pour certaines personnes, célébrité et richesse ne font qu'un. De plus, il ne s'agit peut-être pas d'argent, mais de vengeance.

Elle sentit sa gorge se nouer. L'idée que quelqu'un puisse retenir Tim loin d'elle et de Sully dans le seul but de les blesser l'horrifiait.

— J'ai pris part à plus d'une centaine de procès depuis le début de ma carrière. Je… je ne sais même pas par où commencer !

— Concentre-toi sur les affaires qui ont été jugées au cours des six derniers mois. Essaie de voir quelles sont les personnes qui pourraient t'en vouloir, et réfléchis à celles qui t'ont menacée.

Il termina sa tasse de café d'un trait, puis se mit debout.

— Il faut que je retourne voir mes hommes. Je regarderai la liste avec toi tout à l'heure.

Quand il eut quitté la cuisine, elle fixa la feuille blanche encore un moment. Il lui était pénible d'avoir à se remémorer toutes les insultes proférées par les criminels qu'elle avait contribué à mettre derrière les barreaux.

Elle se leva et sortit de la cuisine à son tour. Pour faire ce travail correctement, il fallait qu'elle aille dans son bureau, là où elle gardait tous les dossiers concernant les procès auxquels elle avait participé. Elle avait pris l'habitude de travailler chez elle, tard le soir, pour rattraper le temps qu'elle accordait à Tim en fin de journée.

Heureuse d'avoir enfin quelque chose de constructif à faire, elle s'assit à son ordinateur et consulta une liste de fichiers.

Chaque jour, elle côtoyait des malfaiteurs, et au cours de sa carrière, elle avait affronté nombre de dangereux criminels. La pensée que l'un d'entre eux puisse retenir son enfant lui tordait les entrailles.

Il était fréquent que, au moment où la sentence tombait, les condamnés insultent le procureur ou ses substituts. Theresa, reconnue pour sa compétence et sa sévérité, n'échappait pas à la règle. Les huissiers avaient l'habitude de dire qu'ils ne manqueraient jamais de travail tant que Theresa Mathews officierait dans ce tribunal.

Elle commença à rechercher dans ses dossiers les affaires qui avaient été jugées au cours des six derniers mois, et décida de procéder chronologiquement, des plus anciennes aux plus récentes. Il fallait qu'elle vérifie tous les cas, ceux qu'elle avait gagnés comme ceux qu'elle avait perdus, essayant de se rappeler un nom, un visage, toute personne qui lui aurait semblé particulièrement hostile à son égard.

Son regard se dirigeait souvent vers la fenêtre. La nuit était devenue si profonde qu'elle en avait mal.

Elle avait déjà passé trois mois de travail en revue et

avait inscrit dix noms sur sa liste, quand elle décida de faire une petite pause.

Elle s'étira. Les larmes qu'elle sentait prêtes à couler lui piquaient les yeux, et elle se demanda si le froid qui l'avait gagnée la quitterait un jour. Il semblait avoir envahi jusqu'à son âme.

Poussant quelques papiers sur le côté, elle crut que son cœur allait s'arrêter lorsqu'elle aperçut un dessin aux couleurs éclatantes. Il représentait une cheminée dans laquelle brûlait un joyeux feu de bois. Trois bottes de Noël étaient accrochées sur l'encadrement : sur l'une d'entre elles était écrit « Tim », et sur les autres, « maman » et « papa ». Une assiette de cookies dessinés avec minutie et un verre de lait étaient posés devant l'âtre. En haut du dessin, Tim avait ajouté de son écriture enfantine : « N'oublie pas de préparer des gâteaux pour le Père Noël. Je t'aime, maman. »

Elle fut prise d'un tremblement incontrôlable et serra la feuille contre son cœur. Tim avait dû faire ce dessin la veille puis le glisser dans ses papiers ce matin, avant de partir à l'école. Il aimait lui laisser ainsi de petites surprises au milieu de ses papiers, pour qu'elle les découvre un peu plus tard.

Elle sentit ses yeux picoter, et des larmes brûlantes coulèrent sur ses joues. Elle tenta de les retenir, sachant qu'elle devait rester forte, maîtresse d'elle-même.

Et puis pleurer aurait signifié que quelque chose de grave s'était passé, et elle ne voulait pas penser à cela. Non, elle ne le voulait pas.

Soigneusement, elle défroissa le dessin, le caressant de la main pour en lisser le moindre pli. Ensuite, toujours avec autant d'application, elle le plia en deux, puis encore en deux, jusqu'à ce qu'il soit assez petit pour entrer dans la poche de son chemisier, sur son cœur.

Elle essuya ses larmes et essaya de se concentrer de nouveau sur l'écran de son ordinateur, en priant pour que Tim soit retrouvé sain et sauf avant qu'elle ait fini d'établir sa liste.

Lorsqu'ils arrivèrent chez Theresa, Sully et Kip retrouvèrent John dans l'entrée. Celui-ci secoua la tête d'un air las en réponse à leur question muette.

— Où est Theresa ? demanda Sully.

— Dans son bureau. Elle est en train d'établir la liste des gens qui pourraient lui vouloir du mal. Tu devrais faire la même chose.

Il ne put qu'acquiescer. Recenser toutes les personnes dont ils pourraient s'être attiré l'inimitié était la suite logique dans l'enquête. Après, selon la procédure, Theresa et lui devraient se soumettre à un détecteur de mensonge.

Il en arrivait presque à espérer qu'il y aurait une demande de rançon. Au moins, cela signifierait que la disparition de Tim n'était pas un de ces rapts faits sur une impulsion. Les cas de ce genre étaient rarement résolus. Et plus rares encore étaient les victimes rendues vivantes à leurs parents.

Il ne put retenir un haut-le-cœur à cette idée. Malgré le divorce, malgré les démons qu'il avait à combattre — démons qui avaient causé l'échec de son mariage —, Tim et lui entretenaient une relation privilégiée.

Imaginer que son fils avait peur, froid, qu'il était blessé… Tout cela le remplissait d'une douleur et d'une rage trop vives pour qu'il puisse se permettre de s'y attarder.

Il s'engagea dans le couloir afin d'aller retrouver Theresa. Il lui rentra dedans au moment où elle sortait en trombe de son bureau.

— Sully !

Elle lui agrippa fermement le bras. Il y avait dans ses yeux une détermination féroce.

— Il faut que nous allions de suite à la prison, annonça-t-elle.

— Quoi ?

Il la regarda avec des yeux ronds. Il avait toujours pensé qu'elle était la plus belle femme qu'il ait jamais vue. Même en ce moment, avec ses yeux bleus brillants d'excitation et ses cheveux noirs en bataille, elle était superbe.

Il eut un pincement au cœur. S'ils étaient restés ensemble, s'il n'avait pas sombré dans la dépression et décidé qu'il n'était qu'un fardeau pour sa femme et son fils, Tim aurait-il disparu ?

La réponse n'était pas facile, et de toute façon, n'avait pas d'importance. Un raté avait-il le droit de faire supporter sa vie minable à sa famille ? Ce qui importait maintenant, c'était Tim.

— Pourquoi la prison ? la pressa-t-il en la prenant par les épaules. Qu'y a-t-il à la prison ?

— Roger Neiman. Mon Dieu, je ne comprends pas pourquoi je n'ai pas pensé à lui plus tôt !

— Qui est ce type ?

— Un jeune homme qui a été condamné pour trafic de drogue, il y a deux jours. Il m'a adressé toutes sortes de menaces lorsqu'il est sorti de la salle d'audience.

— Theresa…

Il resserra son étreinte alors qu'elle tentait de se dégager. Elle avait l'air éperdu, et il ne l'avait jamais vue dans un tel état. Des deux, elle avait toujours été la plus forte, gardant le contrôle d'elle-même en toute situation.

— Réfléchis un peu. Si ce Roger est en prison, il ne peut pas avoir enlevé Tim.

— Bien sûr, mais il sait peut-être quelque chose ! Ou alors, c'est son frère qui a agi pour son compte. Sully, tu ne comprends pas ? Il faut absolument que nous vérifiions cette piste.

Il nota combien elle avait du mal à se maîtriser. Un nerf sautait près de sa paupière, et sa lèvre inférieure tremblait. Jamais elle ne lui avait paru aussi vulnérable.

— D'accord, capitula-t-il. Allons en parler à John.

Quelques minutes plus tard, tous les trois se rendaient à la prison dans une voiture banalisée. John avait tenté de persuader Theresa de ne pas bouger de la maison avec Sully pendant qu'il irait interroger Roger Neiman, mais elle était restée inflexible. Elle voulait être présente lors de la confrontation, et il avait fini par accepter.

Lorsqu'ils partirent, la ligne téléphonique était sur écoute, et Kip devait localiser tous les appels qui parviendraient en leur absence. Sully devinait que John avait fait jouer ses relations, pour que l'intervention ait lieu si rapidement. D'habitude, quand il n'y avait aucune demande de rançon et que l'on n'avait pas de fortes présomptions d'enlèvement, il fallait attendre dix ou douze heures de disparition avant d'installer le dispositif.

Le trajet se passa en silence. Theresa regardait fixement par la fenêtre comme si, par l'effet de sa seule volonté, elle allait réussir à faire surgir Tim de l'obscurité.

Sully aurait voulu lui prendre la main, lui dire que

tout finirait par s'arranger, mais il se doutait que ses promesses ne la réconforteraient pas. Et de toute façon, il avait perdu le droit de lui tenir la main le jour où il avait décidé de la quitter.

Il s'enfonça dans son siège, sentant l'épuisement le gagner, mais bien trop tendu pour songer à s'assoupir. Il réfléchit à ce que John lui avait demandé un peu plus tôt : connaissait-il quelqu'un qui lui voulait du mal ?

En se frottant le torse, il sentit sa cicatrice à travers le tissu de sa chemise. Un souvenir tangible de la nuit où il avait frôlé la mort, dix-huit mois auparavant. Depuis, pas un jour ne s'écoulait sans qu'il se demande qui avait voulu le tuer.

Il ferma les yeux, essayant de se remémorer les faits. C'était une nuit un peu semblable à celle-ci : la lune et les étoiles étaient cachées par d'épais nuages, et il faisait très sombre. En revanche, l'air était étrangement lourd et humide pour un mois de juin, et l'atmosphère, suffocante.

Un de ses indics avait pris contact avec lui et lui avait fait savoir qu'il avait des informations intéressantes à lui fournir. John, cloué au lit par la grippe, était indisponible. Pourtant, Sully, bien que sachant combien il était imprudent de se rendre seul à un tel rendez-vous, avait tenu à le rencontrer.

L'indic, Louis Albright, un voyou, lui avait parfois donné des tuyaux intéressants. Sully qui enquêtait sur un réseau de cambrioleurs, espérait que ses renseignements lui permettraient d'avancer dans son affaire.

Le rendez-vous avait été fixé à l'endroit habituel : une ruelle étroite dans un quartier mal famé de la ville. Il se souvenait très bien de la puanteur qui lui avait assailli les narines lorsqu'il était sorti de sa voiture — des relents d'ordures en décomposition dans la touffeur de cette nuit d'été. Puis, dès qu'il s'était mis à marcher en direction de la ruelle, un mauvais pressentiment l'avait assailli.

Louis était déjà là. Il allait et venait de sa démarche caractéristique, nerveuse et saccadée.

Quand Sully était allé à sa rencontre, il avait eu une brusque sensation d'étouffement, comme si les vieux bâtiments en brique qui bordaient la rue s'étaient refermés sur lui. La puanteur était à peine soutenable et, pendant un court instant, il avait eu envie de tourner les talons et de s'enfuir en courant. Une prémonition étrange le taraudait, le sentiment qu'une catastrophe était imminente.

Il avait fait taire ses craintes et avait continué à marcher vers Louis.

— Tu as quelque chose pour moi ?

— Et toi, t'as quelque chose pour moi ? avait répondu l'indic en se grattant la joue.

Il regardait nerveusement autour de lui, comme s'il avait peur que quelqu'un ne le surprenne ici avec lui.

— Tu sais comment ça marche, Louis, avait répliqué Sully avec l'impression tenace que quelque chose ne tournait pas rond. Tu me donnes tes tuyaux, et je décide combien ils valent.

— Cette fois, j'veux le fric d'abord. Et beaucoup… Ce que j'ai vaut de l'or.

Il n'entendrait jamais ce que Louis avait à lui apprendre. Pendant la seconde qui avait suivi cette déclaration, il avait entendu un léger déclic…

Et était resté pétrifié.

La première balle avait atteint Louis à la tête, l'envoyant valser sur des poubelles. Et tandis qu'il s'affaissait sur le macadam, sans vie, le deuxième coup avait touché

Sully à l'épaule. Il avait tourné sur lui-même et reçu la troisième balle dans le thorax.

Sa dernière pensée avant de sombrer dans le coma avait été la suivante : s'il n'était pas resté paralysé quand il avait entendu le déclic si caractéristique du pistolet, il aurait peut-être pu sauver Louis. Voire se sauver lui-même.

— Sully…

Il sursauta en entendant son nom, et le frôlement de la main de Theresa sur son bras le fit sortir de son cauchemar. Il ouvrit les yeux. Ils étaient arrivés à la prison.

Il se passa la main sur le visage et chassa de son esprit ces pensées douloureuses. Tous ses efforts devaient maintenant être consacrés à retrouver Tim, pas à ressasser le passé.

Theresa suivit Sully et John dans la prison, où le shérif les attendait. Elle savait qu'il était peu probable que Roger Neiman sache quoi que ce soit sur la disparition de son fils, mais c'était la seule piste qu'ils avaient en ce moment et elle préférait la suivre plutôt que de rester les bras croisés à attendre.

Elle savait déjà que Tim n'avait pas été renversé par une voiture en allant à l'école, qu'il ne s'était pas cassé la jambe ni n'avait perdu connaissance. Si tel avait été le cas, les policiers qui quadrillaient les environs l'auraient déjà retrouvé.

— J'ai fait conduire Neiman au parloir pour que vous puissiez l'interroger, expliqua le shérif en les escortant le long d'un couloir.

— Il a eu des visites récemment ? s'enquit John.

— Sa mère l'a vu une seule fois, le lendemain de sa condamnation. Son frère, lui, est venu tous les jours, sauf aujourd'hui.

Theresa surprit le regard qu'échangèrent Sully et John, et elle devina que la même pensée les avait traversés tous les trois. Peut-être le frère de Neiman n'était-il pas venu aujourd'hui parce qu'il retenait Tim quelque part. Peut-être Roger et lui avaient-ils passé ces derniers jours à mettre au point leur vengeance contre le substitut du procureur qui avait mis tant d'acharnement à le faire condamner.

Elle espérait presque que Neiman était à l'origine de la disparition de Tim. Au moins pourraient-ils alors commencer les recherches sur des bases plus solides.

Dans les cas d'enlèvement, il arrivait que certains parents ne sachent jamais ce qui était arrivé à leur enfant. L'idée qu'elle pourrait ne plus jamais revoir le visage de Tim, ne plus jamais le tenir dans ses bras lui était insoutenable.

Les larmes lui brûlèrent de nouveau les yeux, mais elle réussit à les contenir. Ce n'était pas le moment de pleurer. Il fallait qu'elle se raccroche à l'espoir, à la conviction que si quelque chose d'horrible était arrivé à Tim, elle le saurait au plus profond d'elle-même. Or, si l'angoisse la torturait, elle ne ressentait pas cette douleur qui anéantit tout.

Le shérif tourna la clé dans la serrure et ouvrit la porte. Quand elle vit le visage pâle de Roger Neiman, son regard fuyant, son air sournois, elle sentit une colère brûlante la submerger. Qu'il soit maudit s'il avait osé s'en prendre à Tim !

— Ces personnes désirent vous interroger, Neiman, annonça le shérif.

Neiman hocha la tête et croisa les bras sur la table. Un sourire narquois se dessina sur ses lèvres lorsqu'il rencontra le regard de Theresa.

— Vous êtes venue me souhaiter de bonnes vacances, madame le procureur ?

— Ça suffit, Neiman, l'interrompit John avant même qu'elle ait pu répondre.

Elle eut vaguement conscience que Sully se rapprochait d'elle, de façon à signifier au prisonnier qu'elle n'était pas seule. D'une certaine manière, elle trouva sa sollicitude déplacée. Après tout, c'était lui qui avait insisté pour qu'ils se séparent, arguant qu'elle serait bien mieux sans lui. Il y avait des jours où elle lui en était reconnaissante, et d'autres où elle le haïssait de l'avoir ainsi abandonnée.

— Nous avons des questions à vous poser, Neiman, et vous avez tout intérêt à nous dire la vérité, reprit le shérif.

— Sinon quoi ? Vous allez me mettre en prison ? répliqua Neiman, apparemment ravi de sa repartie.

Sully se raidit et serra les poings. Elle posa la main sur son bras afin qu'il se contrôle, sachant pertinemment qu'ils n'arriveraient à rien s'il perdait son sang-froid.

— Roger, mon fils a disparu.

Elle l'observait avec attention, à l'affût du moindre signe susceptible de trahir sa culpabilité — un léger rétrécissement de la pupille, une respiration moins régulière…

— Ah bon… Et alors ?

Il regarda tout d'abord Theresa, puis ses compagnons.

Soudain, il pâlit, et elle vit ses pupilles s'élargir lorsqu'il reposa les yeux sur elle.

— Quoi ? Vous ne pensez quand même pas que j'ai quelque chose à voir là-dedans ? C'est n'importe quoi !

— Pas tant que ça, remarqua John. Qu'a fait ton frère aujourd'hui ? Pourquoi n'est-il pas venu te voir ?

— Je ne sais pas… Il avait des choses à faire.

— Quoi ? Tu ne sais pas, ou il avait des choses à faire ? riposta l'inspecteur d'un ton sec.

Elle sentit la tension monter en elle. Si John se montrait trop agressif, Neiman refuserait de parler, d'autant plus qu'il n'avait absolument rien à gagner à le faire.

Elle s'assit sur la chaise à côté de lui.

— Roger, en ce qui vous concerne, je n'ai fait que mon travail. Mais je me souviens que quand vous avez quitté la salle d'audience, vous avez crié que j'allais le regretter et que ce serait un Noël que je n'oublierais jamais.

Il rougit.

— J'étais très en colère. J'ai aussi insulté le juge, j'ai dit plein de conneries.

Ses yeux, étonnamment beaux, avaient la couleur chaude du caramel.

— Ecoutez, madame Mathews, je ne suis pas idiot. J'ai un bon avocat, qui est en train de faire appel. Et même si on perd une deuxième fois, avec une réduction de peine pour bonne conduite, je sortirai dans pas longtemps. Pourquoi est-ce que je risquerais de tout faire foirer en m'en prenant à votre garçon ?

Un sentiment d'impuissance envahit Theresa. De nouveau, elle observa le visage de Neiman, tentant d'y reconnaître des signes de culpabilité ou de dissimulation.

Rien.

Même s'il avait un motif — et même si elle était persuadée qu'il lui en voulait —, elle le croyait lorsqu'il affirmait n'avoir rien à voir avec la disparition de Tim.

Elle se leva.

— C'est bon. Partons.

John et elle se dirigèrent vers la porte, puis s'arrêtèrent en voyant que Sully ne les suivait pas. Elle se retourna. Il avait posé ses deux mains sur la table et se penchait vers Neiman d'un air menaçant.

— Si je découvre plus tard que tu savais quelque chose, n'importe quoi, sur la disparition de Tim, et que tu n'as rien dit, je reviendrai et je te tuerai.

Les yeux de Neiman s'écarquillèrent, et il recula sur sa chaise, comme s'il voulait mettre de la distance entre Sully et lui.

Je vous jure que je ne sais rien. Je ne savais même pas qu'elle avait un enfant.

— Sully…

Elle prononça son nom avec douceur. Elle seule pouvait comprendre le tourbillon d'émotions qui le ravageait et l'effort qu'il faisait pour se maîtriser.

Il se retourna. Sous le coup de la douleur, ses yeux gris étaient presque noirs.

— Rentrons, maintenant, murmura-t-elle.

Il hocha la tête et quitta le parloir. Elle le suivit, une nouvelle angoisse s'ajoutant à celle de la disparition de son fils. Combien de temps Sully tiendrait-il avant de replonger dans la dépression dont il se remettait tout juste ? Arriverait-il, cette fois, à trouver en lui la force nécessaire pour ne pas sombrer ?

Elle n'avait pas supporté de le voir s'enfermer dans le

mutisme et se détester de réagir ainsi. Elle n'avait pas compris ce qui l'avait mis dans cet état, mais elle avait le sentiment que si cela devait se reproduire, c'était elle qui deviendrait folle.

Le trajet du retour lui parut interminable. Un silence tendu régnait dans la voiture. Elle regarda sa montre : 22 heures. A cette heure-ci, d'habitude, Tim était au lit depuis longtemps.

Elle pencha la tête en arrière en se demandant quand elle le borderait de nouveau, quand elle lui chanterait la petite berceuse qu'il lui réclamait toujours avant de s'endormir…

Elle ferma les yeux et le revit dans ses draps bleu marine, avec ses cheveux ébouriffés qui sentaient bon le shampoing.

La voix de John trancha le silence, dissipant cette image.

— Je vais quand même faire surveiller le frère de Neiman. Comment s'appelle-t-il ?

— Burt, répondit-elle. Burt Neiman.

— C'est bizarre qu'il soit allé voir son frère tous les jours sauf aujourd'hui.

Lorsqu'ils s'engagèrent dans sa rue, elle regarda par la fenêtre. Ils approchaient de sa maison. Soudain, les battements de son cœur accélérèrent et une colère froide la submergea : quelqu'un avait débranché les guirlandes de Noël qui illuminaient joyeusement la façade.

— Qui a fait ça ? gronda-t-elle quand John se gara à côté des autres véhicules de police.

Elle sortit comme une flèche de la voiture et courut vers le perron.

— Qui a débranché les guirlandes ? cria-t-elle en les remettant en marche.

Les lumières multicolores s'allumèrent, projetant un joyeux flot de couleurs sur le gazon.

Sully et John la considéraient fixement, comme si elle avait perdu l'esprit. Bien sûr, elle avait conscience de ne pas réagir normalement, mais elle ne pouvait s'en empêcher.

Kip sortit sous le porche, l'air penaud.

— Euh… C'est moi… Je pensais que ça vous ferait mal de les voir allumées.

— Bon Dieu, je ne veux pas qu'on touche à ces guirlandes jusqu'à ce que Tim revienne à la maison !

Elle lui jeta un regard courroucé, puis se retourna vers John.

— Dites à vos hommes que personne n'a le droit d'y toucher. Je ne veux pas qu'on les éteigne !

— Allez, viens, Theresa, rentrons, intervint Sully en la prenant doucement par le bras.

— C'est Tim qui est chargé de le faire. Je les allume en fin d'après-midi, et il les éteint avant d'aller au lit.

Elle le regarda, cherchant son soutien.

— C'est d'accord, je veillerai à ce que personne ne touche à ces guirlandes, sauf Tim, répondit-il avec patience. Maintenant, rentrons au chaud.

Elle ravala ses larmes.

— Je crois que je n'aurai plus jamais chaud, murmura-t-elle alors qu'il la conduisait à l'intérieur de la maison.

4

— Theresa a réussi à s'endormir ? demanda John quand Sullivan le rejoignit dans la cuisine un peu plus tard.

— Oui.

Sully se servit une tasse de café et s'assit lourdement à table. Il se passa la main dans les cheveux, luttant difficilement contre la fatigue et le désespoir.

— Nous faisons tout ce qui est en notre pouvoir, assura John, comme s'il pouvait lire dans son esprit. Mes hommes sont en train de vérifier la moindre piste, et toutes les personnes que Theresa a mentionnées sur sa liste vont être interrogées.

Sully hocha la tête, dubitatif. Le problème, c'était qu'ils ne savaient pas par où commencer. Ils n'avaient aucun indice, aucune piste sérieuse. Ils se contentaient d'effectuer des recherches au hasard, espérant finir par découvrir un élément utile. Or il savait qu'à chaque minute qui passait, les chances de retrouver Tim sain et sauf s'amenuisaient.

— Au point où nous en sommes, il ne nous reste plus qu'à espérer qu'il s'agit bien d'un enlèvement et que le ravisseur va prendre contact avec nous.

— La ligne de Theresa est sur écoute. Tous les appels

entrants sont enregistrés et localisés… Et j'espère toujours que les hommes qui enquêtent sur Burt Neiman auront bientôt des choses intéressantes à nous apprendre.

Il serra sa tasse dans ses mains. Ils étaient à trois jours de Noël, son fils avait disparu, et le téléphone de son ex-femme était sur écoute. Comment en étaient-ils arrivés là ? Tim aurait dû être dans son lit, en train de rêver aux cadeaux qu'il allait bientôt découvrir au pied du sapin.

Bon sang, il fallait absolument qu'il fasse quelque chose pour le retrouver !

Oui, mais quoi…

— Tu connais quelqu'un qui pourrait t'en vouloir ? demanda John à brûle-pourpoint. Tu t'es fait des ennemis dans le bar où tu travailles ?

Sully réfléchit un moment, puis secoua la tête.

— Je ne vois personne. En tant que videur, mon travail consiste essentiellement à escorter les ivrognes jusqu'à leur taxi, et parfois à séparer des clients qui se battent. Mais, en général, ils sont trop soûls pour se souvenir de moi. Alors, les imaginer ensuite en train de manigancer un enlèvement…

Ils restèrent silencieux pendant quelques minutes. Sully entendait les murmures des conversations des policiers dans le salon, le ronronnement de la chaudière qui se mettait en marche… Et tous ces bruits familiers, normaux, ne rendaient que plus flagrant le silence causé par l'absence de Tim. Rien n'était plus effrayant que ce vide.

— Tu as déjà songé à revenir dans la police ? s'enquit John, rompant le silence. Le chef Lewis serait ravi de ton retour.

— Non… Jamais.

Un mensonge. Il y pensait tous les matins en rentrant du travail, juste avant d'aller se coucher. Il avait adoré son métier, et il y excellait, d'ailleurs. Mais c'était du passé.

— J'aime ce que je fais maintenant, ajouta-t-il.

Il but une gorgée de café en essayant de se détendre.

— J'ai entendu dire que le chef allait prendre sa retraite l'année prochaine, dit-il, histoire de poursuivre la conversation.

John s'esclaffa.

— Tu connais Lewis : chaque année, il annonce qu'il va arrêter, et finalement, il reste.

— C'est toi qui prendras sa suite ?

Son ex-coéquipier cligna des yeux, l'air surpris.

Sully eut un petit rire.

— Voyons, tu es ambitieux, et tu sais très bien t'y prendre.

Son ex-coéquipier secoua la tête avec un sourire.

— J'avais oublié que tu me connaissais si bien. Nous verrons bien le moment venu… Bien sûr, ça n'aurait rien pour me déplaire.

Il le dévisagea un instant, avant de poursuivre.

— Tu aurais été le successeur logique si…

— Si je n'avais pas perdu les pédales ? « Sullivan l'invincible », comme disaient les journalistes, railla-t-il.

S'apercevant qu'il mettait John mal à l'aise, il se leva pour aller se poster devant la fenêtre.

— Désolé.

— Je ne voulais pas rouvrir d'anciennes blessures, s'excusa John à voix basse.

Sully se retourna et regarda l'homme qui avait été son partenaire pendant plus de deux ans. Ils formaient une bonne équipe tous les deux, se complétant l'un l'autre. John, toujours si méthodique, tempérait sa fougue.

— Tu ne les as pas rouvertes. Elles ne se sont pas encore refermées.

— Sully, je n'ai jamais eu l'occasion de te le dire, mais je suis…

— Ne dis rien, John. Tu n'as rien à te reprocher. Je n'aurais jamais dû aller retrouver Louis tout seul. J'aurais dû repousser le rendez-vous. Tu n'as pas à te sentir coupable.

A l'évidence, John fut soulagé par cette réponse. Il dévia un peu le cours de la conversation.

— Nous avons passé de bons moments ensemble, non ? demanda-t-il avec un sourire. Tu manges toujours ces horribles *burritos* ?

Sully lui rendit son sourire.

— Et toi, tu aimes toujours la pizza aux anchois ?

Il hocha la tête.

— Tu te souviens du voleur coincé dans le restaurant ?

Sully rit d'une voix enrouée, comme s'il en avait perdu l'habitude.

— Comment pourrais-je l'oublier ?

Voilà le genre de faits divers qui faisaient les délices des journalistes. Un cambrioleur avait essayé de s'introduire dans un restaurant fermé pour plusieurs semaines par unc petite lucarne. Il s'était cassé la jambe en tombant sur le sol. Incapable de se déplacer, il avait dû appeler la police avec son portable pour qu'elle vienne le délivrer.

C'était Sully qui l'avait arrêté. Les journaux avaient fait leurs choux gras de cette affaire rocambolesque, et tout le poste de police en avait ri aux larmes pendant plusieurs semaines.

A ce souvenir, il eut un pincement au cœur. C'était avant qu'un de ses collègues le trahisse…

L'enquête sur le meurtre de Louis Albright n'avait rien donné. La police était arrivée à la conclusion que celui que l'indic allait balancer l'avait empêché de parler à jamais et que Sully s'était seulement trouvé là au mauvais moment.

Lui seul n'adhérait pas à cette théorie. Pendant les longues semaines de convalescence qu'il avait passées à l'hôpital, il s'était persuadé qu'il était en réalité la cible du tireur. Bien qu'il n'eût aucune preuve, il avait l'intime conviction que quelqu'un en qui il avait confiance — un de ses collègues — l'avait attiré dans un guet-apens. Il n'avait parlé de ses soupçons à personne, sauf au chef Lewis, qui les avait balayés d'un revers de main, les qualifiant de « totalement infondés ».

Un an et demi plus tard, Sully ne savait que penser. Son chef avait peut-être raison, et le sixième sens qui ne lui avait jamais fait défaut au cours de sa carrière était peut-être en train de l'abandonner… tout comme son courage.

Il posa son front sur la vitre froide, alors que le passé s'estompait, ramenant avec force l'angoisse du présent.

— On va le retrouver, martela John. Je te jure qu'on le retrouvera.

Sully acquiesça et regarda par la fenêtre. Des ronds de lumière multicolores dansaient sur le sol gelé. Tous les doutes qui l'assaillaient depuis son agression importaient peu en ce moment. Une seule chose comptait : que l'on retrouve Tim sain et sauf.

Cela faisait bien longtemps qu'il n'avait pas prié, mais là, devant la fenêtre, les yeux perdus dans la nuit, il demanda à Dieu de leur rendre Tim.

— Tim !

Theresa s'éveilla en sursaut. Son cauchemar semblait encore si réel, si tangible que, pendant un instant, elle se sentit complètement désorientée.

Elle regarda autour d'elle. Un rayon de lumière provenant du couloir transperçait l'obscurité de la chambre. Puis elle se souvint. De tout. Et elle ferma très fort les paupières pour retenir ses larmes.

Elle ne voulait pas pleurer. Pleurer voulait dire qu'il n'y avait plus d'espoir. Et ne plus espérer, c'était comme abandonner Tim.

Elle se tourna et consulta le réveil sur la table de nuit. 3 heures. Le soleil ne se lèverait pas avant longtemps.

Se redressant, elle se frotta les yeux. Elle avait dormi, alors qu'elle pensait que c'était impossible. Elle se rappelait que Sully s'était assis au pied du lit et lui avait recommandé de se reposer un moment. Elle ne se souvenait pas l'avoir vu quitter la chambre.

Après s'être levée, elle alla jusqu'à la fenêtre. Dehors, il faisait nuit noire, et elle sentit son cœur se serrer un peu plus.

Tim, où es-tu ? Que se passe-t-il ? Mon Dieu, protégez-le, rassurez-le…

Elle détourna les yeux, incapable de regarder plus longtemps dans le noir en sachant que son fils était là, quelque part.

Elle quitta la pièce. En passant devant la chambre

de Tim, elle s'arrêta et posa la main sur la poignée de la porte. Comme il était facile d'imaginer qu'il était là, dans son lit, bien au chaud, profondément endormi. Elle lutta contre cette illusion, puis, avec un soupir, lâcha la poignée : il n'était pas revenu par miracle pendant son sommeil.

Dans le salon, elle vit Kip Pearson allongé sur le canapé. Elle comprit à sa respiration profonde et régulière qu'il s'était assoupi.

L'arbre que Tim et elle avaient choisi avec tant de joie se trouvait dans un coin de la pièce, triste et nu. Ils auraient dû mettre les décorations la veille. Tim attendait ce moment avec tellement d'impatience !

Détournant les yeux, elle s'aperçut qu'il y avait de la lumière dans la cuisine, et huma une bonne odeur de café chaud, symbole de chaleur, de compagnie…

Elle ne voulait pas être seule. Elle avait peur d'être seule.

Passant le seuil, elle vit Sully assis à la table, un carnet devant lui. Il leva les yeux vers elle.

— Tu as fait du café ? demanda-t-elle.

Il hocha la tête avant de répondre :

— Oui, et du fort.

Elle s'en servit une tasse et alla s'asseoir en face de lui. Pendant un long moment, ils se regardèrent en silence. Le passé, bon ou mauvais, n'avait plus aucune importance. Ils n'étaient plus que deux parents plongés dans une situation inhumaine. Elle se pencha vers lui, et il prit ses mains dans les siennes.

Elle avait toujours aimé les mains de Sully. Grandes, fortes, mais sachant réconforter et caresser avec douceur. Elle avait toujours eu l'impression qu'elles étaient magiques, parce qu'elles avaient le don de soulager ses angoisses. Mais aujourd'hui, elles ne lui firent aucun effet. Leur chaleur ne parvint pas à chasser la peur qui l'habitait. Sans doute qu'avec la fin de leur mariage, elles avaient perdu leur pouvoir.

— Où sont-ils tous ? s'enquit-elle en prenant soudain conscience que les policiers avaient disparu.

— John est rentré chez lui. Il reviendra dans la matinée. Certains hommes ont été appelés ailleurs, d'autres sont en train d'enquêter.

— Il faut que je présente mes excuses à Kip, se rappela-t-elle à propos des guirlandes éteintes.

— Ne t'inquiète pas. C'est un grand garçon, et il sait que tu n'avais rien contre lui. Tu as réussi à dormir ?

Elle hocha la tête.

— Un peu. J'ai fait un rêve horrible. Tim était perdu dans le brouillard. Il m'appelait, mais je n'arrivais pas à le trouver.

Les mains de Sully se resserrèrent sur les siennes.

— Le brouillard était si épais… Tim m'appelait sans arrêt. Il criait « maman, maman, au secours ! », et chaque fois que je croyais l'avoir retrouvé, que j'allais le prendre dans mes bras, sa voix s'éloignait…

Elle s'interrompit.

Elle ne devait pas perdre espoir. C'était comme trahir Tim.

— Il est vivant, murmura-t-elle avec ferveur. Je sais qu'il est toujours vivant. Je le sens, là, ajouta-t-elle en posant la main sur son cœur.

Les yeux gris de Sully s'assombrirent.

— Je remuerais ciel et terre pour le retrouver, mais je ne sais pas par où commencer.

Lui lâchant la main, il se leva brusquement.

— Bon sang ! J'ai été policier pendant des années.

J'ai retrouvé les enfants des autres, et quand il s'agit de mon fils, je ne sais plus quoi faire !

Il y avait dans sa voix un tel désespoir qu'elle en eut le cœur brisé. Elle se leva et le prit dans ses bras. Il l'enlaça étroitement, enfonçant son visage dans ses cheveux. Ils restèrent ainsi un long moment, tels des marins épuisés par la tempête.

Cela faisait plus d'un an qu'elle n'avait pas été dans les bras de Sully, mais son corps retrouva instantanément sa place. Elle puisa du réconfort dans sa solidité, dans le parfum de sa peau et la chaleur de ses larges mains contre son dos.

Seigneur, comme elle aurait voulu ne ressentir que de l'indifférence envers lui… Ne pas souffrir de l'aimer encore. Non, de l'avoir aimé, corrigea-t-elle en se dégageant de son étreinte.

Il n'était pas question qu'elle se laisse aller à de tels sentiments. Tout avait changé entre eux lorsqu'il avait été blessé. La balle avait atteint son corps, mais elle avait détruit bien plus…

— Et maintenant, que faut-il faire ? demanda-t-elle en se rasseyant.

Il haussa les épaules.

— Dès qu'il fera jour, nous distribuerons des photos de Tim, et nous poserons des affiches. La police va poursuivre son enquête, interroger d'autres personnes. Il y a bien quelqu'un qui a vu quelque chose !

Il se rassit à son tour et ajouta en évitant son regard :

— Tu sais que plus le temps passe, moins nous avons de chances que Tim appelle pour nous dire qu'il est tout simplement perdu.

Elle tenta de réprimer le cri qu'elle sentait monter

en elle, essayant de se blinder contre toute émotion pour garder le contrôle. Sa main tremblait légèrement lorsqu'elle prit sa tasse de café.

— Et s'il ne s'est pas perdu, poursuivit-elle à sa place, s'il n'est pas inconscient quelque part dans un fossé, ça ne nous laisse plus qu'une seule possibilité : il a été enlevé. Ce qui nous amène à une autre question : a-t-il été enlevé par quelqu'un que nous connaissons, pour une raison particulière, ou a-t-il été choisi au hasard ?

Sully la considéra avec une surprise mêlée d'admiration.

— Tu aurais dû être policier.

— J'ai été mariée à un policier.

Un silence pesant suivit ses paroles. Elle chercha quelque chose à ajouter afin de dissiper le malaise. Elle avait besoin de se sentir proche de Sully, même si au cours de l'année qui venait de s'écouler, ce lien n'avait tenu qu'à une seule personne : Tim.

Elle voulait parler pour passer le temps, pour remplir le vide, mais cela l'attristait de constater qu'elle ne savait pas quoi dire. Il était devenu si facile de le blesser. Comme ils s'étaient perdus… Comme ils étaient devenus étrangers l'un à l'autre…

Elle l'observa alors qu'il se levait de table et s'accoudait au comptoir.

— Ta maison est agréable, Theresa. Elle est très chaleureuse.

Visiblement incapable de tenir en place, il se dirigea vers la porte vitrée.

— Tim m'a dit que tu voulais faire construire une terrasse l'été prochain.

— Oui. Il veut absolument un barbecue pour faire griller des brochettes.

— Il est heureux ici. Il aime le quartier, il aime cette maison. Il en parle tout le temps quand il vient me voir. Il est heureux ici, répéta-t-il. Tu as fait un bon choix.

Elle fixa la nappe. Avait-elle fait un bon choix, ou avait-elle emménagé dans un endroit dangereux ? Si elle était allée vivre ailleurs, Tim aurait-il été au chaud dans son lit en ce moment ?

— Non.

Elle releva les yeux, étonnée d'entendre Sully répondre à sa question muette.

— Ne te pose pas de questions inutiles, Theresa. Ce qui est arrivé n'a rien à voir avec ta décision de vivre ici. Ça n'a rien à voir ni avec nous, ni avec notre divorce. Il ne faut pas perdre de l'énergie à se faire des reproches inutiles.

Elle alla se poster devant la fenêtre.

— C'est la nuit, le moment le plus dur, non ? demanda-t-elle doucement.

— Oui. C'est la nuit. On a cette impression de vide. Le jour amène toujours un peu d'espoir.

Elle se retourna, intéressée.

— C'est pour ça que tu as choisi de travailler dans ce bar ? Pour occuper la nuit ?

Il sourit sans humour.

— Je travaille dans ce bar pour payer mes factures.

Une fois de plus, il esquivait la question et refusait de lui ouvrir son cœur. C'était ainsi qu'il avait réagi après la nuit où on lui avait tiré dessus : il s'était complètement renfermé sur lui-même.

Elle décida de ne pas insister et regarda de nouveau par la fenêtre, se demandant si le jour allait finir par se lever.

*
* *

Timothy se réveilla après une nuit agitée. Dans son rêve, quelqu'un lui avait mis un chiffon qui sentait mauvais sur le nez et la bouche, et l'avait emporté dans un endroit sombre et terrifiant.

Il ouvrit lentement les yeux pour retrouver ses posters, son hamster Petey, la veilleuse qui chassait de sa chambre les monstres et les esprits maléfiques…

Pas de posters. Pas de Petey. Ce n'était pas un cauchemar, mais la réalité. Oh, Seigneur !

Au-dessus de son lit, il y avait un soupirail, bloqué par des planches. La lueur de l'aube filtrait par les interstices, dessinant des petits motifs sur le mur.

Son estomac se noua, ses poils se dressèrent sur sa peau. Il avait ressenti la même sensation un mois plus tôt, quand il avait eu la grippe. Sa maman lui avait donné un sirop au goût de menthe et du coca avec des glaçons. Mais aujourd'hui, il savait avec une certitude terrifiante que sa maman n'était pas là. Jamais elle ne l'aurait laissé dormir dans une pièce si froide, sans draps, et sur un matelas qui sentait aussi mauvais.

Il regarda autour de lui. Des murs en ciment, un sol en béton. Un escalier de bois qui menait à une porte de guingois. Il savait qu'il était dans une cave. Son ami Bobby en avait une, et ils y jouaient souvent, même si la mère de Bobby le leur interdisait.

Il commençait à maîtriser sa peur quand un problème plus pressant se présenta. Il avait envie de faire pipi — très envie. Il avait l'impression qu'il allait exploser. Il fallait qu'il trouve une solution. Tout de suite.

De nouveau, il balaya l'endroit du regard, cette fois avec désespoir. Les recoins de la pièce étaient emplis de ténèbres qui recelaient d'effrayants mystères. Il considéra l'escalier et la porte qu'il y avait en haut.

Après avoir monté prudemment les sept marches, il essaya de tourner la poignée de la porte. Fermée à clé. Il lutta contre l'envie de la frapper de ses poings et de hurler pour extérioriser la terreur qui l'étouffait. Il avait peur de crier, peur que l'on sache qu'il était réveillé. Il avait peur de la personne — ou de la chose — qui pourrait apparaître.

Il redescendit l'escalier et s'assit sur la marche du bas. Il avait l'impression que sa vessie allait éclater. Que faire ?

Il se retourna et regarda sous la cage d'escalier. C'est alors qu'il les vit. Il sut immédiatement ce que c'était : des toilettes portables. Quand il avait fait du camping avec Jimmy Baker et ses parents, ils en avaient utilisé du même genre.

Ce ne fut que lorsqu'il se fut soulagé que ses peurs resurgirent. Où était-il ? Qui l'avait amené ici, et pourquoi ? Il monta sur le lit et tenta de regarder entre les planches qui obstruaient le soupirail, mais elles étaient trop rapprochées pour qu'il puisse voir quoi que ce soit.

Il sentait vaguement l'odeur de la campagne, de la terre. En revanche, aucun bruit de voitures, comme ceux qu'il entendait vaguement lorsqu'il était dans sa chambre.

Son père et sa mère allaient bientôt le retrouver. Si c'était le matin, il était parti depuis une journée entière. A l'heure actuelle, il y avait sûrement un million de policiers à sa recherche. Son papa avait été policier ; il le retrouverait.

Soudain, des pas se firent entendre dehors. Il se figea. Quelqu'un était là.

— Maman ? murmura-t-il, plein d'espoir. Maman ?

Il avait l'impression étrange que sa voix rebondissait sur les murs en béton.

— Au secours ! Je suis dans la cave !

Toute sa peur s'exprima dans ces cris. Et il aurait pu continuer à hurler pendant des heures, si la porte ne s'était pas ouverte et que le grincement ne l'avait pas fait taire. Il leva la tête vers le haut des marches avec un mélange d'espoir et de crainte.

Des jambes apparurent dans son champ de vision, puis un corps, et finalement une tête, couverte d'une cagoule noire. Il se blottit dans un coin de la pièce, enfonçant son poing dans sa bouche pour ne pas crier.

Un homme. Tim savait que c'était un homme, mais la cagoule cachait tout, à l'exception de ses yeux. Des yeux effrayants, brillants comme ceux d'un chat dans le noir.

— Qui… qui êtes-vous ? Que voulez-vous ? demanda-t-il d'une toute petite voix. Pourquoi vous me faites ça ?

Il constata avec horreur que les larmes lui brûlaient les yeux. Il ne voulait pas pleurer. Il ne voulait pas montrer qu'il avait peur.

— Mon père et ma mère vont vous tuer si vous ne me ramenez pas chez moi ! s'écria-t-il dans un accès de courage qui ne dura que quelques instants.

L'homme ne répondit pas, et alors seulement, Tim remarqua qu'il portait un sac. Il le posa par terre, se retourna et remonta les marches.

— Hé… Hé ! Attendez ! hurla le garçon, terrifié par cette apparition, mais plus encore à l'idée de rester seul. Attendez ! Dites-moi ce qu'il se passe ! Pourquoi m'avez-vous enfermé ?

La porte se referma avec un bruit mat, et il entendit

la clé tourner dans la serrure. Il étouffa ses sanglots en mettant la main devant sa bouche. Il ne devait pas pleurer. Joe Montana ne pleurait jamais. Quand la situation était difficile, il restait toujours calme, maître de lui.

Après avoir inspiré profondément, Tim regarda le sac en papier kraft posé par terre. Qu'y avait-il dedans ? Et si c'était quelque chose d'horrible ? S'il était rempli de serpents ? Il n'aimait pas les serpents. Il se mit à gémir en imaginant des créatures ondulantes sortant du sac, rampant vers lui et l'enlaçant lentement jusqu'à la mort.

Il ferma les yeux afin de dissiper cette image, puis observa attentivement le sac. Il ne craquait pas, ne bougeait pas comme il l'aurait fait s'il avait contenu quelque chose de vivant.

Il se leva et, avec précaution, alla regarder à l'intérieur. De la nourriture. Des gâteaux, quatre sandwichs préemballés, un paquet de chips, un autre de cookies, et six briques de jus d'orange. Au fond du sac, il y avait une dizaine de bandes dessinées. Ce n'étaient pas celles qu'il préférait, mais il ne les avait pas lues.

Qu'est-ce que cela signifiait ?

Il déballa soigneusement la nourriture sur le lit, la considérant avec perplexité. Son estomac grogna, signe qu'il avait faim. Il ouvrit le paquet de cookies et en mangea un tout en réfléchissant.

Si cet homme l'avait amené là pour le tuer, alors, pourquoi lui aurait-il donné à manger ? Il se souvint soudain de Hansel et Gretel, que la méchante sorcière avait engraissés pour les dévorer.

Sauf que c'était une vieille histoire idiote qui n'avait rien à voir avec la réalité. Il finit le paquet de cookies, léchant sur ses doigts les dernières miettes. Il aurait voulu manger un peu plus, mais il avait peur d'avoir faim plus tard.

Après tout, il lui faudrait peut-être attendre un certain temps avant que la police le retrouve. Et s'il restait là longtemps ? Combien de temps ses provisions dureraient-elles ? L'homme reviendrait-il ?

De nouveau, la panique lui serra la gorge, formant une boule qui refusait de se laisser avaler et de disparaître.

Il remit la nourriture dans le sac, puis s'étendit sur le lit. *Ne pleure pas,* se répéta-t-il en luttant contre les larmes. *Joe ne pleure jamais.*

Il ferma les yeux et imagina des joueurs sur un terrain de football.

Le ballon est remis en jeu… Joe s'en empare… Johnson tente de le plaquer, mais Joe poursuit son avancée… Il résiste à la pression de l'équipe adverse… Il fait une passe… Une passe superbe !

Il se recroquevilla sur le matelas, un sourire aux lèvres alors que la panique refluait peu à peu. Tout irait bien. Comme Joe, il résisterait à la pression.

Son sourire s'estompa lentement. Il espérait seulement que son père, sa mère et la police allaient se dépêcher de le retrouver.

Après tout, même Joe Montana cédait parfois au découragement.

5

23 décembre

Le jour se leva, accompagné d'un soudain débordement d'activité et de l'arrivée des journalistes. Cette affaire de disparition d'enfant, à deux jours de Noël, avait tous les ingrédients susceptibles de susciter la compassion du public et d'augmenter les ventes.

Pendant les longues heures précédant le lever du soleil, les policiers étaient arrivés les uns après les autres pour prendre des ordres auprès de l'inspecteur Holbrook, lequel s'était attribué la table de la cuisine comme poste de commandement.

Les premières lueurs éclairaient timidement le salon où s'était installée Theresa. Assise dans un fauteuil, elle regardait Sully dormir. Il était allongé sur le canapé, et sa respiration s'élevait, profonde et régulière. Elle lui avait toujours envié la facilité avec laquelle il s'endormait. Quels que soient ses tourments, quel que soit le stress qu'il avait à endurer, il n'avait qu'à s'installer confortablement et fermer les yeux pour que le sommeil vienne.

Elle s'étira et reporta son attention sur la fenêtre. Enfin, cette longue nuit terrifiante touchait à sa fin. Mais elle laissait place à un jour nouveau, tout aussi effrayant.

Bien qu'elle soit épuisée, elle savait que dormir n'y changerait rien. C'était une fatigue mentale qui ne disparaîtrait que lorsqu'elle pourrait de nouveau serrer son fils dans ses bras.

Elle commençait à se demander si ce cauchemar prendrait fin un jour. Mais elle n'avait pas le droit d'en douter. Sinon, elle ne pourrait plus continuer à vivre.

Elle se leva et se dirigea vers le sapin en se remémorant le Noël de l'année passée. Ils vivaient encore tous les trois ensemble. Pourtant, même si elle espérait que Tim n'en avait pas été trop affecté, la tension entre Sully et elle était presque palpable. Sans doute ne lui avait-elle pas échappé. Dans la semaine qui avait suivi, ils s'étaient séparés, et deux mois plus tard, leur divorce avait été prononcé.

Elle aurait tant aimé offrir à Tim un merveilleux Noël qui aurait effacé les douloureux souvenirs de l'année précédente.

Elle caressa les branches du sapin et inspira profondément le parfum qui s'en dégageait. Il fallait qu'elle le décore, qu'elle y accroche les boules miroitantes, les guirlandes et les étoiles. Tim s'attendrait à voir un beau sapin de Noël lorsqu'il rentrerait à la maison.

— Theresa ?

Elle se retourna en entendant Sully. Ses yeux avaient la couleur d'un ciel d'orage et ses traits étaient tirés, mais il était si beau que l'émotion la submergea.

— Comment vas-tu ? s'enquit-il en s'asseyant.

Il lui fit signe de venir le rejoindre sur le canapé. Elle s'approcha et s'enfonça dans les coussins qui retenaient encore un peu la chaleur de son corps. Il lui posa le bras sur les épaules, et elle se blottit contre lui.

— J'étais en train de me dire que j'allais décorer le sapin. Tu te souviens, nous le faisions toujours le soir du 22 décembre, et Tim serait triste s'il le voyait comme ça à son retour.

— Theresa...

Elle sentit son bras se contracter autour de ses épaules.

— Ne dis rien, Sully. Je ne veux pas entendre qu'il ne sera peut-être pas là pour Noël.

Elle s'écarta de lui. Impossible de ne pas remarquer le scepticisme qui obscurcissait son regard.

— Il faut que je sois sûre qu'il reviendra. Il faut que je garde l'espoir que tout va s'arranger. C'est l'esprit de Noël, non ?

Elle ferma les yeux un moment et poursuivit.

— Je veux croire que notre amour pour Tim va le ramener vers nous, comme l'étoile a guidé les Rois mages. Je ne peux pas penser autrement.

— Je vais t'aider à décorer le sapin.

Il avait parlé d'une voix douce, et sa proposition la toucha profondément. Elle savait qu'il ne réagissait pas comme elle. Son métier de policier l'avait mis en contact avec trop d'horreurs pour qu'il puisse être optimiste. Il y avait bien longtemps qu'il avait perdu ses illusions, mais là, elle n'allait pas le laisser renoncer.

Leur conversation fut interrompue par un flot de policiers qui entrait dans la maison, apportant une pile d'affiches. Kip Pearson était parmi eux.

Sully alla le saluer.

— Je croyais que tu enquêtais sur un cambriolage.

— C'est vrai. Mais j'ai demandé l'autorisation de participer aux recherches.

Kip leur sourit tour à tour.

— Nous allons retrouver votre garçon, et quand il sera là, je vous emmènerai tous les trois dîner chez Harvey.

Sully lui donna une petite tape dans le dos, visiblement touché par sa présence.

— Merci. J'apprécie ton soutien. Et d'ailleurs, c'est à toi de m'offrir le repas. C'est moi qui ai payé la dernière fois.

— Pas de problème.

Tandis que Kip rejoignait ses collègues dans la cuisine, Theresa se tourna vers Sully.

— Je ne savais pas que Kip et toi étiez aussi liés.

Il passa la main dans ses cheveux encore ébouriffés.

— Je ne sais pas si tu t'en souviens, mais pendant mon séjour à l'hôpital, Kip est venu me voir presque tous les jours. Et quand j'ai décidé de quitter la police, il est l'un des rares qui soient restés en contact avec moi.

Il hésita avant de poursuivre.

— Kip a été blessé en service, il y a cinq ans. Il a compris ce par quoi je suis passé.

A cette remarque, elle dut lutter contre l'amertume. Il sous-entendait que, contrairement à elle, Kip avait su être présent.

Ce n'était pas faute d'avoir essayé de le comprendre, mais il n'avait pas cessé de se dérober. Apparemment, il avait préféré s'ouvrir à Kip, lui confiant des angoisses qu'il lui avait tues à elle.

La sonnerie du téléphone résonna dans la maison, interrompant ses réflexions.

L'inspecteur Jeffrey Ryder, en charge de la direction des opérations en l'absence de John, passa la tête dans le salon et indiqua à Theresa de rejoindre le téléphone de la cuisine, où le dispositif d'écoute avait été installé.

Ryder démarra l'enregistrement et lui fit signe de répondre. La main agrippée à celle de Sully, elle décrocha.

— Allô ?

Un haut-parleur placé sur le comptoir permettait à toutes les personnes présentes de suivre la conversation.

Une voix féminine emplit la pièce.

— Je sais où est votre fils.

La main de Sully se resserra sur la sienne.

— Qui… Qui êtes-vous ?

— Ça n'a aucune importance.

La voix, un peu rauque, semblait être celle d'une femme d'un certain âge.

— Ce qui importe, c'est ce que vous devez faire pour revoir votre enfant.

— Je vous en prie, ne lui faites aucun mal ! Nous ferons tout ce que vous voulez, mais je vous en prie, ne lui faites aucun mal !

Theresa parlait d'une voix étranglée, luttant à grand-peine contre les larmes qui lui brûlaient les yeux.

— Je ne lui en ferai pas, mais je ne peux rien vous promettre en ce qui concerne ses ravisseurs.

— Dites-moi simplement ce que vous voulez !

Du coin de l'œil, elle vit l'inspecteur Ryder écrire quelque chose sur un calepin. Il déchira le papier et le tendit à un autre policier, qui quitta rapidement la pièce.

— Voici ce que vous devez faire. Vous devez d'abord

trouver un chat noir bien gras et lui donner du poisson à manger pendant une semaine.

— Pardon ? fit-elle en se demandant si elle avait bien entendu.

— Au bout d'une semaine, coupez-lui les moustaches et enterrez-les dans le jardin.

— Qui êtes-vous ? cria-t-elle.

Sully lui lâcha la main et appuya sur le bouton du combiné de façon à couper la communication.

— Bon sang ! s'écria-t-il avec colère. Tout le monde est au courant, puisque les cinglés entrent déjà en action !

— Mais comment peut-on dire des choses pareilles ? murmura-t-elle en fixant le téléphone avec horreur. Qui peut être aussi cruel ?

— Une voiture est en route vers la maison d'où provient l'appel, intervint l'inspecteur Ryder. Nous y trouverons certainement une vieille femme seule qui a oublié de prendre ses médicaments.

Il se dirigea vers la fenêtre.

— Il y a une foule de journalistes, dehors. Vous devriez peut-être faire une déclaration officielle : plus il y aura de personnes à la recherche de Tim, plus nous aurons de chances de le retrouver.

Elle se tourna vers Sully. La perspective d'aller devant les caméras pour parler de la disparition de Tim conférait soudain à la situation une cruelle réalité.

— Il faut leur parler, décida Sully après une seconde d'hésitation. Allons-y ensemble.

Il lui tendit la main, et elle l'agrippa fermement, telle une bouée de sauvetage.

Quelques minutes plus tard, ils sortaient de la maison

et marchaient en direction de la nuée de journalistes qui attendait sur le trottoir.

Sully salua plusieurs personnes par leur nom. Beaucoup d'entre eux avaient écrit des articles sur lui dans le passé, devina Theresa. Des articles louant son audace, sa perspicacité, sa soif de justice. Fort heureusement, aucun n'avait parlé de sa descente aux enfers.

Tous les deux portaient des affiches avec la photo de Tim dessus, imprimées pendant la nuit. La brève interview se passa dans le brouillard pour Theresa qui serrait compulsivement dans ses mains les feuilles sur lesquelles s'étalait le visage souriant de son garçon.

C'était une belle photo : il avait les cheveux noirs impeccablement coiffés, ses yeux bleus étincelaient d'intelligence, d'humour et de la confiance en soi d'un enfant qui se sait aimé.

Sully mena adroitement l'interview, présentant succinctement les faits sur la disparition de Tim, et esquivant les aspects plus personnels et douloureux. Il fut bref, mais prit le temps de distribuer les affiches, avant de guider Theresa vers la maison sous un feu roulant de nouvelles questions.

— Comment se fait-il qu'ils soient déjà au courant ? demanda-t-elle, une fois à l'intérieur. D'abord ce coup de fil insensé, puis tous ces journalistes… Comment ont-ils entendu parler de la disparition de Tim ?

— Les médias suivent constamment les communications radio de la police, répondit l'inspecteur Ryder. Et les déséquilibrés qui appellent sont généralement des personnes elles aussi branchées sur nos fréquences.

Le bruit d'un échange assez vif attira leur attention.

— Laissez-moi entrer ! protestait une voix grave depuis le perron.

Theresa l'identifia immédiatement.

— C'est Robert, un de mes amis.

L'inspecteur Ryder fit un signe au policier posté à la porte. Robert pénétra dans la maison en jetant un regard glacial au cerbère, puis se précipita vers elle.

— Terri… Je viens tout juste d'apprendre ce qu'il s'est passé. Je suis venu aussi vite que possible.

Il la serra dans ses bras. Aussitôt, elle sentit le parfum élégant de son eau de toilette l'envelopper.

— Il y a du nouveau ? Que puis-je faire pour t'aider ?

Il se recula et lui prit le visage entre les mains.

— Tu vas bien ?

Elle hocha la tête et s'éloigna de lui, confusément gênée qu'il la touche devant Sully.

Robert Cassino était le directeur de l'agence bancaire où elle était cliente. Ils s'étaient rencontrés lorsqu'elle avait emménagé ici, et au cours des deux derniers mois, ils avaient dîné plusieurs fois ensemble.

Le banquier, avec son physique agréable et ses bonnes manières, était devenu un de ses amis, mais elle savait qu'il espérait bien que leur relation deviendrait plus intime. Ce à quoi elle n'était pas prête.

— Sully, je te présente Robert Cassino, un de mes amis… Robert, voici mon ex-mari, Sully.

Les deux hommes se serrèrent la main, puis s'éloignèrent l'un de l'autre, se considérant avec circonspection.

Robert reporta son attention sur elle. Ses yeux bleus étincelaient de bienveillance et de compassion.

— Comment puis-je t'aider ?

Elle haussa les épaules en signe d'ignorance.

— La police fait tout ce qui est en son pouvoir.

— Vous pouvez coller des affiches, intervint Sully en en prenant une pile. Il faudrait en mettre dans toute la ville, et la police n'a pas assez d'hommes pour s'en occuper.

Sans attendre son assentiment, il les lui fourra dans les mains. Le banquier regarda les affiches, puis Sully, puis finalement Theresa.

— Peut-être préférerais-tu que je reste ici… pour te soutenir.

— Il faut distribuer ces affiches, insista-t-elle avec douceur.

Elle ne voulait pas le blesser, mais elle ne souhaitait pas sa présence en ce moment.

— Je crois que je vais rentrer chez moi, déclara soudain Sully. J'ai besoin de me doucher et de me changer.

Robert sourit, visiblement soulagé.

— Et moi, je vais aller m'occuper de ces affiches.

Elle le raccompagna jusqu'à la porte.

— Merci, dit-elle simplement.

— Je reviendrai un peu plus tard. Dès que je les aurai distribuées. J'ai déjà appelé la banque pour leur dire que je ne viendrai pas aujourd'hui.

Il se pencha vers elle et l'embrassa sur la joue.

— Ça va aller, assura-t-il d'un ton réconfortant.

Quand il fut parti, elle se tourna vers Sully.

— Robert dirige l'agence dans laquelle j'ai ouvert mon compte. Nous avons dîné plusieurs fois ensemble.

— Tu ne me dois aucune explication, répliqua-t-il sèchement. D'ailleurs, Tim m'en a déjà parlé… Et il ne l'aime pas.

— Tim croit toujours que nous allons nous remarier.

Il soutint son regard un instant, puis se passa la main dans les cheveux.

— Oui… Et il croit aussi toujours au Père Noël.

Elle fut surprise de constater la facilité avec laquelle il arrivait encore à la blesser. Elle n'avait plus la moindre illusion en ce qui concernait leur relation. Sully l'avait quittée en lui faisant clairement comprendre qu'il ne voulait plus vivre avec elle. Même un événement aussi traumatisant que la disparition de Tim n'y changerait rien. Alors, pourquoi avait-elle si mal ?

— Je ferais mieux de rentrer chez moi, reprit-il avec lassitude. Il faut que j'écoute mon répondeur : il y a peut-être un message concernant Tim.

— Tu ne peux pas les consulter à distance ?

Elle ne voulait pas qu'il parte, elle avait besoin qu'il soit à ses côtés. Même si elle savait qu'il était inutile de ressasser le passé et ses blessures, sa simple présence lui apportait du réconfort.

Il secoua la tête.

— Il faut que je passe chez moi. Il y a certaines choses que je ne peux pas faire à distance.

Elle recula d'un pas, érigeant mentalement une barrière entre eux. Elle ne devait pas devenir dépendante de lui. S'il faisait partie de sa vie en ce moment, c'était seulement à cause de la disparition de leur enfant.

Elle devait se concentrer sur Tim. Lui seul importait.

— S'il y a du nouveau, appelle-moi.

Il acquiesça et sortit.

Après son départ, les murs parurent s'écarter, et la pièce devint immense et vide, douloureusement silencieuse sans le rire de Tim. Theresa regagna le canapé et s'assit, se sentant comme une étrangère dans sa propre maison, maintenant envahie par des étrangers en uniforme. Des policiers entraient et sortaient, investissant la cuisine, la chambre de Tim…

Confusément, elle se demanda pourquoi Rose et Vincent ne s'étaient pas manifestés. D'habitude, Rose semblait être au courant des derniers potins avant même qu'ils aient eu lieu. Pourquoi n'était-elle pas venue la voir ?

Le téléphone sonna, et Theresa se précipita dans la cuisine, où l'inspecteur Ryder était déjà en place. Une nouvelle fois, elle décrocha, espérant des réponses, priant pour avoir des explications.

— C'est Mary Kelly, journaliste à Channel Nine, annonça une voix mélodieuse.

— Nous avons déjà fait un communiqué, répondit Theresa avec un soupir désespéré. Je vous en prie, je ne veux pas occuper cette ligne plus longtemps.

— J'ai juste quelques questions à vous poser, madame Mathews.

Elle raccrocha. Presque aussitôt, le téléphone se remit à sonner.

— J'ai l'impression que cette journée va être longue, murmura l'inspecteur Ryder avec compassion.

Elle ferma les yeux, luttant pour ne pas craquer.

A peine Sully eut-il inséré sa clé dans la serrure qu'il entendit le chiot gémir. Les plaintes se transformèrent en jappements joyeux lorsqu'il ouvrit la porte. Il vérifia en premier lieu son répondeur, puis, constatant qu'il n'y avait pas de messages, se baissa afin de caresser la boule de poils.

— Bonjour, petit.

Le chiot se mit à le lécher, et Sully enfonça le visage dans sa fourrure douce et chaude, comme pour y chercher du réconfort. *Tim… Où es-tu, mon enfant ? Que t'est-il arrivé ? Comment un petit garçon de neuf ans peut-il disparaître sans qu'il y ait le moindre témoin, sans laisser le moindre indice ?*

Autrefois, il se croyait moralement fort, mais les mois qui venaient de s'écouler lui avaient prouvé le contraire.

Combien de temps pourrait-il supporter la disparition de Tim sans replonger dans la dépression ? Il savait à quel point il était facile de basculer de l'autre côté. *Tu es un loser, comme ton père,* lui susurrait une petite voix.

Il secoua la tête, refusant de se laisser aller plus longtemps à ces pensées destructrices. Il donna à boire et à manger au chien, puis alla prendre une douche brûlante.

Tandis que l'eau ruisselait sur sa peau, il songea à Robert Cassino. Il avait tout de suite ressenti de l'antipathie envers cet homme si élégant, si policé. Cela avait commencé quand le banquier s'était avancé de façon à lui serrer la main avec l'air de défi d'un homme qui se sait en position avantageuse.

Ou peut-être était-ce avant… Quand il avait pris le visage de Theresa entre ses mains. Il avait doucement caressé sa peau, avec une expression de convoitise.

Et puis il l'avait appelée Terri, comme si elle était sa chose. Terri… C'était un nom de chien !

Pourquoi lui était-il si difficile de voir un autre homme toucher Theresa ? Il n'avait pas le droit de réagir ainsi.

Et pourtant… Il se souvenait de la douceur de sa peau

sous ses doigts, de ses longs cheveux qui caressaient son torse lorsqu'ils faisaient l'amour.

Il ferma les yeux. Cela faisait une éternité qu'il ne s'était pas permis de repenser aux aspects physiques de leur mariage. Il y avait eu entre eux une relation intense, très passionnée, jusqu'à la nuit où il avait été blessé.

Theresa, qui restait maîtresse d'elle-même en toutes circonstances, perdait ce contrôle quand ils faisaient l'amour. Et la voir s'abandonner complètement dans ses bras avait toujours été une expérience merveilleuse.

Merveilleuse… Mais il ne devait plus y penser. Il fallait qu'il oublie le goût de ses lèvres, ses gémissements si sensuels sous ses caresses, sa façon de se cambrer contre lui, de murmurer son nom à l'ultime moment…

Il poussa un juron et tourna les robinets pour avoir de l'eau froide. C'était lui qui avait voulu leur séparation. Il avait pris sa décision, avait choisi son chemin, et était bien décidé à le poursuivre, seul.

Une fois refroidi, il ferma les robinets, puis, attrapant une serviette, s'essuya vigoureusement. Plutôt que de rêver à son ex-femme, il aurait mieux fait de se concentrer sur son fils.

Etait-il possible que Tim se soit enfui dans le but de réunir ses parents ? se demanda-t-il tout en s'habillant. Il leur avait clairement fait comprendre qu'il voulait qu'ils revivent ensemble.

Non… Impossible. Tim ne leur aurait pas causé volontairement tous ces soucis. C'était un garçon affectueux, soucieux du bien-être d'autrui. De plus, un enfant de son âge aurait été bien incapable de rester loin de chez lui pendant si longtemps. Lorsqu'on avait neuf ans, une heure semblait une éternité.

Une pensée le réconfortait : Tim était intelligent. S'il

lui était possible de retourner chez lui, il le ferait. S'il était retenu quelque part contre son gré, son ravisseur le sous-estimerait peut-être.

A moins qu'il ne soit trop tard. A moins qu'il ne soit déjà...

Sully prit une profonde inspiration, refusant de poursuivre. Il fallait qu'il reste convaincu que, d'une manière ou d'une autre, le garçon leur serait rendu sain et sauf.

Tim n'était pas seulement son fils adoré. Il représentait la vie, l'espoir dans le futur. Il était l'énergie qui lui permettait de continuer à avancer.

Sully était sur le point de sortir de la chambre quand il rebroussa chemin et se dirigea vers la commode. Ouvrant le tiroir du haut, il en sortit un pistolet automatique.

Il avait rendu son arme de service au moment où il avait quitté la police, mais il avait gardé la sienne.

Il la prit dans sa main et, bien qu'il ne l'ait pas sortie de ce tiroir depuis des années, sauf pour la nettoyer de temps en temps, il retrouva instantanément des sensations familières. Pourquoi pensait-il qu'une arme pouvait lui être utile ? Il y avait des dizaines de policiers sur l'affaire... Pourtant, quand il quitta la pièce quelques secondes plus tard, le pistolet était coincé dans sa ceinture.

Avant de retourner chez Theresa, il prit le temps d'activer le transfert d'appel, au cas où un éventuel ravisseur voudrait le joindre.

Accroché à ses pas, le chiot le fixait de ses yeux émouvants. Au moment de partir, Sully se pencha afin de lui passer une laisse autour du cou.

— Theresa va être furieuse, murmura-t-il avec un petit sourire.

Ne sachant pas quand il reviendrait, il ne pouvait pas

le laisser seul ici. De plus, le chien était destiné à Tim, et il devait attendre son retour chez lui. Oui, Theresa allait certainement être furieuse, mais tant pis.

— Allez, Montana, nous partons !

Le chien aboya joyeusement en entendant son nom et le tira vers la porte.

6

Dès qu'il arriva devant la maison de Theresa, Sully sut qu'il y avait du nouveau. Une intensité particulière planait dans l'air, et des policiers entraient et sortaient précipitamment.

Il gravit les marches du perron, la laisse de Montana dans la main.

Sully, te voilà enfin ! s'exclama Theresa lorsqu'il entra.

Elle fronça les sourcils en apercevant le chien.

— Qu'est-ce que c'est ?

— Un chien. Le cadeau de Noël de Tim. Je te présente Montana.

Il vit ses mâchoires se serrer, et il se hâta d'ajouter :

— Je sais, je sais… J'aurais dû t'en parler, et je ne l'ai pas fait. Mais je ne pouvais pas laisser ce chien seul chez moi. C'est ici qu'il doit être, pour attendre Tim avec nous.

— Oh, Sully…, lâcha-t-elle avec un soupir de résignation. Bon, je vais l'installer dans la chambre de Tim.

Elle lui prit la laisse des mains, conduisit le chien

dans la pièce, puis referma la porte. Ses yeux brillaient d'une excitation contenue.

— Ils ont retrouvé le cartable de Tim !

— Où ? demanda-t-il, le cœur battant.

Enfin, ils tenaient une piste !

— A côté de l'école. Des policiers viennent de partir pour aller le chercher et interroger l'homme qui l'a découvert.

Bon Dieu, les choses avançaient enfin ! Il regrettait de ne pas y être allé lui aussi.

— Il y a longtemps qu'ils sont partis ?

— Non. Quelques minutes.

Il remarqua que, pendant son absence, elle avait pris une douche et s'était changée. Ses cheveux noirs étaient encore humides et sentaient bon le shampoing. Elle portait un pantalon noir accompagné d'un chemisier écru, une couleur qui faisait ressortir la délicatesse de son teint.

— Où est Ryder ? s'enquit-il, légèrement agacé de s'intéresser ainsi à son physique dans de telles circonstances.

— Dans la cuisine. Ils ont chargé une jeune femme de répondre au téléphone. Ça n'a pas arrêté de sonner depuis que tu es parti… Essentiellement des journalistes et des appels fantaisistes.

Comme pour lui donner raison, la sonnerie du téléphone retentit.

— Viens, allons voir, proposa Sully.

Il lui prit le bras et la conduisit dans la cuisine où s'élevait une voix féminine.

— Je vous en prie, arrêtez d'appeler constamment. Il ne faut pas que cette ligne reste occupée.

La jeune agent de police raccrocha sèchement le téléphone.

— Au diable les journalistes, bougonna-t-elle.

Sully se dirigea vers Ryder qui était assis à table, une tasse de café et une boîte de biscuits devant lui.

— Comment le cartable a-t-il été découvert ?

L'inspecteur haussa les épaules et avala ce qu'il avait dans la bouche avant de répondre.

— Tout ce que je sais, c'est qu'un vieil homme a appelé pour dire qu'il l'avait trouvé sur le trottoir hier. Comme la météo avait annoncé de la neige, il a emporté le cartable chez lui afin qu'il ne s'abîme pas. Puis il l'a oublié. Ce n'est qu'en entendant parler de la disparition de Tim ce matin, qu'il s'est dit qu'il ferait peut-être mieux d'appeler la police.

Il désigna la boîte de biscuits.

— Servez-vous.

Sully secoua la tête. Même si manger était une nécessité physiologique, l'idée de s'asseoir pour déguster un biscuit lui semblait obscène.

— J'ai fait en sorte que mes appels soient transférés ici.

— Bonne idée, approuva Ryder. S'il s'agit d'un enlèvement, nous n'avons aucun moyen de savoir lequel de vous deux sera joint pour une demande de rançon.

— S'il y a une demande de rançon, nota Sully, qui regretta immédiatement d'avoir exprimé sa pensée à voix haute.

Theresa le dévisagea.

— Pourquoi « si » ? Si quelqu'un a kidnappé Tim, il va nous réclamer de l'argent. C'est logique.

— A moins que le motif de l'enlèvement ne soit la

vengeance et que le ravisseur n'ait pas l'intention de nous rendre Tim.

En la voyant pâlir, il se détesta d'avoir eu à formuler de telles pensées à voix haute. Mais il fallait qu'elle sache…

Il fallait qu'elle ait conscience que tous les scénarios étaient maintenant envisageables. Tim avait disparu depuis plus de vingt-quatre heures, et elle devait se préparer à toutes les éventualités. Tout comme lui, d'ailleurs.

Mais comment se préparer à affronter l'insoutenable ?

Ils étaient en train d'attendre que les policiers reviennent avec le cartable de Tim, quand John arriva.

— Je n'ai pas réussi à fermer l'œil, avoua-t-il, l'air penaud. J'ai bien l'impression qu'il me sera impossible de dormir tant que nous n'aurons pas retrouvé Tim.

Emu par son implication dans cette affaire, Sully ne sut que répondre, et il se contenta d'un signe de tête envers son ex-coéquipier. Il avait oublié la solidarité qui existait entre policiers, une solidarité qu'il avait dédaignée à cause de ses suspicions paranoïaques.

En ce moment même, John, Kip, ainsi que tous les autres agents sur l'affaire, le considéraient non seulement comme un père dans le chagrin, mais aussi comme l'un des leurs. Vus sous cet angle, les doutes qui l'avaient rongé après l'attaque dont il avait été l'objet paraissaient injustifiés et bien mesquins.

La porte donnant sur le jardin de derrière s'ouvrit, et Kip entra, suivi d'un autre policier.

— Ça y est, nous l'avons ! s'écria Kip en désignant un sac en papier kraft qui contenait la pièce à conviction.

Il le retourna et en renversa le contenu sur la table.

Theresa ne put retenir un cri, confirmant ainsi qu'il s'agissait bien du cartable de Tim. Elle s'assit à la table de la cuisine, sans le quitter des yeux.

— Qu'avez-vous appris ? s'enquit Sully spontanément.

Puis, se rendant compte qu'il marchait sur les plates-bandes de John, il se mordit la lèvre.

— Le témoignage de cet homme semble être tout à fait fiable, expliqua Kip. Il a remarqué le cartable hier, aux alentours de midi. Comme il avait entendu qu'il allait peut-être neiger dans la nuit, il l'a mis dans son garage, en se disant qu'il l'apporterait aux objets trouvés. Il n'y a plus pensé jusqu'à ce qu'il apprenne ce matin, en écoutant les informations, qu'un enfant avait disparu. Alors, il s'est dit qu'il ferait mieux de signaler sa découverte.

— Vous avez regardé à l'intérieur ?

Il secoua la tête. John tapota les poches de sa veste et lança en fronçant les sourcils :

— Quelqu'un a une paire de gants ?

Kip lui tendit des gants en latex. Il les enfila et tira le cartable vers lui.

Chacun dans la pièce retint sa respiration quand il souleva le rabat. Sully chercha le regard de Theresa. Dans ses yeux, il vit qu'elle se posait les mêmes questions que lui.

Trouveraient-ils à l'intérieur une demande de rançon ? les empreintes du ravisseur ou de quelqu'un qui savait ce qui était arrivé à Tim ?

Du cartable, John sortit un livre de mathématiques,

un mince cahier à spirales, quelques stylos et une barre chocolatée déjà entamée et tout écrasée. Un bruit inintelligible sortit de la gorge de Theresa lorsqu'elle la vit.

— Je lui ai répété des centaines de fois de ne pas mettre de nourriture dans son cartable, murmura-t-elle, les yeux brillants de larmes.

— Il n'y a rien d'autre ici, constata John.

Il ouvrit ensuite l'une des trois poches sur le côté du cartable.

Les deux premières étaient vides. Dans la troisième, il y avait un morceau de papier soigneusement rangé.

Sully entendit la respiration de Theresa s'accélérer. Lui-même sentait battre son cœur de façon désordonnée. Pendant un instant, alors que John dépliait soigneusement la feuille, la tension fut à son comble.

L'inspecteur prit rapidement connaissance du contenu, puis abattit son poing sur la table et jeta le papier devant lui afin que tous puissent lire ce qui était écrit.

C'était une lettre d'amour, ou tout du moins, ce qu'un enfant de neuf ans pouvait faire de plus approchant.

« Chère Susan,

» Je t'aime. Et toi, tu m'aimes ? Tes tâches de rousseur sont jolies.

Tim. »

« P.-S. : Interdiction de le dire aux autres ! »

Sully regardait fixement les mots écrits d'une écriture enfantine, avec l'impression que son cœur allait éclater. Sans doute Tim avait-il eu l'intention de donner ce mot à Susan à l'école. Mais il n'était jamais arrivé jusque-là.

Il leva les yeux vers l'endroit où Theresa était assise

quelques instants auparavant. La chaise était vide. Et Theresa avait disparu.

Après avoir passé la tête dans le salon sans la trouver, il s'avança dans le couloir et s'arrêta devant la porte de la chambre de Tim. De l'autre côté s'élevaient des sanglots étouffés.

Il posa le front sur le bois froid de la porte, ne sachant s'il devait entrer ou non. Theresa n'aimait pas se donner en spectacle.

Le jour où sa mère était morte, elle n'avait pas versé une larme en sa présence malgré son chagrin, se rappela-t-il. Ce n'était que plus tard, quand elle était allée prendre une douche, qu'il l'avait entendue sangloter. En sortant de la salle de bains, elle s'était montrée calme, maîtresse d'elle-même, seulement trahie par ses yeux un peu rouges.

Il avait toujours admiré sa force, et c'était pour cette raison que, lorsqu'il s'était lui-même effondré, il n'avait pas supporté qu'elle reste à ses côtés et soit le témoin de sa chute.

Il entrouvrit doucement la porte, juste assez pour jeter un coup d'œil à l'intérieur et s'assurer qu'elle allait bien. Etendue sur le petit lit de Tim, elle tenait Montana serré contre elle et pleurait dans son pelage.

Il lutta contre le désir d'aller la voir et de la prendre dans ses bras afin de la réconforter — il avait peur d'être un intrus, de la déranger. Au lieu de cela, il referma la porte et appuya de nouveau le front dessus, alors que dans son cœur, il pleurait avec son ex-femme pour un petit garçon qui aimait Susan et avait laissé un Mars à moitié grignoté.

Theresa pleura jusqu'à ce qu'elle ait l'impression d'avoir versé toutes les larmes de son corps. Etrange qu'un simple cartable ait suffi à la faire craquer. Mais pleurer la rasséréna, et lorsqu'elle eut fini, elle sentit un regain d'énergie l'envahir.

Allongée ici, sur le lit de Tim, elle se sentait proche de lui. Cette proximité spirituelle n'avait rien à voir avec la réalité, mais cela la réconforta. Les draps et l'oreiller étaient encore imprégnés de son odeur de petit garçon, et elle en emplissait ses poumons, comme si elle pouvait capturer en elle son essence.

Elle poussa un cri quand le chien sauta sur elle et se mit à lui lécher la joue.

— Hé ! protesta-t-elle alors qu'un éclat de rire montait en elle.

Elle s'assit et caressa le chiot entre les oreilles, souriant devant ses yeux plein d'adoration. Offrir un chien à Tim sans prendre la peine de lui en parler, c'était tout Sully, ça ! Comment l'avait-il appelé, déjà ? Ah oui… Montana.

— Montana ?

Le chien aboya lorsqu'elle prononça son nom à voix haute.

— Tim va t'adorer.

Il aboya de nouveau, et elle aurait presque juré qu'il souriait. Elle lui donna une autre caresse, puis se leva.

— Viens, je vais te donner à manger.

Dès qu'elle eut quitté la chambre, elle entendit des éclats de voix provenant de la cuisine.

— John, laisse-moi venir avec toi !

La voix de Sully résonnait, pleine de frustration et de colère mal maîtrisée.

Montana gronda, à croire qu'il percevait cette tension.

Theresa lui tapota la tête en un geste rassurant, puis pénétra dans la cuisine, où les deux hommes se faisaient face, visiblement très énervés.

— Que se passe-t-il ? demanda-t-elle.

— Ils ont trouvé Burt Neiman, répondit Sully sans quitter John du regard.

Elle sentit son cœur bondir dans sa poitrine.

— Tim était avec lui ?

— Non. Ils l'ont retrouvé il y a quelques heures dans un motel de Clinton, avec une prostituée, expliqua John. Je vais partir au poste pour interroger Burt et son amie.

— Il faut que je vienne avec toi, décréta Sully.

— Bon Dieu, tu veux que je perde ma place ? explosa John. J'ai déjà contourné le règlement pour que Theresa et toi puissiez rencontrer Roger à la prison. Ne me mets pas dans une position difficile !

— J'ai besoin d'être sûr que Burt dit bien la vérité ! protesta Sully d'une voix tout aussi forte.

Montana se mit à aboyer bruyamment, comme s'il jugeait nécessaire d'ajouter sa participation à ce vacarme. Theresa tenta de le calmer.

John serra les lèvres.

— Je suis désolé, Sully, mais c'est non. Tu n'as pas le droit d'interroger les suspects. Tu ne fais plus partie de la police.

— Sully…

Elle lui posa la main sur le bras. Elle lisait dans ses yeux toute l'étendue de son désarroi et savait à quel point son sentiment d'impuissance le rongeait.

— Sully, tu veux venir décorer le sapin avec moi ? Tu te souviens, tu avais promis de m'aider.

Il se tourna vers elle, et dans ses yeux gris, la colère laissa peu à peu place à un immense désespoir.

— Le sapin ?

Il la fixait, l'air interdit, ayant complètement oublié que c'était Noël et qu'un arbre attendait d'être décoré dans un coin du salon.

— Le sapin de Noël. Je voudrais qu'il soit beau quand Tim reviendra à la maison.

— Ah, oui… Je vais t'aider.

Il se retourna vers son ex-coéquipier.

— Tu m'appelleras s'il y a quoi que ce soit de nouveau ?

— Bien sûr, assura John.

Il lui fit signe de l'accompagner à l'extérieur. Pendant qu'ils discutaient, Theresa trouva deux bols susceptibles de servir de gamelles à Montana. Elle en remplit un d'eau et le posa par terre.

Pendant que le chiot buvait, elle alla à la fenêtre et observa les deux hommes, encore en train de se quereller. *Fais attention, Sully,* songea-t-elle avec inquiétude. *Ne te fâche pas avec ceux qui essaient de t'aider.*

Elle fronça les sourcils et se détourna de la fenêtre, tout en se demandant si Sully et John se disputaient pour une raison valable, ou si c'était simplement un moyen d'extérioriser leur tension.

L'attente, voilà ce qui était le plus insupportable. Chaque sonnerie du téléphone leur rongeait le cœur et mettait leurs nerfs à vif.

Elle se sentait comme prisonnière dans sa propre maison. Elle avait peur, si elle s'absentait, de manquer un appel téléphonique, un indice, quelque chose qui lui ramènerait Tim.

Au moins, en décorant le sapin, ils ne resteraient

pas là, immobiles, à regarder par la fenêtre ou dans les yeux l'un de l'autre, pour y voir le reflet de leur propre désespoir.

Elle sursauta quand Sully rentra en claquant la porte.

— Bon sang, je devrais être là-bas, en train de parler à ce type ! s'exclama-t-il.

— Tu sais bien que ce n'est pas possible. Sully, ajouta-t-elle en soupirant, nous ne pouvons pas prendre de risques. Dans le cas où Burt Neiman aurait quelque chose à voir avec la disparition de Tim, il faut que les agissements de la police soient exemplaires pour que nous puissions le poursuivre en justice. Imagine qu'un avocat invoque un vice de forme devant la cour…

— Tu as raison, reconnut-il à contrecœur.

Il s'adossa à la porte. Il semblait trop fatigué pour aller plus loin.

— Vous étiez encore en train de vous disputer à cause de Burt Neiman ? s'enquit-elle avec curiosité.

Il secoua la tête. Elle fronça les sourcils en prenant soudain conscience du silence régnant.

— Où sont-ils tous passés ?

— C'est à propos de *ça* que nous n'étions pas d'accord.

Il la suivit dans la cuisine, puis se mit à arpenter la pièce, tel un lion en cage.

— John doit mettre certains de ses hommes sur d'autres affaires.

— Mais pourquoi ? demanda-t-elle d'une voix plaintive et plus aiguë que d'ordinaire.

Il continua à aller et venir, puis s'arrêta devant elle. Il lui prit le visage dans les mains, un peu comme Robert l'avait fait quelques heures plus tôt.

— En ce moment, Tim n'est qu'un enfant qui a disparu… Ou qui a fugué.

— Tu sais très bien que ce n'est pas possible. Jamais il n'aurait fait ça ! protesta-t-elle.

La chaleur de ses larges mains sur sa peau lui procurait un réconfort étrange. Elles parvenaient même à chasser un peu de ce froid qui l'habitait depuis qu'elle avait découvert que Tim n'était jamais arrivé à l'école la veille.

— Tu le sais, je le sais, mais sans demande de rançon, la police ne peut pas exclure la possibilité que Tim se soit enfui ou perdu. Et John ne peut pas continuer à mettre autant d'hommes sur cette affaire.

— Alors, qu'allons-nous faire maintenant ? La police semble oublier que, quelque part, il y a un enfant de neuf ans qui, pour une raison ou une autre, ne peut pas rentrer chez lui !

— Une équipe de six hommes continue les recherches, mais ce n'est plus une affaire prioritaire pour la police, comme ça l'a été dans les premières heures.

— Ils abandonnent ? murmura-t-elle.

Le simple fait de prononcer ces mots lui était douloureux.

— Non, répondit-il en laissant retomber ses mains. Mais le crime ne s'est pas arrêté parce que Tim a disparu. Il y a eu un meurtre dans le centre-ville il y a quelques heures, et deux braquages depuis ce matin. Quand j'étais dans la police, nous avions l'habitude de dire que les vacances étaient des périodes particulièrement difficiles.

Elle soupira. Ces paroles la glaçaient jusqu'au plus profond de son être. Pourtant, elle savait que la police n'avait pas le choix.

— Allons décorer le sapin, Sully. En ce moment, c'est la seule chose que nous puissions faire pour notre enfant.

Elle le prit par la main, et ils se dirigèrent ensemble vers le salon.

Il leur fallut plusieurs minutes pour rassembler les différentes boîtes contenant les ornements. Puis, tandis que Sully s'occupait des guirlandes électriques, elle commença à déballer les décorations qu'ils avaient achetées ensemble.

Il était étrange de suspendre tous ces objets sans ressentir la moindre joie, sans que résonnent de joyeux chants de Noël, sans sentir les arômes du jus de pomme aux épices qu'elle préparait toujours à cette occasion.

Plus étrange encore était de décorer le sapin avec Sully alors qu'elle croyait que cela ne se reproduirait jamais plus. Elle s'était habituée à l'idée de passer Noël sans lui, tout comme elle s'était habituée à ses nuits solitaires.

S'asseyant par terre, elle le regarda démêler les guirlandes, les sourcils froncés par la concentration. Elle n'avait aimé aucun homme avant lui. Aînée de quatre enfants, elle avait dû faire face à de lourdes responsabilités à l'âge de quinze ans, quand son père avait quitté le domicile familial. Elle avait vu sa mère s'effondrer, ses sœurs s'enfermer dans la tristesse et la stupéfaction. Elle était devenue celle sur qui tous s'appuyaient, et avait porté sa famille à bout de bras. A cette époque, elle s'était promis que jamais elle ne donnerait à un homme autant de pouvoir sur elle... Jusqu'au jour où elle avait rencontré Sullivan Mathews.

Lorsqu'elle avait été nommée substitut du procureur, elle avait quitté les siens pour venir s'installer à Kansas

City. Elle avait rencontré Sully au cours d'un procès — son premier — où il témoignait. Dès qu'elle avait posé son regard sur lui, elle était tombée sous le charme de ses yeux gris, de son sourire lent et dévastateur, et elle avait su que plus rien ne serait comme avant. Ils s'étaient mariés six mois plus tard. Elle s'était livrée à lui corps et âme, mais cela n'avait pas suffi.

Elle sentit l'amertume la gagner en l'observant de nouveau. La seule fois où elle avait décidé de donner son cœur à un homme, il l'avait rejetée comme une paire de vieilles chaussettes.

Plus jamais ça ! se promit-elle en reportant son attention sur les décorations rangées dans les boîtes. Plus jamais elle ne se donnerait aussi complètement à un homme. La blessure que Sully lui avait infligée en la quittant mettrait bien toute une vie à guérir.

Elle jeta un coup d'œil à Montana, allongé sur le canapé comme s'il y avait passé toute sa vie.

— Tu aurais dû me demander pour le chien.

— Je me suis dit que si tu ne voulais pas de lui ici, je pourrais le garder chez moi afin que Tim le voie le week-end, répondit Sully en tournant autour du sapin pour disposer la guirlande sur les branches.

— Et c'est moi qui aurais le rôle de la méchante ! répliqua-t-elle avec irritation.

S'immobilisant, il la fixa, les sourcils froncés.

— Pourquoi cherches-tu la bagarre ?

— Je ne cherche pas la…

Elle rougit. Il avait raison, c'était exactement ce qu'elle était en train de faire.

— Bon, d'accord…

Elle se refusait toutefois à admettre que son but

réel était de se protéger des sentiments qu'elle pouvait nourrir à son égard.

Posant la guirlande par terre, il vint s'accroupir auprès d'elle et sourit. Son premier vrai sourire depuis son arrivée. Ce même sourire lent, ravageur, qui la faisait fondre encore aujourd'hui.

— Je pense que c'est une réaction naturelle.

Elle l'observa avec intérêt.

— Quoi ?

— Le besoin d'être agressif. De remplacer la peur par la colère.

— J'aurais préféré que tu réagisses comme ça, au lieu de te renfermer comme tu l'as fait. Ç'aurait été plus courageux de ta part.

A ce coup bas, elle vit aussitôt ses pupilles se rétrécir et son souffle se suspendre. Le silence qui suivit lui parut durer une éternité. Puis, sans un mot, Sully retourna à sa tâche.

Elle se sentit honteuse, même si les mots étaient sortis malgré elle, non pour le blesser mais pour se souvenir de ce que leur couple avait enduré.

Ils n'avaient jamais parlé ensemble de la dépression de Sully ; le sujet était resté tabou. Tout d'abord, elle avait cru que son dynamisme avait été momentanément entamé par l'attaque dont il avait été victime. Puis, au fur et à mesure que les mois passaient et que la blessure se refermait, elle avait dû affronter la vérité : il n'était pas heureux avec elle. Il avait commencé à aller mieux immédiatement après leur divorce.

— Theresa, je ne veux pas me disputer avec toi, quoi que tu puisses dire pour me blesser. Notre fils a disparu, et ne pas nous aider mutuellement à supporter cette épreuve, c'est comme le trahir. Je veux bien me disputer avec John et tous les autres si nécessaire, mais pas avec toi. Je n'en ai tout simplement pas la force.

Elle contempla la décoration qu'elle avait dans les mains. C'était un petit vélo rouge, le même que celui que Tim avait reçu au matin de Noël, trois ans plus tôt. Ils l'avaient acheté ensemble.

— Tu t'en souviens ? demanda-t-elle avec un sourire, en gage de paix.

Il lui sourit en retour, et elle en fut touchée.

— Bien sûr. J'ai dû me lever à 2 heures du matin ce jour-là pour monter le vélo !

Il finit d'arranger la guirlande, puis vint s'asseoir à côté d'elle, au milieu de ces objets qui, tous, leur rappelaient un moment de leur vie conjugale.

Ils accrochèrent ensuite les décorations une à une, évoquant chaque fois l'anecdote familiale qui s'y rattachait. Et à chacun de ces souvenirs, Theresa se confortait un peu plus dans l'idée que la force de leur amour pour Tim le ferait revenir vers eux.

— Le téléphone n'a pas sonné depuis un moment, nota-t-elle.

— Oui. John a dit aux journalistes massés dans la rue de prévenir leurs collègues que, s'ils occupaient la ligne, ils seraient poursuivis pour obstruction à la justice.

Elle le considéra, surprise.

— Il a le droit de faire ça ?

Il sourit.

— Sans doute pas, mais l'important, c'est que les journalistes l'aient cru.

Il se baissa afin de prendre un petit ange en porcelaine, avec des plumes en guise d'ailes.

— Non ! s'écria-t-elle alors qu'il allait l'installer au

sommet du sapin. Rappelle-toi : c'est toujours Tim qui s'en occupe !

Chaque année, Sully prenait son fils dans ses bras pour qu'il accroche l'ange au sommet du sapin et apporte ainsi à l'arbre sa touche finale.

Ses yeux gris s'assombrirent sous la douleur, et il replaça l'ange dans sa boîte.

— Tu as raison. Nous allons attendre, et Tim le mettra quand il reviendra.

Il brancha les guirlandes, et l'arbre se mit à scintiller, symbole d'espoir.

Instinctivement, ils se rapprochèrent l'un de l'autre. Sully passa son bras autour des épaules de Theresa, qui s'appuya contre lui. L'arbre était si beau qu'elle en eut un frisson, mais voir la plus haute branche nue lui nouait la gorge.

— Il est magnifique, tu ne trouves pas ? murmura-t-il.

Il la serra plus fort et ajouta :

— Mais rien n'est beau sans lui.

Elle ferma les yeux, se retenant de lui dire que rien n'était beau sans lui non plus. Elle ne voulait pas lui montrer sa faiblesse. Il avait toujours été sa faiblesse…

Elle voulait qu'il soit heureux, même si, pour cela, ils devaient vivre séparément. Mais elle lui était reconnaissante d'être à ses côtés en ce moment.

Sans lui, elle n'aurait pas pu faire face à l'horreur de la disparition de Tim. Elle se serait effondrée, elle aurait perdu la raison et aurait plongé dans un gouffre sans fond.

— Nous allons y arriver, Sully, assura-t-elle en se tournant vers lui.

Elle lui passa les bras autour du cou et plongea le

regard dans ses yeux gris acier. A ce moment précis, elle y aperçut une étincelle qu'elle n'aurait jamais cru revoir.

Par-delà l'anxiété, par-delà les tourments, se lisait dans ses yeux un frémissement de désir. Il la serra plus fort et l'attira vers la masse compacte et rassurante de son corps. Alors qu'il penchait la tête vers elle, elle sentit son souffle doux et chaud balayer son visage.

— Sully ?

Elle ne savait pas vraiment ce qu'elle voulait lui demander, et de toute façon, il ne répondit pas. La lueur qu'elle avait prise pour du désir disparut aussi soudainement qu'elle s'était allumée, et il s'écarta.

— Theresa…

Une explosion d'une violence inouïe l'empêcha de poursuivre. La vitre du salon se brisa, et des éclats de verre volèrent tout autour d'eux. Presque simultanément, Sully poussa Theresa à terre et la couvrit de son corps.

Pendant un long moment, ni l'un ni l'autre ne bougea. Le silence avait envahi la maison. Seul le sifflement du vent glacé qui s'engouffrait par la fenêtre s'entendait alentour.

— Que s'est-il passé ? murmura Theresa après quelques minutes interminables.

Sully se redressa et lui tendit la main de façon à l'aider à se relever.

— Regarde !

Il désignait du doigt une brique gisant à terre au milieu d'éclats de verre scintillants.

— Qu'est-ce que c'est ?

Elle le regarda enlever soigneusement les éclats de verre épars sur la brique et la ramasser. La brique rouge, très ordinaire, était entourée d'un élastique qui maintenait un morceau de papier.

Elle retint son souffle tandis que Sully enlevait l'élastique et dépliait la feuille. Il lut rapidement son contenu, puis leva sur elle un regard froid et déterminé.

— C'est une demande de rançon.

7

Sully tenait la demande de rançon du bout des doigts, même s'il se doutait qu'on n'y trouverait aucune empreinte digitale. Son auteur avait sûrement pris la précaution de mettre des gants.

Il la lut deux fois avec attention. La première, comme un policier : papier ordinaire, lettres capitales… Impossible d'en tirer quoi que ce soit.

La seconde fois, il la lut comme un père, et cela le glaça. Comme si le froid qui s'engouffrait dans la pièce par la vitre cassée s'infiltrait jusqu'à son cœur.

— Qu'est-ce qui est écrit ? s'enquit Theresa d'une voix rauque en s'approchant.

Le chiot se mit à gémir, et elle lui caressa la tête d'un geste machinal.

— Que nous devons mettre vingt-cinq mille dollars dans un sac en papier et l'apporter demain à 14 heures au centre commercial de Pineridge. Tu devras le déposer dans la poubelle qui est en face de Dillards, au niveau 1. La somme doit être en petites coupures, déjà usagées. Pas de policiers.

— Tu crois que…

Elle fut interrompue par la sonnerie du téléphone. Ils

s'immobilisèrent. La sonnerie retentissant de nouveau, Sully conduisit Theresa dans la cuisine. Il démarra l'enregistrement et lui fit signe de répondre.

— Vous avez reçu mon message ?

Une voix étrange, presque surnaturelle, s'éleva dans la cuisine.

— Oui, répondit-elle dans un souffle, les yeux rivés à Sully.

— Si je vois un policier ou si vous essayez de jouer au plus malin, vous ne reverrez jamais votre enfant. Faites ce que je vous dis, et tout ira bien.

Sully griffonna quelques mots sur un calepin et le lui tendit.

— Qu'est-ce qui me prouve que c'est vous qui avez enlevé Tim ? demanda-t-elle après avoir lu la question.

Il y eut un long silence.

— Votre fils porte un jean, un pull bleu et un blouson avec l'écusson des Chiefs. Si vous voulez le revoir, faites ce que je vous dis.

Un déclic… Puis le silence.

— Attendez ! s'écria-t-elle.

Trop tard. Son interlocuteur avait raccroché.

— Il faut avertir John, déclara Sully tandis qu'elle se laissait tomber sur une chaise. Bon sang, pourquoi faut-il qu'il ait appelé après le départ de la police ?

— Tu peux savoir d'où provient l'appel ? Il faut tout de suite envoyer quelqu'un là-bas !

Il regarda le boîtier et fronça les sourcils.

— Le coup de fil a été passé d'une cabine. Je parie qu'on n'aura rien en l'inspectant, pas même une vague empreinte digitale.

Il décrocha le combiné et composa le numéro du poste de police.

— Passez-moi l'inspecteur Holbrook, ordonna-t-il à la standardiste d'un ton lapidaire.

Tout en attendant John, il repensa à la voix du coup de téléphone. Pas la moindre trace d'émotion, de sentiment. La voix du diable lui-même.

— L'inspecteur Holbrook n'est pas disponible en ce moment.

Ses doigts se crispèrent sur le combiné.

— Sullivan Mathews à l'appareil. Mon fils a disparu, et nous venons tout juste de recevoir une demande de rançon. Je dois absolument lui parler.

— Il vient de partir chez vous.

Sans même dire au revoir, il écrasa le combiné sur son support, faisant sursauter Theresa.

— John arrive.

Il frissonna. Il faisait froid dans la maison, si froid. Ou peut-être ce froid était-il en lui.

— Cette voix… Elle avait quelque chose d'étrange, murmura Theresa avec un frisson. Comme si elle n'était pas humaine.

Il acquiesça.

— La personne qui a appelé utilisait un synthétiseur, ou un autre dispositif, pour modifier sa voix.

Impossible de savoir avec certitude si cette demande de rançon était à prendre au sérieux ou non. Mais une chose était sûre : il retrouverait un jour celui qui avait orchestré cette horreur, et alors…

— Tu as du contreplaqué ? lança-t-il soudain.

Elle le considéra d'un air ébahi, à tel point qu'il se demanda si elle n'était pas en état de choc.

— Du contreplaqué ? répéta-t-elle finalement.

Il fallait qu'il l'aide à se ressaisir, qu'il trouve un moyen de l'occuper afin de l'empêcher de penser à cet appel téléphonique et à toutes les hypothèses plus horribles les unes que les autres qu'il faisait naître.

Il la conduisit avec douceur dans le salon, où le vent entrait en sifflant par la vitre brisée. La température avait baissé de plus de vingt degrés dans la pièce.

— Il faut boucher ce trou, Theresa.

Elle regarda la fenêtre et parut enfin se reprendre. Elle haussa les épaules, comme si elle se dégageait d'un lourd fardeau.

— Tu as raison. Il y a des planches dans le garage.

— J'y vais. Tu pourrais ramasser les éclats de verre pendant ce temps.

Elle hocha la tête, et il quitta la pièce. Une fois dans le garage, il s'adossa un instant à l'établi. Il avait besoin d'un moment pour recouvrer ses esprits. Si l'appel n'émanait pas d'un mauvais plaisant, alors ils étaient fixés : Tim n'était pas perdu, il n'était pas tombé dans un fossé et ne s'était pas cassé une jambe. Quelqu'un le retenait contre son gré.

Le vélo qu'il avait passé des heures à monter quelques années auparavant était dans un coin du garage. La peinture et les chromes brillaient comme s'il était neuf : pas le moindre grain de poussière ou la plus petite trace de boue dessus. Tim faisait attention à ses affaires.

C'était la raison pour laquelle Sully avait décidé de lui offrir Montana. Theresa n'aurait pas à lui rappeler de le nourrir ou de s'occuper de lui. Tim était étonnamment responsable pour son âge. C'était vraiment un bon garçon.

Les larmes lui brûlaient les yeux. Il tenta de les retenir, en vain. En pensant à son corps robuste de petit garçon, à l'odeur de bébé qu'il avait encore, il craqua.

Il était debout au milieu du garage, les yeux posés

sur le vélo, quand les larmes se mirent à couler, dévalant ses joues, se bousculant les unes les autres. Et ce laisser-aller le mit en colère. C'était une faiblesse de plus, un autre défaut.

Ravalant ses larmes, il essuya rageusement son visage, attrapa un marteau et des clous, et lorsqu'il trouva enfin une planche d'une taille adéquate, ses yeux étaient secs. Le chagrin avait laissé place à une colère froide. Il l'accueillit avec soulagement. D'autant qu'il ne voulait pas que Theresa remarque qu'il avait pleuré.

Retournant dans le salon, il la trouva debout devant la fenêtre, la main en sang.

— Theresa !

Il laissa tomber la planche et se précipita vers elle. Un coup d'œil sur sa main lui montra qu'elle s'était coupée en voulant enlever les bris de verre. Il la prit par le bras et la conduisit dans la cuisine. Une fois devant l'évier, il ouvrit le robinet et lui mit la main sous l'eau.

— Ça va aller, la rassura-t-il en séchant sa blessure avec de l'essuie-tout. Je n'ai pas l'impression que ce soit bien méchant. Tu as des pansements quelque part ?

Elle hocha la tête.

— Dans le tiroir, près de l'évier.

Après avoir sorti la boîte, il en posa un sur sa coupure.

— Ça va ?

Elle le regardait avec de grands yeux, l'air égaré.

— Non, ça ne va pas du tout.

Il l'attira à elle, et il eut l'impression qu'elle se fondait en lui. Fermant les yeux, il sentit le parfum de ses cheveux et la chaleur de son corps tout contre le sien.

— Je n'arrête pas de me demander pourquoi Tim

a disparu, murmura-t-elle. Qu'avons-nous fait pour mériter ça ?

— Rien, répondit-il en la serrant plus fort dans ses bras. Des choses horribles arrivent tous les jours à des gens qui ne le méritent pas.

Elle s'écarta un peu de façon à le regarder dans les yeux.

— Comme la nuit où quelqu'un t'a tiré dessus.

— Là, c'était différent, répondit-il en la lâchant. Viens, allons boucher ce trou avant que la maison devienne glaciale.

Il se dirigea vers le salon, conscient de son regard pensif sur lui. Elle n'avait pas compris ce qu'il s'était passé cette nuit-là. Elle n'avait pas compris parce qu'il ne lui avait pas fait part de ses soupçons. Et parce qu'il n'avait jamais osé lui avouer que, depuis, la peur ne le quittait plus.

Quelques minutes lui suffirent pour fixer le contreplaqué.

— Il faudra appeler un vitrier, commenta-t-il en rabaissant le marteau. Mais j'imagine que personne ne pourra venir avant Noël.

A cet instant, ils entendirent la porte d'entrée s'ouvrir, et John fit son apparition dans le salon.

— On m'a dit que vous me cherchiez, déclara-t-il sans préambule.

Sully hocha la tête et désigna du doigt la demande de rançon, posée sur la table. Son ex-coéquipier attrapa le message par un coin afin d'en prendre connaissance. Quand il eut fini de le lire, Sully le mit au courant pour le reste.

— Nous avons aussi reçu un appel téléphonique.

— Vous l'avez enregistré ?

Il acquiesça, et tous les trois retournèrent dans la cuisine. Ils écoutèrent plusieurs fois la conversation.

— Et maintenant ? s'enquit Theresa, les bras croisés sur la poitrine.

John s'assit à table.

— Il faut que nous mettions le FBI sur l'affaire.

— Non ! s'exclama Sully sans pouvoir se retenir.

Il ne voulait pas que l'enquête soit confiée aux fédéraux. Du moins, pas pour le moment. Actuellement, les personnes qui recherchaient son fils étaient ses amis, et il savait qu'ils remueraient ciel et terre pour le retrouver sain et sauf. Si le FBI intervenait, la disparition de Tim deviendrait une affaire parmi tant d'autres.

— Non, répéta-t-il. C'est encore trop tôt.

Il regarda Theresa, puis John.

— Nous ne sommes pas sûrs que cette demande de rançon soit sérieuse. Et nous n'avons pas encore la certitude que Tim ait été kidnappé.

— Celui qui nous a parlé savait quels vêtements il portait, remarqua Theresa.

— Il a pu l'entendre à la radio.

John se tourna vers Sully et poursuivit.

— Tu sais que je ne peux pas t'encourager à accéder à la demande du ravisseur.

— Il est évident que nous allons lui verser cet argent, intervint Theresa d'un ton sans réplique. Nous ferons exactement ce qu'il a demandé. Je ne veux prendre aucun risque !

Inutile d'essayer de la faire changer d'avis, songea Sully. En tant que policier, il avait appris qu'il n'était jamais sage de se plier aux exigences d'un ravisseur. Mais en tant que père, il était prêt à tout pour qu'on lui rende son fils.

John lui jeta un coup d'œil.

— Alors, nous allons essayer de le pincer lors de la remise de la rançon.

— Non ! s'écria Theresa. Vous avez entendu ce qu'il a dit : pas de policiers. Je ne veux pas prendre le moindre risque ! Nous devons lui obéir à la lettre !

Sa voix s'était faite plus aiguë, presque hystérique, et John tenta de la rassurer.

— Theresa, je te promets que nous ferons en sorte que cet homme ne voie pas le moindre policier. Il ne saura pas que nous sommes là, mais nous ne pouvons pas le laisser prendre l'argent et partir. Le risque est trop grand.

Il se tourna vers Sully et demanda :

— Vous pouvez réunir la somme ?

— Nous y arriverons, répondit Sully sans trop savoir comment.

Theresa et lui n'avaient jamais mis beaucoup d'argent de côté, et son salaire de videur n'était pas particulièrement élevé.

— Robert, dit-elle lentement. C'est mon banquier, il peut nous aider. Je vais l'appeler.

Elle sortit de la cuisine, le laissant seul avec John.

— L'argent n'est pas le motif, marmonna-t-il en se frottant le front.

Il avait l'impression qu'une barre en métal se solidifiait dans sa tête, lui enserrant le crâne.

— Que veux-tu dire ?

— Vingt-cinq mille dollars est une rançon ridicule pour un enlèvement. Pourquoi pas un demi-million ? Ou un million ? Pourquoi prendre de tels risques pour si peu d'argent ?

— Et si ce n'est pas une affaire d'argent, c'est quoi ?

— Je ne sais pas.

Il se pinça le haut du nez. Son mal de tête s'était intensifié au point de lui donner la nausée.

— C'est peut-être un coup monté... Quelqu'un qui a entendu parler de la disparition de Tim et espère se faire de l'argent en vendant ensuite un article aux journaux... Enfin, au moins, nous savons que Burt Neiman n'est pas en cause.

John eut l'air surpris.

— Pourquoi dis-tu ça ?

— Il est bien en garde à vue, non ?

John fronça les sourcils.

— Il l'était, mais nous n'avons pas pu la prolonger. Il a été relâché il y a deux heures. Il a eu tout le temps nécessaire pour jeter la brique et passer ce coup de fil.

Il se tut alors que Theresa revenait dans la cuisine.

— Robert nous apportera l'argent demain matin.

Sully remarqua qu'il y avait moins de peur dans son regard.

— Ça va aller, déclara-t-elle comme pour se rassurer.

Elle s'assit en face de lui et lui prit les mains.

— Nous allons lui donner l'argent, et il va nous rendre Tim. Tout va bien se passer, n'est-ce pas ?

Il hocha la tête avec lassitude. Il n'avait pas le courage de lui rappeler qu'il ne fallait jamais ajouter foi aux paroles d'un ravisseur.

Une autre nuit de douleur, une autre nuit sans son fils. Theresa était assise dans sa chambre, seule, et, tandis que l'ombre s'épaississait autour d'elle, elle essayait de combler le vide en songeant à Tim.

Son accouchement avait été long et très difficile. Pourtant, dès que le médecin avait posé Tim sur sa poitrine, elle avait aussitôt oublié toutes ces heures de souffrance et s'était emplie d'un amour si fort, si profond qu'elle en avait pleuré de joie.

Blotti contre elle, Tim avait ouvert les yeux. Il l'avait regardée avec une expression de sagesse ancestrale, comme si en cet instant précis, il connaissait encore tous les secrets de l'univers. Puis il avait cligné des yeux. Lorsqu'il les avait rouverts, la lueur avait disparu, et il n'avait plus été qu'un bébé. Son bébé. Il avait agité les bras dans le vide et s'était mis à crier. Elle s'était demandé s'il ne pleurait pas parce que tout le savoir qu'il possédait venait de s'évaporer et qu'il se retrouvait seul et désarmé dans un monde qu'il ne connaissait pas. A cet instant, elle avait ressenti dans toute sa force le lien maternel.

Des images de Tim surgissaient les unes après les autres, des souvenirs très clairs, des sensations très précises. L'odeur de sa peau après le bain, la douceur soyeuse de ses cheveux, le contact de sa main dans la sienne, cette main si petite, si confiante…

Un hiver, alors qu'il avait trois ans, Sully lui avait mis une combinaison et l'avait emmené avec lui dans la neige. Tim était allé marcher dans une congère. Elle ferma les yeux, se remémorant la scène. Elle se rappelait parfaitement sa surprise lorsqu'il avait constaté qu'il ne pouvait plus bouger les jambes. Il y avait eu un éclair de consternation dans ses yeux bleus, ses joues étaient devenues aussi rouges que des pommes mûres, et il avait levé les bras pour l'appeler au secours. Elle avait perdu l'équilibre en le soulevant et était tombée à la renverse dans la neige.

Et Sully… Les joues rosies par le froid, il avait éclaté de rire, de ce rire capable de la réchauffer même en plein hiver, avant de l'aider à se relever.

Elle ferma les yeux, l'esprit plein des rires de Tim et de Sully, et tenta de se dissoudre dans ce souvenir heureux. Mais plus elle essayait de le retenir, plus il s'enfuyait. Jusqu'à ce qu'il disparaisse complètement et qu'elle ne soit plus qu'une femme terrassée par la peur, assise seule dans le noir.

— J'espère que tu vas bien, Tim, murmura-t-elle. Mon Dieu, protégez-le jusqu'à demain… Jusqu'à ce qu'il revienne à la maison.

— Theresa ?

Sully entra dans la chambre. Sans doute les policiers et lui avaient-ils fini de mettre au point une stratégie pour la remise de la rançon. Il ferma la porte derrière lui et s'assit à côté d'elle sur le lit.

— Tu devrais essayer de dormir, dit-il doucement.

— Toi aussi.

A la lumière des guirlandes électriques qui brillaient au-dehors, elle nota combien ses traits étaient tirés.

— J'étais en train de penser à Tim, ajouta-t-elle, heureuse qu'il pose son bras sur ses épaules.

Elle se laissa aller contre lui en soupirant. Il lui caressa les cheveux.

— Et alors ?

— Tu te souviens quand il disait « cocnicelle » au lieu de « coccinelle » ? Et quand il inventait les histoires avant d'avoir appris à lire ? Il regardait les images de ses livres et imaginait le texte… Et quand il disait qu'il aimait la pluie parce qu'elle lave le monde entier et le fait sentir bon ?

Se tournant vers lui, elle prit son visage entre ses mains. Sa barbe avait repoussé, et ses joues étaient légèrement râpeuses.

— Il a pris le meilleur de nous deux, n'est-ce pas ?

Il hocha la tête, et au fond de ses yeux, elle surprit une lueur de désir. Le désir d'un homme qui souffre et pour lequel le seul espoir de réconfort était dans ses bras.

— Oh, Sully…

Et elle l'embrassa.

Dès que ses lèvres se posèrent sur les siennes, elle sentit la passion monter en elle, violente et soudaine. Elle goûta avidement sa réponse, tout aussi chaude et désespérée.

Sans cesser de s'embrasser, ils tombèrent sur le lit, puisant force et réconfort dans ce baiser. Ils avaient besoin de se perdre l'un dans l'autre, d'oublier un instant leurs angoisses.

— Fais-moi l'amour, Sully, le supplia-t-elle quand leur baiser fougueux se termina enfin.

— Theresa, je…

L'indécision assombrissait son regard. Elle savait qu'il essayait de reprendre le contrôle de lui-même, or ce n'était pas ce qu'elle attendait de lui. Elle voulait qu'il se laisse emporter par son instinct, qu'il laisse libre cours à ses pulsions, histoire d'engourdir un moment la peur qui ne les quittait pas.

— J'en ai besoin, Sully, murmura-t-elle tout en déboutonnant sa chemise.

Elle posa la paume sur son torse chaud et doux. Il gémit — un gémissement de capitulation.

Cette fois, ce fut lui qui posa ses lèvres sur les siennes, lui qui imprima son rythme à leur baiser, tandis que ses doigts lui caressaient le dos, glissaient dans ses longs cheveux et faisaient naître des flammes partout où ils l'effleuraient. La passion l'emporta, et il oublia tout ce qui n'était pas elle, se perdant dans leur étreinte.

Elle s'abandonna entièrement. Enfin, elle échappait à la peur et au vide laissés par l'absence de Tim.

Lui ôtant complètement sa chemise, elle caressa son large torse, les contours familiers de ses muscles bien dessinés. Il lui enleva son chemisier et le lança par terre, puis défit le bouton de son jean.

— Attends, murmura-t-elle.

Elle s'éloigna et, debout devant lui, ôta rapidement le reste de ses vêtements. Ses yeux gris assombris par la passion s'attardèrent longuement sur son corps.

Une fois nus tous les deux, ils se dévorèrent du regard dans la semi obscurité. Elle comprit qu'il attendait, lui donnait le temps de changer d'avis si elle le voulait. Et sa délicatesse ne fit qu'augmenter son désir.

Elle s'approcha de lui et retint son souffle quand sa peau nue entra en contact avec la sienne. Oh, elle avait oublié… Elle avait oublié la joie exquise d'un corps chaud contre un autre, d'un désir brûlant allié à une tendresse infinie. Elle avait oublié à quel point elle trouvait beau de faire l'amour avec lui. Leurs relations physiques avaient cessé le jour où il avait été blessé.

Se pressant contre lui, elle sentit les battements rapides de son cœur, la dureté de son sexe contre sa cuisse. Avec un gémissement rauque, presque guttural, il l'enlaça, et ses lèvres goûtèrent la peau de son cou, se perdirent vers cet endroit secret, derrière son oreille, là où elle aimait tant qu'il l'embrasse.

— Theresa… mon amour, chuchota-t-il en prenant ses fesses dans ses mains, de façon à la serrer plus étroitement contre lui.

— Fais-moi l'amour, Sully… Fais-moi l'amour comme avant.

Il la souleva et la porta jusqu'au lit. Il avait toujours aimé prendre son temps, laisser monter la fièvre. Et cela n'avait pas changé.

Il caressa son corps en longs mouvements fluides, l'embrassa dans les endroits intimes qui — lui seul le savait — lui donnaient tant de plaisir, jusqu'à ce qu'elle en tremble. Et pourtant, il retardait le moment crucial, l'emmenant vers des hauteurs qu'elle n'avait jamais atteintes, l'aimant comme elle craignait de ne plus jamais être aimée.

Lorsqu'il la pénétra enfin, elle cria son nom et, agrippée à ses épaules, s'accorda au rythme frénétique de ses assauts.

Ensemble, ils allèrent toujours plus haut, toujours plus vite, jusqu'à ce qu'ils se perdent ensemble dans la jouissance en criant le nom l'un de l'autre.

Il regardait Theresa dormir. Elle s'était assoupie presque immédiatement, comme si faire l'amour avait épuisé ses dernières forces.

Il réprima l'envie de tendre le bras pour caresser ses épais cheveux noirs, par peur de la réveiller. Si elle pouvait trouver un peu de paix dans l'oubli du sommeil, alors il ne voulait pas la déranger.

Se mettant sur le dos, il contempla les dessins colorés

que projetaient sur le plafond les guirlandes clignotantes de dehors.

Il avait oublié le plaisir qu'il avait à faire l'amour avec Theresa. Il avait oublié la façon dont elle se donnait à lui, entièrement, avec tendresse et passion. Malgré cela, il n'était pas assez fou pour croire que le moment qu'ils venaient de passer ensemble aurait une suite.

Elle avait eu besoin de lui afin d'oublier un instant sa douleur. Tout comme il avait eu besoin d'elle. Quand Tim serait revenu, tous les deux reprendraient leurs vies séparées.

Il attendait le lendemain avec espoir et terreur à la fois. S'ils payaient la rançon, Tim leur serait-il rendu sain et sauf ? La demande émanait-elle du ravisseur, ou n'était-ce qu'une mauvaise blague ? Qui était derrière toute cette histoire ? Et si le motif n'était pas l'argent, de quoi s'agissait-il ?

Seigneur, il y avait tant de questions, et si peu de réponses… Tant qu'ils ne connaîtraient pas le motif de l'enlèvement, il leur serait impossible de savoir qui détenait Tim. Le problème, c'était que, si le motif était l'argent, il pouvait s'agir de n'importe qui.

Il se glissa hors du lit et se dirigea vers la fenêtre. Le regard perdu dans la nuit, il réfléchit. Avaient-ils négligé des indices ? Qui le haïssait ou haïssait assez Theresa pour vouloir les blesser ? Etait-il possible que Tim ait été choisi par hasard ?

Soudain, il attrapa son pantalon et sa chemise et les enfila avec détermination. Puis, tout en fermant chaque bouton méthodiquement, il repensa à tout ce qu'il s'était passé depuis qu'il avait appris la disparition de Tim.

Il était temps qu'il se mette à agir comme un policier, et non comme un père. Temps qu'il arrête de s'en remettre à ce que les autres lui disaient, et qu'il commence à enquêter lui-même.

D'autant qu'il savait exactement par quoi commencer. John avait été obligé de prendre certaines précautions avec Burt Neiman parce que, en tant que flic, il devait respecter la procédure.

Lui n'avait pas les mêmes contraintes : il ne faisait plus partie de la police.

Tim observa l'arrivée du soir à travers l'espace étroit qu'il y avait entre les planches et le cadre du soupirail. Il ne voulait pas que la nuit revienne.

Il avait passé la matinée à lire les bandes dessinées qui étaient dans le sac. Ensuite, il avait mangé un des sandwichs et s'était endormi.

A son réveil, il avait essayé de dégager le soupirail. Il s'était tellement acharné qu'il en avait mal aux doigts et s'était cassé deux ongles. Il avait finalement réussi à soulever le coin d'une des planches. Pas assez pour lui permettre de sortir par le soupirail, mais c'était un début.

Si la police ne le retrouvait pas ce soir, alors il continuerait son travail demain. Tôt ou tard, il aurait ouvert un espace assez grand pour s'y faufiler.

Il regarda les dernières lueurs du jour qui pâlissaient peu à peu. Il avait peur du noir, mais tout irait bien s'il arrivait à s'occuper l'esprit.

Il s'allongea sur le lit, se recroquevilla et ferma les yeux. Puis il pensa à sa mère, l'une des plus belles femmes de la terre. Il aimait la façon dont elle plissait le nez quand elle riait, le parfum de ses cheveux quand elle l'embrassait. Ses yeux bleus avaient la couleur du ciel, et il y dansait presque toujours une lueur joyeuse. Il se rattacha à cette image jusqu'à ce qu'elle lui fasse mal et qu'il sente les larmes lui brûler les paupières.

Son père aussi lui manquait. Il était l'homme le plus fort, le plus épatant du monde. Tim se souvenait du jour où il était venu en classe parler de son métier de policier. Il avait été si fier de lui !

Même la balle qu'il avait reçue n'avait pas réussi à le tuer. Son père était une sorte de Superman — ou un de ses cousins.

L'odeur de sa classe, le rire de Bobby Michael et son hamster Petey — qui le mordait parfois, mais jamais trop fort — lui manquaient.

La seule chose qui ne lui manquait pas, c'était son poster de Joe Montana. Il savait que Joe était dans cette cave, avec lui, en train de lui parler doucement à l'oreille, de lui dire que tout finirait bien. Tim le croyait sur parole. Sur les vidéos de ses anciens matchs, il avait vu Joe renverser la situation alors qu'il ne restait plus que quelques minutes de jeu. Le joueur accomplissait des miracles, et juste après son père, il était le plus grand héros du monde.

Oui, Tim croyait ce que lui disait Joe, et il croyait aux miracles. Il remonta ses jambes vers sa poitrine, regrettant de ne pas avoir de couverture ni de veilleuse pour chasser les ténèbres. Il aurait bien eu besoin de ces deux miracles en ce moment.

8

Sully quitta la maison et monta dans sa voiture. Avant de démarrer, il ouvrit la boîte à gants afin de s'assurer que son arme y était toujours. Il l'avait déposée là avant d'entrer chez Theresa, ne voulant pas l'effrayer.

Pendant environ une heure, il erra sans but, passant mentalement en revue tous les faits, toutes les impressions qui l'avaient traversé depuis qu'il avait appris la disparition de Tim. Il avait toujours le sentiment que l'argent n'était pas le mobile de l'enlèvement, tout en ne sachant pas si le ravisseur voulait s'en prendre à lui ou à Theresa.

En tant que substitut du procureur, son ex-femme avait sans doute beaucoup d'ennemis que les scrupules n'embarrassaient pas. Et lui ne devait pas en avoir moins, vu son passé de policier.

Il se demanda si le ravisseur avait surveillé la maison. La demande de rançon ainsi que l'appel téléphonique avaient eu lieu en l'absence de la police. Simple coïncidence ? Il n'y croyait pas.

L'idée qu'un salaud puisse être en train de les épier lui donnait la chair de poule. Ses doigts se crispèrent sur le volant, et il décida de se concentrer sur les démarches qu'il allait entreprendre.

Il se rendit chez Sam's Pit, le bar où il travaillait, et se gara sur le parking, surpris qu'il y ait déjà autant de monde. Ces gens-là n'avaient-ils pas de maison, pas de famille ? A leur place, il serait resté auprès d'eux. Mais lui n'avait plus de femme, et son fils avait été kidnappé.

Coupant le contact, il descendit de voiture et alla pousser la porte du bar. A peine Sam Walker, le propriétaire, le vit-il qu'il vint à sa rencontre.

— Salut, Sully. J'ai appris ce qui était arrivé à ton fils.

Le gros homme lui donna une tape dans le dos. Son visage rond aux traits grossiers exprimait la tristesse et la consternation.

— Du nouveau ?

Sully fit un signe de dénégation.

— Je peux téléphoner ?

— Bien sûr, aucun problème.

Sam le conduisit à travers la salle où régnait un brouhaha assourdissant. Ils entrèrent dans un petit bureau situé à droite du comptoir. Là, le bruit était étouffé par une épaisse porte de bois, et une lampe de bureau éclairait la pièce d'une lumière chaleureuse.

Sam désigna le téléphone.

— Prends tout ton temps. J'aimerais pouvoir faire plus pour toi.

— C'est déjà beaucoup.

Sully lui serra la main. Son patron s'était toujours comporté de façon honnête à son égard, et il l'appréciait beaucoup.

Lorsqu'il fut seul dans le bureau, il décrocha le téléphone et composa le numéro de Kip. Celui-ci répondit dès la deuxième sonnerie.

— J'ai besoin que tu me rendes un service, déclara Sully sans autre préambule.

— Lequel ?

— Je voudrais l'adresse de Burt Neiman.

Il y eut un long silence au bout de la ligne.

— Sully, ce n'est pas une bonne idée. John l'a déjà interrogé, et il est apparemment hors de cause.

— Oui, mais j'ai besoin d'en être sûr.

— Pour l'amour du ciel, laisse la police faire son travail !

— Tu veux que je les laisse mener cette enquête de la même façon qu'ils ont mené celle de mon agression ? répliqua-t-il sèchement.

Kip était l'une des rares personnes auxquelles il avait fait part de ses soupçons.

— Il faut que je fasse quelque chose, Kip. C'est mon fils qui a disparu !

Il y eut un soupir à l'autre bout de la ligne. Puis Kip capitula.

— Très bien. Il me faut quelques minutes pour me procurer l'information.

— Rappelle-moi chez Sam's Pit. Note le numéro, dit Sully avant de le lui dicter. Je ne pouvais pas te téléphoner de chez Theresa… John m'aurait mis directement en prison s'il avait appris que j'avais l'intention d'aller interroger Burt.

— Au moins, ça t'aurait empêché de faire des bêtises, grommela Kip. Je te rappelle dès que j'ai du nouveau.

— Merci. Tu es un vrai ami.

— Non. Je suis cinglé de faire ça.

Et, sans rien ajouter, il raccrocha.

Sully savait qu'il réussirait à se procurer l'information. Kip était un policier compétent, mais son plus grand talent résidait dans sa maîtrise d'internet. Aucun mot de passe ne pouvait l'arrêter. Un vrai hacker.

Son mal de tête revenant avec force, il s'effondra dans le fauteuil derrière le bureau et se frotta le front.

Il se remémora le moment qu'il venait de passer avec Theresa. Cela avait été magique de la tenir de nouveau dans ses bras, de sentir son parfum, de goûter ses lèvres. Il ne s'était pas senti aussi bien, comme en paix avec lui-même, depuis un an et demi.

Ce moment de calme au milieu de tant de turbulences lui avait fait du bien — un bref répit dans la solitude et l'angoisse qui caractérisaient maintenant sa vie. Car il savait qu'il était impossible de revenir en arrière et qu'il ne pouvait pas reprendre sa vie avec Theresa. Il ne voulait pas risquer de voir un jour du dégoût ou de la pitié dans ses yeux. C'était une femme forte qui méritait un homme fort. Un homme que les cauchemars et la peur de perdre pied ne paralyseraient pas.

Il était d'ailleurs étonnant de constater que, alors qu'il vivait la plus grande épreuve de sa vie, il allait mieux. Mais s'il voulait aider Tim, il fallait qu'il soit solide.

Il sursauta en entendant le téléphone sonner, et décrocha d'un coup sec.

— Allô ?

— 3249 Autumn Drive, lâcha Kip à l'autre bout de la ligne.

Sully fronça les sourcils. Il connaissait l'endroit : c'était un quartier résidentiel huppé.

— Belle adresse pour un voyou !

— C'est celle des parents. Leurs deux garçons vivent

avec eux. Des fils à papa qui ont apparemment plus d'argent que de jugeote.

— Merci. Je te revaudrai ça.

— Surtout pas. Cette conversation n'a jamais eu lieu.

Et cette fois encore, Kip raccrocha brusquement.

Sully quitta le bar. Il était près de 21 heures, et il espérait trouver Burt Neiman chez lui avant qu'il sorte passer la soirée à l'extérieur.

Lorsqu'il arriva devant chez les Neiman, une Chevrolet dernier cri était garée devant la maison, ainsi qu'un pick-up flambant neuf et une BMW. La Chevrolet appartenait sans doute à Burt, et les deux autres véhicules à ses parents.

Suivant son instinct, Sully se gara dans la rue, non loin de la maison, et attendit. Il avait le sentiment que s'il était patient, il n'aurait pas à déranger les parents. Burt allait sortir, et il lui suffirait de le cueillir à ce moment-là.

Les minutes s'égrenèrent. Au bout de trois quarts d'heure, il commença à se demander s'il avait fait le bon choix. Peut-être que la voiture n'était pas celle de Burt… Ou que le jeune homme, après avoir passé plusieurs heures en garde à vue, n'avait pas envie de sortir.

Une heure plus tard, toutefois, sa patience finit par payer. Burt quitta la maison, un sac en papier à la main. Il monta dans la Chevrolet en sifflotant gaiement.

Sully retint son envie d'aller le questionner devant chez lui, et décida de le prendre en filature.

Ils traversèrent ainsi la ville, Sully roulant à distance respectueuse de la Chevrolet, et en sortirent. Ils avaient parcouru près de dix kilomètres quand Burt s'engagea sur un chemin de terre qui menait à une cabane abandonnée. Sully ne l'y suivit pas. Il arrêta son véhicule sur le bas-côté, coupa le moteur et éteignit ses phares.

Attrapant son pistolet, il le glissa dans sa ceinture. Puis il descendit de voiture et se cacha derrière des buissons. Une bise glacée soufflait, mais c'était à peine s'il s'en apercevait, tant il était concentré sur Neiman.

La Chevrolet s'arrêta devant la cabane, et Burt sortit de voiture, son sac en papier toujours à la main. Il disparut à l'intérieur de la baraque. A travers les planches mal jointes, Sully vit briller de la lumière.

Il sentit monter l'adrénaline. Que se passait-il ? Que faisait Burt au milieu de nulle part ? Etait-il possible que Tim soit dans cette cabane ? Cet endroit, discret, à l'écart de toute habitation, était idéal pour cacher la victime d'un enlèvement.

Il prit son pistolet à la main et avança vers la baraque. Son cœur tambourinait dans sa poitrine.

La nuit était très sombre, et la lune l'éclairait juste assez pour qu'il arrive à se repérer. Il se faufilait de buisson en buisson, s'approchant furtivement de la cabane.

Même si tu as une arme à la main, tu ne seras pas capable de l'utiliser, murmurait une petite voix dans sa tête. *Tu vas rester pétrifié, comme la nuit où tu as été blessé. Et comme dans tous les cauchemars que tu as faits depuis.*

Il déglutit. Sa main était moite sur la crosse du pistolet, malgré le froid de cette nuit d'hiver. Il essaya de surmonter sa peur, cette peur qui l'avait conduit à démissionner de la police.

Tu vas rester pétrifié, répéta la petite voix. *Tu vas tout gâcher…*

Alors qu'il s'approchait de la cabane, les souvenirs de la nuit de son agression affluèrent à sa mémoire. Le pressentiment qui l'avait envahi, le déclic si caractéristique d'une arme, son incapacité à faire le moindre mouvement…

Il secoua la tête afin de se libérer de ces images obsédantes. Il s'était assez approché de la cabane pour entendre Burt siffloter à l'intérieur. A part cela, un silence total régnait alentour. Pas de pleurs ni de gémissements, pas de bruits de lutte…

Sully inspira profondément, puis, prenant de l'élan, enfonça la porte. A le voir apparaître l'arme au poing, Burt se redressa d'un bond.

— Je me rends, bafouilla-t-il, les mains levées.

Devant lui se trouvait une collection de produits stupéfiants en tout genre. Il y avait assez de pièces à conviction pour l'envoyer en prison. Quand Sully prit conscience que la cabane était vide, l'espoir qui l'avait porté s'évanouit subitement pour laisser place au découragement. A l'évidence, il était tombé sur un banal trafic de drogue.

— Tourne-toi et mets les mains au mur ! ordonna-t-il.

Burt s'exécuta aussitôt, à croire qu'il avait l'habitude de ce genre de situation. En le fouillant, Sully trouva un couteau dans sa poche. Il le lança quelques mètres plus loin.

— J'ai des questions à te poser.

— Vous ne me lisez pas mes droits ?

Burt se retourna et ouvrit des yeux ronds en le reconnaissant.

— Hé, je sais qui vous êtes ! C'est votre fils qui a disparu, c'est ça ? Je vous ai vu à la télé ! Ecoutez, la police m'a déjà interrogé. Je ne sais rien du tout.

— Peut-être ta mémoire te joue-t-elle des tours. Je suis ici pour te la rafraîchir.

Mais Sully avait déjà compris que cette piste ne mènerait à rien.

— Hé, mec, je dis la vérité ! s'écria Burt d'un ton désespéré. Je vends un peu de dope par-ci par-là, mais je n'enlèverais jamais un enfant. C'est trop moche !

— Ton frère a menacé la cour quand il a été condamné.

— Mon frère me dit aussi tout le temps qu'il va me tuer, persifla-t-il. C'est une grande gueule, c'est tout !

Il considéra l'arme que Sully continuait à braquer sur lui.

— Je vous jure qu'on n'a rien à voir avec votre fils.

Baissant son arme, Sully visa les genoux avec un sourire cynique. Il avait parfaitement conscience que son regard concentrait toute la froideur qu'il avait accumulée en lui depuis qu'il avait appris la disparition de Tim.

— Peut-être devrais-je t'envoyer une balle dans la jambe pour que ça t'aide à te souvenir, déclara-t-il en armant son pistolet.

Les yeux du jeune homme s'emplirent de terreur, et les larmes commencèrent à couler sur ses joues.

— Je vous jure que je dis la vérité ! Je le jure ! Même si vous me tirez dessus, je ne pourrai rien vous dire !

Sully abaissa son pistolet.

— C'est ton jour de chance, Burt. Je te crois.

Il se dirigea vers la porte, puis se retourna.

— Mais si jamais j'apprends plus tard que tu m'as menti… tu es mort.

Il retourna à sa voiture, le cœur empreint d'une immense déception. Il était convaincu que Burt Neiman lui avait dit la vérité : ce n'était qu'un voyou de second ordre, et Sully doutait fort que son frère et lui aient les capacités intellectuelles nécessaires pour manigancer un enlèvement et organiser une remise de rançon.

Et maintenant ? Il monta dans sa voiture et posa la tête sur le volant. Lorsqu'il retournerait chez Theresa, il parlerait de cette cabane à John afin que la police mette un terme à ce trafic de drogue.

Il se frotta les yeux avec lassitude. Ses pensées étaient confuses et décousues à cause de la fatigue, mais il n'arrivait pas à se défaire du sentiment pénible qu'il avait laissé de côté un détail important.

Pendant des années, les journaux l'avaient encensé, le considérant comme un héros ; il avait reçu des dizaines de récompenses… A quoi bon, s'il n'arrivait pas à sauver son propre fils ?

Theresa se réveilla quand il revint dans sa chambre et s'assit sur le lit.

— Où étais-tu ? s'enquit-elle à voix basse. Je me suis réveillée tout à l'heure, et tu avais disparu.

— Aucune importance.

La fatigue qu'elle perçut dans sa voix lui noua la gorge. Elle ne pouvait pas le laisser perdre espoir. Il était essentiel qu'ils soient persuadés que tout se terminerait bien, qu'ils restent unis dans leur certitude.

Se penchant vers lui, elle lui caressa le front du bout des doigts. Il s'allongea et ferma les yeux, comme si ce contact lui était à la fois douloureux et réconfortant. Elle poursuivit ses caresses jusqu'à ce que sa respiration s'approfondisse et qu'elle sache qu'il était endormi.

— Ne perds pas espoir, Sullivan Mathews, murmura-t-elle. Ne laisse pas tomber Tim.

Comme tu t'es laissé tomber.

Elle sortit du lit, troublée par cette pensée. Jamais elle n'avait envisagé les choses sous cet angle : Sully avait-il perdu confiance en lui ? Pourquoi ? Et était-ce pour cette raison qu'il avait démissionné de la police et s'était renfermé aussi complètement sur lui-même, jusqu'à la quitter ?

Tout en se morigénant, elle alla dans la salle de bains et se fit couler un bain. C'étaient des pensées idiotes. Sully l'avait quittée parce qu'il était malheureux avec elle. Point. Elle était folle de penser qu'il pouvait y avoir une autre raison à cela. Elle se raccrochait à de faux espoirs, voilà tout, essayant de voir les choses sous un angle plus flatteur pour elle.

Elle plongea dans l'eau chaude et posa la tête sur le rebord. A cette heure-ci, demain, Tim serait-il à la maison, en train de dormir paisiblement dans son lit ? Demain soir, la veille de Noël…

Elle refoula un sanglot, sachant que si elle laissait libre cours à ses larmes, d'autres suivraient. Or elle ne voulait pas pleurer ; elle ne l'avait déjà que trop fait.

Elle ne sut pas combien de temps elle resta dans la baignoire, mais lorsqu'elle finit par en sortir, l'eau était froide. Dans l'obscurité de la chambre, elle enfila un pantalon et un sweat-shirt, puis, laissant Sully dormir, alla dans la cuisine où John sommeillait sur une chaise. Il se redressa en l'entendant entrer.

— Tu devrais t'allonger sur le canapé, proposa-t-elle.

Il avait passé beaucoup de temps ici au cours des deux derniers jours.

— Non, ça ira. Je vais rentrer chez moi dans une heure ou deux. Il faudra se mettre au travail tôt demain matin, pour préparer la remise de la rançon.

A cette pensée, elle frissonna, comme si une main glacée l'avait effleurée.

— Tu as lu le journal d'aujourd'hui ? demanda-t-il en l'observant.

— Non.

Il le lui tendit.

— Sully et toi êtes en première page.

Elle s'assit et lut le titre : « Une famille attend un miracle pour Noël. »

Elle eut un rire amer.

— Ils savent s'y prendre pour attirer les lecteurs, n'est-ce pas ?

Elle passa son doigt sur la photo. Si elle avait l'air sous le choc, Sully, lui, semblait solide et rassurant.

— Il a toujours été photogénique, commenta John, lisant dans ses pensées.

Elle sourit.

— A une époque, j'avais l'impression qu'il y avait sa photo dans les journaux chaque semaine.

— Je sais de quoi tu parles, répondit John avec un sourire désabusé. Ce n'était pas toujours facile d'être dans son ombre.

Elle le considéra avec surprise. Sully était le prodige, la star de la police locale, mais elle n'aurait jamais cru que ses collègues aient pu en prendre ombrage.

— Sully n'en a jamais tiré la moindre gloire. Il voulait bien faire son travail, c'est tout.

— Oui, c'est pour ça que ce n'était pas trop pénible. Il n'est jamais devenu orgueilleux.

Il eut un autre sourire, franc cette fois.

— Si ç'avait été le cas, je crois qu'on l'aurait vite ramené sur terre.

Elle mit le journal de côté et se releva. Elle était trop nerveuse pour rester assise, et trop fatiguée pour réfléchir. Elle alla vers la fenêtre et regarda à l'extérieur. C'était une nuit très noire, seulement éclairée par les guirlandes qu'elle avait voulu laisser allumées jusqu'au retour de Tim.

— Il le libérera quand il aura l'argent ? demanda-t-elle, le regard perdu dans la nuit.

— Je n'en sais rien, répondit John avec sincérité. J'aimerais te dire oui, mais tu saurais que c'est un mensonge.

Il se tut un instant, puis ajouta :

— Nous pouvons simplement espérer que ce sera le cas. Demain matin, je mettrai le FBI au courant, et je signalerai que nous pensons qu'il s'agit d'un enlèvement.

Elle acquiesça, puis fronça les sourcils tout en considérant la maison voisine.

— Je ne comprends pas pourquoi je n'ai pas vu Rose et Vincent, lâcha-t-elle, plus pour elle-même que pour John.

— Rose et Vincent ?

Elle se retourna.

— Mes voisins. Rose et Vincent Caltino. Je suis étonnée qu'ils ne soient pas venus me voir. Ils adorent Tim, et il est impossible qu'ils n'aient pas remarqué qu'il se passait quelque chose d'anormal ici.

John se redressa, l'air soudain grave.

— Quand les as-tu vus pour la dernière fois ? l'interrogea-t-il en ouvrant son calepin.

Elle le considéra avec stupéfaction.

— Tu ne penses tout de même pas que…

— Theresa… Quand les as-tu vus pour la dernière fois ?

Il y avait un soupçon d'impatience dans sa voix.

De nouveau, elle s'assit en face de lui, cette fois parce qu'elle craignait que ses jambes ne la portent plus.

— Hier. Rose est venue apporter un cadeau de Noël à Tim.

— Quelle heure était-il ?

Elle se frotta le front tout en réfléchissant. L'horreur le disputait à l'incrédulité.

— C'était à peu près le moment où Tim aurait dû revenir de l'école. 15 h 30 environ, précisa-t-elle avant de protester : John, c'est un couple de retraités adorables ! Ils n'ont pas d'enfants, et ils considèrent Tim comme leur petit-fils.

Il se leva, visiblement soucieux.

— Je vais chez eux faire quelques vérifications. Attends-moi.

Il enfila son manteau et sortit par la porte de derrière.

Elle retourna à la fenêtre et le regarda disparaître dans la nuit. Rose et Vincent ? C'était impossible.

Rose t'a confié que son plus grand désespoir était de ne pas avoir d'enfant, lui rappela une petite voix.

Etait-il possible que ses voisins aiment Tim au point de décider de l'enlever ? De le lui prendre jusqu'à ce qu'il oublie son visage et son nom ?

— Non !

Elle n'arrivait pas à le croire… Elle ne *voulait* pas le croire. Rose avait un cœur d'or et était incapable de voler l'enfant de quelqu'un d'autre. Mais alors, pourquoi n'étaient-ils pas venus la voir ?

Les minutes s'écoulaient lentement. De longues minutes d'angoisse. *Mon Dieu, faites qu'ils soient chez eux !* pria-t-elle. Peut-être avaient-ils tous les deux attrapé la grippe. Ou alors, ils n'avaient pas lu les journaux, ils n'avaient pas vu les journalistes attendre devant la maison, ni les policiers entrer et sortir, et n'avaient aucunement conscience du drame qui se jouait ici.

Bon sang, ils étaient ses amis ! Depuis qu'elle avait emménagé, ils étaient devenus si proches qu'elle les considérait même comme des membres de sa famille. Elle leur avait tout de suite accordé sa confiance. Il y avait sûrement une explication logique pour qu'ils n'aient pas entendu parler de la disparition de Tim et ne soient pas venus la soutenir.

Elle ouvrit la porte lorsqu'elle vit John approcher.

— Il n'y a personne chez eux, déclara-t-il en se débarrassant de son manteau. Aucune lumière dans la maison, et leur voiture n'est pas dans le garage. Ils t'ont dit qu'ils partaient ? Ils vont passer les fêtes dans leur famille ?

Elle secoua la tête.

— Ils n'en ont pas, et ils m'auraient prévenue s'ils s'étaient absentés.

— Je vais demander à deux de mes hommes de suivre cette piste. Comment épelles-tu leur nom ?

Elle fit ce qu'il lui demandait, luttant à grand-peine contre un sentiment de trahison. Pendant que John téléphonait aux agents restés au poste de police, elle se tourna vers la fenêtre.

Où ses voisins étaient-ils donc partis ?

— Que va-t-il se passer maintenant ? s'enquit-elle quand John eut raccroché.

— J'ai demandé que l'on recherche leur numéro de

plaque minéralogique. Nous lancerons ensuite un avis de recherche. Entre-temps, il n'y a rien à faire, si ce n'est attendre.

Attendre, encore... Elle sentit un spasme de douleur lui tordre le ventre.

— Je vais m'allonger un moment.

Elle quitta la cuisine, avec l'impression que son univers s'écroulait autour d'elle. Elle ne savait plus à qui elle pouvait faire confiance, ni de qui elle devait se méfier.

Dans l'obscurité de la chambre, elle se déshabilla et mit sa chemise de nuit. En veillant à ne pas déranger Sully, elle se glissa à côté de lui.

Malgré ses précautions, il se retourna, sans toutefois se réveiller. Dans son sommeil, il tendit le bras vers elle et l'attira tout contre lui.

A cet instant, elle comprit qu'elle était encore désespérément amoureuse de lui. Pourtant, au lieu de la réconforter, cette certitude ne fit qu'accroître son immense sentiment de solitude.

9

24 décembre

Une atmosphère lourde, oppressante. Les relents nauséabonds des ordures débordant des poubelles. Une allée longue et étroite. La peur qui l'étreignait alors qu'il avançait dans la ruelle bordée de hauts bâtiments. Une terreur incontrôlable, une terreur à donner la nausée…

Autant de sensations qui assaillaient Sully tandis qu'il se dirigeait vers l'endroit où l'attendait Louis.

Un déclic…

— Au secours ! cria Louis. Fais quelque chose !

Sully resta pétrifié. Pétrifié par la peur.

— Bon Dieu, fais quelque chose ! répéta Louis, juste avant de s'écrouler.

Quand il s'affaissa sur les poubelles, ses traits se brouillèrent, et Sully vit apparaître à la place le visage de Tim.

— Au secours, papa ! Au secours ! hurla Tim juste avant de mourir.

Sully entendit d'autres coups de feu et sentit les balles s'enfoncer dans sa chair.

Il se réveilla en sursaut en poussant un cri. Les draps s'étaient entortillés autour de lui. Il était dans un lit… Pas dans cette ruelle sordide.

— Sully ?

La voix de Theresa lui parvint, juste à côté de lui, et il tourna la tête vers elle.

— Ça va ?

— Oui. Ce n'était qu'un cauchemar.

Il prit une profonde inspiration pour se calmer, alors que tous les nerfs de son corps vibraient encore sous l'horreur.

— Quelle heure est-il ?

— Un peu plus de 7 heures, répondit-elle en étouffant un bâillement.

Elle s'assit dans le lit. Ses cheveux étaient emmêlés et ses yeux encore lourds de sommeil.

— Je suis désolé de t'avoir réveillée, marmonna Sully.

— Je ne dormais plus depuis un moment, mais je suis restée allongée.

Se levant, il se dirigea vers la fenêtre et ouvrit les rideaux. La voiture de John, une Corvette bleu nuit, était déjà garée devant la maison. Les autres policiers avaient coutume de se moquer gentiment de ses goûts de luxe, mais John n'avait ni femme ni enfant, et il pouvait s'offrir les voitures de sport et les vêtements de marque qu'il affectionnait.

Déjà des camions de télévision arrivaient pour une autre journée de reportages. Dans le ciel, Sully remarqua d'épais nuages sombres et gris qui s'accordaient parfaitement avec son humeur.

Il avait un mauvais pressentiment. Un pressentiment qui lui rappelait celui qu'il avait eu lorsqu'il s'était aventuré dans la ruelle. Peut-être était-ce à cause de son cauchemar...

Il se frotta le front et continua à regarder dans le vide, pendant que Theresa s'habillait derrière lui.

Elle s'approcha de lui et, l'enlaçant, posa la tête sur son dos. Il aurait voulu se retourner et la serrer dans ses bras, lui parler enfin des terreurs contre lesquelles il lui fallait constamment lutter depuis son agression.

Il aurait voulu lui avouer qu'il craignait d'avoir perdu le talent qui faisait de lui un bon policier, qu'il avait démissionné parce qu'il était trop angoissé à l'idée de rester pétrifié à un moment où il lui faudrait réagir vite. Mais il ne pouvait pas, ne voulait pas lui parler de ses angoisses. Il lui était impossible de lui confier à quel point il était faible et vulnérable.

— Je suis allé voir Burt Neiman hier soir, déclara-t-il en se retournant.

— Et... ?

L'espoir qu'il lut sur son visage lui fit mal.

— Et il n'a rien à voir avec la disparition de Tim. Je l'ai menacé de façon assez musclée, mais il n'avait rien à dire.

— Alors, reprit-elle d'un air pensif, si les frères Neiman ne sont pas impliqués, c'est peut-être vraiment Rose et Vincent.

Il fronça les sourcils.

— Rose et Vincent ? Tu veux parler de tes voisins ? Tim m'en a souvent parlé. Il semble beaucoup les aimer.

Elle lui rapporta la discussion qu'elle avait eue dans la nuit avec John.

— Mais ce sont mes amis, de très bons amis, conclut-elle. S'ils avaient quoi que ce soit à voir avec ça, je me sentirais tellement trahie...

Il connaissait bien ce sentiment — la trahison — et le goût amer qu'il laissait dans la bouche, la façon dont il corrompait tout le reste. C'était un mal dont on ne guérissait pas.

Elle redressa brusquement les épaules.

— Je ferais mieux d'aller retrouver John, histoire de voir s'il y a du nouveau.

— Je te rejoins dans quelques minutes. J'aimerais prendre une douche.

Quelques instants plus tard, alors que l'eau ruisselait sur lui, Sully se remémora le sentiment de trahison qu'il avait eu après son agression. Il était convaincu qu'il avait été attiré dans un guet-apens. Et même si l'enquête avait conclu que Louis était la cible et qu'il s'était trouvé au mauvais endroit au mauvais moment, il restait persuadé que c'était lui qui était visé.

Lorsqu'il avait parlé de ses soupçons au chef Lewis, ce dernier s'était mis en colère.

— Tu oses accuser un de tes collègues ? avait-il fulminé. Réfléchis un peu, Sully : pourquoi un de tes frères aurait-il voulu te tuer ?

Et voilà qu'il était la victime d'un autre crime sans motif apparent. Il était fou de penser que les deux événements puissent être liés. Et pourtant… Pourtant, il n'arrivait toujours pas à croire que Tim ait été enlevé pour de l'argent.

En sortant de la douche, il avait de nouveau les idées claires. Aujourd'hui, la situation allait se débloquer. Lorsque la rançon aurait été remise, Tim serait sûrement libéré. Du moins, si tout se passait bien.

En traversant le salon, il évita prudemment de regarder le sapin, au sommet duquel manquait toujours l'ange. Pourtant, quand il arriva devant la porte de la cuisine, il s'arrêta et tourna les yeux vers l'arbre.

C'était la veille de Noël.

Seigneur, pria-t-il, *faites que Tim soit là ce soir. Faites que je puisse le prendre dans mes bras pour qu'il accroche l'ange en haut du sapin…*

Il se demanda si Dieu acceptait les marchandages.

Laissez-le revenir à la maison, et j'arriverai à remonter la pente. Faites qu'il soit relâché sain et sauf, et je serai le meilleur père au monde. Rendez-moi mon fils en bonne santé, et je ferai tout ce que vous voudrez.

Sur cette prière, il s'arracha à la contemplation du sapin et entra dans la cuisine. Cinq ou six policiers étaient debout autour de la table sur laquelle John avait étalé des plans. Sully y jeta un coup d'œil et constata qu'il s'agissait de ceux du centre commercial Pineridge.

John le salua d'un léger signe de tête, puis continua à donner des instructions à son équipe.

Sully se dirigea vers Theresa, appuyée près de la porte, une tasse de café à la main.

— Tout semble tellement irréel, chuchota-t-elle.

— Ils savent ce qu'ils font.

— Bon, conclut John. Rendez-vous dans le bureau de la sécurité du centre, à 13 heures.

Puis il congédia ses hommes d'un geste de la main. Lorsqu'ils furent tous partis, il se tourna vers Sully et Theresa.

— J'ai obtenu un mandat de perquisition pour fouiller la maison de vos voisins. Il n'y a personne chez eux, et il semblerait qu'ils soient partis précipitamment. Il y a des vêtements jetés en vrac sur le lit et assez de cintres vides pour que l'on puisse en déduire qu'ils ont fait leurs valises avant de quitter leur maison.

— Je n'arrive pas à le croire, murmura-t-elle en fermant les yeux.

Sully lui passa le bras autour des épaules, et elle se laissa aller contre lui.

— Que va-t-il se passer maintenant ? s'enquit-elle.

— Nous avons diffusé le numéro de leur plaque minéralogique ainsi que la marque et le modèle de leur voiture dans les quatre Etats voisins. Si c'est d'eux qu'émane la demande de rançon, ils voudront récupérer leur argent avant de quitter la ville. Et s'ils font leur apparition dans le centre commercial, nous les arrêterons.

— Alors, vous êtes sûrs que ce sont eux ? demanda-t-elle d'un air lugubre.

John la considéra avec compassion.

— Non, nous n'en sommes pas sûrs. Mais à ce point de l'enquête, nous devons envisager leur culpabilité.

Il leur fit signe de s'asseoir avant de poursuivre.

— Il y a de bonnes et de mauvaises nouvelles. Le centre commercial va être bondé. Ça permettra aux policiers en civil de se mélanger facilement à la foule. D'un autre côté, il nous sera plus difficile de tout surveiller.

— Que se passera-t-il quand j'aurai déposé l'argent ?

— Rien. Nous surveillerons la poubelle par l'intermédiaire d'une caméra, et nous attendrons que quelqu'un vienne prendre l'argent.

— Et quand cette personne sera arrêtée, elle nous dira où se trouve Tim, c'est ça ?

Par cette question, elle essayait surtout de se persuader que ce serait aussi simple. Elle regarda John, puis Sully, attendant une confirmation de leur part.

Les deux hommes échangèrent un regard. Ils savaient que les enlèvements ne se terminaient pas toujours bien. Et Sully sentit son mauvais pressentiment revenir en force.

La matinée se passa dans le brouillard pour Theresa. Il régnait dans la cuisine l'atmosphère d'un poste de commandement en temps de guerre. Des plans étaient constamment élaborés, évalués et modifiés. Les policiers entraient et sortaient, telles des fourmis venant prendre les ordres. Certains évitaient soigneusement son regard, et d'autres la dévisageaient avec une expression de pitié qui lui donnait envie de hurler.

Robert arriva à 10 heures avec une valise pleine de billets : des coupures de dix ou vingt dollars, dont les numéros ne se suivaient pas. John prit l'argent, puis congédia le banquier d'un bref signe de tête.

Ce dernier prit Theresa par la main et la conduisit dans le salon.

— Terri, ma chérie, j'imagine à quel point tout ça doit être dur pour toi.

La prenant contre lui, il se mit à lui caresser les cheveux en un geste de réconfort.

Elle resta crispée entre ses bras. Il essayait de la soutenir, mais ses paroles, ses gestes même, ne lui apportaient aucun réconfort. Il était incapable de comprendre ce par quoi elle passait, ni imaginer une seconde l'intensité de la terreur qui l'habitait depuis deux jours. Sully seul le pouvait. Et ses bras seuls lui faisaient du bien.

Avec douceur mais fermeté, elle s'écarta de lui. Il lui saisit les mains et les serra dans les siennes.

— Je sais que tu n'en as pas encore conscience, mais nous allons ressortir plus proches de ce drame, unis par la douleur. De telles épreuves resserrent toujours les liens.

— Robert…

Elle retira ses mains des siennes et s'écarta.

— J'apprécie vraiment l'aide que tu m'as apportée pour rassembler l'argent, et je te considère comme un ami très cher… mais notre relation s'arrête là.

Il tendit de nouveau la main vers elle, les sourcils froncés. Elle l'esquiva.

— Tu es bouleversée, tu n'as pas les idées claires… Quand Tim sera revenu sain et sauf à la maison, nous en reparlerons.

Elle hocha la tête, trop préoccupée par la remise de la rançon pour trouver le courage de se quereller avec lui à propos d'une relation qui n'existait pas et n'existerait jamais.

— Tu es sûre que tu ne veux pas que je reste avec toi ? insista-t-il — alors qu'elle le raccompagnait à la porte.

— Non. L'inspecteur Holbrook ne veut personne ici.

C'était un mensonge, mais un mensonge pardonnable. Elle ne voulait pas que Robert reste chez elle. Elle avait besoin de se concentrer uniquement sur Tim et sur la remise de rançon qui allait avoir lieu.

— Je t'appellerai plus tard, promit-il à la porte.

— C'est moi qui t'appellerai.

Il l'embrassa et partit. Elle le regarda monter dans sa voiture, luttant contre l'envie de s'essuyer la joue d'un revers de main.

Bien sûr, elle lui était reconnaissante de leur avoir permis de réunir l'argent de la rançon aussi facilement, mais cela ne suffirait pas à renforcer leurs liens. Comment pouvait-il espérer que ce genre d'épreuve les rapprocherait d'une manière ou d'une autre ? se demanda-t-elle en secouant la tête.

L'arrivée de Sully dans le salon la ramena dans le présent.

— Theresa ? Nous avons besoin de toi. Nous voulons tout revoir une dernière fois avant d'aller au centre commercial.

Elle chassa définitivement Robert de son esprit et suivit Sully dans la cuisine.

A 13 heures, ils étaient tous dans le bureau de la sécurité du centre commercial, en train d'attendre. Encore une heure, et Theresa irait déposer l'argent.

La pièce était exiguë, mais équipée d'un matériel de surveillance dernier cri, avec des écrans montrant différents endroits du centre. Les caméras pouvaient être manipulées d'une console, et John indiqua au responsable de la sécurité comment les diriger pour avoir la meilleure vue possible du périmètre où la rançon allait être déposée.

Theresa regardait fixement les écrans, luttant contre la panique. Le centre était bondé, et l'atmosphère électrique. Une multitude de personnes faisait ses courses de dernière minute. Les enfants geignaient et tapaient du pied, pendant que leurs parents essayaient désespérément de réaliser leurs rêves sans trop grever leur budget.

Elle observa avec attention chaque écran, y cherchant le visage de Tim parmi la foule. Elle savait qu'elle ne l'y trouverait pas, mais elle ne pouvait pas s'empêcher de regarder, d'espérer, de prier…

— Tu as peur ? demanda Sully en la rejoignant.

— Non… Oui.

Elle lui adressa un sourire sans joie.

— En fait, je suis terrifiée. Pas pour moi, ajouta-t-elle précipitamment, en regardant de nouveau les écrans. Je suis terrifiée à l'idée que quelque chose ne se passe pas comme prévu : que je laisse tomber le sac ou que le ravisseur se rende compte que je suis venue avec la police… J'ai peur que demain matin, l'ange ne soit toujours pas au sommet du sapin. Et que mon fils ne soit pas dans mes bras.

Il la serra fort contre lui.

— J'ai très peur, moi aussi, murmura-t-il dans ses cheveux.

Surprise, elle leva les yeux vers lui.

— Sullivan Mathews a peur ? Je pensais que c'était un sentiment que tu ne connaissais pas.

Ses yeux gris s'assombrirent.

— Et pourtant si.

Il sembla lâcher ces mots à regret, comme si la pression était trop forte.

Elle le dévisagea avec intérêt, étonnée par cet aveu de faiblesse inattendu de sa part ainsi que par la vulnérabilité qu'il dégageait. Pendant leur mariage, jamais elle n'avait vu de peur dans son regard, malgré les enquêtes difficiles et les dangereux criminels auxquels il avait affaire. Ce fut pourtant là, à ce moment précis où sa propre terreur se refléta dans ses yeux, qu'elle sentit son amour pour lui être le plus fort.

La voix de John interrompit le cours de ses pensées.

— O.K., revoyons tout une dernière fois. Theresa, quand tu sortiras du bureau, tu iras au bout du couloir et tu tourneras à gauche. Tu prendras l'escalator pour descendre au premier étage, et tu iras à droite. Tu continueras jusqu'à la poubelle, tu y déposeras l'argent, puis tu reviendras en suivant exactement le même chemin.

Il poussa la valise pleine de billets vers Sully et lui tendit un sac en papier.

— Tu veux bien mettre l'argent là-dedans ?

Sully acquiesça et se mit au travail tandis que John reportait son attention sur elle.

— Tu ne dois surtout pas t'arrêter pour parler à qui que ce soit. Tu seras peut-être surveillée par le ravisseur, et il ne faut pas qu'il te voie en train de faire une chose qu'il pourrait interpréter comme étant menaçante.

A chaque minute qui passait, à chaque instruction qu'on lui donnait, elle sentait les battements de son cœur s'accélérer. Tant de détails, tant d'occasions de faire un faux pas… Et la vie de son petit garçon qui était en jeu !

A 13 h 50, John lui tendit le sac en papier avec l'argent à l'intérieur.

— Nous serons avec toi à chaque instant, conclut-il.

Ce ne sont pas les mots de John qui la réconfortèrent, mais le regard de Sully. Ses yeux, son être même lui montraient toute la confiance qu'il avait en elle. Lui seul parvint à faire cesser ses tremblements et à lui insuffler la force nécessaire pour arriver à bout de cette épreuve.

— Tout va bien se passer.

Puis il se pencha vers elle et l'embrassa.

Lorsqu'elle sortit du bureau de la sécurité et s'inséra

dans la foule, elle sentait encore la chaleur de ses lèvres sur les siennes.

Tout en se dirigeant vers l'escalator, elle avait l'impression que le moindre de ses sens était en alerte. Le tintement d'une cloche agitée par l'Armée du Salut résonnait désagréablement sur le chant de Noël diffusé par les haut-parleurs. Les senteurs d'orange, de pin et de cannelle se mêlaient aux lourds parfums des femmes et à l'odeur du pop-corn.

Nauséeuse, elle dévisageait les gens qui passaient à côté d'elle. Cet homme, avec ce drôle de chapeau… Etait-ce lui qui retenait Tim ? Ou cet autre, là, avec son costume trois pièces ?

Le sac empli d'argent contre sa poitrine, elle prit l'escalator. Elle passait en revue les visages qui apparaissaient au fur et à mesure qu'elle descendait vers le premier étage. Rose et Vincent étaient-ils ici, à attendre qu'elle dépose la rançon ? Ou était-ce un inconnu qui la surveillait ?

Alors qu'elle approchait de Dillards, elle aperçut Kip. Il était assis sur un banc, un journal dans une main, un hot dog dans l'autre, et portait un chapeau bas sur le front. Il ne leva pas les yeux lorsqu'elle passa devant lui, mais elle devina qu'en dépit de son air nonchalant, il ne manquait rien de ce qui se passait autour de lui.

Quand elle atteignit la poubelle, elle laissa tomber le sac à l'intérieur, se retourna et rebroussa chemin. Immédiatement, toutes ses forces la quittèrent, et c'est les jambes tremblantes qu'elle retourna dans le bureau de la sécurité. La tension, l'angoisse, l'absence… Le fardeau était trop lourd pour elle.

Les larmes obscurcissaient sa vue et coulaient le long de ses joues. Elle avait fait ce qu'elle avait à faire.

Maintenant, il ne lui restait plus qu'à prier afin que le ravisseur tienne parole.

Sully la retrouva à la porte, comme s'il avait deviné qu'elle aurait besoin de son soutien. Il la prit dans ses bras pour la soutenir. Et pendant que John scrutait les écrans, pendant que les dizaines de policiers présents dans le centre concentraient leur attention sur ce qui se passait autour de la poubelle, pendant que des minutes atroces s'égrenaient, il la garda serrée contre lui.

Au-delà de l'horreur de la situation et de son angoisse, elle comprit que Sully et elle tenaient encore l'un à l'autre. Le lien subsistait entre eux, que leur divorce n'avait pas réussi à rompre. Elle n'avait jamais vraiment compris pourquoi il l'avait quittée, bien qu'elle eût quelques éléments de réponse. Mais, là, dans ses bras, enveloppée d'amour, elle sut qu'avant que l'affaire soit terminée, elle lui demanderait des explications. Et cette fois, elle ne le laisserait pas partir avant d'avoir eu des réponses.

— Sully, il faudrait que Theresa et toi retourniez à la maison, déclara soudain John. Je vais envoyer Kip avec vous.

Elle se dégagea de l'étreinte de Sully.

— Pourquoi ? Je veux rester ici. Je veux être là quand il relâchera Tim.

— Il se peut que cela ait lieu ailleurs, expliqua Sully patiemment, conscient de l'effort qu'elle faisait en permanence pour garder le contrôle.

— Ce n'est pas parce que tu devais déposer l'argent dans ce centre commercial que c'est ici que le ravisseur libérera Tim, renchérit John, sans quitter les écrans du regard. Il te joindra peut-être par téléphone pour te dire où Tim a été relâché.

Kip alla ouvrir la porte du bureau.

— Venez, je vais vous conduire chez vous.

Sur le chemin du retour, Sully remarqua tous les efforts que faisait Theresa pour contrôler ses tremblements. Elle lui agrippait la main comme si elle était perdue, comme s'il était son dernier rempart contre la folie. Il ne l'avait jamais vue aussi désemparée, aussi faible. Il aurait voulu la prendre dans ses bras et l'y garder à jamais, pour la protéger du monde et de ses monstres.

Il savait qu'elle avait cru qu'une fois qu'elle aurait déposé la rançon, Tim réapparaîtrait miraculeusement, tel un lapin sortant du chapeau d'un magicien.

Kip gardait les yeux fixés sur la route, et ils restèrent silencieux tout le long du trajet. Les mots étaient superflus. Arrivés devant la maison, ils furent littéralement assaillis par une nuée de journalistes. On aurait cru une hydre avec des dizaines de têtes, toutes en train de parler.

— Où étiez-vous ?

— Avez-vous des nouvelles de Tim ?

— Que s'est-il passé au cours des dernières heures ?

Les questions pleuvaient alors qu'ils avançaient vers la porte d'entrée. Des questions auxquelles ils ne répondirent pas. A l'intérieur, ce n'était pas mieux : quinze messages les attendaient sur le répondeur. Deux appels de déséquilibrés, trois de journalistes. Les autres provenaient d'amis et de voisins offrant leur soutien.

Tout en les écoutant, Sully vit l'espoir disparaître peu à peu des yeux de Theresa.

— Et s'il n'était pas libéré ? murmura-t-elle d'une voix sans timbre.

Elle le considéra avec des yeux mornes, vides.

— D'après Robert, les drames de ce genre rapprochent les gens, les rendent plus fort. Mais ce n'est pas vrai. Ça les détruit.

Elle pressa la main sur sa bouche, tandis que les larmes perlaient à ses yeux.

Sa faiblesse le poussa à trouver un peu de force en lui.

— Theresa, il ne faut pas perdre espoir maintenant. Tim peut revenir à la maison à tout moment.

— Mais il pourrait aussi être… mort.

L'éventualité qu'ils avaient refusé d'entrevoir, le mot qu'ils n'avaient jamais osé prononcer, était sorti de ses lèvres.

Sully protesta avec une violence qui la fit sursauter.

— Non !

Il lui prit les mains et les tint serrées contre son torse.

— Tu m'as dit la même chose hier : je le sens encore, ici, dans mon cœur. Je sais qu'il est vivant.

Il mit toute sa force de conviction dans ses paroles et, à son grand soulagement, vit ses yeux se teinter d'une lueur d'espoir.

— Oh, Sully, pourquoi nous sommes-nous perdus tous les deux ?

Elle le regardait avec une telle intensité qu'il eut l'impression qu'elle cherchait à percer les secrets de son âme. Des secrets qu'il ne pouvait partager avec elle.

— Rien ne va plus depuis que tu es parti. Tu me manques. J'ai besoin de toi dans ma vie, dans notre vie.

Ces mots si inattendus étaient comme autant de blessures dans sa chair. Tous le transperçaient, lui faisaient mal. Il aurait tant aimé se laisser aller à rêver au futur que ses paroles évoquaient. Un futur habité par Theresa et Tim, empli de rire et d'amour.

Sauf que ce n'était qu'une illusion. Jamais plus il ne serait l'homme dont elle avait besoin. Jamais plus il ne serait l'homme qu'il voulait être lui-même.

Il s'écarta d'un pas, de façon à mettre de la distance entre eux. S'il lui fallait être fort au moins une fois dans sa vie, c'était le moment. Toutefois, tant que le parfum de Theresa lui embrumerait l'esprit et que la chaleur de son corps serait aussi douloureusement proche, il n'y parviendrait pas, il le savait.

Chaque pas lui coûtant, il alla à l'autre bout de la pièce, puis se tourna vers elle.

— Theresa, nous sommes tous les deux à bout, commença-t-il, la voix tremblant imperceptiblement. Notre monde est sens dessus dessous. Tu as besoin de moi en ce moment à cause de tous ces événements. Mais nous ne pouvons pas prendre de décisions, ni faire des changements dans nos vies, au milieu de ce chaos.

Elle le fixa un long moment, et la lueur d'énergie qui était réapparue dans ses yeux se mua en une flamme proche de la colère. Cette étincelle brilla et vacilla avant de s'éteindre.

— Tu as raison, Sully. Ce n'est pas le moment de prendre des décisions. Mais tôt ou tard, il faudra que tu m'expliques comment une balle dans ta poitrine a tué notre mariage de façon aussi efficace.

Sans attendre de réponse, elle tourna les talons et quitta la pièce.

Sully ferma les yeux avec un soupir. Elle avait raison,

ils n'avaient jamais parlé de cette nuit — du moins, pas en profondeur.

Pendant sa convalescence, elle était restée assise à son chevet jour après jour et, s'il lui avait raconté la fusillade, il ne lui avait jamais fait part de ses soupçons. Ni de ses peurs. Il ne lui avait jamais expliqué que cette nuit-là, l'homme qu'elle aimait était mort pour laisser place à un être lâche et plein de faiblesses.

10

Chaque minute semblait une éternité. Sully et Theresa allaient et venaient dans le salon, pendant que Kip, assis à la table de la cuisine, mangeait la pizza qu'il avait fait livrer un peu plus tôt.

Le policier était en contact radio constant avec ses collègues du centre commercial. Ces derniers n'avaient pour le moment rien de suspect à signaler. Ils avaient l'intention de poursuivre leur surveillance vidéo jusqu'à la fermeture du centre, à 23 heures. Si, à ce moment-là, la rançon n'avait toujours pas été relevée, il leur faudrait réévaluer la situation.

Sully parcourait la maison, errant comme une âme en peine. La tension nouait tous ses muscles, au point qu'il lui était impossible de rester assis.

Il aurait voulu être au centre commercial avec les autres policiers, à surveiller la poubelle jusqu'à ce que le ravisseur s'en approche furtivement pour y prendre l'argent. Alors, il lui aurait serré le cou et l'aurait secoué jusqu'à ce que ses forces l'abandonnent. Toutefois, il savait que John avait eu raison de les renvoyer à la maison. C'était certainement là que le ravisseur les appellerait afin de leur dire que Tim était au coin de la XXe Rue et de Oak Street, ou dans un grand magasin du centre-ville.

Sauf que les appels qui déchiraient le silence émanaient seulement de journalistes en quête d'informations, ou de voisins et d'amis qui proposaient leur aide.

Il quitta la cuisine, et ses pas le menèrent dans la chambre de Tim. Il balaya la pièce, respirant son parfum d'enfance. Il y avait tant de choses qu'il n'avait pas encore faites avec son fils, tant de projets inaboutis et de rêves encore à réaliser…

Il lui avait promis de l'emmener à une partie de pêche cet été, et se réjouissait de lui apprendre à jouer au base-ball. Seigneur, il avait placé tant d'espoirs en lui…

— Sully ?

Theresa apparut dans l'embrasure de la porte.

— Ça va ?

— Oui. J'étais en train de me dire que ce hamster avait peut-être besoin qu'on le nourrisse, déclara-t-il, improvisant une excuse.

Elle hocha la tête.

— Tu as raison. Tim serait furieux que nous ne nous soyons pas occupés de Petey pendant son absence.

Il mit des croquettes dans la cage. Petey sortit son petit nez des copeaux de cèdre, puis se rendormit.

— Viens t'asseoir avec moi, proposa Theresa.

Ils retournèrent dans le salon. Quand elle s'installa dans le canapé, Montana sauta à côté d'elle et se lova contre sa cuisse. Elle remarqua tout en tapotant la tête du chiot :

— On dirait qu'il a toujours vécu ici.

— Je suis désolé de ne pas t'en avoir parlé avant de l'acheter, s'excusa Sully en s'asseyant sur une chaise à côté de la cheminée. Pour être honnête, je ne savais pas que j'allais l'offrir à Tim jusqu'à ce que je le voie dans le magasin. Quand il m'a regardé avec ses grands yeux noirs, j'ai complètement craqué. Et quand le vendeur m'a dit son nom, j'ai su qu'il était destiné à notre fils.

Elle caressa l'épaisse fourrure du chiot avec un sourire.

— C'est bon, je ne t'en veux pas. Tim va l'adorer.

Elle releva la tête et l'observa avec attention.

— Tu as l'air en forme, Sully. Tu as perdu un peu de poids, et ça te va bien.

— Je vais mieux, acquiesça-t-il, laconique.

— Je suis fière de toi. Je sais que tu es passé par des moments difficiles.

Il détourna le regard. Il ne voulait pas de sa fierté. S'il avait été fort, il n'aurait pas perdu pied après sa blessure, et il n'aurait pas eu si peur de sombrer, comme son père, dans l'alcoolisme.

— Je me suis souvenu de ce que je ressentais pour mon père, et je ne voulais pas que Tim puisse avoir les mêmes sentiments à mon égard.

Il n'était pas nécessaire qu'il poursuive.

Theresa savait tout : l'alcoolisme de son père, la maladie qui avait fini par l'emporter quand Sully avait vingt-quatre ans. Elle savait que Sully l'avait aimé, mais aussi que cet amour, teinté de ressentiment et de colère, s'apparentait parfois à de la haine.

— Tim ne pourrait pas te voir autrement qu'il ne le fait, observa-t-elle gentiment. Il t'aime, Sully. Après Joe Montana, tu es son héros.

Il eut un petit rire.

— Oui, je n'ai jamais vraiment fait le poids contre Joe.

Puis, redevenant sérieux, il ajouta :

— Quoi qu'il en soit, j'ai réussi à échapper à la malédiction familiale et à ne pas toucher à l'alcool… Je vais beaucoup mieux.

A ces mots, il vit la douleur assombrir ses yeux bleus, mais il était important qu'elle le croie. Il devait faire en sorte qu'elle n'entretienne aucun espoir de réconciliation.

Il avait été bouleversé lorsqu'elle lui avait avoué qu'elle l'aimait encore, qu'elle voulait qu'ils vivent de nouveau ensemble afin de former une famille. Seulement, il se doutait que sa réaction n'était due qu'au stress provoqué par la situation.

Il lui suffisait de regarder autour de lui pour voir qu'elle se débrouillait très bien. Elle s'était aménagé une maison qui rayonnait d'amour, de chaleur et de joie. Il n'avait pas sa place ici, et il ne voulait surtout pas, sous le coup de l'émotion, se mettre dans une position où elle pourrait découvrir ses faiblesses et cette peur paralysante qui faisait de lui un moins que rien.

Elle méritait mieux. Elle méritait un homme comme Robert Cassino, avec son physique avantageux et son sourire plein d'adoration.

A cette pensée, son cœur se serra.

— Depuis combien de temps vois-tu Robert ?

Elle fronça les sourcils.

— Nous avons dîné ensemble au restaurant cinq ou six fois… Et nous sommes aussi allés deux fois au cinéma avec Tim. Rien de plus.

Il se souvint de la façon dont le banquier l'avait regardée. Cela ne signifiait peut-être pas grand-chose pour elle, mais pour Robert, si. Il semblait très épris.

— Et que t'a-t-il dit ? Que ce drame allait vous rapprocher… Ou quelque chose d'approchant ?

Elle acquiesça, et ses cheveux se répandirent sur ses épaules en un rideau noir et soyeux. Il serra les poings, combattant le désir d'y plonger les doigts, de respirer leur parfum… Il avait toujours aimé ses cheveux.

— Il espérait que nous sortirions plus unis de cette épreuve. Tu parles ! ajouta-t-elle d'un air désabusé. Au contraire, je me suis rendu compte que je n'avais aucun plaisir à le voir. Il n'est pas l'homme que je veux dans ma vie, ni dans celle de Tim.

Sully se frotta le front tandis qu'une idée complètement saugrenue prenait forme dans son esprit. Etait-ce possible ? Cela semblait ridicule. Et pourtant…

— Penses-tu que Robert ait pu orchestrer cet enlèvement ?

Elle le regarda comme s'il avait perdu la raison. Ce qui était peut-être le cas, d'ailleurs.

— Pourquoi aurait-il fait une chose aussi affreuse ?

— Je ne sais pas… Un plan machiavélique pour vous rapprocher ?

Plus il y pensait, plus cela lui semblait possible. Bien sûr, il ne s'agissait que d'une supposition, mais ils ne pouvaient rien faire de plus en ce moment.

— Il réunit la rançon et devient un héros à tes yeux, expliqua-t-il.

— Et il n'a même pas à s'inquiéter de perdre l'argent, parce qu'il espère bien le récupérer dans la poubelle, poursuivit-elle lentement. Ç'a l'air complètement fou… Et pourtant, c'est logique.

— Je vais parler à Kip et voir s'il peut envoyer quelqu'un vérifier son alibi.

— Pourquoi personne n'a-t-il essayé de ramasser l'argent ? Pourquoi n'avons-nous aucune nouvelle de Tim ?

Theresa avait l'impression qu'elle allait s'effondrer s'il n'y avait pas rapidement du nouveau.

C'était la nuit de Noël. Sully et elle auraient dû être en train de se chuchoter des secrets à l'oreille, d'emballer les derniers cadeaux et de se réjouir de ce moment privilégié d'amour et de paix. Au lieu de cela, Tim avait disparu, et Sully s'était enfermé dans une coquille de silence.

Elle s'effondra sur le canapé et le considéra avec une pointe de ressentiment. Il l'avait blessée tout à l'heure, lorsqu'elle lui avait avoué qu'elle souhaitait revivre avec lui et qu'il avait si habilement refusé de répondre. Il avait ensuite enfoncé le clou en disant qu'il était heureux en ce moment, sous-entendant ainsi qu'il ne l'était pas quand ils étaient mariés.

Les heures s'écoulant, elle finit par comprendre qu'il avait raison : elle était à bout, bien trop tendue pour prendre des décisions sur son avenir.

Pourtant, sa raison n'arrivait pas à nier ce que son cœur savait : elle aimait Sully et l'aimerait probablement toujours. Mais même si la tragédie de la disparition de Tim les avait amenés à se voir plus que jamais depuis leur divorce, leur couple ne connaîtrait pas de lendemains heureux.

Elle avait mis son cœur à nu en lui avouant qu'elle l'aimait encore. Devant l'éclair apeuré que cette déclaration avait allumé dans ses yeux gris, elle avait compris que ses rêves étaient totalement irréalistes. Elle faisait partie de son passé, et il n'avait pas l'intention de répéter les mêmes erreurs qu'autrefois.

Il s'assit à côté d'elle, avec un sourire bienveillant, un sourire qui la fit l'aimer plus encore.

— Cette attente est horrible, murmura-t-elle, rompant le silence.

— Theresa…

Il chercha son regard, comme s'il venait de prendre une décision importante.

— Tu sais, la nuit où j'ai été blessé…

Il se pencha en arrière et ferma les paupières pendant un instant. Quand il la regarda de nouveau, ses yeux brillaient de détermination.

— Je ne t'ai jamais vraiment parlé de ce qu'il s'est passé quand on m'a tiré dessus.

— C'est vrai.

Il se passa la main sur le visage.

— Je ne sais même pas par quoi commencer…

— Parle, c'est tout.

Elle voulait qu'il remplisse le silence, un silence qui n'avait que trop duré.

— Bon… John et moi entretenions un réseau d'informateurs, des voyous qui vivaient d'activités plus ou moins licites. Louis était l'un des indics de John, et il avait parfois des tuyaux valables à nous transmettre.

Il se leva et se mit à faire les cent pas devant elle tout en continuant à parler.

— Cette nuit-là, Louis avait appelé pour dire qu'il avait des informations particulièrement intéressantes à nous donner. Quelques heures plus tôt, John était rentré chez lui avec la grippe. Je savais qu'il était dangereux d'aller à ce rendez-vous seul, mais j'étais le grand Sullivan Mathews, la terreur des criminels… Je me suis imaginé que je pourrais très bien m'en sortir sans l'aide de personne.

Elle vit sur son visage une amertume qui lui serra le cœur.

— Tu ne dois pas t'en vouloir. Tu avais déjà rencontré des indics tout seul auparavant.

— C'est vrai, admit-il en hochant la tête.

Il s'assit sur la chaise en face d'elle. Ses yeux étaient aussi sombres et froids que la nuit qui tombait au-dehors.

— Mais cette fois, c'était différent. Et je l'ai su dès que je suis sorti de voiture.

— Pourquoi ? En quoi était-ce différent ?

Elle se pencha en avant. Il fallait à tout prix qu'il continue à parler de ces événements qui, elle s'en doutait, étaient à l'origine de sa dépression.

Il fronça les sourcils, et les rides de son front se creusèrent.

— Je ne sais pas vraiment… Quelque chose… quelque chose m'a rendu méfiant, nerveux. Mais…

Il poussa un soupir de frustration.

— Je n'arrive pas à me souvenir de quoi il s'agit. Ça m'échappe.

— Ce n'est pas grave. Tu finiras bien par t'en souvenir un jour ou l'autre. Que s'est-il passé, ensuite ? Je sais que Louis a été tué, que tu as été blessé, mais il s'est passé autre chose dont tu ne m'as jamais rien dit. Tu as changé, Sully… Et ce n'est pas de ta blessure que je veux parler.

Elle voulait qu'il continue son récit, dans l'espoir de comprendre enfin pourquoi leur vie de couple était ensuite devenue si difficile.

Il devint pâle comme un linge, alors qu'il plongeait dans le paysage de ses cauchemars.

— Tu connais l'histoire officielle : celui que Louis

allait dénoncer lui a cloué le bec. J'étais simplement là où je n'aurais pas dû être… Un spectateur malchanceux.

— Oui, c'est la version officielle. Et ta version à toi ?

Elle voyait la bataille qui se jouait en lui. Le besoin de se confier le disputait à celui de garder ses secrets par-devers lui.

— Je me suis promis de ne plus jamais en parler. Le chef a cru que j'étais devenu fou, quand je lui ai fait part de mes soupçons.

— Continue, Sully. Je te croirai.

Il eut un demi-sourire. Il n'était que l'ombre de l'homme qu'elle avait connu autrefois.

— Tu dis ça, mais tu n'as encore rien entendu.

Son sourire s'effaça, et elle se figea, les yeux rivés à ses lèvres.

— Je crois que j'ai été attiré dans un guet-apens, déclara-t-il lentement.

— Attiré dans un guet-apens ? répéta-t-elle, stupéfaite. Par qui ?

— Par un de mes collègues.

Elle accueillit cette déclaration avec un silence abasourdi. Il s'obligea à sourire avant de conclure :

— C'est fou, non ?

— Non, pas du tout ! protesta-t-elle en se reprenant aussitôt.

Elle le connaissait suffisamment pour deviner que c'étaient ces soupçons qui l'avaient conduit à quitter la police. Il croyait en la fraternité entre policiers, et penser que l'un de ses collègues avait trahi sa confiance et tenté de le tuer avait très bien pu le miner, le faisant sombrer dans un gouffre sans fond.

Elle quitta le canapé et alla s'asseoir par terre auprès de lui.

— Pourquoi est-ce que tu penses ça ? Tu as des preuves ?

Une fois encore, elle put voir sur son visage toute son amertume.

— Le problème est là. Je n'ai aucune preuve, aucun élément susceptible d'étayer ma théorie. Juste un pressentiment…

Il se passa la main dans les cheveux. Ce geste familier, elle le savait, trahissait chez lui une immense frustration.

— Je ne sais pas… Je suis peut-être devenu fou.

— Tu as toujours eu beaucoup d'instinct, Sully, assura-t-elle avec conviction. Ne le sous-estime pas maintenant.

Cette fois, il lui sourit avec reconnaissance et lui prit la main.

— J'y ai repensé des milliers de fois. Le tireur a d'abord tiré sur Louis et l'a tué presque tout de suite. Si c'était lui la cible, pourquoi prendre ensuite le risque de rester sur place et de me tirer dessus ? A moins que je n'aie été la véritable cible…

— Peut-être que le tueur avait perdu la raison, avança-t-elle, se faisant l'avocat du diable.

— Peut-être, répondit-il, visiblement sceptique. Mais les criminels feraient n'importe quoi plutôt que de tuer un policier et de s'attirer les foudres de tous ses collègues. Et puis…

Le front plissé, il lui lâcha la main et se frotta le front. Elle croisa les bras sur sa poitrine.

— Ça n'a rien à voir avec la raison, mais l'idée qu'on m'a tendu un piège est ancrée en moi.

— Qui était au courant de ton rendez-vous avec Louis ?

— Cinq personnes. Le chef Lewis, Barry Walker, Tony Marcias, Kip et John, énuméra-t-il avant de se repasser la main dans les cheveux. Parfois, je crois que j'ai perdu l'esprit, et à d'autres moments, je sais que quelqu'un en qui j'avais confiance a essayé de me tuer.

Elle poussa un profond soupir.

— Sully, pourquoi ne m'as-tu rien dit avant ? Pourquoi as-tu porté ce fardeau seul pendant tout ce temps ?

Elle avait mal en pensant que, pendant les longues heures qu'elle avait passées à son chevet lors de sa convalescence, pendant tous ces mois où elle avait tenté de sauver leur mariage, il lui avait tu ses soupçons, refusant de partager ses inquiétudes avec elle. Rétrospectivement, leur relation lui apparaissait vide, dénuée de confiance.

Cette peine s'ajoutait à la douleur de la disparition de Tim et la laissait complètement anéantie.

— Désolé de vous interrompre, intervint Kip en pénétrant dans le salon. Je pensais que vous voudriez savoir que vos voisins ont été retrouvés dans un hôtel de Saint-Louis.

Elle se leva d'un bond, le cœur battant.

— Tim ? lança t-elle, haletante.

Il secoua la tête.

— Aucun signe de lui, et pas la moindre indication que vos voisins aient quoi que ce soit à voir avec sa disparition.

— Qu'est-ce qu'ils fabriquent là-bas ? s'enquit Sully en se levant à son tour.

— D'après le policier qui les a interrogés, le mari

avait décidé d'organiser un voyage surprise pour fêter un anniversaire.

Elle ferma les yeux. Rose ne lui avait-elle pas dit que son mari avait l'air mystérieux en ce moment ? Et qu'ils s'apprêtaient à fêter leur anniversaire de mariage ? Elle sentit le soulagement l'envahir en comprenant que ce couple qu'elle aimait n'avait pas trahi sa confiance.

Hélas, son soulagement fut de courte durée, laissant rapidement place à un désespoir si profond, si noir qu'il faillit lui couper le souffle.

— Pourquoi n'avons-nous aucune nouvelle ? cria-t-elle, à bout de nerfs. Pour l'amour de Dieu, pourquoi n'a-t-il pas laissé Tim partir ?

Elle se sentait au bord de la crise de nerfs. Mue par une impulsion incontrôlable, elle attrapa une coupelle de verre et la lança contre la cheminée. La coupelle se brisa en mille morceaux.

— Nous l'avons payé ! Nous lui avons donné l'argent ! Alors, où est Tim ? Pourquoi ne l'a-t-il pas relâché ? Où est notre fils ?

Sully l'attrapa et la prit sans ménagement dans ses bras, la serrant fort comme pour la retenir tout entière. Elle s'était toujours enorgueillie d'être courageuse et de rester maîtresse d'elle-même en toutes circonstances. Des qualités qui lui avaient permis de traverser une enfance difficile et d'exceller dans son métier. Mais en ce moment, elle était simplement une femme au cœur brisé, une mère dépossédée de son enfant.

Il la consola pendant que Kip disparaissait dans la cuisine. Il lui tapota le dos, lui caressa les cheveux. Et sous ses gestes d'une tendresse infinie, elle finit par éclater en sanglots, relâchant ainsi la tension qui s'était accumulée en elle.

Elle pleurait pour son fils disparu. Elle pleurait pour la confiance que Sully avait perdue la nuit de son agression. Elle pleurait pour l'échec de leur mariage.

— Nous allons le revoir bientôt, Theresa, murmura-t-il.

Elle acquiesça, voulant — ayant besoin de le croire. Elle resta encore une minute dans ses bras, puis, calmée, s'écarta de lui.

Elle ne devait plus dépendre de lui. Il avait ses propres démons à tuer, et il lui avait clairement fait comprendre qu'il ne voulait pas de son aide, à tel point qu'elle avait mis derrière elle tout espoir de réconciliation. Maintenant, elle devait rassembler son courage, sa force pour Tim uniquement.

Elle consulta sa montre. Presque 21 heures. Pendant que Sully lui parlait de la nuit où il avait été blessé, le temps avait passé.

21 heures, la veille de Noël…

Si Tim avait été là, ils auraient été dans la cuisine en train de remplir une assiette de cookies pour le Père Noël, joyeux, riants. Leurs petits rituels étaient peu à peu devenus des traditions. Et en ne les accomplissant pas aujourd'hui, elle avait l'impression d'abandonner Tim.

C'est avec cette pensée à l'esprit qu'elle se rendit dans la cuisine. Kip la considéra d'un air surpris lorsqu'elle se dirigea vers le réfrigérateur et en sortit du lait. Elle prit ensuite du cacao et du sucre dans le placard et commença à mélanger les ingrédients dans une casserole.

Elle en était là de ses préparatifs quand Sully entra dans la cuisine. Il semblait savoir exactement ce qu'elle était en train de faire. Alors qu'elle réchauffait le chocolat au lait, il ouvrit les portes des placards jusqu'à ce qu'il trouve les cookies.

Ils travaillaient séparément, mais de concert. Sully disposa les gâteaux sur deux assiettes, une grande pour eux et une plus petite pour le Père Noël, tandis que Theresa préparait trois tasses de chocolat chaud et un verre de lait.

— Venez boire du chocolat avec nous, Kip, proposa-t-elle, reconnaissante de sa présence.

S'il ne s'était pas porté volontaire pour travailler sur cette affaire, il aurait peut-être pu passer ce moment avec sa famille.

— Avec plaisir, répondit-il en se levant.

Elle posa les boissons sur un plateau et, suivie de Sully avec les cookies, se dirigea vers le salon. Kip leur emboîta le pas. Tandis qu'elle tendait à leur invité une tasse de chocolat fumant, Sully alluma un feu dans la cheminée, et de joyeuses flammes jaillirent bientôt. Montana vint se coucher devant l'âtre pour se réchauffer.

En temps normal, le bavardage joyeux de Tim, tout excité avant la venue du Père Noël, aurait à lui seul résonné d'un bout à l'autre de la maison. Mais ce soir, ils étaient trois, et leur silence emplissait la pièce avec plus de force que le rire d'un enfant joyeux.

Puis le silence devint insupportable, et Theresa prit le livre qu'ils lisaient toujours ensemble la veille de Noël. Pendant que Sully et Kip buvaient leur chocolat chaud, que les cookies et le lait attendaient le Père Noël devant la cheminée, elle ouvrit le livre et se mit à lire.

— C'était la veille de Noël…

Tim avait mal aux doigts. Il avait passé tout son temps à gratter, tordre et tirer les clous qui maintenaient les planches devant la fenêtre. Il avait réussi à enlever complètement celle du bas, mais l'espace était encore trop petit pour qu'il puisse s'y faufiler. Prudent, il l'avait remise en place à la fin de la journée, afin que l'homme masqué ne découvre pas ce qu'il était en train de faire.

La nuit était tombée, et il entendait le vent souffler au-dehors. Assis sur le matelas, il s'était recroquevillé de façon à se tenir chaud, les mains fourrées dans ses poches.

Il avait mangé toute sa nourriture, et cela l'inquiétait. L'homme masqué allait-il revenir lui en apporter un peu plus ? Bien qu'il ait le ventre plein en ce moment, il ne voulait pas penser qu'il allait peut-être avoir faim. Cela lui faisait peur.

Il savait que c'était la nuit de Noël, et il pensait aux gâteaux que sa mère avait achetés spécialement pour le Père Noël — des gâteaux au chocolat et au caramel. C'étaient ses préférés, alors il savait que le Père Noël les apprécierait, lui aussi. Il espérait que sa mère penserait à les mettre devant la cheminée même s'il n'était pas à la maison pour le lui rappeler.

La nuit de Noël… Il ferma les yeux et imagina le sapin couvert de guirlandes électriques et de boules de toutes les couleurs. Cette image le fit sourire.

Il avait toujours aimé la veille de Noël. Autant que la fête elle-même. Tous les ans, sa mère préparait du chocolat chaud, et ils s'asseyaient autour de l'arbre pour bavarder et rire. Tim aimait entendre son père rire. Cela lui donnait chaud au cœur et faisait pétiller quelque chose en lui.

C'était drôle : il avait moins peur du noir, aujourd'hui.

Après deux nuits dans l'obscurité la plus totale, il avait

compris qu'il n'y avait pas de monstres dans la cave. Et les ténèbres lui permettaient de peindre plus facilement des images dans son esprit, des images qui lui tenaient chaud malgré le froid. Des images qui illuminaient cette pièce si sombre.

Il se doutait que son père et sa mère étaient ensemble, unis dans la douleur. Et cela lui faisait du bien de les imaginer rassemblés. Il n'avait toujours pas compris pourquoi ils avaient divorcé. Il avait dit à sa mère que ce qu'il voulait le plus pour Noël, c'était qu'ils forment de nouveau une famille. Mais elle lui avait répondu que ce souhait-là, le Père Noël ne pourrait pas le réaliser.

Il ferma les yeux, sentant les larmes lui brûler les paupières. Il ne voulait pas pleurer. Ça, c'était bon pour les bébés ! Mais il aurait tellement aimé être chez lui…

Apparemment, ce souhait-là non plus, le Père Noël ne pouvait pas le réaliser.

De nouveau, il essaya de se représenter le sapin de Noël. Il imaginait parfaitement le salon, avec le feu dans la cheminée et l'arbre décoré qui scintillait dans un coin. Il entendait les chants joyeux des cantiques de Noël résonner dans les haut-parleurs de la chaîne. Il pouvait presque sentir le goût du chocolat dans sa gorge, le parfum rafraîchissant des pommes de pin.

Puis, avant d'aller se coucher, sa mère lui lirait une histoire.

Il fronça les sourcils, essayant de se rappeler le conte qu'elle lui lisait à chaque nuit de Noël. Il parlait d'enfant, de grelots, de cadeaux…

La panique le saisit alors qu'il tentait désespérément de retrouver les mots qu'il connaissait par cœur l'année précédente.

Cela l'effrayait de ne pas s'en souvenir. Et s'il restait

dans cette cave si longtemps qu'il en oublie à quoi ressemblaient son père et sa mère ? Qu'il en oublie son propre nom ?

Il fallait qu'il s'en souvienne. Il le fallait !

Soudain, les mots lui vinrent, et il sentit le soulagement le submerger.

— C'était la veille de Noël…

Et sa petite voix pleine d'espoir monta dans la nuit.

11

— Comment as-tu pu me mettre dans une telle situation ?

La voix furieuse de Robert résonnait à l'oreille de Theresa.

Elle serra le combiné du téléphone un peu plus fort dans sa main.

— Il n'y a rien de personnel là-dedans, Robert. La police procède à des vérifications concernant tous ceux qui me sont proches.

— Jamais je n'ai eu à subir une telle humiliation de ma vie ! Quand j'ai ouvert ma porte, il y avait deux policiers en uniforme sur le perron. La police a également interrogé ma secrétaire et le président de la banque. Ça pourrait ruiner ma carrière ! Bon sang, Theresa, à quoi pensais-tu ?

— Je pensais à mon fils, répliqua-t-elle d'un ton sec.

Quelques minutes plus tôt, ils avaient appris que Robert avait un alibi inattaquable : il avait passé toute la journée de la disparition de Tim dans son bureau, puis était allé dîner avec des amis.

Elle réprima un soupir.

— Robert, je suis désolée que ça t'ait mis dans l'embarras, mais il faut bien que la police fasse son travail.

Seigneur, cela faisait deux nuits et trois jours que son fils avait disparu, et cet homme osait se plaindre auprès d'elle pour une simple contrariété ?

— Ecoute, reprit-elle, je ne peux pas occuper cette ligne trop longtemps. Nous en reparlerons plus tard.

Elle raccrocha, comprenant soudain ce qu'elle n'avait jamais aimé chez lui : son égocentrisme. Il était imbu de lui-même, vaniteux, et ne voyait le monde que par rapport à ses propres intérêts.

— Parfois, les crises font ressortir ce qu'il y a de pire chez les gens, remarqua Kip.

Sully était sorti prendre l'air quelques minutes, et Theresa et lui étaient seuls dans la cuisine.

Elle se força à sourire.

— Parfois, les crises vous font prendre conscience des défauts qu'ils ont toujours eus.

— Sully et vous tenez bien le coup.

— Sully est fort. Il me soutient.

Il la dévisagea un long moment avant de lâcher :

— Peut-être devriez-vous le lui dire de temps en temps.

— Que voulez-vous dire ?

Il se mordit la lèvre, comme s'il regrettait d'être allé trop loin. Elle le regarda fixement, prenant conscience qu'il était sans doute maintenant l'ami le plus proche de Sully.

— Vous ne pouvez pas dire ça sans me donner un minimum d'explications, insista-t-elle.

Il passa la main dans ses cheveux grisonnants.

— Sully doit se battre contre lui-même depuis son agression. Et son plus gros problème est la peur…

— La peur ?

Elle le considéra avec stupéfaction. Sully y avait fait allusion auparavant, mais elle n'y avait pas prêté attention.

— Peur de quoi ? Je n'ai jamais vu Sully avoir peur de quoi que ce soit.

— C'est pourtant pour cette raison qu'il s'est cru obligé de démissionner de la police.

Elle resta songeuse un instant.

— Vous étiez là, la nuit où Sully a été blessé, n'est-ce pas ? Il me semble que vous avez été l'un des premiers à arriver sur les lieux.

Il hocha la tête.

— Oui… J'étais dans ma voiture de patrouille quand nous avons eu un message radio nous informant qu'un policier avait été blessé, raconta-t-il, le front plissé. Bon sang, quel spectacle ! Il faisait une chaleur étouffante, et les poubelles débordaient d'ordures… Louis était mort, et Sully allait à peine mieux. Il était inconscient quand je suis arrivé. J'ai enlevé ma chemise et je l'ai pressée sur la blessure pour arrêter l'hémorragie. Il a repris connaissance avant l'arrivée de l'ambulance.

Elle ferma les yeux, heureuse de n'avoir pas vu l'homme qu'elle aimait proche de la mort, gisant dans une ruelle à l'odeur pestilentielle. Lorsqu'elle avait revu Sully après son agression, il était déjà dans un lit d'hôpital, entouré de machines, d'écrans et de perfusions.

— Il a parlé ?

— Oui… Il m'a demandé de vous dire qu'il vous aimait, lui apprit Kip avec un sourire. Je pense qu'il doutait d'avoir la chance de pouvoir le faire lui-même un jour.

Elle sentit l'émotion l'envahir. Après cette nuit-là, Sully n'avait plus jamais parlé d'amour ; il s'était emmuré dans le silence.

— Il m'a dit aussi qu'il avait été pétrifié, ajouta Kip.

Elle fronça les sourcils.

— Paralysé ?

Il hocha la tête.

— Apparemment, il a entendu le déclic de l'arme du tireur, mais il a été incapable de faire un geste. C'est ce qui le ronge en ce moment… La peur que, s'il se retrouve un jour dans une situation semblable, il reste paralysé et ne puisse pas empêcher un tueur de parvenir à ses fins. C'est pour ça qu'il a quitté la police.

Ces nouvelles informations tourbillonnaient dans sa tête, sans qu'elle comprenne pourquoi Sully ne lui en avait jamais parlé. Restait toutefois une évidence : ce n'était pas parce qu'il était malheureux dans leur couple qu'il avait fait une dépression. Non. C'était à cause de sa peur.

Elle se leva et alla se servir une tasse de café.

Que Sully ne se soit pas senti assez proche d'elle pour lui ouvrir son cœur la blessait. Dire qu'il avait fallu qu'elle apprenne l'existence de ses angoisses par un de ses anciens collègues…

Sully entra par la porte arrière, apportant avec lui une bouffée d'air glacé. Il ôta son manteau et le posa sur le dossier d'une chaise.

— J'ai vraiment l'impression qu'il va neiger ! s'exclama-t-il, presque joyeusement.

Il considéra Kip, puis Theresa, apparemment surpris par leur mutisme.

— Il s'est passé quelque chose pendant mon absence ?

— Non, rien, répondit-elle en évitant son regard. Tu veux du café ?

— Avec plaisir.

Il prit la tasse qu'elle lui tendait avec reconnaissance, puis consulta sa montre.

— John devrait nous appeler dans quelques minutes. Il est presque 23 heures, et le centre commercial va bientôt fermer.

Elle prit place à côté de lui.

— Si la police avait vu quelqu'un rôder autour de la poubelle, ils l'auraient arrêté et nous auraient appelés, remarqua-t-elle, une tasse fumante entre les mains. Pourquoi le ravisseur nous aurait-il dit de mettre de l'argent dans la poubelle s'il ne comptait pas venir le chercher ? Ça n'a aucun sens !

— Ce genre de choses n'a jamais aucun sens, remarqua Kip.

Une tragédie absurde. Combien de fois avait-elle lu ces mots dans des articles relatant des faits horribles ? Cent fois ? Mille ? Et maintenant, ces mêmes mots s'appliquaient à la disparition de son fils.

Il arrivait que les enfants, une fois retrouvés, ne racontent jamais à leurs parents ce qu'ils avaient enduré pendant leur disparition. Elle tenta d'imaginer ce que pourrait être une vie d'interrogations, sans y parvenir. Au bout de trois jours, elle avait l'impression que sa santé mentale ne tenait plus qu'à un fil. Tôt ou tard, il allait casser.

— Theresa, nous allons le retrouver, déclara Sully comme s'il avait lu dans ses pensées.

— Tu me le promets ?

Ses yeux gris plongèrent dans les siens. Elle y vit une conviction forcenée, mais aussi le vide qu'elle ressentait en elle.

— Je te le promets.

Il était près de minuit quand John et trois policiers arrivèrent chez Theresa. Un coup d'œil lui suffit pour comprendre qu'ils n'avaient rien de nouveau à lui annoncer, aucun espoir à lui offrir.

John prit la tasse de café qu'elle lui tendait et la remercia d'un signe.

— Nous avons attendu jusqu'à ce que le centre soit vide, puis je suis allé voir la poubelle, expliqua-t-il après avoir bu une gorgée. La rançon n'y était plus.

Elle le fixa sans comprendre. Qu'est-ce que cela signifiait ?

Sully tapa du poing sur la table.

— Qu'est que ça veut dire ? gronda-t-il, l'air exaspéré. Comment est-ce possible ? Vous n'avez vu personne s'approcher de cette poubelle ? Comment le ravisseur a-t-il pu prendre l'argent sans que personne ne le remarque ?

— Je ne sais pas. Je ne me l'explique pas, répliqua John d'un ton sec.

A l'évidence, il était très contrarié par le tour qu'avaient pris les événements.

— J'avais six hommes dont la seule mission était de

surveiller cette poubelle. Nous n'avons vu personne de suspect s'en approcher.

— Mais des gens qui ne vous ont pas semblé suspects l'ont approchée, non ?

Sully était rouge de colère, et il fusillait les trois autres policiers présents du regard.

Après une seconde d'hésitation, l'un d'entre eux se jeta à l'eau.

— Des enfants.

— Quels enfants ? intervint Theresa tout en posant la main sur le bras de Sully pour tenter de le calmer.

— A un moment de la soirée, cinq enfants ont traîné autour de cette poubelle. Ils se sont chamaillés et ont joué à côté, répondit John. Tout ce que nous pouvons imaginer, c'est que le ravisseur a payé l'un de ces enfants pour prendre le sac en papier dans la poubelle. Ils étaient nombreux, et nous n'avons rien vu.

Sully lâcha un juron.

— Bon Dieu, j'aurais dû rester avec vous !

— Et qu'aurais-tu fait de plus que nous ?

Toute sa colère parut soudain l'abandonner.

— Je ne sais pas, marmonna-t-il.

— Je suis désolé, Sully, nous n'avons pas eu l'impression que ces enfants représentaient une menace. Ce n'étaient même pas des adolescents, ils étaient bien plus jeunes. Nous n'avons pas pensé…

John laissa sa phrase en suspens. Il poussa un profond soupir et termina d'un coup sa tasse de café.

— Nous allons arrêter pour aujourd'hui. Il n'y a rien de plus à faire dans l'immédiat.

Quelques minutes plus tard, tous les policiers avaient déserté la maison et rentraient chez eux, dans leurs demeures douillettes où leurs enfants dormaient paisiblement. Ils allaient emballer les derniers cadeaux et déposer les paquets au pied du sapin.

Debout à la porte d'entrée, Theresa regardait leurs voitures disparaître dans la nuit. Avec eux, c'étaient tous ses espoirs qui s'en allaient.

Elle posa le front sur la porte vitrée. Le verre était froid contre sa peau.

Elle ne bougea pas jusqu'à ce que Sully vienne la prendre doucement par le bras et l'éloigne de la porte afin de pouvoir la fermer. Quand elle porta son regard sur lui, elle vit que les larmes avaient coulé sur ses joues, signe qu'il ressentait le même désespoir abyssal qu'elle.

Elle se blottit dans ses bras et l'embrassa, ne sachant trop si le sel qu'elle goûtait était celui de ses larmes ou des siennes. Ils restèrent silencieux, accrochés l'un à l'autre. Leur douleur était au-delà des mots, et leur besoin d'être ensemble trop impérieux pour qu'ils essaient de lui résister.

Les lèvres de Sully avaient un goût d'angoisse, le même que les siennes. Les larmes ne suffisaient plus à exprimer les émotions qui tourbillonnaient en elle. Maintenant, elle voulait être dans les bras de Sully, échapper à elle-même dans cette étreinte.

Alors que la dernière fois, leurs baisers brûlaient de passion contenue, ceux qu'ils échangèrent maintenant étaient pleins des espoirs et des rêves non accomplis qu'ils avaient pour leur petit garçon.

En silence, ils se dirigèrent vers l'épais tapis étalé devant la cheminée et ôtèrent leurs vêtements. Elle savait que Sully ressentait la même soif qu'elle, le même besoin de se serrer fort, de se fondre l'un dans l'autre. Ce n'était pas un besoin physique, mais psychologique. Il leur fallait se perdre dans un monde où l'on ne pensait plus.

Elle éteignit les lumières. La pièce plongea dans la semi-obscurité, seulement éclairée par le feu de cheminée et les guirlandes de Noël qui clignotaient dans les branches du sapin.

Lorsqu'elle rejoignit Sully sur le tapis, ils restèrent un long moment à se regarder. Elle observa la façon dont la lueur vacillante des flammes accentuait chacun de ses traits, en un jeu d'ombres et de lumière.

Elle effleura son visage du bout des doigts, comme une femme aveugle qui apprendrait à lire le braille. Des pommettes saillantes, un front audacieux — autant de caractéristiques dont Tim avait hérité. Elle croyait le revoir chaque fois qu'elle regardait son fils. Sully avait une toute petite bosse sur le nez. Le souvenir d'une arrestation musclée qui avait eu lieu lors de sa première année dans la police.

C'était un visage qu'elle aimait. Un visage qui allait devenir encore plus beau avec le temps.

Un sanglot s'étrangla dans sa gorge, et Sully l'attira à lui. La joue contre son torse, elle entendait les battements réguliers de son cœur. Ils l'avaient souvent bercée au cours de leur mariage, et cela lui manquait.

Elle caressa son torse et sentit la force de son désir contre elle. Un désir qui n'était pas seulement physique : elle voyait dans ses yeux brillants de larmes son besoin irrépressible d'être en communion avec la mère de son fils disparu.

Elle baissa la main et le caressa longuement, se souvenant de la nuit où elle se plaisait à penser qu'ils avaient conçu Tim.

Ils étaient mariés depuis six mois exactement, et elle

lui avait fait la surprise de lui offrir une nuit dans un hôtel de luxe. Ils étaient restés au lit toute la nuit et une bonne partie de la matinée, s'habillant en vitesse pour libérer la chambre à la toute dernière minute. Cela avait été une nuit d'amour, une confirmation de l'engagement qu'ils avaient pris lors de leur mariage. Un mois plus tard, elle apprenait qu'elle était enceinte…

Tous ces souvenirs firent naître une vague d'émotions en elle. C'était le temps de l'innocence, le temps de la jeunesse où ils croyaient encore que le bien vient toujours à bout du mal, que leur amour était assez fort pour surmonter tous les écueils que la vie mettrait sur leur chemin.

Elle l'embrassa, et elle sut que, cette fois, c'étaient ses propres larmes qu'elle goûtait.

Sully but tous les baisers de Theresa, comme si seules ses lèvres possédaient l'élixir capable de soigner les blessures laissées par l'absence de Tim. Il enfonça ses doigts dans ses cheveux, cette masse soyeuse et sombre à laquelle le soleil donnait des reflets roux. Des cheveux qui ressemblaient tant à ceux de Tim.

Les derniers mois et les dernières heures qu'il venait de traverser avaient été très durs pour lui, mais jamais il n'avait autant souffert que lorsque John lui avait annoncé que l'argent avait disparu. En même temps que la rançon, leurs espoirs de retrouver Tim s'étaient envolés.

Il caressa les seins de Theresa avec la volonté de se perdre dans le désir, de laisser les flammes de la passion étouffer momentanément l'horreur qui l'habitait. Il voulait se réchauffer, se blottir en elle, leur permettre de se donner un tout petit peu de réconfort l'un à l'autre.

Il la fit rouler sur le dos, et les cheveux de Theresa se répandirent sur le tapis. Baissant la tête, il posa les lèvres sur l'aréole de son sein. Il entendit son souffle rauque alors que le bouton rose se dressait.

Il ne voulait pas seulement aimer son corps, il voulait embrasser son âme, lui donner toute la tendresse dont il était capable, afin de combler ne serait-ce qu'un instant le vide laissé par l'absence de leur enfant. Ils étaient unis dans ce désespoir, et il semblait normal qu'ils se réconfortent par la communion la plus intime qui puisse exister entre un homme et une femme : en faisant l'amour.

Tandis qu'il effleurait ses seins de ses lèvres, sa main s'aventura entre ses cuisses, dans sa chaleur humide. Elle retint son souffle et s'arc-bouta sous cette caresse intime.

Ses yeux bleus s'assombrirent et se voilèrent d'une façon qu'il connaissait bien. Il savait que le plaisir qu'elle ressentait chassait toute pensée consciente de son esprit. C'était ce qu'il voulait. Donner à son cœur, à son âme, un peu de répit.

Il augmenta la profondeur et la longueur de ses caresses, pour l'emmener loin de ce sapin de Noël sans ange, de cette maison sans rires, sans enfant.

Ses réactions, ses gémissements… tout lui était aussi familier que son propre reflet dans le miroir. En même temps, chaque baiser, chaque étreinte lui semblaient neufs, aussi excitants que si c'était la première fois qu'ils faisaient l'amour.

Quand elle serra la main autour de lui en une caresse aussi intime que la sienne, il sentit que sa raison lui échappait sous l'assaut d'émotions trop compliquées à définir.

Bien plus tard, il la prit dans ses bras et la porta dans la chambre. Il l'aida à enfiler une chemise de nuit avant de la coucher dans son lit. Il sentait qu'elle était vidée. Vidée de toute pensée, de toute énergie, de toute émotion.

La tension des trois derniers jours, les nuits sans sommeil eurent finalement raison d'elle, et elle s'assoupit presque immédiatement.

Il s'installa sur une chaise à son chevet afin de la contempler. Parfois, ses paupières tremblaient et son front se plissait. Des cauchemars, sans doute. Même dans son sommeil, elle n'arrivait pas à se détendre.

Tout en continuant à l'observer, il sentait son cœur se remplir de tendresse. Il l'aimait. Il n'avait jamais cessé de l'aimer. Mais il se refusait à l'avouer, autant à elle qu'à lui-même. Excepté là, parce qu'elle dormait.

Jusqu'à son agression, Tim et elle avaient représenté tout ce à quoi il tenait. Elle était son rire, sa joie, sa passion. Il admirait son intelligence, se régalait de son esprit. Ensemble, ils avaient eu une vie merveilleuse, que la naissance de Tim n'avait fait que rendre plus belle encore.

Pour lui qui avait grandi auprès d'un père alcoolique, le bonheur était une sorte de mirage inaccessible. Du moins l'avait-il pensé jusqu'à ce qu'il rencontre Theresa. Elle lui avait apporté une joie qu'il n'aurait jamais crue possible.

La nuit où il avait cru mourir, tout s'était effondré,

et il avait compris que le destin s'était moqué de lui : il l'avait appâté en lui montrant ce que pouvait être le bonheur, puis le lui avait brusquement retiré.

Le remords de n'avoir pas pu sauver Louis, la douleur d'avoir été trahi, les doutes sur lui-même et sur les autres… tout cela l'avait conduit à la dépression. Il avait craint de suivre le même chemin que son père, de se noyer lui aussi dans l'alcool. Et cette pensée lui avait été insoutenable.

Il se rappelait le regard de sa mère quand son père rentrait soûl à la maison : un mélange de pitié et de répulsion. Il supposait qu'elle l'avait aimé autrefois, mais des années de désillusions et de promesses non tenues avaient peu à peu détruit ce lien. Lui n'avait pas voulu que leur couple connaisse le même enfer. Il n'avait pas supporté l'idée de voir un jour cette pitié, ce dégoût, dans les yeux de Theresa. Alors, il l'avait quittée.

Il pouvait l'aimer en ce moment, ensommeillée, précisément parce qu'elle n'espérait rien de lui. Lorsqu'elle était éveillée, il sentait sur lui le poids d'attentes qu'il n'arriverait jamais à satisfaire. Oui, il pouvait l'aimer pendant qu'elle dormait, mais quand elle se réveillait, il devait mettre ce sentiment de côté, oublier qu'il avait même existé.

Il était presque 3 heures lorsqu'il se leva et se rendit dans le salon, sachant qu'il ne réussirait pas à trouver le sommeil. Son esprit n'arrêtait pas de revenir sur les événements de ces trois derniers jours.

La police avait suivi toutes les pistes possibles, et la liste des suspects potentiels était maintenant réduite à néant. Il avait toujours l'impression que la disparition de Tim n'était pas le fait d'un étranger, mais d'une personne que Theresa ou lui connaissait. Il avait le même pressentiment que lorsqu'il avait quitté son véhicule pour se diriger vers Louis, dans cette allée sinistre…

Un pressentiment. Voilà tout ce qu'il avait. Certes, cet instinct, il l'avait aiguisé par des années de travail au sein de la police, mais il savait qu'il ne pouvait plus s'y fier. Croire que son agression et l'enlèvement de Tim aient un rapport n'avait aucun sens !

Comme toujours quand il essayait de se concentrer sur les circonstances de son agression, un sentiment de malaise l'envahit. Il était à deux doigts de se souvenir d'un détail oublié, profondément enfoui dans sa mémoire. Un détail qui, il s'en doutait, lui permettrait de comprendre ce qu'il s'était passé…

Les heures fuyaient. Assis sur le canapé, Sully fixait le sapin tout en essayant d'explorer les recoins sombres de son esprit.

A 6 heures, il n'était pas plus avancé. Mais il savait ce qu'il allait faire. Entrant dans la chambre, il posa un mot sur l'oreiller à côté de Theresa, puis ressortit sans faire de bruit.

Après avoir enfilé son manteau, il poussa la porte et s'avança sur le perron. Dehors, les rayons du soleil n'arrivaient pas à percer le voile gris des nuages. Voilà qui promettait des chutes de neige imminentes, songea-t-il tout en courant vers sa voiture.

C'était le matin de Noël. Le froid était glacial, et tous les journalistes semblaient être repartis. La plupart devaient être chez eux, maintenant, avec leur famille. Mais ceux qui étaient obligés de travailler aujourd'hui reviendraient bientôt. Il y avait dans cette histoire trop d'ingrédients susceptibles d'attirer des lecteurs pour qu'ils la négligent.

Tout en mettant le contact, il jeta un coup d'œil à

la maison de Theresa. Ses guirlandes rouges et vertes brillaient comme autant de lueurs d'espoir.

Le matin de Noël… Dans plusieurs maisons avoisinantes, la lumière était déjà allumée. Sans doute les enfants s'étaient-ils réveillés tôt, impatients et joyeux à l'idée de découvrir les trésors que le Père Noël leur avait apportés.

Tim s'était toujours levé aux aurores le 25 décembre.

— Le Père Noël est passé ! Le Père Noël est passé !

C'était sa petite voix vibrant d'excitation qui éveillait ses parents. Puis il surgissait dans leur chambre et sautait sur leur lit pour les inciter à le suivre, son petit corps encore tout chaud de sommeil, ses joues rouges de plaisir.

— Allez, levez-vous ! Le Père Noël est passé !

A ce souvenir, Sully serra les mains sur le volant. Où était Tim ? Bon Dieu, où était-il ?

Mû par une détermination farouche, il laissa là ses souvenirs et partit. Si son fils était encore en vie, alors chaque minute comptait. Il allait devenir très vite difficile pour le ravisseur de garder prisonnier un enfant de l'âge et de l'intelligence de Tim. Le temps était compté. Sully espérait seulement qu'il n'était pas trop tard.

12

Le 25 décembre

Theresa se réveilla peu avant 7 heures. Elle avait dormi d'un sommeil lourd et aurait dû se sentir un peu reposée, mais il n'en était rien. Elle sut sans ouvrir les yeux que Sully n'était pas là. Le lit à côté d'elle était froid, et elle n'entendait pas le souffle régulier de sa respiration.

Elle garda les paupières obstinément closes. Pourquoi se lever ? C'était le matin de Noël, mais elle n'en attendait plus rien. Si Tim ne revenait pas, elle ne fêterait plus jamais Noël.

Jusqu'alors, elle ne savait pas ce qu'était la haine. Mais aujourd'hui, allongée dans son lit à écouter le silence sépulcral de cette maison sans Tim, elle se mit à maudire celui par qui ce drame était arrivé. Elle espérait qu'il serait arrêté et jeté en prison pour le restant de ses jours.

Elle se tourna sur le dos et regarda le plafond, en repensant à ce qu'elle avait vécu pendant la nuit avec Sully. Cela avait été un moment de partage, de communion des corps et des âmes. Pourtant, malgré cette intimité, elle avait senti entre eux un fossé qu'elle n'avait pu franchir.

Elle avait cru que Sully faisait partie de son passé. Elle savait maintenant qu'elle n'avait jamais cessé de l'aimer. Mais à quoi bon ?

Alors qu'elle se mettait sur le côté, sa main frôla un bout de papier sur l'oreiller à côté. Elle le prit et le lut. Sully l'y informait qu'il allait faire un tour en voiture, ce qui ne la surprit pas outre mesure. Il n'avait jamais été très patient. Et cette maison sans Tim le rendait certainement aussi fou qu'elle.

Elle aperçut la chemise qu'il portait la veille gisant à côté du lit. Sans réfléchir, elle se pencha pour l'attraper et l'enfila.

Aussitôt, son parfum, une odeur épicée et boisée, l'enveloppa, et elle se sentit mieux. Serrant la chemise contre elle, elle se recoucha.

Elle savait très bien ce qu'elle faisait : elle se concentrait sur sa relation avec Sully — ou plutôt, le peu qu'il en restait — afin de ne pas penser à l'horreur de l'absence de Tim.

Elle aurait dû se lever. Elle n'avait jamais aimé paresser au lit, fière d'être une lève-tôt et d'accueillir chaque nouvelle journée avec entrain, prête à imprimer sa marque sur le monde. Autrefois, Sully la taquinait à ce sujet, remarquant que s'il voulait lui faire l'amour le matin, il fallait qu'il lui coure après.

Oui, elle aurait dû se lever… Mais pour quoi faire ?

Pour la première fois de sa vie, elle n'en avait pas envie. Alors, elle referma les paupières, décidée à trouver l'oubli dans le sommeil.

En quelques minutes, elle s'était enfuie dans un beau rêve. Le soleil brillait, et Sully, Tim et elle jouaient dans un parc. Elle sentait l'odeur de l'herbe fraîchement coupée, entendait le rire enfantin et léger de Tim se mêler à celui de Sully, plus grave et sonore, tandis qu'ils jouaient au frisbee.

D'une certaine manière, elle savait que c'était un rêve, mais elle s'en moquait. Ils étaient ensemble, et les cris excités de Tim, portés par la brise printanière, la transportaient de joie. Sully la regardait de temps à autre, ses yeux rayonnant d'amour et de tendresse. Ils avaient toujours eu cet éclat lorsqu'ils se posaient sur elle — du moins jusqu'à son agression. Mais dans son rêve, son sourire brillait de bonheur, réchauffant son cœur glacé.

Une détonation, et le beau rêve s'éloigna, telle une image que l'on aurait laissée tomber à terre.

Une autre, et ce fut le visage de Sully qui disparut.

— Non…, gémit-elle.

La troisième fit disparaître Tim, comme s'il n'avait jamais existé, la laissant seule, pleurant de désespoir sous une bise soudain glacée.

Elle se redressa, prenant soudain conscience que quelqu'un frappait à la porte. Elle sortit de son lit et, après avoir enfilé une robe de chambre et essuyé ses larmes, s'empressa d'aller ouvrir.

— Theresa !

A peine eut-elle ouvert la porte que les bras potelés de Rose l'enlacèrent affectueusement, et sa voisine l'attira contre elle en éclatant en sanglot.

— Ça va aller, Rose. Ça va aller…

Theresa ne put s'empêcher de remarquer l'ironie de la situation : c'était elle qui la réconfortait. Elle jeta un regard à Vincent sans trop savoir quoi faire, alors que les pleurs de Rose augmentaient en intensité.

— Elle est comme ça depuis que nous avons quitté Saint-Louis, expliqua-t-il, de la tristesse dans ses yeux noirs si bienveillants.

— Rose…

Elle se dégagea de ses bras et les conduisit tous les deux dans la chaleur de la cuisine.

— Nous sommes venus aussi vite que possible, déclara Vincent en ôtant son manteau. Nous aurions aimé revenir plus tôt, mais nous n'étions pas au courant.

Rose cessa un instant de pleurer.

— Nous ne savions rien jusqu'à ce que la police frappe à notre porte. Nous étions là, dans la suite des jeunes mariés, en train de boire du champagne, sans nous douter de ce qui était arrivé à notre petit Tim. Et ces policiers… Ils étaient si méfiants ! Ils ont fouillé notre chambre, notre voiture…

Elle considéra Theresa, l'air peiné.

— Comment as-tu pu penser, ne serait-ce qu'un instant, que Vincent et moi… ayons quelque chose à voir avec ça ? Que nous ayons pu faire du mal à Tim… ou à toi ?

— Je vous demande pardon.

Theresa prononça ces mots d'une voix faible, déchirée par le chagrin. A la douleur de la disparition de Tim s'ajoutait celle d'avoir blessé ses amis et peut-être gâché à jamais leur relation.

— Il fallait faire des vérifications sur tout le monde… Vous n'étiez pas chez vous, et ce n'était pas normal. Je vous demande pardon, Rose… Vincent…

Rose ouvrit son sac pour y prendre un mouchoir. Elle s'essuya les joues et prit les mains de Theresa dans les siennes.

— Je serais prête à tout pour savoir où est Tim,

déclara-t-elle. Je dénoncerais ma propre mère à la police si je pensais que cela pourrait les aider à le retrouver. Alors, comment pourrais-je t'en vouloir ?

— Nous sommes ici pour t'aider, Theresa, renchérit Vincent. Nous vous considérons, Tim et toi, comme notre famille. Dis-nous ce que nous pouvons faire, et nous le ferons… Quoi que ce soit.

Theresa les considéra tour à tour, ô combien émue devant la preuve de leur amitié. A cause d'elle, ils avaient été dérangés pendant leur seconde lune de miel ; leur séjour, qui aurait dû être un moment de joie, avait été gâché par une terrible nouvelle et le poids du soupçon. Pourtant, ils ne lui en voulaient pas. Bien au contraire, ils réaffirmaient leur affection à son égard.

Les larmes lui obscurcirent la vue tandis qu'elle serrait très fort la main de Rose.

— Il n'y a plus qu'une seule chose que nous puissions faire pour Tim.

— Quoi ?

— Prier, répondit-elle doucement. Il n'y a rien d'autre à faire qu'attendre et prier.

Sully gara sa voiture là où il l'avait laissée, dix-huit mois plus tôt. Il avait commencé à neiger, et les flocons se déposaient sur son pare-brise comme autant d'étoiles.

Dans les rues de ce quartier, il n'y avait aucun signe de fête. Aucune guirlande n'éclairait les entrepôts abandonnés ni les immeubles délabrés, mais dans quelques appartements, Sully vit scintiller des guirlandes sur des sapins. La joie de ce matin de Noël ne serait pas moins grande ici que dans d'autres endroits plus huppés de la ville, songea-t-il. Il y avait du bonheur et de la chaleur partout en ce jour, sauf chez lui.

Il aurait dû être à la maison avec Theresa. Ce moment allait être le plus dur de tous : un matin de Noël, sans Tim… Oui, il aurait dû rester avec elle. Alors, que faisait-il dans ce quartier désolé, assis dans sa voiture, la neige recouvrant peu à peu son pare-brise ?

A la vérité, il ne savait pas très bien pourquoi il était venu. Il en avait ressenti le besoin et y avait répondu, tout simplement. Même si cela paraissait complètement fou, il avait le sentiment que les événements du passé et ceux du présent étaient liés d'une manière monstrueuse.

Il descendit de voiture. Aussitôt, de gros flocons vinrent lui frôler le visage, fondant sur la chaleur de sa peau.

Je vous en prie, Seigneur, faites que Tim ne soit pas dehors dans le froid et la neige.

Il s'assit sur le capot de sa voiture et, combattant la nausée, observa la rue qui conduisait à la ruelle étroite où on lui avait tiré dessus. Le théâtre de ses cauchemars, le décor de ses terreurs nocturnes…

Il ne voulait pas y retourner, il ne voulait pas revivre cette nuit-là. Pourtant, c'était ce qu'il allait faire. Si cela pouvait lui donner ne serait-ce qu'un infime détail sur l'endroit où était retenu Tim, alors il fallait qu'il brave ses démons. Qu'il revienne à l'endroit où, d'une certaine manière, il était mort.

Il se raidit en voyant un homme approcher. Qui pouvait bien avoir à faire là si tôt le matin par un temps pareil ? Il ne se détendit qu'après avoir remarqué les journaux qu'il transportait.

— Vous pouvez m'en vendre un ? demanda-t-il à l'homme lorsqu'il s'approcha.

— Bien sûr.

Avec un sourire, le livreur lui tendit un exemplaire. Sully le prit, puis chercha de l'argent dans sa poche.

— Laissez tomber, fit l'homme. Je vous l'offre. Joyeux Noël !

Et avec un geste de la main, il poursuivit son chemin.

Sully prit le journal et retourna dans sa voiture. Il ne fut pas autrement surpris de voir la photo de Tim en première page. L'article, qui avait pour titre « Où est Tim ? », était accompagné d'une petite photo de John.

Sully le parcourut rapidement. Incroyable, pensa-t-il, un peu ébahi. John disait que, bien que l'enfant soit toujours introuvable, la police menait les recherches avec beaucoup de compétence. D'après lui, un dénouement heureux était même attendu très prochainement.

Décidément, il était très doué en communication ! Nul doute que, lorsque le chef Lewis prendrait sa retraite, il serait choisi pour lui succéder.

Sully ferma le journal et le lança sur le siège arrière. Puis, sortant de nouveau de voiture, il remonta le col de sa veste et se dirigea vers la ruelle, la tête baissée de façon à mieux braver les rafales de vent et de neige.

A chaque pas, il sentait sa terreur augmenter. Et, comme d'habitude, le souvenir enfoui dans sa mémoire commençait à affleurer, tout en restant encore hors de portée.

A l'entrée de la ruelle, il s'arrêta pour inspirer profondément, puis reprit son avancée. Son cœur battait à un rythme effréné, mais il parvint à maîtriser sa peur alors qu'il approchait de l'endroit où Louis et lui avaient été visés.

Il avait l'impression de sentir l'odeur des ordures en

décomposition, de sentir la moiteur de cette nuit d'été, la chaleur qui se dégageait de l'asphalte. Comme s'il était réellement de retour dix-huit mois plus tôt.

Une fois sur les lieux de la fusillade, il se retourna et regarda les fenêtres autour de lui. Il se concentra finalement sur celles d'un bâtiment situé à sa droite. C'était là que se trouvait le tireur, au deuxième étage. De là qu'il avait exécuté Louis d'une seule balle, puis qu'il avait essayé de le tuer lui, réussissant presque…

Sully essuya de la main la neige qui s'était accumulée sur le couvercle d'une des poubelles en métal et s'assit dessus. Les secondes passèrent. Puis les minutes. La neige continuait à tomber, et Sully attendait toujours.

A chaque minute écoulée, son désespoir devenait plus profond, son chagrin plus lourd. Il avait espéré un miracle. Il avait cru que la vérité se dévoilerait soudain à lui. Les réponses qu'il cherchait se trouvaient là, il en était sûr, et il avait espéré que, cette fois, elles se montreraient à lui.

Mais, une fois de plus, il n'y avait rien. Pas de révélation soudaine. Restait une seule certitude : dorénavant, penser à cette ruelle ne ferait plus resurgir ses peurs. Comme un enfant qui se rend compte au matin que les ombres effrayantes de la nuit n'étaient pas des monstres, il comprit que cet endroit ne viendrait plus hanter ses rêves.

Maintenant, il devait retourner auprès de Theresa. Il avait été fou de croire qu'il trouverait ici des réponses sur l'enlèvement de Tim. Theresa avait besoin de lui, et au moins une fois dans sa vie, il voulait être à ses côtés.

Il se leva avec l'impression d'avoir dix ans de plus. Peut-être son chef avait-il raison : personne n'avait essayé de le piéger. Il s'était seulement trouvé au mauvais endroit au mauvais moment.

Il sortait de la ruelle quand une voiture passa en trombe dans la rue. Et à cet instant précis, il eut une illumination. Le souvenir qu'il cherchait maladroitement à retrouver lui revint subitement à la mémoire, le remplissant de stupeur et d'une rage si violente qu'il dut lutter pour ne pas se laisser submerger.

Il avait raison. Il avait toujours eu raison : on l'avait trahi. Et même s'il ignorait encore pourquoi, il savait maintenant par qui.

Obsédé par la vengeance, il remonta dans sa voiture, démarra rapidement et alla s'arrêter à la première cabine téléphonique qu'il vit sur sa route. La colère grandissait en lui. Mettant la main dans sa poche, il trouva une pièce de monnaie, la glissa dans la fente et composa un numéro.

— Retrouve-moi à la résidence Shady Tree, numéro 302, ordonna-t-il quand son interlocuteur eut décroché.

— Mais c'est…

— Je sais qui habite là, le coupa-t-il. Si je ne me suis pas trompé, j'ai besoin de ton aide. Si j'ai tort, tu pourras m'arrêter.

Sans attendre de réponse, il raccrocha et retourna dans sa voiture.

Tim savait que le jour s'était levé. Une pâle lueur grise filtrait entre les planches qui obturaient le soupirail. C'était le matin de Noël, et il ne voulait plus qu'un seul cadeau : retrouver son père et sa mère.

Les larmes lui brûlaient les yeux, mais il les ravala.

Ce n'était pas le moment de pleurer. Pour une raison ou pour une autre, sa mère, son père et la police n'avaient pas réussi à le retrouver. C'était donc à lui de se débrouiller pour s'évader de cet endroit où on le retenait prisonnier. Comment ? En s'échappant par le soupirail.

Pressé de se remettre au travail, il enleva la planche qu'il avait réussi à arracher la veille. Oh, il neigeait ! De gros flocons recouvraient déjà le sol, et par la vitre fêlée, il pouvait sentir l'odeur de la neige, un parfum si frais après l'atmosphère confinée et l'odeur de moisi de la cave.

L'espace d'un instant, il se sentit tout joyeux. Il aimait tellement la neige ! Quand il rentrerait à la maison, il verrait si sa mère voulait bien l'aider à faire un bonhomme. Ou alors, un château fort dans le jardin de derrière. Il sourit à cette idée, avant de retrouver son sérieux. D'abord, il lui fallait sortir de cette cave.

Ses doigts étaient encore endoloris par son travail de la veille, mais sans se préoccuper de ses écorchures, il commença immédiatement à détacher la deuxième planche.

Parfois, il arrivait que personne ne puisse aider Joe Montana, et c'était sur lui seul que reposait le sort de l'équipe. La situation était la même ici : Tim devait se débrouiller tout seul s'il voulait pouvoir s'échapper.

Il ne put s'empêcher d'être stupéfait quand la deuxième planche finit par se décrocher. A présent, le trou était assez grand pour qu'il puisse s'y faufiler. Il ne lui restait plus qu'à casser la vitre.

Il se dit qu'il valait mieux frapper avec son coude qu'avec sa main, et il l'enveloppa dans son manteau afin de ne pas se couper. Il dut s'y reprendre à trois fois avant que la vitre se brise et que l'air vif du dehors pénètre dans la cave.

Avec précaution, il enleva les morceaux qui tenaient encore au cadre, puis se coula à l'extérieur. Il regarda autour de lui. Le bâtiment dans lequel on l'avait séquestré était vieux et plutôt délabré et jouxtait une forêt épaisse qu'il ne connaissait pas. Tim ne savait absolument pas où il était, ni de quel côté aller.

Il contournait la maison quand il entendit le ronronnement d'une voiture. A la hâte, il alla se cacher derrière un sapin. Et si c'était l'homme masqué qui revenait ? Que ferait-il lorsqu'il verrait qu'il était parti ?

Tim jeta un regard vers la forêt. Trop tard pour s'y réfugier, maintenant. S'il le faisait, le conducteur de la voiture le verrait.

En voyant le véhicule approcher, Tim sentit une joie immense l'envahir. Il connaissait cette voiture, c'était celle d'un des amis de son père. Un policier. Il fronça les sourcils en essayant de se souvenir de son nom. Bah, cela n'avait pas d'importance. Cet homme allait le ramener chez lui. Tout se passerait bien.

Il était sauvé ! Et à cette pensée, il sentit des larmes de soulagement couler sur son visage.

La voiture se gara devant la maison. Tim sortit de sa cachette et regarda l'homme ouvrir sa portière.

— Hé, je suis là ! Je suis là ! cria-t-il, tout excité.

L'homme se tourna vers lui, visiblement stupéfait de le voir. Il portait une cagoule noire à la main.

Tim s'immobilisa, tétanisé par la peur. Cet homme n'était pas un ami. Il n'était pas venu pour l'aider. C'était celui qui l'avait enfermé ici…

— Tim ! Qu'est-ce que tu fais là ?

Il ne répondit pas. Sans hésitation, il s'élança vers l'écran protecteur de la forêt.

— Tim, reviens ! cria l'homme d'une voix furieuse. Bon Dieu, reviens tout de suite !

Il ne s'arrêta pas. Au contraire, il accéléra afin de mettre le plus de distance entre lui et son ravisseur.

L'homme se mit à le poursuivre en criant :

— Tim, n'aie pas peur ! Arrête-toi, et tout va bien se passer !

Des mensonges, rien que des mensonges !

Il étouffa un sanglot et, la poitrine en feu, continua à courir. Il ne tiendrait pas longtemps. Or il savait avec certitude que si cet homme l'attrapait, il ne verrait plus jamais ses parents.

13

Sully se dirigea vers la résidence Shady Tree dans un état second, à la fois bouleversé et anéanti. Il espérait vraiment s'être trompé et refusait encore de croire à sa découverte. Comment imaginer un homme en qui il avait eu confiance, un homme qui avait fait partie de la même corporation que lui, le trahir ainsi ?

Pourtant, il savait au fond de lui-même qu'il ne se trompait pas : ce souvenir était bien celui qu'il avait désespérément tenté de se rappeler pendant des mois. Et même s'il se raccrochait encore à l'idée qu'il y aurait sûrement une explication rassurante, logique, à ce qu'il croyait avoir vu cette nuit-là, juste avant de s'engager dans la ruelle, il n'avait aucun doute.

Il se gara sur le parking de la résidence. Puis il descendit de voiture et entra dans le bâtiment.

Pourvu qu'il soit chez lui. Pourvu qu'il soit chez lui et que je me sois trompé… Pourvu qu'il me dise qu'il ne m'a pas trahi il y a dix-huit mois, et qu'il n'a rien à voir avec la disparition de Tim…

Dans le hall en face de lui, il y avait des escaliers. Il les monta quatre à quatre. Le numéro 302 était le deuxième appartement à gauche, au troisième étage. Lorsqu'il arriva devant la porte, il frappa énergiquement. Pas de réponse. Exactement comme il s'y attendait. Il tenta d'actionner la poignée et, là encore, ne fut pas surpris de constater que la porte était fermée à clé.

Il n'y avait personne.

Il posa la main sur le battant, puis recula de deux pas, sachant très bien qu'il était sur le point de bafouer la loi. Mais il s'en moquait éperdument. S'il avait une chance de sauver la vie de son fils…

Il concentra toute son énergie dans sa jambe droite et frappa la porte du pied, juste en dessous de la poignée. Il entendit le bruit caractéristique du bois qui craque. Encore un coup, et ce serait bon. Il frappa de nouveau. Cette fois, la serrure céda, et la porte s'ouvrit.

— Bon sang, Sully, qu'est-ce que tu fabriques ? s'écria Kip en déboulant des escaliers.

— Je crois que ça s'appelle une effraction.

Sully s'apprêtait à entrer dans l'appartement quand son ami le retint par le bras. Il avait les joues rouges, et une étincelle de colère brillait dans ses yeux.

— Tu es devenu complètement fou, ma parole ! Tu peux me dire ce qu'il se passe ?

La porte de l'appartement d'en face s'ouvrit, et une vieille dame passa la tête au-dehors.

— Police, madame ! déclara Kip en sortant son badge.

Elle referma la porte d'un coup sec, et il poussa Sully dans l'appartement dont il venait de forcer la porte.

— Et maintenant, explique-moi ce qu'il se passe ! ordonna-t-il en le dévisageant sans aménité.

— John était là… la nuit où on m'a tiré dessus.

Kip ouvrit des yeux ronds.

— Hein ? Il était au lit avec la grippe, ce jour-là !

— Non. Il était là-bas.

— Comment le sais-tu ?

— J'y suis retourné ce matin pour la première fois. Et je me suis souvenu, Kip… Je me suis souvenu que j'avais aperçu sa voiture garée non loin de là. Il n'y a pas beaucoup de Corvettes bleu nuit dans cette ville ! Il était censé être chez lui, malade, mais il n'y était pas. Il m'attendait… Il a tout monté, et je suis sûr que c'est lui qui a enlevé Tim !

Adossé à la porte, son ami le considérait d'un air incrédule.

— Non, ce n'est pas possible. Tu dois te tromper… Pourquoi aurait-il fait ça ?

— Je n'en sais rien, admit Sully avec un soupir. Si je me suis trompé, tu pourras m'arrêter pour violation de domicile. Mais si j'ai raison, alors il doit y avoir ici un indice qui nous aidera à retrouver Tim.

— Il nous faudrait un mandat de perquisition.

Il fronça les sourcils.

— Tu sais très bien que ça nous prendrait des jours ! s'écria-t-il avec impatience. En plus, personne n'accepterait de nous en remettre un sur la seule base de mes souvenirs et d'une intime conviction.

Kip l'étudia un long moment. Les yeux perçants, il jugeait non seulement ce qu'il lui avait dit, mais aussi l'homme dans son ensemble.

Sully retint son souffle. *Pourvu qu'il me croie. Pourvu qu'il fasse confiance à son instinct.* Cet instinct que lui-même n'était plus certain de posséder.

Après un moment qui lui parut durer des heures, Kip lança :

— Bon… Je crois qu'il vaudrait mieux commencer à chercher tout de suite.

Sully ferma les yeux, soulagé.

— Merci, dit-il simplement.

Tous les deux se mirent à fouiller le salon, chacun dans un coin opposé.

— Tu sais où est John en ce moment ? s'enquit Kip.

— J'espérais qu'il serait chez lui et qu'il me prouverait que j'avais tort.

Sully souleva les coussins du canapé pour voir s'il n'y avait rien dessous. C'était à l'évidence un appartement de célibataire, pas impeccable, mais bien rangé. Il n'y avait pas beaucoup de bibelots, pas de photos sur le mur, et il y manquait une touche féminine qui aurait apporté un peu de chaleur.

— Vous vous êtes peut-être croisés, avança Kip. Si ça se trouve, il est chez toi en ce moment.

— J'irai le retrouver tout à l'heure. Mais d'abord, je veux fouiller le moindre recoin de cet appartement.

Ils travaillèrent en silence, méthodiquement, en s'assurant que tout était bien remis en place. Sully aurait voulu saccager l'endroit, détruire tout ce qui appartenait à John, mais il était conscient que, s'il voulait être efficace, il devait contrôler sa colère.

De plus, Kip prenait de gros risques en participant à cette perquisition illégale. Il encourait non seulement la révocation mais aussi la perte de ses indemnités de retraite.

La fouille du salon ne donna rien. Celle de la cuisine non plus. Ce ne fut que lorsque Sully fourragea dans la poubelle et en ressortit un ticket de caisse de supermarché qu'il sentit son cœur bondir dans sa poitrine.

— Pourquoi John aurait-il acheté des sandwichs, des chips, du jus d'orange et des bandes dessinées le jour de la disparition de Tim ?

— Qui sait ? Il avait peut-être faim, et la culture n'est pas son fort, répondit Kip en se redressant, après avoir fouillé le placard sous l'évier. Tu ne peux en tirer aucune conclusion. C'est juste un ticket de caisse…

Il avait raison, bien sûr. Mais Sully était tellement convaincu que John était le ravisseur que ce ticket lui rendit espoir. S'il avait apporté de la nourriture et de la lecture à Tim, cela signifiait qu'il avait l'intention de le garder en vie. Malheureusement, ce n'était qu'une hypothèse, qui n'enlevait rien à sa terreur.

— Tu veux savoir ce qui me fait vraiment peur, Kip ? demanda-t-il en se redressant.

Il avait besoin de partager avec lui l'horreur qui l'avait saisi dès le moment où il s'était rappelé que la Corvette était garée près de la ruelle.

— En admettant que ce soit John le coupable, il est resté à l'affût jusqu'à mon arrivée, m'a mis en joue et a appuyé sur la détente pour me tuer. Sachant ça, je me demande ce qu'il est capable de faire subir à mon fils.

Kip le fixa un instant sans répondre.

— Viens, allons fouiller la chambre, lâcha-t-il finalement.

Il ne leur avait fallu que quelques minutes pour vérifier le salon et la cuisine, pourtant Sully avait l'impression qu'ils bougeaient au ralenti. Il fallait absolument qu'ils trouvent quelque chose, n'importe quoi, qui établisse un lien entre John et Tim et les aide à le retrouver.

— Bon Dieu ! s'exclama soudain Kip en ouvrant la porte du placard.

Sully le rejoignit en hâte. Son regard se posa aussitôt sur un sac en papier marron, posé à même le sol. Un sac identique à celui qui avait servi pour la rançon.

Il se pencha et l'ouvrit. Sans surprise, il y trouva des billets en petites coupures.

— Bon. Maintenant, nous savons que John était un ripoux, remarqua Kip. Mais peut-être espérait-il simplement tirer profit de la situation.

A l'évidence, il avait encore du mal à croire à l'entière culpabilité de son collègue.

Sully se baissa et ramassa un objet, à côté du sac. C'était un jouet à piles, un synthétiseur qui transformait la voix pour la rendre méconnaissable.

Sully frappa le placard du poing, et le bruit résonna dans le petit appartement.

— C'est plus qu'un policier véreux : c'est un traître qui a essayé de me tuer et qui retient mon fils prisonnier ! explosa-t-il. Mais où est-il ? Où est Tim ?

— Sully… ?

Kip avait l'air pensif.

— Il y a quelques semaines, John s'est plaint d'avoir des impôts à payer pour la vieille ferme de son père. Il voulait la vendre, mais d'après ce que j'ai compris, elle est en assez mauvais état.

— Oui, oui… Je me souviens qu'il parlait parfois de cette maison.

Sully chercha des souvenirs de l'époque où ils étaient coéquipiers. Le père de John était devenu handicapé pendant les dernières années de sa vie, et John râlait souvent parce qu'il devait passer tous ses jours de congé à travailler à la ferme. Sully n'avait aucune idée de l'endroit où elle se trouvait. Tout ce qu'il savait, c'était qu'elle n'était pas trop loin. Mais où, exactement ?

— Je pourrais tenter d'accéder aux dossiers des impôts sur internet, proposa Kip. Je vais rentrer chez moi et voir ce que je peux faire.

— Allons chez Theresa, ça ira plus vite. Emporte l'argent. Nous le donnerons à Theresa afin qu'elle puisse le rendre à la banque.

— Et si John découvre qu'on le lui a pris ?

Sully eut un sourire sardonique.

— Tu crois qu'il ira porter plainte ?

Après une seconde d'hésitation, Kip prit le sac et suivit Sully hors de l'appartement. Tous les deux reprirent leurs voitures respectives en direction de la maison de Theresa.

Sur le chemin, les pensées de Sully tournèrent autour d'une seule question, obsédante : pourquoi ? Pourquoi John avait-il désiré sa mort ? Pour quelle raison lui en voulait-il au point d'enlever son fils ?

Il était fou, c'était la seule explication possible. Car il n'y avait jamais eu l'ombre d'une mésentente entre eux.

Pendant deux ans, ils avaient été partenaires, échangeant des confidences, affrontant ensemble des situations difficiles. Sully lui faisait entière confiance quand il avait besoin d'être couvert ou qu'il sollicitait son aide dans une situation dangereuse. Sa trahison n'en était que plus amère.

En tout cas, tout était clair, maintenant. L'étrange malaise qu'il avait ressenti en avançant dans la ruelle avait été causé par la présence de la voiture si caractéristique de son coéquipier, à un endroit où elle n'aurait pas dû se trouver.

Après la fusillade, ce souvenir s'était effacé de son esprit, sans toutefois disparaître de son subconscient, et seule l'impression d'avoir été trahi avait subsisté…

Sully appuya sur l'accélérateur, avec de nouveau le

sentiment que le temps était compté. La vie de Tim était en jeu.

Theresa finit par convaincre Rose et Vincent de rentrer chez eux, après leur avoir promis une bonne dizaine de fois de les appeler s'il y avait du nouveau.

Lorsqu'ils furent partis, elle s'habilla et s'assit dans le canapé, les yeux rivés sur le sapin de Noël. Elle contemplait la branche nue en haut de l'arbre, signe visible que Tim n'était toujours pas à la maison, sans verser de larmes. Sa douleur était trop vive pour qu'elle puisse l'exprimer.

Quand elle ne supporta plus la vue du sapin, elle se rendit dans la cuisine, prépara du café frais, puis resta debout près de la fenêtre, à regarder la neige tomber.

Le bulletin météorologique avait annoncé d'épaisses chutes de neige et des vents violents.

Elle espérait que Tim était dans un endroit chaud et sec. Son blouson n'était pas assez épais pour qu'il puisse supporter longtemps un tel froid. Et, comme d'habitude, il avait oublié ses gants en partant à l'école ce matin-là.

Ce matin-là… Oh, comme elle aurait aimé pouvoir revenir en arrière et changer le cours des choses ! Comme elle aurait aimé l'accompagner jusqu'à l'école — ou le garder à la maison !

Elle sursauta quand la porte de derrière s'ouvrit brutalement. Sully et Kip firent leur apparition dans la cuisine, visiblement fébriles.

— Theresa ! Ton ordinateur ! Kip en a besoin, lança Sully à brûle-pourpoint.

— Il est dans mon bureau. Pourquoi ? Que se passe-t-il ?

Elle les suivit jusqu'à la pièce qu'elle avait transformée en bureau. Sans attendre sa permission, Kip s'assit à la table de travail et alluma l'ordinateur.

— Je pense que c'est John qui a enlevé Tim, expliqua enfin Sully.

Elle ouvrit des yeux ronds.

— Quoi ? Mais pourquoi ? Ça n'a aucun sens !

— Je sais. Pourtant, j'en suis sûr, décréta-t-il, les yeux rivés aux siens. C'est lui qui a tiré sur moi, Theresa. Cette nuit-là, il était posté à une fenêtre, il m'a visé et il a tiré. C'est John qui a essayé de me tuer.

— Oh, Sully…

Elle s'appuya contre le mur, les jambes tremblantes, essayant de comprendre.

— Tu en es sûr ? demanda-t-elle d'une voix atone.

Il mit la main sur son torse, à l'endroit où les médecins avaient retiré la balle. Cet endroit portait encore la cicatrice de sa blessure.

— Je n'ai jamais été si sûr de moi. Je… je ne sais pas pourquoi il a fait ça, mais je sais qu'il l'a fait. Et je suis également convaincu que c'est lui qui a enlevé notre fils.

— Mon Dieu…

Le premier moment de stupeur passé, elle sentit une colère brûlante monter en elle, chassant momentanément le vide et la peur.

— Si c'est vrai, alors c'est un monstre ! s'exclama-t-elle. Et dire qu'il est venu s'asseoir à notre table, dans notre maison ! Au cours de ces trois derniers jours, il a vu notre terreur, notre douleur ! Qui peut faire une chose pareille ?

Elle tremblait de tous ses membres. Prenant une profonde inspiration, elle désigna Kip qui, assis devant l'ordinateur, ne quittait pas l'écran des yeux.

— Que fait-il ?

— Si John est un monstre, il doit avoir une tanière. C'est ce que je cherche, expliqua Kip tout en pianotant avec dextérité sur le clavier.

— Le père de John avait une ferme dans les environs. Kip est en train d'essayer de trouver où elle se situe exactement.

Elle sentait son cœur tambouriner dans sa poitrine.

— Et vous pensez que Tim se trouve là-bas ?

— Si c'est John qui l'a enlevé, oui, répondit Sully comme s'il s'agissait d'une évidence.

— Bingo ! s'écria soudain Kip, l'air triomphant. Les fichiers des taxes foncières montrent qu'un Donald Holbrook a payé des impôts pour une propriété située juste à l'extérieur de la ville, au sud, 2900 Highway 10.

Sully se précipita hors de la pièce.

— J'y vais !

— Sully, attends ! cria Kip en courant après lui.

Il le rattrapa à la porte d'entrée et l'arrêta.

— Tu ne peux pas y aller seul.

— Sully ne sera pas seul, je vais avec lui, intervint Theresa d'un ton sans réplique.

Elle sortit son manteau du placard de l'entrée. Sully la regarda faire, manifestement hésitant quant à la conduite à tenir.

— Theresa…

Elle leva la main pour l'interrompre.

— Ne me dis pas de rester ici, Sully. N'essaye même pas !

Elle soutint son regard avec un air de défi. Il était

hors de question qu'elle reste à la maison, alors qu'il se rendait à l'endroit où se trouvait peut-être leur fils.

Il tenta un dernier argument.

— C'est dangereux.

— Je sais, répliqua-t-elle en boutonnant son manteau. Allons-y.

— Je vais chercher du renfort et je vous retrouve là-bas, proposa Kip.

Sully se retourna sur le seuil.

— N'utilise pas ta radio. John est peut-être en train d'écouter.

Puis il prit Theresa par le bras et conclut :

— Viens, allons retrouver notre fils.

14

La voiture tanguait sous les rafales de vent. La neige tombait drue, gênant la visibilité, et Sully était obligé de conduire très lentement.

Theresa regardait le paysage, avec l'impression que la nature s'était fait la complice de John pour la tenir éloignée de Tim. Elle croisa les bras sur sa poitrine et dirigea la soufflerie du chauffage vers elle.

— C'est encore loin ? s'enquit-elle.

Les doigts serrés sur le volant, Sully se concentrait sur sa conduite. La chaussée était glissante, et le moindre coup de volant un peu brusque les aurait envoyés dans le décor.

— Environ vingt kilomètres, mais il est impossible de rouler à plus de cinquante à l'heure. Bon sang, si seulement la neige avait pu attendre une heure ou deux avant de se mettre à tomber !

— L'essentiel est d'arriver à temps.

Il lui lança un regard sombre, qu'elle soutint sans ciller. Ils ne savaient absolument pas ce qu'ils allaient trouver dans cette ferme. Ils n'avaient pas la moindre certitude que Tim y soit retenu. Ni même qu'il soit encore en vie.

Elle ferma les yeux un instant, rejetant la possibilité du contraire de toutes ses forces.

Sully se pencha vers elle et posa doucement la main sur la sienne. Cette caresse lui communiqua un peu de force et d'espoir. Elle savait qu'il ferait tout ce qui était en son pouvoir pour sauver leur fils. Malheureusement, à ce moment précis, la vie de Tim ne dépendait pas de lui, mais d'un homme en qui ils avaient eu confiance, un homme qu'ils avaient cru être leur ami… Un fou.

— Comment t'es-tu souvenu que John était là la nuit où tu as été blessé ? demanda-t-elle quand il lâcha sa main pour agripper de nouveau le volant.

Il garda les yeux fixés sur la route.

— Je savais qu'il y avait un détail que j'avais oublié, et ça m'obsédait. Pendant la nuit, j'ai repensé à tous ces événements, j'ai fouillé ma mémoire… J'avais aussi le sentiment que, d'une certaine manière, la disparition de Tim et mon agression étaient liées.

L'arrière de la voiture dérapa à la sortie d'un tournant, et ils évitèrent de peu un panneau de signalisation. Ce n'est que lorsque Sully réussit à rétablir la voiture sur la chaussée gelée, qu'elle relâcha son souffle.

— C'était moins une !

Elle lâcha le tableau de bord auquel elle s'était agrippée et regarda par la fenêtre. Maintenant, la route disparaissait sous une bonne couche de neige.

— Tu crois qu'on arrivera jusqu'à la ferme ? s'enquit-elle, mue par le besoin d'être rassurée.

Il lui adressa un sourire déterminé.

— Même si je dois pour ça voler un bulldozer, on finira par y arriver.

Ils restèrent silencieux jusqu'à ce qu'ils aient quitté la ville et se soient engagés sur l'autoroute. Là, les conditions étaient encore pires. Il n'y avait aucun bâtiment susceptible de diminuer les rafales de vent, et la neige s'accumulait sur la chaussée, rendant la conduite non seulement difficile, mais aussi dangereuse.

— Je suis allé revoir la ruelle ce matin, reprit Sully en ralentissant encore. Je n'y étais pas retourné depuis la fusillade.

— Ç'a dû être difficile pour toi.

Elle se souvenait des révélations de Kip concernant sa peur. Une peur dont il souffrait depuis cette nuit-là et qu'il lui avait dissimulée, la supportant tout seul.

Elle étudia son visage et remarqua la ligne crispée de ses mâchoires, les cernes qui soulignaient ses yeux. Elle repensa aux cauchemars qui l'avaient hanté, à son silence et à son isolement après son agression.

— Pourquoi ne m'as-tu rien dit de tout ce que tu avais pensé, ressenti, après ta blessure ?

Il ne répondit pas tout de suite, et pendant un long moment, elle n'entendit que le ronronnement du chauffage et le va-et-vient des essuie-glaces.

— Tout était si laid, avoua-t-il enfin. J'étais plein de colère, et détruit par la peur et les soupçons.

Il lui jeta un coup d'œil à la dérobée.

— Je ne voulais pas que tu aies toi aussi à porter ce fardeau.

Son cœur se gonfla d'amour envers cet homme qui avait préféré souffrir seul. Mais elle se doutait que la sollicitude n'expliquait pas tout. Il ne s'était pas senti assez en confiance pour partager avec elle ses souffrances, et une fois de plus, elle se demanda ce qui avait manqué dans leur mariage.

Elle reporta son attention vers le paysage alentour. Le vent froid qui balayait la neige n'était rien en comparaison de celui qui la glaçait. Elle avait perdu Sully. Avait-elle également perdu Tim ?

— Je ne comprends toujours pas… Pourquoi John aurait-il cherché à te tuer ? Tu t'étais disputé avec lui ? Il s'était passé quelque chose qui l'avait mis en colère ?

Sully haussa les épaules. A l'évidence, il ne connaissait pas les réponses.

— J'aimerais bien le savoir, mais je n'en ai pas la moindre idée. J'y ai réfléchi pendant des heures, tu sais. John et moi nous entendions très bien. Jamais il n'y avait eu la moindre mésentente entre nous. Et comme je l'ai à peine vu après ma blessure, je n'arrive pas à imaginer ce qui a pu le pousser à enlever Tim.

— Tu es sûr que c'est lui ?

Il hocha la tête.

— Nous avons trouvé l'argent de la rançon et un synthétiseur vocal chez lui, lui apprit-il, avant de frapper le volant du plat de la main. Et dire que je me suis demandé si quelqu'un surveillait la maison, parce que la demande de rançon est arrivée juste après le départ de la police ! J'aurais dû me douter que ce n'était pas normal.

— Comment aurais-tu pu imaginer que le ravisseur était précisément l'homme qui dirigeait les recherches ?

— J'aurais dû le savoir. Après une demande de rançon, la procédure normale consiste à mettre le FBI dans le coup. Je reconnais que ça ne me plaisait pas, mais John a accédé un peu vite à mes désirs. J'aurais dû comprendre plus vite !

Le remords imprégnait sa voix. Après un instant d'hésitation, il ajouta :

— Si je n'avais pas été aussi lâche, je serais retourné là-bas beaucoup plus tôt. J'aurais compris que John avait tenté de me tuer, et jamais il n'aurait enlevé Tim…

Elle eut mal en l'entendant se torturer à ce point. Posant la main sur son bras, elle sentit sous ses doigts ses muscles crispés, la tension qui irradiait de lui.

— Sully, tu n'as pas le droit de t'en vouloir. John est fou. Et de la folie la plus insidieuse qui soit, parce qu'il a réussi à la cacher à tous, insista-t-elle. En t'attribuant une part de responsabilité, tu diminues la sienne. C'est lui qui est coupable, Sully, pas toi !

Il accueillit ces mots avec un bref signe de tête. Puis, se redressant sur son siège, il balaya du regard le paysage couvert de neige.

— Nous approchons.

Elle lui lâcha le bras, traversée par une poussée d'adrénaline. Tim. Tim. Tim… Son cœur battait en rythme tandis qu'elle priait pour qu'ils retrouvent leur fils en vie.

Bien sûr, il était possible qu'ils se soient trompés et que leur déplacement à la ferme ne donne rien. Ou que John retienne Tim ailleurs. Mais elle s'empêchait de penser à cette idée.

— Theresa, ouvre la boîte à gants et donne-moi mon pistolet, ordonna Sully en quittant l'autoroute.

Elle se pencha vers la boîte à gants. Quand ses doigts se refermèrent autour du métal froid, le danger de la situation devint horriblement réel.

Si les souvenirs de Sully étaient bons, alors John avait déjà tenté de le tuer de sang-froid. Brusquement, elle eut peur non seulement pour son fils, mais aussi pour Sully. Nul doute que ce monstre dénué de conscience ne se rendrait pas facilement.

Sully lui prit l'arme des mains, puis désigna une ferme au détour de la route. La bâtisse, sinistre avec sa peinture écaillée et ses fenêtres cassées, se trouvait à la lisière d'une forêt épaisse, ce qui accentuait l'impression d'isolement et d'abandon.

Quand ils s'approchèrent, la voiture si caractéristique de John apparut, garée à l'arrière de la maison.

— Avec ce temps, il ne pourra pas partir bien loin, nota Sully. Reste ici, je vais voir, ajouta-t-il d'un ton sans réplique.

Il éteignit le contact et arma son pistolet. Avant qu'il descende de voiture, elle agrippa son bras.

— Sully ?

Il se retourna.

— Fais attention.

Il acquiesça, et ses yeux caressèrent un instant son visage, comme s'il essayait de graver ses traits dans sa mémoire. Ensuite, se redressant, il referma la portière en silence derrière lui.

Elle le suivit des yeux jusqu'à ce qu'il parvienne à la maison, puis retint son souffle en le voyant disparaître à l'intérieur. Les bras serrés sur sa poitrine, elle prit une profonde inspiration pour calmer les battements de son cœur.

Une minute s'écoula. Deux… Puis trois…

Que se passait-il ? Où était Sully ?

Quatre minutes. Cinq…

Avait-il trouvé Tim ? Ou John ? Pourquoi mettait-il tant de temps à revenir ? Bon sang, que se passait-il à l'intérieur ?

Elle poussa un soupir de soulagement quand il ressortit de la maison. Il descendit les escaliers et lui fit signe qu'il n'avait rien trouvé. La déception lui tomba dessus comme une chape de plomb.

La neige avait cessé de tomber. Elle vit Sully tourner autour de la voiture de John, puis se diriger vers la forêt.

Incapable de rester en place plus longtemps, elle ouvrit sa portière. Il fallait qu'elle fasse quelque chose, qu'elle l'aide à chercher leur fils. Deux personnes valaient mieux qu'une.

Lorsqu'elle descendit de voiture, le vent cinglant lui coupa le souffle. Elle resserra son manteau autour d'elle et décida de contourner la maison dans la direction opposée à celle que Sully avait prise.

Dans le silence environnant, insolite, presque surnaturel, seul s'entendait le crissement de ses pas dans la neige. Elle essaya de ne pas penser que Tim était peut-être dehors, sans bonnet, ni gants, ni bottes.

Elle aurait voulu prier pour qu'il n'ait pas froid, mais elle craignait que Dieu ne prenne sa supplique à la lettre et ne mette son petit garçon au-delà de la douleur et du froid. C'était étrange et horrible à la fois.

Il n'y avait aucune empreinte dans la neige, mais avec les rafales de vent, celles qui auraient pu s'y trouver avaient été bien vite effacées.

Les battements de son cœur s'accélérèrent quand elle avisa une porte qui menait à une cave.

Elle savait qu'elle aurait dû attendre Sully, mais son impatience était bien trop grande. Elle se baissa et ouvrit la porte. A l'intérieur, une volée de marches descendait vers un sol en béton.

Elle tendit l'oreille afin de repérer un signe de vie. Rien. Pas le moindre bruit. Elle descendit une marche, ferma les yeux un instant, le temps de prier.

Je vous en supplie, Seigneur. Faites que je ne trouve pas son corps…

Elle descendit une autre marche.

C'est Noël. Je vous en prie, rendez-moi mon bébé, qu'il soit vivant et en bonne santé. Qu'il ne soit pas dans cette cave froide et lugubre. Que cet endroit ne soit pas le dernier qu'il ait vu !

Elle descendit les dernières marches et s'arrêta. Son souffle se suspendit lorsqu'elle distingua le matelas nu, les toilettes portables, les bandes dessinées et les emballages de gâteaux.

Quelqu'un était resté ici pendant un certain temps.

Tim.

C'était lui, elle le savait. Elle le sentait dans l'air, le flairait comme un animal. Son odeur imprégnait l'atmosphère. Elle la retint dans ses poumons, en attendant de pouvoir le tenir, lui, dans ses bras.

Elle regarda autour d'elle, et son cœur se serra lorsqu'elle l'imagina enfermé ici, sans chaleur, sans espoir, sans ses parents pour l'aider à traverser les nuits noires. Les larmes se mirent à couler sur son visage, et les sanglots la secouèrent tout entière.

Tim avait vécu ici… Et maintenant, où était-il ? Arrivaient-ils trop tard ? Seigneur, était-il trop tard ?

Elle tomba à genoux et, prenant une des bandes dessinées, la serra contre son cœur.

A travers ses larmes, elle aperçut le soupirail. Elle imagina Tim en train de regarder à l'extérieur, les attendant, Sully et elle, priant pour qu'ils viennent le sauver. Des planches gisaient à terre. Elle sécha ses larmes et considéra tour à tour les planches et le soupirail. Pas de doute : les planches avaient été décrochées de l'ouverture.

Sans oser encore trop espérer, elle se dirigea vers le soupirail. Des éclats de verre brillaient dehors dans la neige, signe que la vitre avait été brisée de l'intérieur. Et un bout de tissu rouge était accroché au châssis. Rouge… Comme le blouson de Tim !

Elle sentit son cœur bondir dans sa poitrine en prenant conscience de ce que cela signifiait.

Un sanglot lui échappa. Tim avait réussi à s'évader ! Il s'était échappé de ce trou à rats !

Son regard se posa sur les arbres de l'autre côté de la vitre.

Elle remonta l'escalier en courant pour aller retrouver Sully.

Sully n'avait jamais eu si froid de sa vie. Pourtant, ce n'était dû ni à la neige, ni à la bise glacée.

Il progressait vers la forêt, espérant y trouver John ainsi que des réponses à ses questions. Il était sur le point de remonter à l'origine des deux drames les plus importants de sa vie. Un seul faux pas, une seule hésitation, et il n'aurait pas seulement la mort de Louis Albright sur la conscience, mais aussi celle de son fils.

Tel un chasseur, il traquait le plus dangereux des animaux : l'homme. Il serra la main sur son pistolet en se demandant si, le moment venu, il serait capable d'appuyer sur la détente, ou s'il resterait paralysé, comme dans ses cauchemars.

Il s'arrêta lorsqu'il vit John sortir de la forêt. Celui qui avait été son coéquipier, son frère même, s'immobilisa un quart de seconde, avant de lui sourire innocemment.

— Qu'est-ce que tu fabriques ici ? Je suis content de te voir ! Je suis venu faire quelques travaux ici, et j'ai été pris par la tempête.

— Ça suffit, John ! gronda Sully en braquant son arme sur lui.

L'autre prit un air stupéfait, digne des meilleurs acteurs.

— Mais qu'est-ce qu'il t'arrive ?

Très doué, pensa Sully, sarcastique.

— Baisse ton arme, l'implora John en levant les mains en l'air. Pourquoi fais-tu ça ?

— Où est mon garçon ? Où est Tim ?

Ses yeux s'écarquillèrent.

— Mais de quoi est-ce que tu parles ?

L'espace d'une seconde, Sully se mit à douter. Etait-il possible que Kip ait raison ? Que John ne soit qu'un ripoux et non le ravisseur ?

— Explique-moi ! lança John.

Il avança d'un pas. Aussitôt, Sully redressa son arme.

— Reste où tu es, John ! Je suis très en colère, et je détesterais faire quelque chose que tu regretterais.

La crosse de son pistolet glissait dans sa main moite. Une nouvelle fois, il se demanda s'il serait capable de tirer sur John. S'il trouverait en lui la force d'appuyer sur la détente.

— Je me suis souvenu, John. Tu étais dans la ruelle la nuit où on m'a tiré dessus.

— Bon sang, tu as complètement perdu la tête ! Rappelle-toi : j'étais chez moi. J'avais la grippe.

— Ils ont gardé la balle. Le labo n'a pas trouvé avec quelle arme elle avait été tirée, mais nous n'avons jamais pensé à vérifier la tienne.

D'un seul coup, l'innocence qui brillait dans les yeux de John disparut, laissant place à une haine froide. Son aversion à son égard devint presque palpable.

— Tu ne peux pas imaginer à quel point j'en avais marre d'être ton partenaire ! Le grand Sullivan Mathews et son coéquipier, l'illustre inconnu ! Oui, j'étais là cette fameuse nuit, poursuivit-il, crachant presque ses mots. J'ai tout monté avec Louis, je lui ai dit que j'allais te jouer un tour. Mais c'est Louis qui s'est fait avoir… Et moi aussi, puisque tu n'es pas mort.

Pétrifié, Sully n'osait pas comprendre.

— Tu as essayé de me tuer parce qu'on parlait plus de moi que de toi dans les journaux ? avança-t-il lentement, incrédule.

— Oui ! hurla John, les traits tordus par la rage. Il n'y en avait que pour toi ! Jamais je n'aurais pu réussir en restant ton partenaire. Ton ombre était trop grande. Il fallait que tu meures !

Sully entendit des bruits de pas dans la neige, et Theresa apparut au coin de la maison, le visage ruisselant de larmes.

— Espèce d'ordure ! Salaud ! Sully avait confiance en toi ! Comment as-tu pu lui faire ça ? s'écria-t-elle, haletante.

Il sentit son cœur faire un bond lorsqu'il comprit que c'était pour lui qu'elle pleurait. Pour lui qu'elle souffrait. Il l'avait pourtant tellement blessée…

Soudain, John sortit son arme et fit feu.

— Baisse-toi, Theresa ! hurla Sully en se jetant à terre.

John disparut derrière un sapin tandis que Theresa se cachait derrière la Corvette.

Sully roula sur lui-même jusqu'à un tronc d'arbre.

La voix de John s'éleva, résonnant dans la forêt.

— Rentre chez toi, Sully ! Personne ne te croira ! Tout le monde sait que tu es un raté, un bon à rien !

— Où est mon fils ? lança Theresa.

— Je ne sais pas. Ton mari est fou. Il a besoin d'aide.

Le hurlement des sirènes déchira soudain le silence. *C'est Kip,* pensa Sully, soulagé. *Il vient avec du renfort.*

— Tu entends les sirènes, John ? Tes collègues viennent t'arrêter. Rends-toi les choses plus faciles : dis-moi où est Tim.

— Va au diable, Sully !

John ponctua sa phrase par un coup de feu. La balle alla s'enfoncer dans le tronc derrière lequel Sully s'était caché, lui envoyant des copeaux de bois dans le visage.

C'est alors qu'il sut qu'il n'hésiterait pas à tirer sur John. Le cauchemar dans lequel il restait paralysé n'avait plus de prise sur lui. S'il en avait l'occasion, il n'aurait pas une seconde d'hésitation.

Sauf que…

Sauf que, John mort, il n'y aurait plus personne pour lui dire où se trouvait Tim.

Quelle ironie ! Pendant dix-huit mois, il avait eu peur de ne pas arriver à appuyer sur la détente si nécessaire. Et maintenant qu'il savait qu'il était capable de le faire, il n'en avait pas la possibilité.

Le hurlement des sirènes se rapprochait. Bientôt, Sully vit un défilé de lumières clignotantes avancer dans l'allée.

Apparemment, John les vit lui aussi. Comprenant que le temps lui était compté, il se mit à tirer à tout va, puis s'enfonça dans la forêt en courant.

Sans hésitation, Sully se lança à sa poursuite. Si John lui échappait, ils ne sauraient peut-être jamais ce qui était arrivé à Tim.

— Sully !

Theresa hurla lorsqu'elle vit les deux hommes disparaître entre les arbres. Elle se retint au pare-chocs de la Corvette, incapable de se tenir debout toute seule.

Elle avait senti la haine exsuder de John. Cet homme était fou. Du moins fallait-il l'être pour monter des plans aussi diaboliques dans le seul espoir d'être remarqué par les journalistes.

Où est Tim ? Seigneur, qu'a-t-il fait de Tim ?

Elle regarda en direction de la forêt, sans parvenir à distinguer quoi que ce soit. Il avait recommencé à neiger, et de petits flocons légers, semblables à des larmes gelées, lui brouillaient la vue.

Les voitures de police s'arrêtaient derrière la Corvette quand un coup de feu déchira l'air.

— Sully ! cria Theresa en se mettant à courir vers l'orée de la forêt.

Kip la rattrapa et l'agrippa par le bras.

— Restez là ! lui ordonna-t-il.

Et il se précipita vers les arbres, accompagné de six autres policiers.

Elle retourna près de la Corvette. Il n'y avait rien d'autre à faire qu'attendre et espérer. Et prier.

Elle ferma les yeux. Autour d'elle, des policiers allaient et venaient dans la propriété. Des ordres, des exclamations fusaient de tous les côtés, et elle tenta de reconnaître la voix de Sully dans le brouhaha. Hors de question de penser que John avait peut-être réussi là où il avait échoué dix-huit mois plus tôt.

Rouvrant les yeux, elle contempla fixement la forêt. La prière qui sortait de ses lèvres n'était plus seulement pour Tim.

Après ce qui lui parut une éternité, des silhouettes

apparurent à la lisière du bois. D'abord, deux policiers, leurs vestes sombres se détachant sur la neige. Puis deux de leurs collègues qui escortaient John, menotté.

Où était Sully ?

Sa respiration s'accéléra, et un vertige la saisit, comme si elle manquait d'oxygène. Bon sang, où était Sully ?

Elle poussa un soupir de soulagement quand elle finit par l'apercevoir, en retrait mais sain et sauf. Kip et deux autres policiers l'accompagnaient.

Mais toujours aucun signe de Tim.

Sully s'approcha de John, menaçant.

— Où est Tim ?

— Bon Dieu, dis-leur où est leur fils ! renchérit Kip avec une répulsion manifeste.

Les yeux de John brillaient d'une lueur diabolique. Il secoua la tête en ricanant, à croire qu'il se délectait de leur douleur.

Theresa les rejoignit, dans l'espoir de parvenir à vaincre sa carapace.

— J'ai vu la cave, John. J'ai vu l'endroit où tu l'as gardé. C'est fini, maintenant. Dis-nous où il est.

— Il n'était pas censé sortir de là. Je voulais seulement le garder un jour ou deux, puis vous le rendre, et tous les journaux auraient parlé de moi.

Cet aveu lui coupa le souffle. Etait-il possible que son fils n'ait été qu'un pion dans son complot machiavélique destiné à faire de lui un héros ?

— Alors, j'aurais eu une promotion, poursuivit-il. Je vous l'aurais rendu, et ça n'aurait fait de mal à personne. Mais il m'a vu ! Ce sale gamin est sorti par le soupirail et il m'a vu. J'ai été obligé de tirer.

— Non…

Elle ne put retenir sa plainte. Toute à sa douleur,

elle avait vaguement conscience que Kip et un de ses collègues essayaient de retenir Sully pour l'empêcher de se jeter sur son ex-coéquipier.

La haine luisait dans les yeux de John.

— Vous voulez savoir où est votre fils ? Là ! cria-t-il en désignant la forêt du doigt. Enterré !

— Non !

Avec un hurlement, elle tomba à genoux dans la neige, alors que tous ses espoirs éclataient en mille morceaux.

15

Sully regarda deux de ses anciens confrères escorter John jusqu'à leur véhicule. Ils refermèrent les portières sur lui, puis, montant à l'avant, démarrèrent. Les lumières rouges et bleues qui clignotaient sur le toit s'estompèrent, avant de disparaître sous les épais flocons de neige. Il avait l'impression d'être mort.

— Je vais demander qu'on envoie une équipe de recherche, déclara Kip en posant la main sur son épaule.

Son visage amical était marqué par la tristesse.

Sully hocha la tête. Il se sentait vide, sans substance. Il savait qu'il finirait par verser des larmes, mais en ce moment, le choc le paralysait.

C'était tout simplement trop dur à supporter : Tim était mort à cause de l'ambition maladive d'un homme. Ils étaient arrivés trop tard…

Se retournant, il vit Theresa se redresser. Les yeux éteints, dénués de toute expression, elle se dirigea lentement vers un tas de bûches et attrapa un rondin de bois. Avant qu'il ait eu le temps de deviner ses intentions, elle l'avait abattu sur le capot de la voiture de John, défonçant la carrosserie.

Kip voulut l'arrêter, mais Sully lui posa la main sur le bras.

— Laisse-la faire.

Il la regarda assener les coups les uns après les autres en pleurant. Elle fracassa le pare-brise et la lunette arrière. Comme possédée, elle frappait la voiture de plus en plus fort, et ses pleurs se muaient en cris de désespoir.

— Tu devrais peut-être l'arrêter, suggéra Kip.

— Non. Elle en a besoin.

Il hocha la tête.

Elle n'eut bientôt plus la force de continuer. Laissant finalement tomber le rondin, elle se tourna vers Sully et vint se jeter dans ses bras.

Il la serra contre lui de toutes ses forces. Il aurait aimé soulager sa douleur, mais il ne le pouvait pas, parce qu'il la partageait.

Elle resta longtemps blottie contre lui, puis se dégagea de son étreinte.

— Et maintenant, qu'allons-nous faire ? Comment allons-nous continuer ?

Il n'avait pas de réponse et savait qu'elle n'en attendait pas. Désormais, ils vivraient avec ce vide qui ne se comblerait jamais, cette blessure qui ne pourrait jamais guérir.

Elle se dirigea vers l'orée de la forêt.

— Theresa… Attends ! s'exclama-t-il en la rejoignant. Qu'est-ce que tu fais ?

Elle posa sur lui ses yeux bleus tourmentés.

— Je veux savoir où est Tim. Nous ne pouvons pas le laisser là tout seul. Tu sais bien qu'il a peur du noir.

Ses paroles étaient comme autant de coups de couteau.

— Kip a appelé une équipe de recherche. Ils le

retrouveront, Theresa. Nous ne partirons pas avant. Je te le promets.

Elle hocha la tête, et de nouveau, ses yeux se remplirent de larmes.

— Oh, Sully…

Il la reprit dans ses bras, sachant qu'il n'y avait plus rien qui puisse les réconforter, si ce n'était la certitude qu'ils avaient tous deux aimé Tim plus que tout.

Kip le héla depuis sa voiture de patrouille.

— Sully !

Il ne répondit pas, concentrant toute son attention sur la femme qui frissonnait dans ses bras, la femme qui avait porté Tim pendant neuf mois avant que lui-même ne le voie. Comment arriveraient-ils à vivre sans cet enfant, source de tant de joie et d'amour dans leur vie ?

— Hé, Sully !

La voix de Kip finit par se frayer un chemin dans ses pensées. Etrangement, elle tremblait d'excitation.

— Le standard vient de recevoir un appel d'une station-service située sur l'autoroute, à environ un kilomètre et demi vers le sud, expliqua son ami en s'approchant. Un petit garçon vient d'entrer. Il dit qu'il s'appelle Joe Montana.

Sully se raidit sous le choc, et Theresa retint son souffle.

— C'est Tim ! s'écria-t-elle joyeusement. Je sais que c'est lui !

Elle se mit à rire. Les larmes ruisselaient sur ses joues.

— John a menti ! Oh, mon Dieu, il a menti quand il a dit qu'il avait tué Tim !

Sans se concerter, ils se précipitèrent d'un même mouvement vers la voiture de Sully. Quelques secondes plus tard, le véhicule démarrait sur la chaussée couverte de neige et prenait la direction de l'autoroute. Et de Tim.

Assise au bord de son siège, Theresa se penchait en avant, comme si, par l'effet de sa seule volonté, la voiture allait avancer plus vite. Sully conduisait dans un état second. Les émotions violentes qui l'avaient assailli ces dernières minutes, l'avaient fait passer du désespoir le plus noir à la joie la plus intense, et lui donnaient l'impression d'être K.O.

Il ne pouvait s'agir que de Tim. Toute autre possibilité était inenvisageable, tant les coïncidences étaient frappantes.

— Je savais qu'il s'enfuirait s'il le pouvait, déclara-t-il soudain.

Elle sourit.

— Il est comme son père : courageux et intelligent.

Il tenta de lui sourire en retour, sans succès. Il n'était ni courageux, ni intelligent. S'il avait possédé de telles qualités, il aurait bravé ses peurs et compris beaucoup plus vite le rôle de John dans cette affaire.

— C'est là ! s'écria Theresa en montrant du doigt le néon clignotant de la station-service.

Il accéléra et entra sur le parking avec un dérapage plus ou moins contrôlé. La voiture évita de peu les pompes à essence.

A peine se fut-elle arrêtée que Theresa se précipita dehors.

— Tim ? l'entendit-il crier alors qu'il tirait sur le frein à main.

Et tout à coup, un enfant apparut sur le seuil de la station-service.

Tim…

En le voyant sous la lumière des néons avec son visage

sale et son blouson froissé, mais un grand sourire aux lèvres, il coupa le contact et se mit à pleurer. Des sanglots de soulagement qui lui déchiraient la poitrine.

Theresa serrait contre elle leur fils, la personne qu'ils aimaient le plus au monde. Et il la laissa seule un moment, afin qu'elle s'assure que Tim allait bien, telle une mère poule avec son poussin. Une fois complètement rassurée, elle le serra de nouveau dans ses bras, son rire le disputant aux pleurs.

Enfin, Sully sentit les larmes se tarir, et la tension qui pesait sur sa poitrine, diminua.

Il descendit de voiture. Tim, toujours dans les bras de Theresa, lui adressa un signe joyeux.

— Bonjour, papa. Je savais que tu viendrais. Je savais que tu me trouverais.

En trois enjambées, Sully le rejoignit et le prit dans ses bras. Les yeux fermés, il inspira son parfum, savourant la sensation de son petit corps solide contre lui.

— Tu nous as manqué, mon petit.

— Vous aussi vous m'avez manqué.

Tim posa la main sur sa joue.

— Je n'ai pas eu peur… Enfin, pas trop. Je savais que tu me trouverais, papa, parce que tu es le plus fort.

Sully faillit se remettre à pleurer. Comme cet enfant l'émouvait ! Il plaçait une telle confiance en lui !

— On peut rentrer à la maison ? J'ai faim ! s'écria Tim.

Sully et Theresa éclatèrent de rire : les enfants avaient une telle faculté de rebondir…

— Oui. Rentrons, maintenant.

Et tous les trois regagnèrent ensemble la voiture.

Assise sur le canapé, Theresa contemplait avec des yeux brillants de joie le sapin de Noël maintenant complètement décoré. L'ange, installé sur la plus haute branche de l'arbre, la regardait en souriant. Ils avaient décidé de fêter Noël le lendemain, quand Tim aurait eu une bonne nuit de sommeil.

L'après-midi avait été très mouvementée. Pendant que Tim prenait un bain, elle avait préparé de la soupe et des croque-monsieur. Puis, pendant le repas, il leur avait parlé de ce qu'il avait vécu dans la cave, des images qu'il avait évoquées pour éloigner la peur. Il leur avait aussi raconté comment il s'était enfui à travers bois, poursuivi par John. Le vent qui soufflait fort l'avait aidé dans sa fuite en recouvrant ses traces.

A présent, il était au chaud dans son lit, avec son chien et son père assis sur une chaise à son chevet.

Elle sourit en se remémorant sa joie quand Montana les avait accueillis à la porte.

— Il est pour moi ? C'est vrai ? C'est mon chien ? avait-il demandé, tout excité.

Montana et lui étaient aussitôt devenus les meilleurs amis du monde.

Elle leva les yeux en voyant Sully entrer dans le salon. Elle lui fit signe de venir s'asseoir à côté d'elle.

— Il s'est endormi ?

Il acquiesça et s'installa sur le canapé.

— Tu pouvais imaginer un tel bonheur ? demanda-t-il.

— J'étais justement en train de me dire la même chose.

Elle se tut un instant, toute à son bonheur. Puis son sourire s'éteignit alors qu'un frisson remontait le long de son dos.

— J'ai cru que nous l'avions perdu, Sully.

Il serra les lèvres.

— C'est exactement ce que John voulait que nous pensions.

Il plongea les yeux dans les siens, des yeux dans lesquels dansaient encore les ombres laissées par cette épreuve. Il leur faudrait du temps pour guérir, pour mettre toute cette souffrance derrière eux.

Il s'enfonça dans le canapé et se passa la main dans les cheveux.

— C'est quand même incroyable... Organiser un enlèvement par ambition, juste pour être encensé dans les journaux !

— John est complètement fou.

Il hocha la tête, pensif.

— Je sais. Seulement, je n'arrête pas de me dire que j'aurais dû m'en apercevoir. Toutes ces années où nous avons travaillé ensemble, pris nos repas ensemble, où nous nous sommes raconté nos vies... Pourquoi n'ai-je rien vu ?

— Arrête de te faire du mal. John était un excellent manipulateur. J'imagine que le psy qui l'observera conclura qu'il avait deux personnalités : une normale, rationnelle, qu'il présentait au monde, et une autre sombre et tourmentée, qu'il dissimulait soigneusement.

— J'aurais pu le tuer...

— J'ai tué sa voiture.

Il la regarda, et un sourire se dessina lentement sur ses lèvres.

— Tu l'as complètement écrasée !

Soudain, ils éclatèrent de rire. Au fond d'elle-même, elle savait que ce n'était pas drôle. Mais elle laissa libre cours à cette hilarité dont elle sentait tous les effets libérateurs.

Se blottissant contre Sully, elle passa ses bras autour de son cou et laissa le grondement de son rire l'emplir tout entière.

Son rire s'assourdit lorsqu'elle posa sa tête sur son torse, pour écouter les battements réconfortants de son cœur.

— Si je m'écoutais, je ne laisserais plus jamais Tim s'éloigner de moi, murmura-t-elle.

Il glissa la main dans ses cheveux soyeux.

— Tu sais que c'est non seulement impossible, mais aussi malsain. Il ne faut surtout pas l'étouffer, ni lui voler son indépendance en le couvant trop.

— J'en suis bien consciente.

Elle aurait dû se redresser, s'éloigner de ses bras et du réconfort qu'elle y trouvait, mais elle n'arrivait pas à s'y résoudre. Elle se rebellait à l'idée que, maintenant que Tim était revenu, il allait lui falloir laisser partir Sully.

Pendant un long moment, ils restèrent assis en silence devant le sapin. La guirlande clignotante projetait de joyeux éclats de couleurs autour d'eux. La main de Sully lui caressait les cheveux avec douceur, et son cœur battait régulièrement contre son oreille.

Lorsqu'elle posa la main sur son torse, les battements accélérèrent.

— Il faut que je rentre chez moi, déclara-t-il en se redressant.

A ces mots, elle poussa un soupir. Elle le contempla, admirant ses yeux gris et sérieux. En l'espace de trois jours, il avait repris sa place dans son cœur et avait comblé les manques dont elle n'avait même pas conscience auparavant.

L'année précédente, lorsqu'il avait décidé de la quitter, elle l'avait laissé partir sans une plainte, parce qu'elle le croyait trop malheureux avec elle. Cette fois, elle était bien décidée à se battre.

— Sully… Ne pars pas.

Il se leva et jeta un coup d'œil à l'ange au sommet du sapin.

— Je reviendrai demain matin pour fêter Noël, répondit-il en évitant son regard. Tim est sain et sauf dans son lit, l'ange est à sa place, et il est temps que je rentre chez moi.

Au cours des trois derniers jours, elle avait connu ce que la vie pouvait lui réserver de pire, et elle avait compris à quel point le bonheur était fragile. Il était hors de question qu'elle laisse Sully, l'homme qu'elle aimait et aimerait toujours, sortir de sa vie sans rien dire. Au diable la fierté, elle ne pouvait tout simplement pas accepter de le voir partir.

S'il arrivait à la convaincre qu'il ne l'aimait plus, alors elle accepterait sa décision. Mais, quand elle se rappelait la façon dont il l'avait caressée, le désir qui étincelait dans ses yeux, sa présence auprès d'elle, elle n'arrivait tout simplement pas à croire que c'était le cas.

Elle se leva à son tour.

— Sully, je ne veux pas que tu partes. Ni ce soir, ni jamais.

— Je ne peux pas rester. Tu ne comprends pas.

— Alors, explique-moi !

Elle lui prit les mains et le retint quand il tenta de se dérober.

— Tu m'aimes encore, Sully, tu ne peux pas le nier.

Et je t'aime moi aussi. Alors, explique-moi ce que je ne comprends pas. Parle-moi, le supplia-t-elle. Tu ne m'as rien dit pendant ta dépression. Bon Dieu, parle-moi maintenant !

Il la dévisagea un long moment. Dans ses yeux brillait une lueur qu'elle reconnut aussitôt. Il l'aimait. Sully l'aimait !

Sa joie fut de courte durée. Presque doucement, il retira ses mains des siennes et s'écarta d'un pas, alors que des ombres profondes venaient obscurcir son regard.

— Tu as raison. Je te dois des explications.

Il se passa la main dans les cheveux, puis se détourna, comme s'il était incapable de la regarder en face.

— Tu as toujours été la femme la plus forte que je connaisse, Theresa. C'est une des choses que j'admire le plus chez toi. Tu n'as jamais rien exigé de moi. Le matin, quand je partais travailler, tu ne me disais pas que tu avais peur.

Il se tourna vers elle et poursuivit.

— Je t'ai vue te battre pied à pied avec les pires criminels, je t'ai vue les regarder en face sans la moindre peur. Je t'ai vue enterrer ta mère, et je sais comment tu as aidé tes sœurs à supporter leur chagrin.

— Pourquoi me racontes-tu tout ça ?

— Parce que tu mérites quelqu'un de beaucoup plus fort que moi.

Sa voix trahissait une telle amertume, un tel regret qu'elle en eut mal.

— Parce que, depuis que j'ai été blessé, je dois constamment lutter contre la peur. J'ai peur, Theresa. Comme un enfant. J'ai essayé de me blinder pour me protéger, mais ça n'a pas marché : j'ai seulement réussi à m'emmurer dans le silence. J'ai craint d'en venir à boire pour oublier cette angoisse. C'est à cause de ça que je suis parti. Je ne voulais pas que tu en viennes à me haïr en comprenant que tu avais épousé un pauvre fou rongé de terreurs.

— Oh, Sully…

Elle tendit la main vers lui, mais il s'écarta.

— J'ai vu ma mère détester mon père. Je ne voulais pas que ça nous arrive.

Elle se rassit sur le canapé. Elle avait mal en voyant tout qu'ils s'étaient caché l'un à l'autre.

— Parle-moi de la nuit de ton agression. Raconte-moi toutes ces choses horribles et laides dont tu ne m'as rien dit avant.

Elle avait l'impression que cela l'aiderait à comprendre pourquoi il avait commencé à se mépriser au point qu'il s'était senti indigne de son amour. Là, elle trouverait la réponse.

Une lueur de colère brilla dans ses yeux gris, une colère qui n'était pas dirigée contre elle mais contre lui-même.

— Tu veux vraiment que je t'en parle ?

Il se mit à aller et venir devant elle. Sa voix était basse et ferme, et il commença son récit comme s'il racontait un événement qui était arrivé non à lui mais à quelqu'un d'autre.

— Quand je me suis avancé vers la ruelle, j'ai vu la voiture de John, sans comprendre qu'elle n'aurait pas dû être là. J'ai eu un mauvais pressentiment, mais ça ne m'a pas arrêté. J'ai rejoint Louis, et nous avons eu le temps d'échanger quelques mots avant que j'entende… le déclic d'un pistolet qu'on arme. Et je suis resté paralysé.

Il cessa son va-et-vient et la considéra, le regard morne et vide.

— Je suis resté paralysé, répéta-t-il. Puis Louis est mort, et j'ai cru l'être, moi aussi.

Sa respiration était rapide, hachée.

— J'aurais pu sauver Louis si la peur ne m'avait pas empêché de réagir. Je suis responsable de sa mort autant que John. Si je n'avais pas été lâche, si la peur ne m'avait pas ôté tous mes moyens, il serait encore en vie.

Elle l'écoutait, bouleversée. Voilà ce qui l'avait éloigné d'elle : un décès dont il se sentait responsable, une vie qu'il croyait partie parce qu'il n'avait pas réagi de façon appropriée. C'était la culpabilité qui lui avait volé son estime de soi, qui l'avait imprégné d'une haine destructrice envers lui-même. Les larmes brillaient dans ses yeux gris, trahissant le poids de ce fardeau.

— Combien de temps penses-tu qu'il se passe entre le moment où l'on arme un pistolet, et celui où l'on appuie sur la détente ? demanda-t-elle soudain.

— Quoi ?

Il la fixa d'un air interdit, comme s'il ne comprenait pas ce qu'elle disait.

— Oh, Sully… Il faut que tu te débarrasses de ta tendance à vouloir porter le poids du monde sur tes épaules !

Elle se leva et marcha vers lui d'un pas décidé.

— Combien de temps y a-t-il entre le moment où l'on arme un pistolet et celui où la balle part ? répéta-t-elle, les yeux rivés aux siens.

— Je ne sais pas… Une seconde.

La lumière commençait à chasser les ombres de son regard.

— Une seconde tout au plus.

— Tu es resté immobile pendant une seconde, Sully.

Qu'aurais-tu pu faire dans ce laps de temps pour sauver Louis — pour te sauver ?

— Rien, articula-t-il avec difficulté. Dans mes cauchemars, ce moment semble toujours incroyablement long. Je reste là, debout, pendant ce qui me semble des heures, puis Louis est mort.

Elle posa la paume de sa main sur sa joue.

— Sauf qu'il ne s'est pas passé plus d'une seconde. Sully, tu n'es pas plus responsable de la mort de Louis que de l'enlèvement de Tim.

Elle posa son autre main sur sa joue, gardant en face d'elle ce visage qu'elle aimait.

— Et si tu n'avais pas eu peur, alors tu aurais été inhumain.

— Je ne voulais pas que tu connaisses mes faiblesses. Tu ne m'as jamais montré les tiennes.

Elle fronça les sourcils.

— Parce que j'avais pris l'habitude de les cacher à ma famille. Quand mon père nous a quittées, ç'a été à moi de soutenir ma mère et mes sœurs. Je savais que si elles me voyaient peinée ou effrayée, elles le seraient elles-mêmes. Mais j'ai eu tort de ne pas te les montrer. Nous avons passé notre temps à nous cacher mutuellement nos failles. Je voudrais essayer de nouveau, mais cette fois pour tout partager... Le meilleur comme le pire.

— Je t'aime tant... Je voulais seulement que tu ne me méprises pas.

Elle sentit une joie indicible l'envahir tandis qu'il lui donnait un baiser si passionné, si frémissant de désir, si plein de promesses, que ses jambes faiblirent. Le destin la comblait.

— Sully, c'est parce que tu étais avec moi, à côté de moi, que je pouvais être courageuse. Tu étais, et tu es ma force, murmura-t-elle quand elle put reprendre son souffle.

Il la serra contre lui.

— Je t'aime, Theresa. Tim et toi êtes tout ce qui m'est arrivé de meilleur.

Elle plongea dans son regard. Un regard lumineux qu'aucune ombre n'obscurcissait plus.

— Ça veut dire que tu vas rester avec moi ? Pour toujours ?

— Pour toujours, répondit-il, le visage irradiant de bonheur.

— Allons réveiller Tim pour lui annoncer que son vœu de Noël s'est réalisé !

Il la serra un peu plus fort contre lui.

— Attendons demain matin, suggéra-t-il avec une lueur de passion dans le regard.

Lorsqu'il la souleva dans ses bras pour la porter dans la chambre, elle jeta un coup d'œil à l'ange du sapin de Noël. Son sourire lui parut plus éclatant que jamais.

Épilogue

L'odeur de l'herbe fraîchement coupée embaumait l'air, et une brise printanière soufflait, douce et parfumée. Le printemps s'installait à peine. Pourtant, pour Theresa, l'hiver s'était arrêté le jour où ils avaient retrouvé Tim sain et sauf, le jour où Sully lui était revenu. Les deux mois qui avaient suivi ces faits avaient été glacials, pourtant c'était à peine si elle s'en était aperçue.

Elle étendit la couverture sur l'herbe. Dans le mouvement, son alliance en diamants capta les rayons du soleil, les réfléchissant en feu d'artifice. Elle se redressa et adressa un petit signe à Sully et Tim, qui jouaient au ballon un peu plus loin. Montana courait entre eux, aboyant chaque fois qu'ils shootaient.

Le rire argentin de Tim lui parvenait, porté par le vent. Par chance, il n'avait pas eu de séquelles suite à son enlèvement, pourtant traumatisant. Sully avait su lui dire les mots qu'il fallait, lui parlant de la folie de John et lui expliquant qu'il était normal qu'il ait eu peur.

Elle posa son regard sur Sully. Son époux. Ils s'étaient mariés — remariés, plutôt — deux semaines après Noël. Lors de la cérémonie, Tim avait tenu avec un grand sérieux son rôle de garçon d'honneur, tandis que Montana tentait par tous les moyens de manger son bouquet de mariée.

Sully avait réintégré les rangs de la police et exerçait de nouveau le métier qu'il aimait. Il avait retrouvé son assurance tranquille, et les ombres de la nuit lointaine de son agression ne venaient plus le hanter.

Leur vie de couple était différente. Meilleure. Sans secrets, sans ce besoin d'être parfait aux yeux de l'autre. Un lien nouveau les unissait, fait d'amour et renforcé par l'acceptation de leurs faiblesses.

Mais aujourd'hui, elle avait un secret. Un secret qui la remplissait de joie, un secret qu'elle brûlait de révéler à sa famille.

Pressée de leur apprendre la nouvelle, elle déballa le pique-nique à la hâte et leur fit signe de la rejoindre.

Tim revint s'asseoir en courant sur la couverture et fit l'inventaire de tout ce qu'elle avait apporté.

— Oh, du poulet ! Super !

Il prit une assiette et commença à la remplir. Sully l'imita, se servant une ration plus que copieuse de salade de pommes de terre. Puis, voyant qu'elle ne les imitait pas, il la considéra avec interrogation.

— Tu ne manges pas ?

— Bien sûr que si.

Elle sortit un pot de cornichons du panier et ajouta avec un sourire :

— Si seulement je pouvais avoir un peu de glace à la vanille…

Sully s'immobilisa et la fixa. Elle acquiesça doucement. Alors, il posa son assiette et la prit dans ses bras.

— Tu en es sûre ?

Elle éclata de rire et hocha de nouveau la tête.

— Qu'est-ce qu'il se passe ? intervint Tim, la bouche

pleine, en les regardant comme s'ils avaient perdu l'esprit.

Montana semblait totalement indifférent à leur échange, et mangeait avec appétit la salade de pommes de terre abandonnée par Sully.

— Tim, tu vas avoir un petit frère ou une petite sœur, annonça Theresa.

Il ouvrit des yeux ronds.

— C'est vrai ?

— Oui, c'est vrai.

Elle sourit en voyant dans ses yeux la joie qu'elle espérait y lire.

— C'est super ! s'écria-t-il.

— Vraiment super ! confirma Sully.

— J'aimerais que ce soit un garçon. Comme ça, on pourra faire du foot ensemble.

Tim bomba le torse à cette idée.

— Et je le protégerai. Je ferai attention qu'il ne lui arrive rien de mal. Je serai un peu comme toi, papa.

Sully haussa les sourcils.

— Que veux-tu dire ?

— Je veux dire que je serai son héros.

A ces mots prononcés avec fierté, Theresa vit des larmes de joie briller dans les yeux de Sully tandis qu'il se préparait une autre assiette de salade. Un prétexte destiné à cacher son trouble. Avec ses mots si simples, si candides, Tim lui avait fait un bien qu'il ne pourrait jamais soupçonner.

Sullivan Mathews n'avait rien à envier à Joe Montana. Et elle l'avait à ses côtés pour toute la vie. Avec Tim. Et un bébé dans son ventre. Et un chien qui aimait la salade de pommes de terre.

Elle rit de plaisir. Elle était heureuse.

B.J. DANIELS

Secrets inavoués

éditions Harlequin

Titre original : THE NEW DEPUTY IN TOWN

Traduction française de VANESSA AUCANOT

83/85 boulevard Vincent-Auriol 75646 PARIS CEDEX 13.
Service Lectrices — Tél. : 01 45 82 47 47

1

Il était temps de se préparer si elle ne voulait pas être en retard.

D'une main tremblante, elle ouvrit l'armoire et en sortit la batte de base-ball qu'elle avait rangée dans un coin. Après s'en être servie la dernière fois, elle avait envisagé de s'en débarrasser. Puis finalement, elle avait essuyé du mieux possible les éclaboussures de sang qui se trouvaient dessus et avait décidé de la garder.

Elle n'était pas stupide. Comme tout le monde, elle regardait *Les Experts* et autres séries télévisées dont les scénari s'appuient sur les méthodes scientifiques désormais utilisées par la police. Elle avait donc parfaitement conscience de l'importance que pouvaient avoir la moindre tâche de sang ou toute autre trace permettant une analyse d'ADN dans la menée d'une enquête.

Mais elle savait également qu'effectuer le moindre changement dans son rituel serait une mauvaise chose. Il fallait toujours que ce soit un samedi soir, qu'elle porte sa robe bleue et qu'elle utilise la vieille batte de base-ball dénichée dans un coin de la maison.

— Tu n'avais pas prévu d'aller retrouver des amis ?

lui cria une voix depuis le salon par-dessus le bruit de la télévision. Il commence à se faire tard pour sortir.

Ravalant son agacement, elle s'efforça de garder son calme. Elle en avait assez qu'on lui dise quoi faire et que tout le monde ait des attentes bien précises à son sujet. Déterminée à ne pas déroger à ses habitudes, elle reposa la batte de base-ball et attrapa sa robe bleue. Il restait une minuscule tâche de sang sur l'ourlet qu'elle n'était pas parvenue à faire partir complètement. Les sourcils froncés, elle l'examina attentivement, inquiète que ce simple détail suffise à tout gâcher et à lui porter la guigne.

L'espace d'un instant, elle se dit qu'elle ferait sans doute mieux de renoncer à son escapade en ville. D'un autre côté, un groupe de rock se produisait dans un des bars, comme chaque samedi soir, et il y aurait des hommes ivres, mourant d'envie de danser avec elle.

Elle imaginait déjà leur odeur, la sensation de leurs mains moites sur sa robe et leur souffle dans son cou, tandis qu'ils se presseraient contre elle.

Non, elle ne renoncerait pas.

Ce soir encore, un homme allait avoir la surprise de sa vie.

2

Laney Cavanaugh leva les yeux du livre posé sur ses genoux pour admirer le paysage qui s'étalait devant elle. Elle éprouvait les plus grandes difficultés à focaliser son attention sur ce qui était censé être le best-seller de l'été. Peut-être était-il requis de se trouver face à la mer pour l'apprécier à sa juste valeur ?

Hélas, la région où elle se trouvait, au nord-est du Montana, ne pouvait pas être plus éloignée du littoral. L'horizon s'étendait à perte de vue, à l'arrière-plan d'un paysage vallonné, rendu doré par l'étendue des herbes hautes qui ondoyaient dans la brise matinale. A l'est, la silhouette sombre d'un vieux moulin à vent se découpait contre le ciel. Et au sud-ouest, on pouvait apercevoir les Little Rockies et les montagnes de Bear Paw avec, au centre, des kilomètres de prairie.

— A mourir d'cnnui, pas vrai ! s'cxclama Laci, tandis qu'elle sortait de la maison en faisant claquer la porte grillagée derrière elle. Je comprends pourquoi maman détestait cet endroit.

Avec un grand soupir, elle s'assit lourdement dans un fauteuil, à côté de sa sœur.

Laney ne partageait pas cet avis. Venir ici lui procurait

toujours une sensation de paix. Elle aimait le silence, uniquement troublé par le chant des criquets ou encore le bourdonnement des abeilles dans le parterre de fleurs qui bordait le porche. La nuit, parfois, le souffle du vent ou le ronronnement monotone de la pluie l'endormaient en la berçant.

Aujourd'hui, cependant, elle ne tenait pas en place. Le mois de juillet semblait retenir sa respiration, comme dans l'attente d'un événement. Elle éprouvait la même sensation, à l'intérieur d'elle-même. Quelque chose était sur le point de se produire.

Certaine que Laci se moquerait d'elle si elle lui faisait part de cette impression, elle préféra se taire. « Ce que tu peux être dramatique ! », lui répétait souvent sa cadette. « Tu aurais dû être actrice ou écrivain, au lieu d'être comptable ! »

— J'ai très envie d'aller faire des cookies, annonça la jeune femme en s'extirpant de son fauteuil.

Elle n'avait jamais été capable de rester tranquille très longtemps. A 9 heures du matin à peine, elle avait déjà préparé le petit déjeuner, fait un gâteau au café et aux myrtilles, une quiche aux épinards et au bacon et pressé des jus de fruits. Elle n'était heureuse que lorsqu'elle cuisinait.

— Je n'ai jamais compris pourquoi grand-père tient tant à garder cette maison, murmura-t-elle avant de disparaître à l'intérieur.

Laney, elle, comprenait. Cet endroit était tout ce qui lui restait de sa fille Geneva. Sa sœur et elle étaient nées ici et y avaient vécu un temps, avant que leur père ne se tue dans un accident de voiture sur la route qui menait à Whitehorse.

La première colonie de Whitehorse avait été proche

de la rivière Missouri. Mais avec l'arrivée du chemin de fer, la ville avait migré à huit kilomètres au nord, emportant son nom avec elle.

Le village ressemblait à présent à une ville fantôme. Seule une poignée de ranches et quelques-uns des bâtiments d'origine tenaient encore debout. On le surnommait la Vieille Ville.

L'endroit avait autrefois servi de repaire aux voleurs de chevaux, avant que les colons ne les chassent. La famille de Laney avait été l'une des premières à s'y installer.

Cette maison, remplie des souvenirs de leur fille, était tout ce qu'il restait à ses grands-parents. Titus continuait à l'entretenir, en espérant qu'un jour il la reverrait.

Chaque été, Laci et Laney venaient leur rendre visite. Elles se sentaient coupables de ne pas rester plus de deux semaines, mais avaient chacune leur vie, Laci à Seattle et elle à Mesa, dans l'Arizona. Le reste du temps, la maison demeurait vide, dans l'attente d'une personne qui ne reviendrait probablement jamais.

Laney essaya de reprendre sa lecture, mais en vain. Son esprit ne semblait pas décidé à cesser de vagabonder. Le regard fixé droit devant elle, elle observa le long chemin de terre d'un air pensif. Si une voiture arrivait, elle serait capable de voir le nuage de poussière qu'elle soulèverait à des kilomètres.

Mais à cet instant précis, il n'y avait pas le moindre mouvement. D'immenses cumulus dansaient dans un océan de ciel bleu tandis que le soleil se hissait plus haut et que la journée commençait à se réchauffer. Un nuage passa au-dessus de sa tête, projetant sur elle une ombre fraîche. Elle frissonna, sentant comme un changement dans l'air.

Une seconde plus tard, le tonnerre inattendu du bruit des sabots d'un cheval la fit sursauter. Sa cousine Maddie tourna à l'angle de la maison. Dans un tourbillon de poussière, la jeune fille descendit d'un bond de sa monture, le visage rougi par l'excitation, et se précipita vers le porche.

— J'ai appris que tu étais arrivée ! s'exclama-t-elle en sautant par-dessus la balustrade comme elle le faisait étant enfant. Maman passera plus tard. Moi, je n'en pouvais plus d'attendre, alors me voilà, dit-elle en l'étreignant.

— Je suis arrivée hier soir.

Avec un sourire, Laney étudia sa cousine. A dix-neuf ans, elle avait encore le même visage parsemé de taches de rousseur et la même silhouette dégingandée qu'autrefois. Grande et mince au point d'en paraître maigre, une tignasse épaisse de cheveux blond-roux et des yeux bleu clair, telle elle lui apparut, portant, selon la coutume de l'endroit, un chemisier western, un jean et des bottes.

— Où est Laci ? En train de cuisiner, je parie. D'ailleurs, ça sent drôlement bon par ici.

Depuis l'intérieur de la maison leur parvenait le parfum de cookies aux pépites de chocolat. Il faisait beaucoup trop chaud pour allumer le four, mais ce genre de considération n'avait jamais arrêté la cuisinière.

— Qui veut un biscuit tout chaud ? cria-t-elle au même instant depuis la cuisine.

— Devine qui ? répondit Maddie en éclatant de rire.

Reprenant un air plus sérieux, elle se tourna de nouveau vers Laney.

— Je regrette que vous ne viviez pas ici. Vos visites

sont toujours trop courtes, je déteste ça, fit-elle en l'étreignant plus longuement cette fois-ci.

Laney perçut un léger frémissement dans le corps mince de sa cousine. Elle s'écarta aussitôt, la saisit doucement par le bras et la sentit de nouveau tressaillir. Retroussant sa manche, elle découvrit des ecchymoses écartées les unes des autres de manière régulière, comme si quelqu'un l'avait empoignée un peu trop brutalement.

— Qu'est-ce que c'est ?

La véritable question qui lui brûlait les lèvres était plutôt : « Qui t'a fait ça ? »

— Tu me connais, dit rapidement Maddie en rabaissant sa manche. J'ai toujours été empotée. Ce n'est rien.

Elle mentait. Son sourire sonnait faux. Laney ne fut pas dupe.

Le nouveau shérif adjoint, Nick Rogers, assurait les gardes du week-end jusqu'à ce que le shérif Carter Jackson rentre de Floride. Il ne fut donc pas surpris de recevoir un appel, le dimanche matin, lui demandant de se rendre au plus vite sur les lieux d'une agression.

C'était la troisième fois que cela se produisait. Les victimes, toutes des hommes, s'étaient fait attaquer à l'extérieur d'un bar, un samedi soir, alors que l'endroit était bondé et qu'un groupe de musique se produisait sur scène.

Nick trouva Curtis McAlheney assis au bar, devant une bière. Il se glissa sur le tabouret à côté de lui et commanda un café.

La lèvre fendue, un œil au beurre noir et le nez cassé,

l'homme se tenait penché en avant comme si ses côtes le faisaient souffrir.

— Cassées ou fêlées ? demanda Nick.

— Fêlées, mais elles me font horriblement mal.

— Vous avez vu votre agresseur ?

L'homme tourna la tête vers lui. La trentaine, des yeux marron, petits, des cheveux châtains clairsemés qui dépassaient de sous sa casquette. Son ventre débordait de son jean, mal dissimulé par un T-shirt proclamant fièrement qu'il était un cadeau de Dieu pour les femmes.

— Vu… pas vraiment. Il avait une batte de base-ball. Il faisait nuit. Après m'avoir frappé par-derrière, il m'a jeté à terre puis m'a passé à tabac. L'unique chose que je peux vous dire c'est qu'il était grand.

Nick hocha la tête d'un air pensif. La description correspondait à peu près à celle qu'il avait obtenue des autres victimes. Néanmoins, il avait dans l'idée que l'agresseur était tout sauf grand. Si cela avait été le cas, il aurait causé beaucoup plus de dégâts.

— Vous a-t-on volé quelque chose ?

— J'imagine qu'il en avait l'intention. Mais il a dû se raviser et a préféré déguerpir avant que je me relève et que je lui donne une bonne leçon.

C'est ça ! pensa Nick en son for intérieur. Dans chacune des trois affaires, le vol ne semblait pas être le mobile de l'agression, car rien n'avait été dérobé à ces hommes en dehors de leur fierté. L'individu s'était contenté de se jeter sur eux pour les rouer de coups, avant de prendre la fuite.

— Avant de quitter le bar, auriez-vous eu une altercation avec l'un des autres clients, par hasard ?

— Non. Je me suis contenté de boire quelques bières et de danser un peu.

Encore une fois, ses propos étaient similaires à ceux des autres victimes, même si Nick soupçonnait fortement qu'il avait bu bien davantage qu'il ne voulait l'admettre.

— Bon, si un autre détail vous revient à la mémoire, conclut-il en terminant son café, n'hésitez pas à m'appeler.

— Je suis sûr qu'il s'agit d'un type qui n'est pas du coin, pas vrai, Shirley ? lança Curtis à la serveuse.

La cinquantaine robuste, cette dernière approuva d'un signe de tête.

— Personne ici ne ferait ça sans une bonne raison.

Nick était persuadé que l'auteur de ces attaques en avait une suffisamment bonne à ses yeux. Jetant un billet sur le comptoir pour son café et le pourboire, il sortit rapidement tandis que son téléphone portable se mettait à vibrer.

— Vol dans la Vieille Ville, lui annonça la standardiste. Alice Miller prétend qu'on lui a dérobé ses poules.

Tandis que Maddie s'éloignait à cheval, Laci s'accouda à la rambarde du porche.

— On devrait lui organiser une fête, dit-elle.

Levant les yeux de son livre, Laney songea à sa cousine. Depuis qu'elle avait vu les ecchymoses sur son bras, une inquiétude sourde l'avait envahie, dont elle ne parvenait pas à se défaire.

Mordant dans l'un de ses cookies, Laci se retourna vers sa sœur.

— Une fête de fiançailles, reprit-elle entre deux bouchées.

— Je ne suis pas certaine que ça soit une bonne idée, observa Laney. Tu n'as pas trouvé Maddie… différente ?

— Elle a perdu pas mal de poids depuis l'été dernier. Mais les futures mariées sont toutes obsédées par leur ligne et se mettent au régime, c'est bien connu.

Sans doute, se dit Laney sans grande conviction.

— En fait, je ne faisais pas allusion à son physique. Je trouve qu'elle ne semble pas…

— … heureuse ?

Laci éclata de rire.

— Maddie est l'incarnation même du bonheur, au contraire !

— J'ai eu l'impression qu'elle se forçait un peu trop.

La veille au soir, à son arrivée en ville, Laney l'avait déjà vue. Aperçue, plutôt. Dans un bar. Elle avait essayé de l'appeler, mais Maddie était en train de sortir par la porte de derrière alors que sa sœur et elle arrivaient par l'entrée principale. Il régnait un tel vacarme que la jeune fille ne l'avait pas entendue.

— C'est comme hier soir, lorsque nous l'avons vue quitter le bar. Tu n'as pas trouvé étrange qu'elle ne soit pas avec son fiancé ?

Laci étouffa un grognement.

— Maddie va bien. Elle ne faisait rien de plus que de danser avec quelques-uns des clients, exactement comme nous. Après tout, elle est repartie seule, pas vrai ?

Laney acquiesça d'un signe de tête.

— Elle se contente simplement d'élargir un peu ses horizons.

Peut-être… Mais Laney, au fond, n'en était pas convaincue.

— Maintenant, aide-moi à décider du menu de la fête, reprit Laci. Je veux que ce soit un événement dont Whitehorse se souviendra longtemps.

— Nous devrions d'abord en parler à Maddie, tu ne crois pas ? Elle n'a peut-être pas envie d'une fête de fiançailles.

— Qui n'en voudrait pas ? Je vais commencer à éplucher certaines des vieilles recettes de grand-mère. Que dirais-tu si nous proposions un assortiment de desserts ?

Sans attendre de réponse, elle ouvrit la porte grillagée et s'engouffra à l'intérieur de la maison. Le regard dans le vague, Laney s'efforça de mettre le doigt sur ce qui la troublait chez sa cousine. Peut-être était-ce la manière dont elle avait parlé de son fiancé, Bo Evans, passionnée. Ou la façon dont elle tripotait sa bague de fiançailles. Ou encore le fait qu'elle avait balayé d'un revers de la main ses projets universitaires, renonçant même à sa bourse d'études.

On pouvait mettre tout cela sur le compte de l'amour.

A l'exception des ecchymoses.

Et du sentiment tenace que quelque chose clochait.

Refermant son livre, la jeune femme jeta un coup d'œil au chemin de terre qui menait à la maison. Cette sensation persistante qu'un événement important était sur le point de se produire monta de nouveau en elle, comme si d'une minute à l'autre quelqu'un allait arriver pour leur annoncer une mauvaise nouvelle.

— Et si nous allions à l'hôpital pour apporter quelques cookies aux infirmières, suggéra Laney, tandis qu'elle rapportait les verres à citronnade dans la cuisine.

Laci avait le nez plongé dans un vieux livre de cuisine.

— J'ai envie de rendre visite à grand-mère, ajouta-t-elle.

Il leur était difficile de voir leur grand-mère depuis son attaque. Elle n'avait plus aucune réaction, même si ses yeux étaient grands ouverts. Il était même impossible de savoir avec certitude si elle comprenait ce qu'on lui disait. Ou même si elle parvenait à reconnaître ses petites-filles.

Pearl se trouvait à l'hôpital pour une pneumonie lorsqu'elle avait eu son attaque. D'après Titus, elle était contrariée à propos de certaines choses qui se passaient dans la Vieille Ville.

— Je crois que nous devrions aller voir grand-mère toutes les deux, insista Laney. D'ailleurs, grand-père sera sûrement auprès d'elle et à mon avis il ne sera pas très ravi que nous n'ayons pas assisté à son office religieux au foyer, ce matin. Nous parviendrons peut-être à l'amadouer avec quelques-uns de tes cookies.

Laci hocha la tête, cédant à contrecœur.

— Tant que tu l'empêches de parler de maman. C'est insupportable de le voir espérer encore qu'elle va réapparaître un jour, comme si de rien n'était. Pourquoi ne peut-il pas accepter son départ et le fait qu'elle ne reviendra jamais ? Si ça se trouve, elle est même morte.

— Il a besoin de continuer à y croire, dit Laney doucement, même si elle partageait l'avis de sa sœur.

Où que se trouve Geneva Cavanaugh-Cherry, cette maison était bien le dernier endroit sur terre où elle remettrait les pieds.

Nick Rogers ne s'était encore jamais rendu dans la Vieille Ville depuis son arrivée. S'il n'avait pas ralenti pour laisser un chien traverser devant sa voiture, il aurait complètement manqué le panneau qui en marquait l'entrée et qui était à peine visible au milieu de l'herbe haute qui avait envahi le bas-côté.

Il avait conduit pendant huit kilomètres à travers la prairie vallonnée, appréciant la beauté du paysage qui s'offrait à ses yeux.

A son arrivée, il constata qu'il ne restait plus grand-chose de la ville d'origine : quelques bâtiments ça et là, mais aucun magasin, pas de station-service, ni de bar. Simplement ce qui semblait être un foyer municipal, un vieux garage abandonné et quelques maisons qui tenaient encore debout.

Il aperçut au loin des arbres et les toits de quelques ranches qui se trouvaient à proximité, mais en dehors de cela, l'endroit ressemblait tout à fait à une ville fantôme.

Une vieille bicoque, à l'écart des autres, lui évoqua plus particulièrement les maisons hantées traditionnellement décrites dans les contes. La peinture sur les murs était écaillée et la plupart des vitres à l'étage avaient été brisées. Celles du rez-de-chaussée étaient condamnées à l'aide de planches. La boîte aux lettres était tombée par terre, mais il parvint à y déchiffrer le nom de *Cherry* tandis qu'il passait devant en voiture.

Baissant sa vitre, il respira à pleins poumons l'odeur du foin fraîchement coupé. Lui qui cherchait un endroit où s'enfuir, il avait trouvé sans le savoir le lieu parfait. Jamais personne ne penserait le chercher par ici. Du moins s'il espérait rester en vie.

Si Whitehorse n'était pas le bout du monde, la Vieille

Ville l'était en revanche, et définitivement. Il avait entendu quelqu'un dire en plaisantant le soir de son arrivée que l'on pouvait même y voir les flammes de l'enfer par une nuit dégagée.

Nick avait connu l'enfer. Peut-être était-ce la raison pour laquelle il s'était immédiatement senti chez lui, ici.

Alice Miller vivait dans un grand ranch à l'ouest de la ville. Alors qu'il se garait dans la cour, deux bergers allemands au regard à faire froid dans le dos accoururent jusqu'à sa voiture et commencèrent à mordre les pneus.

La maison était abritée par des rangées d'arbres qui devaient être hautes de plus de quatre mètres. Derrière, la prairie s'étendait à perte de vue, vers le sud.

Il n'avait aucun mal à comprendre pourquoi les hors-la-loi du Far Ouest — Butch Cassidy, Kid Curry et Sundance Kid, notamment — avaient fait de cette région isolée et sous-peuplée leur cachette.

Il espérait bien que cela serait également efficace pour lui.

Le regard fixé sur les chiens en train d'aboyer, il attendit patiemment jusqu'à ce qu'une femme âgée ouvre la porte d'entrée et les rappelle, pour sortir de voiture.

Alice Miller l'entraîna à l'arrière de la maison, jusqu'à un poulailler.

— Et voilà ! s'exclama-t-elle comme si la situation parlait d'elle-même.

Perplexe, Nick examina l'endroit. Pour lui, les choses étaient claires comme de l'encre.

— Combien de poules aviez-vous ?

— Une douzaine de pondeuses, quatre coqs et trois vieilles couveuses.

— Ce qui nous fait un total de dix-neuf. Et vous dites qu'elles n'étaient plus là, ce matin ?

Elle acquiesça d'un signe de tête et le dévisagea comme si elle s'attendait à le voir les faire réapparaître tel un magicien faisant sortir un lapin de son chapeau.

— Ça fait beaucoup, observa-t-il.

Dès son premier jour de service, il avait été stupéfait par le genre d'appels téléphoniques qu'un shérif à Whitehorse, Montana, était amené à gérer : des chiens errants et des avertissements à distribuer aux propriétaires ; des troubles dus à l'alcool au cours de rodéos et des citoyens à reconduire chez eux ; la disparition d'un habitant, retrouvé deux maisons plus loin.

En tant que policier habitué à officier dans une grande ville, il s'était trouvé confronté à tous les crimes imaginables. Jamais il n'aurait pensé être amené à enquêter sur la disparition de dix-neuf poules !

Il n'était pas de taille et en avait pleinement conscience.

— Que s'est-il passé, selon vous ? demanda-t-il à Mme Miller.

Redressant la tête, elle le regarda comme s'il était en train de la faire marcher.

— Manifestement, quelqu'un les a volées.

— Et si c'était plutôt un coyote ou un autre animal qui serait venu les dévorer ?

— Voyez-vous des plumes ?

Nick regarda autour de lui et constata que le poulailler en était rempli.

— Ou bien du sang, des os ? reprit-elle avec une impatience grandissante. De quel coin débarquez-vous, donc ?

— Houston.

— Ça ne s'entend pas, fit-elle remarquer.

— C'est parce que je ne suis pas né là-bas. Mon père était dans l'armée et nous avons beaucoup voyagé.

Lorsqu'il était arrivé dans le Montana, il avait décidé de raconter cette histoire si jamais on lui posait trop de questions, afin de faciliter les choses. Et de rendre sa situation plus sûre.

Au comble de l'irritation, Alice Miller souffla longuement, les mains sur les hanches.

— Vous n'allez pas relever des empreintes ? Chercher des traces ? Quelque chose ?

Des empreintes ? Ce n'était pas sérieux ! Et pour ce qui était des traces, étant donné qu'il avait plu la nuit précédente, il y en avait en pagaille, mais elles semblaient toutes avoir été faites par ses chiens.

— J'ai de la vaisselle à terminer, annonça-t-elle soudain en se dirigeant vers la cour.

Nick fit le tour du poulailler. Il se sentait un peu bête. Jamais de sa vie, il n'avait traqué un animal. Cela n'avait rien à voir avec le fait de poursuivre un voleur à la tire dans une ruelle et de sauter par-dessus quelques obstacles.

A sa grande surprise, il trouva des traces qui ne semblaient pas à leur place. Il s'accroupit à côté de l'une d'elles. C'était l'empreinte d'une botte de petite pointure, appartenant vraisemblablement à un enfant.

Nick se dirigea vers l'endroit où Mme Miller étendait à présent des draps et des serviettes, afin de lui poser davantage de questions.

— Qui vit ici, en dehors de vous ?

— Mon mari. Il est sorti couper du foin. Pourquoi ?

— Des enfants sont venus vous rendre visite, hier ?

— Non. Mais quel rapport avec mes poules ?

— Est-ce que vos voisins ont des enfants ? poursuivit-il.

Alice Miller fronça les sourcils d'un air pensif.

— Il y a bien ce garçon dont la tante et l'oncle louent la ferme voisine.

Nick sortit son bloc-notes et un stylo.

— Pourriez-vous me fournir une description des poules ?

Voyant que la vieille femme ne répondait pas, il leva les yeux vers elle.

— Je reformule ma question, dit-il devant son air incrédule. Seriez-vous capable de les reconnaître si vous les voyiez ?

— Contentez-vous de les retrouver, lui lança-t-elle avant de recommencer à étendre son linge.

Tandis qu'il suivait les empreintes des bottes, Nick se demanda comment un enfant avait pu réussir un tel coup. Dix-neuf poules représentaient un nombre conséquent. Elles avaient forcément causé du grabuge lorsqu'il les avait attrapées. Comment se faisait-il que personne n'ait rien entendu depuis la maison ?

Il n'avait aucun mal à imaginer Alice Miller en chemise de nuit sur le pas de sa porte, un fusil de chasse à la main, prête à faire feu sur l'intrus.

En entendant des aboiements, il redressa la tête et se rendit compte qu'il était arrivé à la ferme qu'Alice lui avait indiquée.

— Il y a quelqu'un ? appela-t-il sans quitter le chien des yeux. Hé oh ! insista-t-il timidement, craignant que l'animal ne devine la peur dans sa voix et ne se jette sur lui.

Gentil, le chien !

— Les poules n'ont rien, cria une voix venant de l'arrière de la maison.

Dégingandé, des cheveux blonds et des oreilles légèrement décollées, le garçon ne devait pas avoir plus de douze ans.

— Je suis heureux de l'apprendre, fit Nick. Est-ce que tu peux rappeler ton chien ?

— Prince, au pied !

Après avoir observé Nick une seconde supplémentaire, le chien se dirigea d'un pas tranquille vers l'enfant et s'assit à ses pieds.

— Je suis le shérif adjoint, Nick Rogers.

Il avait emprunté ce nom de famille à un vieux western qui passait à la télévision le soir où il avait quitté Los Angeles.

— Et toi, comment tu t'appelles ?

— Charles, mais tout le monde m'appelle Chaz. Est-ce que vous allez m'arrêter ? Ma tante et mon oncle sont en ville, je ne sais pas quand ils seront de retour.

— Où sont les poules de Mme Miller ?

De l'index, il indiqua une cabane à l'arrière de la propriété.

— J'allais les rendre. Je le jure.

— Pourquoi les as-tu prises, alors ?

— Je ne les ai pas volées, répondit Chaz avec indignation tandis qu'ils marchaient vers la cabane.

Il régnait un vacarme assourdissant à l'intérieur.

Nick avait du mal à le croire, car pour quelle autre raison les empreintes de ses bottes l'auraient-elles directement conduit du poulailler des Miller jusqu'à sa maison ?

Arrivés à la cabane, Chaz entrebâilla la porte afin que Nick puisse constater que les dix-neuf poules s'y trouvaient toutes. Les plumes collées au corps, elles avaient un drôle d'air, mais après tout, qu'y connaissait-il aux poules en dehors de les acheter à l'épicerie rôties et prêtes à consommer dans un emballage en plastique ?

— Nous devons les rapporter à Mme Miller.

— Je sais. Justement, j'étais en train de réfléchir à la manière dont j'allais m'y prendre pour le faire, dit le garçon.

— Pourquoi ne pas utiliser la même méthode que celle dont tu t'es servie pour les voler ?

— Je vous l'ai déjà expliqué, ce n'était pas moi.

— A d'autres !

Au même instant, l'une des poules fonça droit vers la porte de la cabane et s'enfuit en courant dans la cour.

Nick n'eut pas le temps de réagir que Prince se précipitait déjà à sa poursuite.

— Non ! cria-t-il à l'animal.

Trop tard. La poule serrée entre les crocs, il revenait en se pavanant vers eux avec l'air d'un chat qui a mangé une souris.

Au grand étonnement de Nick, le chien lâcha l'oiseau couvert de bave aux pieds de Chaz. La poule se remit aussitôt sur ses pattes, indemne. Le garçon se hâta alors de l'attraper pour la remettre dans la cabane.

— Vous comprenez d'où vient le problème, maintenant ? La première fois que Prince en a rapporté une à la maison, je suis immédiatement allé la rendre. Je ne pensais pas qu'il y retournerait la nuit dernière pour toutes les prendre.

Incrédule, Nick regarda le chien fixement.

— Attends un peu ! Tu es en train de me dire que c'est Prince qui les a volées ? C'est ça ?

Le garçon acquiesça d'un signe de tête.

— Je lui ai répété de ne pas le faire, mais il adore collectionner les choses.

Il haussa les épaules avant d'ajouter :

— C'est son unique mauvaise habitude. En dehors de ça, c'est un bon chien.

Appuyé contre sa jambe, Prince leva les yeux vers lui, la langue pendante, tandis que Chaz lui donnait une tape amicale. Nick eut l'impression que l'animal était en train de sourire.

Ravalant un juron, il ôta son chapeau et se passa une main dans les cheveux.

— Je dois t'avouer que je n'y connais pas grand-chose en matière de poules. Si tu as des suggestions sur la manière dont nous pourrions les rapporter dans le poulailler de Mme Miller, je suis tout ouïe.

— J'y ai déjà réfléchi, répondit Chaz. J'ai peut-être une idée.

Deux heures plus tard, les dix-neuf poules étaient de retour dans leur poulailler, saines et sauves. Nick laissa Chaz sur le porche des Miller en train de manger une part de tarte aux pommes tout juste sortie du four et de boire un grand verre de lait, avec Prince à ses pieds, après lui avoir fait promettre de garder un œil sur son chien.

Ayant résolu son premier mystère dans le Montana, il éprouva une sensation de bien-être. Certes, il avait dû faire appel à l'aide d'un enfant et d'un chien, mais la satisfaction du devoir accompli n'en était pas amoindrie.

De retour à son bureau, il espéra que le reste de la

journée serait aussi calme. Alors qu'il redressait la tête, il aperçut une jeune femme blonde descendre de sa voiture et commencer à se diriger vers le bâtiment, quand un autre véhicule arriva à vive allure derrière elle, et stoppa dans un crissement de pneus. Sans arrêter le moteur, le conducteur passa la tête par la vitre baissée.

La femme se retourna brusquement. Manifestement, tous deux se connaissaient. Depuis sa fenêtre, il observa la scène avec attention. Le changement de comportement soudain de la jeune femme ne lui disait rien qui vaille. Il avait traité suffisamment d'affaires de violence domestique pour en reconnaître les signes quand il les voyait.

Ils semblaient avoir le même âge, pas plus de vingt ans. Après avoir échangé quelques paroles avec son interlocuteur, la jeune femme se retourna et reprit son chemin en direction du département du shérif.

L'homme ouvrit alors sa portière en grand et lui courut après, la saisissant par le bras pour la forcer à s'arrêter.

C'était plus qu'il n'en fallait à Nick pour intervenir. Se levant d'un bond, il courut jusqu'à la porte. Alors qu'il arrivait dans la rue, il entendit le ton monter.

— Lâchez-la !

— Mêlez-vous de vos affaires, rétorqua le jeune homme.

Avec ses cheveux châtains et ses yeux marron, il avait une beauté assez classique.

— Lâchez-la, répéta Nick.

L'autre s'exécuta, à l'évidence à contrecœur et avec une certaine tension.

— Je ne viole aucune loi.

— La violence domestique est interdite, répliqua Nick.

— Mais de quoi est-ce que vous parlez ? Ma petite am… Ma fiancée et moi avons simplement un désaccord d'ordre privé.

En retrait, la jeune femme se frottait le bras là où l'homme l'avait empoignée.

— Il a raison. Ce n'est rien.

— Pourquoi ne pas entrer afin que nous puissions en discuter ? lui suggéra Nick.

Les yeux écarquillés, la jeune femme secoua la tête.

— C'est inutile, je vous assure.

— Pourtant vous vous dirigiez vers mon bureau. De toute évidence, vous vouliez me parler de quelque chose.

— Pas du tout. Je me rendais au ministère des Finances, qui se trouve à l'étage. Mais finalement, j'ai changé d'avis.

Elle mentait et Nick voyait qu'elle était effrayée.

— Quel est votre nom ? demanda-t-il au jeune homme.

— Bo Evans, répondit-il en prenant un air important, comme si cela devait avoir une quelconque signification.

Ce qui n'était pas le cas pour Nick.

— Vous habitez dans les environs ?

— Whitehorse. La Vieille Ville.

Bo le dévisagea comme s'il était stupide.

— Vous n'êtes pas d'ici, vous ?

— Et vous, comment vous appelez-vous ? poursuivit Nick en se tournant vers la jeune femme.

— Maddie Cavanaugh, dit-elle après une brève hésitation avant de se diriger lentement vers sa voiture. Je suis désolée mais je dois aller travailler.

— Où ça ?

Elle regarda autour d'elle, comme si elle cherchait une réponse.

— Dans la Vieille Ville. J'aide Geraldine Shaw à faire quelques travaux d'entretien dans sa maison.

Nick hocha la tête, puis se tourna vers Bo Evans.

— Les désaccords sont une chose. Effrayer votre fiancée en est une autre. Gardez vos mains dans vos poches la prochaine fois que vous serez en colère, entendu ?

— Jamais je ne ferais de mal à Maddie. Je l'aime. Nous allons nous marier. Qu'est-ce qui ne tourne pas rond chez vous, mon vieux ?

Nick les regarda partir dans des voitures séparées, inquiet pour la jeune femme. Si elle avait eu l'intention de venir signaler un problème au bureau du shérif — quel qu'il soit — son fiancé avait fait du bon travail pour la faire changer d'avis.

3

L'attention de Laney fut immédiatement attirée par l'homme qui se tenait de l'autre côté de la rue, en pleine conversation avec son grand-père, tandis qu'elle sortait de l'hôpital.

Elle ne savait pas avec certitude ce qui avait accroché son regard, encore moins pourquoi elle n'arrivait pas à le quitter des yeux pendant qu'elle traversait la rue. Vêtu d'un jean, d'une chemise à manches courtes marron clair, d'un chapeau de cow-boy et d'une paire de bottes, il n'avait rien d'extraordinaire pour le Montana.

Un pied appuyé sur le pare-chocs du pick-up de Titus, il était penché en avant et écoutait avec attention ce que ce dernier lui racontait. Laney se demanda ce qui pouvait bien requérir une telle concentration.

En se rapprochant des deux hommes, elle remarqua alors le reflet du soleil sur l'étoile en argent accrochée à la chemise marron clair.

— Laney, je te présente le nouveau shérif adjoint de la ville, Nick Rogers, dit son grand-père. Nick, voici ma petite-fille, Laney Cavanaugh.

Avec un sourire, elle enfonça sa main dans celle — large et bronzée — du policier. Sa peau était chaude et sèche et ses yeux noirs lui firent l'effet d'une décharge électrique dans la chaleur étouffante de la journée. De nouveau, la sensation qu'elle avait éprouvée plus tôt qu'un événement important était sur le point d'arriver l'envahit. C'était comme si elle n'était plus la seule, à présent, à retenir sa respiration.

— J'expliquais justement à Nick que ta sœur et toi séjourniez dans la maison de ma fille. Il est nouveau dans la région. Je suis sûr que Whitehorse doit être bien différent de Houston, dit-il encore en s'adressant cette fois-ci à Nick.

— Je m'adapte, répondit ce dernier sans quitter Laney des yeux.

Il avait le genre de visage qu'on voit généralement aux héros des films. Rude et néanmoins le plus beau qu'elle eût jamais vu, avec des cheveux et des yeux sombres.

— Je disais à Nick qu'il faudrait que nous l'invitions à dîner, un de ces jours, reprit Titus.

— Vous devriez venir à la fête, suggéra Laci qui approchait derrière eux.

Après avoir rendu visite à sa grand-mère, elle était passée apporter des cookies aux infirmières qui s'occupaient d'elle. Laney sentit le regard de sa sœur se poser sur elle et perçut une pointe d'humour dans sa voix.

— Tu n'es pas de cet avis, Laney ?

— Bien sûr que si…

Etant donné les circonstances, elle ne pouvait pas vraiment fournir d'autre réponse.

Baissant les yeux, elle fut surprise de voir que Nick tenait encore sa main dans la sienne.

— Pour quelle occasion est-ce donc ? demanda celui-ci en la relâchant enfin, manifestement aussi peu enthousiaste qu'elle à l'idée de briser le lien qui venait de se créer.

— Les fiançailles de notre cousine.

— Merci, mais je ne veux vraiment pas m'imposer, fit-il avec un sourire gêné.

— Pas du tout, dit Laci en les regardant successivement d'un drôle d'air. La ville entière est invitée, de même que la moitié du comté. C'est comme ça que ça se passe, ici. Vous n'avez pas vu les avis de fêtes de naissance et d'anniversaire de mariage dans le journal local ? Bienvenu dans les petites villes d'Amérique !

— Une façon de procéder très différente, en effet, fit remarquer Nick. Mais tout de même, je ne pense pas que je…

— C'est en l'honneur de notre cousine, Maddie Cavanaugh, et de son fiancé, Bo Evans, l'interrompit Laci. Ce serait une occasion idéale pour vous de rencontrer les habitants de la région. Tout le monde sera là.

Laney, qui n'avait pas quitté Nick des yeux, perçut un changement dans l'expression de son visage.

— Je vais y réfléchir, promit-il. Quand cette fête doit-elle avoir lieu ?

— Samedi après-midi, répondit Laci. N'oubliez pas vos chaussures de danse. Grand-père y jouera du violon, accompagné par son groupe de country.

— Acceptez-vous de me réserver une danse ? demanda-t-il alors en se tournant vers Laney.

La jeune femme acquiesça d'un signe de tête, ayant soudain l'impression d'être redevenue une adolescente de seize ans et se sentant aussi idiote qu'à cet âge, car elle commençait à penser que cette fête de fiançailles n'était finalement pas une si mauvaise idée.

Arlène Evans adressa un sourire à son fils, par-dessus la table. Elle avait une nouvelle importante à annoncer, elle avait suggéré que toute la famille aille dîner au restaurant.

— Je vais prendre le sandwich à la viande, annonça Bo en refermant son menu.

Il jeta un coup d'œil par la fenêtre et se mit à tambouriner des doigts sur la table, visiblement mort d'ennui.

— Prends ce que tu veux, insista sa mère en s'efforçant de dissimuler son agacement.

Bo était la lumière de sa vie. Celui qui perpétuerait le nom de la famille. Quand on possédait une exploitation agricole, il était particulièrement important d'avoir un fils. Ce sont eux, généralement, qui restent et travaillent au domaine. Même s'il avait montré jusque-là peu d'intérêt pour l'agriculture, elle savait que cela changerait une fois qu'il serait marié.

Les filles, en revanche, étaient supposées se trouver un époux et quitter la maison.

Le regard d'Arlène se posa sur la plus jeune de ses filles, Charlotte. Cette dernière regardait fixement une mèche de ses longs cheveux blonds, chassant les fourches. Arlène approuvait l'intérêt qu'elle portait à son apparence, même si elle n'avait que dix-sept ans. Au moins, cela prouvait que l'adolescente comprenait l'importance d'être à son avantage.

Jetant un coup d'œil à son autre fille, elle se renfrogna. Violet, toujours célibataire, était sa croix à porter. Quelconque, pas très intelligente et dépourvue de toute ambition, elle avait déjà trente-quatre ans et peu de perspectives d'avenir. Peu importait la tenue qu'elle portait, elle paraissait toujours mal fagotée.

Ses cheveux étaient d'un châtain terne et son teint

terreux. Quant à ses ongles ! Arlène avait fait son possible pour lui faire perdre l'habitude de les ronger, mais sans succès.

Elle craignait que Violet ne se marie jamais et reste toute sa vie à la maison. L'idée que cela puisse gâcher son image de mère lui était insupportable.

— Je prendrai un cheeseburger avec des frites et un milk-shake au chocolat, annonça Violet d'une voix hésitante.

— Tu es sûre de ne pas préférer une salade, ma chérie ? Toute cette nourriture grasse, je ne suis pas certaine que ce soit très bon pour toi. Ce n'est pas un problème pour le reste d'entre nous, mais puisque tu surveilles ton poids…

La jeune femme referma son menu d'un geste brusque.

— Tu n'as qu'à commander pour moi, dans ce cas…

Arlène crut déceler à sa voix qu'elle était tendue, mais cela ne lui ressemblait tellement pas qu'elle n'y prêta pas attention.

— Alors, quelle est la raison de cette petite réunion de famille ? demanda Bo avec impatience. Tu avais quelque chose à nous dire ?

Elle refusait d'être bousculée. Par chance, la serveuse arriva au même instant pour prendre leurs commandes avant de s'éclipser rapidement.

— Est-ce qu'il s'est passé des choses intéressantes, hier soir ? demanda-t-elle à Violet.

La jeune femme se tourna vers son frère.

— Eh bien, commença-t-elle d'une voix traînante, Maddie était au bar et elle a dansé avec Curtis McAlheney.

— Et alors ? répliqua Bo d'un ton brusque. Ce n'est

pas comme si nous étions déjà mariés. Elle a le droit de faire de qu'elle veut.

— D'accord, mais Curtis McAlheney !

Violet éclata d'un rire bruyant.

— Il est assez vieux pour être son père !

— S'il vous plaît ! Est-ce qu'il serait possible, juste pour une fois, de manger ensemble sans que vous ne vous disputiez ?

Arlène lança un regard noir à Violet, puis prit une profonde inspiration, contrariée par ce qu'elle venait d'entendre au sujet de Maddie.

Elle se demandait si cette dernière avait trop bu. Ce qui n'aurait rien de surprenant. Lorsque les bars étaient bondés, même Charlotte se faisait servir de l'alcool, alors qu'elle n'avait que dix-sept ans.

— Tu n'étais pas avec elle, Bo ? demanda-t-elle à son fils, à la fois surprise et légèrement préoccupée.

Lorsqu'il avait quitté la maison avant ses sœurs, la veille, elle croyait qu'il était allé retrouver sa fiancée.

— J'ai passé la soirée avec des amis, expliqua-t-il à l'évidence peu ravi d'apprendre que sa fiancée était dans un bar et en train de danser avec Curtis McAlheney, par-dessus le marché, même si ce type était loin d'être un cadeau. Ce n'est pas comme si elle et moi étions collés l'un à l'autre, tu sais…

— Tu as raison, concéda sa mère. C'est une bonne chose d'avoir des amis et de passer du temps avec eux, même après le mariage.

— *S'il* se marie, ajouta Violet tout bas.

— Qu'est-ce que c'est supposé vouloir dire ?

Apparemment indifférente à la conversation, Charlotte chantonnait à voix basse sans leur prêter la moindre attention.

Violet ne répondit pas et se contenta de lancer un regard plein de sous-entendus à son frère.

Si elle ne s'était pas retenue, Arlène aurait été capable de la gifler. Au lieu de cela, elle décida que le moment était venu de leur faire part de sa grande nouvelle.

— Au sujet de cette chose que je tenais à vous annoncer, commença-t-elle. Eh bien, voilà, j'ai démarré ma propre affaire.

Passablement surpris, Bo et Violet la dévisagèrent avec incrédulité. Charlotte releva furtivement la tête, puis revint à ses fourches.

— Quel genre d'affaire ? s'enquit Violet, déjà inquiète de devoir y travailler.

Arlène avait fait de son mieux pour lui trouver un mari, la jetant à la tête de tous les beaux partis encore célibataires de plusieurs comtés. A présent, le moment était venu d'étendre son territoire.

— C'est un service de rencontres sur internet destiné aux personnes vivant à la campagne, répondit-elle avec animation.

Violet manqua s'étouffer.

Bo se mit à rire en secouant la tête, tandis que son regard se posait successivement sur sa sœur puis sa mère.

— Voilà qui promet d'être intéressant !

Comme tous les samedis, Nick n'avait aucun projet pour la journée. A son arrivée dans le Montana, il avait décidé qu'il valait mieux pour lui faire profil bas, à savoir rester seul quand il ne travaillait pas et avoir aussi peu de contact que possible avec les habitants.

Il était parfaitement conscient de la raison pour laquelle il se trouvait à Whitehorse et de ce qui était en jeu s'il ne se montrait pas prudent. Danser avec une jeune et jolie femme aux yeux vert émeraude n'était donc pas simplement risqué. Cela pourrait s'avérer mortel.

Pourtant, c'était l'unique chose à laquelle il pensait, tandis qu'il vérifiait ses messages avant de se mettre en route en direction de la Vieille Ville.

D'un autre côté, en se rendant à cette fête, il ne faisait que son travail, tenta-t-il de se convaincre. Si elle n'avait pas été organisée en l'honneur des fiançailles de Maddie Cavanaugh et de Bo Evans, il n'y aurait sans doute pas mis les pieds. Depuis le jour où il avait vu la jeune femme sous sa fenêtre, il avait été incapable d'oublier la peur qu'il avait lue dans son regard, et l'antipathie qu'il avait immédiatement éprouvée à l'encontre de Bo Evans. Un homme de toute évidence synonyme d'ennuis. Il avait vu suffisamment de types de son espèce pour les repérer à des kilomètres.

Et puis quel mal y avait-il à s'accorder une danse ?

Il releva brusquement la tête. Un homme s'éclaircissait la gorge au fond de la pièce.

— Je… J'ai été victime d'une agression, annonça-t-il sans préambule.

De taille et de corpulence moyennes, il se tenait dans l'embrasure de la porte. Son visage sembla vaguement familier à Nick.

— Je m'appelle Glen Whitaker. Je suis reporter pour le *Milk River*. Lorsque vous êtes arrivé en ville, j'ai essayé de faire un reportage sur vous, ajouta-t-il en voyant que Nick essayait de le resituer.

— Exact.

Il semblait à présent un peu agacé que l'on ne se

souvienne pas de lui. Ou peut-être était-ce parce que Nick avait refusé d'être interviewé ?

— Vous dites avoir été agressé ?

A première vue, l'homme n'était pas souffrant. Son pantalon noir, sa chemise blanche et ses mocassins ne portaient pas traces d'une attaque, ils laissaient simplement supposer qu'il n'était pas du coin. Les cheveux lissés en arrière, il semblait avoir la trentaine, même s'il était assez difficile de deviner son âge.

— L'agression s'est produite il y a un mois, avant que vous ne soyez engagé, expliqua-t-il en jetant un coup d'œil autour de lui comme pour s'assurer que personne n'écoutait.

Le bâtiment était désert et la jeune femme qui travaillait à l'accueil était suffisamment éloignée pour ne pas être en mesure d'entendre leur conversation.

— Asseyez-vous, lui proposa Nick.

Glen rapprocha une chaise du bureau et s'exécuta.

— Vous dites que ça s'est produit avant que je ne sois engagé. Vous avez fait une déposition ?

— Non.

L'homme paraissait nerveux.

— Je n'étais pas sûr.

— D'avoir été attaqué ?

Nick commençait sérieusement à se poser des questions.

— On m'a dit que je me trouvais dans la Vieille Ville. C'est une ville fantôme proche d'ici, au sud, près du Missouri Breaks.

— Je connais.

— Voilà, il y a environ un mois, je me suis réveillé sur le bas-côté de la route, ma voiture encastrée dans une clôture, à des kilomètres de tout. J'étais incapable de me souvenir de ce qui s'était passé. Ce n'est que plus tard que j'ai découvert que je me trouvais dans la Vieille Ville. J'avais deux bosses sur la tête et je crois que c'est ce qui a dû causer ma perte de mémoire.

— Vous aviez bu ?

— Non. La veille au soir, plusieurs personnes m'ont vu quitter le foyer municipal de Whitehorse et peuvent attester de ma sobriété. Je me suis réveillé sur le côté de la route, le matin suivant, avec la sensation qu'on m'avait roulé dessus.

Glen se pencha plus près avant d'ajouter :

— Une fois rentré chez moi, je me suis aperçu que j'étais couvert d'ecchymoses, comme si j'avais été roué de coups.

Nick aurait été tenté de croire que cet homme était fou si son récit ne ressemblait pas autant à ceux qu'il avait recueillis ces dernières semaines. Autre fait troublant, l'agression avait également eu lieu un samedi soir.

— D'après vous, les ecchymoses indiquaient-elles qu'on vous avait donné des coups de pied ou bien qu'on vous avait battu avec une arme quelconque ?

Glen s'adossa à son siège. Le soulagement inondait les traits de son visage.

— Alors, vous me croyez ?

— D'autres plaintes ont été déposées pour des faits similaires.

— J'avais peur de venir en parler.

Il détourna le regard, comme s'il était trop troublé pour poursuivre.

— Je craignais qu'on me prenne pour un dingue.

Nick sortit un formulaire de déposition et reprit son interrogatoire.

— Quand ça s'est-il produit exactement ?

De nouveau gagné par l'inquiétude, Glen Whitaker se leva brusquement.

— Je ne veux pas porter plainte.

— Pourquoi pas ?

— Je n'ai pas envie que la nouvelle fasse le tour de la ville. C'est la raison pour laquelle je me suis adressé à vous. Vous ne connaissez personne, ici. Tout ce que je voulais, c'était en parler à quelqu'un.

— Mais vous ne souhaitez pas que votre agression soit enregistrée ?

Le reporter secoua la tête.

— Et que ça finisse dans le journal ? Hors de question.

Il commençait à reculer en direction de la porte.

— Entendu, dit Nick en rangeant le formulaire. Je ne rédigerai aucun rapport. Dites-moi seulement à quelle date ça s'est produit. Votre agression pourrait bien être la première d'une longue série.

— Un samedi, il y a quatre semaines, le jour où on a annoncé la disparition d'une femme nommée Bailey. Je ne me rappelle pas la date exacte.

Nick en avait entendu parler.

— Vous avez une idée sur l'identité de l'auteur de ces attaques ? demanda Glen.

— Pas encore, mais vos renseignements seront peut-être précieux pour l'enquête, répondit-il en vérifiant son calendrier. A première vue, votre agression est bel et bien la première.

— Sans rire ! s'exclama le reporter, manifestement ravi de ne pas être l'unique victime. Je crains néanmoins de ne pas pouvoir vous être d'une grande aide. Je n'ai aucun souvenir de ces vingt-quatre heures.

Il marqua une pause.

— Il y a bien une chose qui m'a paru étrange, mais ce n'est probablement rien…

Nick sourit intérieurement. Il était policier depuis suffisamment longtemps pour savoir que chaque fois qu'une personne disait cela, il s'agissait généralement d'un élément déterminant pour l'enquête.

— J'ai senti une odeur sur mes vêtements, expliqua-t-il en rougissant légèrement. Un parfum de femme…

L'aveu le mettait manifestement mal à l'aise.

— Vous avez quelqu'un dans votre vie ?

Glen secoua la tête.

— J'aime les femmes, ne vous méprenez pas.

— Bien sûr. Mais vous n'arrivez pas à vous rappeler avoir été en compagnie d'une femme, ce jour-là…

— Je ne me souviens de rien.

— Très bien. A quoi ressemblait ce parfum ?

— C'était un parfum floral, je crois.

Voilà qui limitait les possibilités.

— Le reconnaîtriez-vous, si vous le sentiez de nouveau ?

— Il m'a fait penser à ce parfum que portent souvent…

Il marqua une légère hésitation.

— … les femmes âgées.

Nick hocha la tête.

— Je suis sûr que ces précisions nous seront très utiles.

En son for intérieur, il ne voyait pas très bien comment, mais puisque Glen Whitaker ne se rappelait pas des personnes qu'il avait côtoyées avant de se réveiller au milieu de nulle part, sur le bas-côté d'une route, il devrait s'en contenter.

— Je l'espère, murmura le reporter. Quoi qu'il en

soit, je pensais simplement qu'il fallait que je vous mette au courant.

— Et je suis heureux que vous l'ayez fait, lui assura Nick.

Il se dirigea vers la porte, puis se retourna, hésitant.

— Mon rédacteur en chef tient toujours à publier un article sur vous.

— Merci, répondit Nick, mais je préfère passer mon tour. D'une part, je suis timide et d'autre part, l'histoire de ma vie endormirait vos lecteurs.

Le journaliste secoua la tête.

— Nous publions constamment des récits de ce genre.

— C'est vrai, reconnut Nick dans un éclat de rire. Il m'est arrivé d'en lire dans votre journal.

Après le départ de Glen Whitaker, Nick effectua une rapide vérification. Comme il l'avait soupçonné, il y avait eu une agression chaque samedi soir au cours des quatre dernières semaines.

Mais aujourd'hui, tout le monde se trouverait à la fête de fiançailles de Maddie Cavanaugh, dans la Vieille Ville. Du moins durant l'après-midi.

Tandis qu'il se levait pour se mettre en route, il repensa à la jeune femme. Elle avait des ennuis, cela ne faisait aucun doute à ses yeux. Néanmoins, si elle refusait de lui en parler, il ne voyait pas ce qu'il pourrait faire pour l'aider.

Songeant un instant à se confier à sa cousine Laney, il

en rejeta rapidement l'idée. Même s'il avait l'impression du contraire, il ne la connaissait pas.

L'idée de l'inviter à dîner en ville, un soir, afin d'en apprendre davantage sur Maddie et son fiancé, continuait cependant à lui trotter dans la tête. Peut-être le ferait-il au cours de la fête, pendant qu'ils danseraient.

Et qu'il se contenterait de faire son job, se rappela-t-il.

Tandis qu'il se dirigeait vers la sortie, il se retourna brusquement et jeta un coup d'œil à son bureau. Il était temps de revenir à la réalité. Après avoir déverrouillé le dernier tiroir, il en sortit le téléphone portable qu'il avait acheté en quittant la Californie. Une fois par jour, il l'allumait afin de vérifier s'il avait des messages.

Il ne l'avait pas encore fait, aujourd'hui. L'espace d'un moment, il avait presque oublié pour quelle raison il se trouvait dans le Montana. Une fois l'appareil en marche, il constata qu'il n'avait reçu aucun appel.

Même s'il savait que ce n'était qu'une question de jours avant qu'on le contacte, il poussa un soupir de soulagement. Bientôt, le moment serait venu pour lui de retourner en Californie pour témoigner. Ou bien sa couverture serait découverte et il devrait prendre la fuite au plus vite.

Après avoir éteint le portable, il le replaça dans le tiroir. Demeurant immobile un instant, hésitant, il se rendit compte que le simple fait de vérifier ses messages était un rappel à l'ordre, lui signifiant qu'il serait stupide de trop s'impliquer, aussi bien professionnellement que personnellement, pendant son séjour.

Raison pour laquelle il ferait mieux de ne pas se mêler des affaires de Maddie Cavanaugh, songea-t-il. Si elle avait réellement des ennuis, il n'avait qu'à la laisser venir jusqu'à lui. Quant à Laney… Il secoua la tête, se rappelant à lui-même à quel point sa vie n'était qu'un tissu de mensonges. Plus il se rapprocherait d'elle, plus ses chances d'être découvert augmenteraient. Et si cela se produisait, autant dire qu'il était mort !

Au cours de la semaine, la nouvelle de la fête des fiançailles s'était répandue comme une traînée de poudre dans le comté. Peu de gens avaient l'habitude de refuser ce genre d'invitation, particulièrement lorsqu'il s'agissait d'un Cavanaugh. Certains prévoyaient de venir uniquement pour juger la cuisine de Laci. La rumeur courait qu'elle envisageait de lancer sa propre affaire de restauration et qu'elle mettrait la fête à profit pour tester de nouvelles recettes.

Arlène Evans s'était sentie insultée qu'on ne lui ait pas demandé de participer à la préparation du repas. Après tout, c'était elle qui avait remporté le plus grand nombre de rubans bleus à la kermesse et au pique-nique du 4 Juillet de Whitehorse.

Et au cas où personne ne l'aurait remarqué, Bo était tout de même son fils !

— La mère du marié n'est pas autorisée à organiser une fête de fiançailles, lui avait expliqué Alice Miller un après-midi, au cercle de couture. D'ailleurs, vous ne devriez même pas avoir le droit de travailler sur l'édredon de mariage de votre belle-fille, mais puisque nous sommes à court de main-d'œuvre avec le départ de Lila Bailey et de Pearl Cavanaugh…

— Je n'arrive toujours pas à croire que Lila ait pu s'enfuir comme elle l'a fait.

Arlène avait attendu un instant que les autres femmes du cercle se joignent à la conversation, avant d'ajouter à voix basse :

— Je me suis toujours posé des questions au sujet du père de la plus âgée de ses filles, Eve. Elle ne ressemble absolument pas à ses frères et sœurs.

— Arlène ! s'était exclamée Geraldine Shaw d'un ton impatient qui ne lui ressemblait pas.

En général, c'était Pearl qui se chargeait de la réprimander lorsqu'elle commençait à se répandre en commérages. Mais depuis son attaque, la vieille dame n'était plus là pour le faire.

— Vous avez manqué un point. Sans doute feriez-vous mieux de surveiller votre couture.

La réprimande de Géraldine avait été si inattendue qu'Arlène en était restée sans voix.

Maddie Cavanaugh avait pris la nouvelle de la fête encore plus mal que sa future belle-mère.

— Je n'arrive pas à le croire. Comment Laci a-t-elle pu me faire ça ? Je veux dire, elle ne m'en a même pas parlé…

— Mais c'est merveilleux que ta cousine se donne autant de mal pour toi, l'avait interrompue sa mère. Tu devrais lui en être reconnaissante.

Depuis que Sarah était entrée dans la famille Cavanaugh en épousant l'un d'eux, elle s'efforçait de gagner la place qui lui revenait de droit. Bien que vivant dans une belle maison à l'est de la Vieille Ville, elle avait toujours été éclipsée par Titus et Pearl, qui étaient traités comme des membres de la famille royale dans cette partie du comté.

Elle avait beau faire des efforts pour s'intégrer à la famille Cavanaugh, elle se sentait constamment ignorée. Cette fête en l'honneur de sa fille permettrait enfin de les placer sous les projecteurs. Que Maddie et elle obtiennent un peu d'attention n'était que justice. Elle était donc en colère que sa fille ne veuille pas de cette fête et elle ne se privait pas pour le lui faire savoir.

— Il me semble que c'est un peu prématuré, avait fait remarquer Maddie.

— Tu plaisantes ? Ça fait plus d'un mois que tu es fiancée.

— Bo et moi n'avons même pas fixé de date.

— Eh bien, je vous suggère de le faire. Ainsi, vous pourrez l'annoncer au cours de la fête…

— Si seulement Laci m'en avait parlé, j'avais des projets pour samedi soir.

— La fête a lieu l'après-midi. Si elle se prolonge dans la soirée, tu n'auras qu'à modifier tes plans, avait décrété Sarah, en fronçant les sourcils, tandis qu'elle regardait sa fille, autrefois si malléable.

Selon elle, la faute en revenait à tout ce temps qu'elle passait loin de son fiancé. Elle avait espéré que Bo serait capable de l'apprivoiser. Mais après avoir appris que Maddie avait été aperçue en train de danser dans des bars avec des hommes plus âgés, elle commençait à douter. Si elle n'avait pas su à quel point sa fille était amoureuse de Bo et avait besoin de lui, elle aurait même commencé à s'inquiéter.

4

Laci avait passé la semaine à cuisiner, obligeant quiconque venait leur rendre visite à goûter ses confections. Des confiseries aux cookies, en passant par les tartes, les chaussons aux pommes, les tourtes aux fruits individuelles et les cheesecakes, elle avait établi un menu uniquement composé de desserts et attendait la journée du samedi avec une impatience grandissante.

C'était également le cas de Laney, mais pour des raisons différentes. Depuis leur rencontre devant l'hôpital, elle n'avait pas revu Nick Rogers. Elle n'était même pas certaine qu'il allait venir. Néanmoins, elle éprouvait une vive anxiété à l'idée de se retrouver en sa compagnie et elle détestait le sentiment d'excitation que cela lui procurait. Cet homme, qu'elle n'avait vu qu'une seule fois, et avec qui elle avait à peine échangé deux paroles ! Cela ne lui ressemblait pas d'être dans tous ses états pour quelqu'un qu'elle venait tout juste de rencontrer. Contrairement à sa sœur, elle réfléchissait toujours longuement avant de se lancer dans un projet. Seulement, cette fois-ci, elle mourait d'envie de foncer, tête baissée. Ce qui en soi aurait dû l'effrayer au plus haut point, alors qu'étrangement ce n'était pas le cas.

Le lendemain du jour où Laci avait envoyé les invitations, Maddie leur avait rendu une courte visite.

— J'aurais préféré que tu m'en parles avant, avait-elle expliqué sans préambule. Non pas que l'idée me déplaise, au contraire…

Mais Laney avait bien vu qu'en réalité, elle était tout sauf enchantée à la perspective de cette fête.

— Ne me remercie pas, avait répondu Laci en la prenant dans ses bras. Je voulais simplement faire quelque chose de spécial pour toi. Parce que tu le mérites.

Les yeux emplis de larmes, Maddie s'était contentée de se mordiller la lèvre sans rien ajouter.

Mais l'expression de son visage l'avait trahie. Qu'une fête soit organisée en son honneur la contrariait au plus haut point. Elle paraissait même inquiète. Depuis, elle ne leur avait plus rendu la moindre visite, ce qui était aussi particulièrement étrange.

Lorsque Laney avait téléphoné pour s'assurer qu'elle allait bien, Maddie l'avait informée que Géraldine Shaw l'avait engagée pour l'aider à nettoyer son grenier de fond en comble.

— J'aime ce genre de travail. A mon avis, c'est un peu comme la comptabilité. J'ai l'impression de faire quelque chose qui a réellement un sens, tu vois ce que je veux dire ?

— Maddie, est-ce que tout va bien ? avait demandé Laney. Si jamais tu as besoin de quelqu'un à qui parler, je suis là. En cas de problème, n'hésite pas.

— Pourquoi ça n'irait pas ? Tout va merveilleusement bien. Je vais épouser Bo.

Au son entrecoupé de sa voix, Laney n'avait pu s'empêcher une fois de plus d'éprouver de l'inquiétude à son égard.

— Je n'imagine pas la vie sans lui.

— Tu n'as pas à le faire.

— Non, en effet. Car Bo et moi sommes faits l'un pour l'autre.

— Néanmoins, il est normal pour une future mariée d'hésiter, par moments…

— Ce n'est pas mon cas.

La jeune fille avait marqué une pause avant d'ajouter :

— Evidemment, comme n'importe quel couple, nous avons traversé des hauts et des bas. Mais lorsque nous serons mariés, les choses seront différentes.

Laney espérait que sa cousine ne croyait pas vraiment que le mariage résolvait tous les problèmes.

— Maddie…

— Je vais bien. Vraiment. Inutile de t'inquiéter.

Mais la jeune femme ne pouvait s'en empêcher.

Le moteur d'une voiture la ramena brusquement à la réalité. Elle jeta un coup d'œil à sa montre. Sa tante Sarah avait appelé et proposé de transporter dans sa camionnette quelques-uns des desserts jusqu'au foyer municipal.

Elle avait également aidé à préparer les décorations et s'était portée volontaire pour goûter les desserts durant la semaine.

— J'ai pris au moins cinq kilos ! s'exclama-t-elle en entrant dans la maison.

— J'ai dû renoncer aux séances de dégustations, moi aussi, dit Laney. Je commençais à avoir mal aux dents. Maddie est-elle prête pour la fête ?

Sarah acquiesça, le visage radieux.

— C'est si excitant. Une fête pour mon bébé. Merci

encore. Tu n'as pas idée de ce que ça signifie pour nous !

— C'est Laci qui a tout fait, fit remarquer Laney.

Elle n'avait aucun mal à comprendre l'importance que l'événement revêtait pour Sarah.

Elle n'était pas certaine cependant que Maddie partage le même enthousiasme. Elle s'apprêtait à faire part de ses préoccupations à sa tante, lorsque Laci surgit de la cuisine avec un récipient rempli de minicheesecakes à la cerise, nappés de chocolat. Sarah s'extasia aussitôt en les apercevant.

Après le départ de sa tante, Laney jeta un nouveau coup d'œil à sa montre.

— Nous devrions peut-être nous mettre en route, nous aussi, lança-t-elle à sa sœur qui regardait avec nervosité par la vitre du four.

— Encore quelques minutes pour les soufflés au caramel. Ils sont meilleurs servis chauds. Les macarons sont prêts. Ils reposent à température ambiante.

— Nous n'allons jamais réussir à tout manger !

On frappa à la porte. Surprise, la jeune femme crut que Sarah avait oublié quelque chose.

— Je m'en occupe. Toi, surveille tes soufflés.

Debout sur le porche, pas encore habillée pour la fête, Géraldine Shaw semblait à la fois dévastée et contrariée.

— Où est Maddie ? demanda-t-elle abruptement, tandis que Laney lui ouvrait la porte.

— Je ne sais pas.

— A mon retour de la poste, elle était partie et le bracelet en diamants de ma mère n'était plus là, expliqua la vieille femme en regardant à l'intérieur de la maison. Etes-vous certaine qu'elle ne se trouve pas ici ?

— Absolument. Elle doit être chez elle ou bien au foyer municipal, mais je suis sûre qu'elle n'a rien à voir avec la disparition de votre bracelet.

— Je le lui ai montré quand nous étions en train de nettoyer le grenier. Lorsque je suis partie, je lui ai dit de bien le remettre dans la boîte.

Géraldine semblait au bord des larmes.

— Il n'y est plus.

— Je suis sûre qu'il est simplement égaré, dit de nouveau Laney, l'air préoccupé. Et si j'appelais Maddie pour voir si…

Ne lui laissant pas le temps d'aller au bout de sa phrase, Géraldine redescendit les marches en soufflant et grimpa dans sa voiture avant de démarrer en trombe dans un nuage de poussière.

Au même instant, un cri perçant retentit dans la cuisine. Laney s'y précipita et trouva sa sœur au bord de la crise d'hystérie.

— Mes soufflés au caramel sont retombés ! C'est un mauvais présage. La fête va être un désastre.

Après l'avoir calmée, Laney l'envoya se préparer. Elle n'avait pas le cœur à lui dire qu'il y avait des problèmes plus importants que quelques soufflés au caramel ratés.

Lorsque Nick entra dans la Vieille Ville, il fut stupéfait de voir le nombre de véhicules garés autour du foyer municipal. Laci Cavanaugh n'avait pas menti. Tout le comté s'était réuni pour la fête.

Après avoir garé sa voiture, il parcourut à pied les quelques mètres qui le séparaient du foyer, se répétant une nouvelle fois qu'il était ici au sujet d'une affaire — même si, techniquement, il n'était pas en service. D'ailleurs, il avait prévu de partir tôt, afin d'aller surveiller les bars de Whitehorse, dans la soirée. Comme les samedis précédents, l'agresseur pouvait être au rendez-vous et s'en prendre une fois de plus à un pauvre cow-boy avant la fin de la nuit.

Tandis qu'il se faufilait dans le bâtiment bondé, le groupe de country entama une ballade. Si son meilleur ami avait été là, il aurait adoré.

Cette pensée lui fit l'effet d'un coup de couteau en plein cœur. Danny O'Shay n'aurait jamais plus l'occasion d'assister à un tel spectacle car il était mort. A cause de lui.

— Shérif adjoint Nick Rogers ! l'interpella une voix féminine, mielleuse. Je ne crois pas que nous ayons été présentés…

Une grande femme mince, d'âge moyen, s'avança et lui serra la main énergiquement.

—Arlène Evans. Cette fête est donnée en l'honneur de mon fils et de sa fiancée.

La mère de Bo…

— Et voici ma fille, poursuivit-elle en saisissant la jeune femme à côté d'elle par le bras et en la poussant littéralement sous le nez de Nick. Violet, voici le shérif adjoint Rogers.

La jeune femme hocha la tête d'un air docile.

— Bonjour, ravi de vous rencontrer, fit Nick.

Avec Violet, il était difficile de deviner son âge. Elle avait un visage assez quelconque, elle était plutôt mince, comme sa mère, mais sur un corps plus grand, ce qui lui donnait l'air plus décharné.

— Le shérif adjoint Rogers est nouveau en ville, expliqua

Arlène. Et il est célibataire, ajouta-t-elle en faisant un clin d'œil à Nick. Tout se sait à Whitehorse.

Violet garda les yeux rivés au sol, mais Nick vit que ses joues s'étaient légèrement empourprées et que son cou était tendu.

— Si vous voulez bien m'excusez, je dois parler à Titus, dit-il alors que le groupe faisait une pause.

Comme il s'éloignait, il entendit la mère réprimander la fille pour n'avoir pas été capable de dire une seule chose intéressante susceptible de le faire rester. Il ne put s'empêcher de songer que c'était la même femme qui avait élevé Bo Evans. Ce qui pourrait expliquer beaucoup de choses.

— Je vois que vous avez pu venir ! s'exclama Titus en regardant la foule derrière lui.

Titus Cavanaugh était grand, il avait de beaux cheveux blancs, une voix puissante et une poignée de main vigoureuse.

— Mes petites-filles doivent être quelque part par ici. Cette fête est une vraie réussite. J'espère que vous avez goûté quelques-uns des desserts de Laci. Elle s'est vraiment surpassée. D'un autre côté, je ne suis pas surpris. Elle est née avec un rouleau à pâtisserie dans la main !

Il éclata de rire à sa petite plaisanterie.

N'ayant rien entendu au sujet des parents de Laci et Laney, Nick songea un instant à l'interroger à ce sujet, mais il n'en eut pas l'occasion.

A l'autre bout de la pièce, Maddie Cavanaugh, vêtue d'une robe bleu pâle de la même couleur que ses yeux, paraissait troublée. Son visage avait les traits tirés, ce qui faisait ressortir ses tâches de rousseur.

Le regard fixé droit devant elle, elle écoutait attentivement ce que lui disait sa future belle-mère. Il vit celle-ci l'empoigner fermement par le bras pour l'obliger à la suivre jusque vers la porte de derrière.

— Voici l'une de mes petites-filles ! dit Titus au même moment.

Nick se retourna instantanément et se retrouva face à face avec Laney. Elle était vêtue d'une robe couleur pêche qui recouvrait ses courbes avec légèreté. La luminosité de son visage n'avait rien à voir avec le maquillage. Et ses yeux émeraude étaient d'une beauté à couper le souffle.

Derrière elle, Nick vit qu'Arlène et Maddie n'étaient plus dans le foyer.

Jurant tout bas, il décida d'agir.

— Veuillez m'excuser. Je reviens tout de suite, dit-il à Laney avant de se frayer un chemin à travers la foule pour atteindre la porte de derrière.

Les choses ne s'étaient pas vraiment passées comme elle l'avait imaginé, songea Laney en s'efforçant de masquer sa déception. Toute la semaine, elle avait attendu avec impatience de revoir Nick Rogers. D'ailleurs, quand elle l'avait aperçu en pleine conversation avec son grand-père, elle avait aussitôt traversé la foule, n'ayant pas la patience d'attendre qu'il la trouve.

Ou peut-être était-elle inquiète qu'il ne la voie pas ?

Elle n'avait pas l'habitude de se comporter de la sorte. Détournant le regard, elle combattit son envie de s'enfuir. A la place, elle s'approcha de la table des desserts pour voir si sa sœur avait besoin d'aide.

— C’est un vrai succès ! s’exclama Laci avec un soupir de satisfaction manifeste. Ma première fête en tant que traiteur. Je peux te le dire maintenant. Je vais m’installer ici et ouvrir une affaire de restauration.

— Ici ?

Laney dévisagea sa sœur. Ce n’était pas son choix de carrière qui la surprenait. Elle avait toujours adoré faire la cuisine. C’était le lieu de son installation.

— Dans la Vieille Ville ?

— Pas uniquement, ne sois pas bête. Je proposerai aussi mes services au reste du comté. Mais je trouve si insensé que personne n’habite dans la maison de maman ! Et puis, ainsi, je serai à proximité de grand-mère et de grand-père.

Laney ne savait pas quoi dire. Sa sœur avait toujours été la plus impatiente des deux à repartir à la fin de leurs visites estivales, et voilà qu’aujourd’hui, elle ne voulait plus s’en aller.

— Et Seattle ?

— La ville ne va pas s’envoler, dit Laci avec un éclat de rire. Je pourrais toujours y retourner dès que j’en aurais envie.

Laney continua de la dévisager d’un air perplexe.

— Cela semble tout de même un peu soudain…

— Ne crois pas ça ! J’y ai déjà beaucoup réfléchi, tu sais. J’en ai même parlé à grand-mère. C’était très étrange. Elle a posé son regard droit sur moi et j’aurais juré qu’elle m’avait serré la main. Comme si elle voulait me dire quelque chose. Puis elle a fermé les yeux…

— Elle est contente pour toi, dit rapidement Laney, ne sachant pas vraiment si c’était le cas.

Grand-mère Pearl les avait toujours encouragées à faire ce qu’elles voulaient. L’important, pour elle, était que ses petites-filles soient avant tout heureuses. Mais Laney n'était pas certaine que la vieille dame approuverait la décision de Laci de s'installer dans la Vieille Ville. A l'inverse, Titus serait aux anges.

— Je pensais mettre grand-père au courant après la fête, annonça Laci. Oh, non ! Il n'y a presque plus de minicheesecakes à la cerise ! J'aurais dû en faire davantage.

Ou empêcher Violet Evans de s'en approcher, pensa Laney en regardant la jeune femme engloutir le dernier des gâteaux et avancer le long de la table en direction des macarons, pour en fourrer une pleine poignée dans les grandes poches de sa robe-chasuble.

Son attention fut distraite au même instant par Géraldine Shaw qui se dirigeait vers la table des desserts. Avait-elle retrouvé son bracelet en diamant ? Elle ne pouvait que l'espérer. Jetant un œil autour d'elle, elle tenta d'apercevoir Maddie. En vain.

Au moment où Nick sortit du foyer municipal par la porte de derrière, la discussion entre Maddie et Arlène — quel qu'en ait été le sujet — était terminée.

Les deux femmes se tenaient non loin de lui. Les bras croisés, Maddie avait les yeux rivés au sol. Il était évident qu'elle avait pleuré. Face à elle, Arlène lui lançait des regards noirs.

— Est-ce qu'il y a un problème ? demanda-t-il d'un ton plein de sous-entendus.

Surprise, Arlène se tourna vers lui, l'expression de son visage se radoucissant instantanément, tandis qu'elle s'éloignait de sa future belle-fille.

— Voyons, Nick, vous devriez être en train de danser. Ma fille Violet…

— J'espérais danser avec la future mariée, l'interrompit Nick en regardant la jeune femme avec insistance.

Il mourait d'envie de savoir ce que l'autre avait bien pu lui dire. A en juger par l'expression de son visage, ce n'était rien de plaisant. Il semblait évident qu'elle lui avait fait passer un mauvais quart d'heure, et au cours de sa fête de fiançailles, pour couronner le tout. Cela ne présageait rien de bon pour leurs relations futures.

— J'aimerais féliciter Maddie pour ses fiançailles. Si vous voulez bien nous laisser un instant, fit Nick d'un ton qui ne tolérait pas de refus.

— Bien sûr, répliqua Arlène en jetant un dernier regard de mise en garde à Maddie, avant de retourner à l'intérieur.

— Vous allez bien ? demanda t-il aussitôt à la jeune fille après son départ.

Maddie redressa la tête, ses yeux bleus remplis de larmes qu'elle s'empressa de sécher.

— Oui.

— Permettez-moi d'en douter…

— Je vous en prie, dit la jeune fille en regardant nerveusement vers la porte. Restez en dehors de tout ça. Vous ne feriez qu'empirer les choses.

— J'en doute. Elles m'ont déjà l'air assez mauvaises…

Elle termina de sécher ses larmes.

— Laissez-moi vous aider, insista Nick.

— Qu'est-ce qui se passe, ici ? demanda une voix masculine avec véhémence.

Nick n'eut pas besoin de se retourner pour reconnaître

Bo Evans. A l'évidence, sa mère s'était empressée de l'envoyer chercher sa fiancée.

— Je pensais ce que je disais, murmura-t-il à l'intention de Maddie. Je peux vous aider si vous me laissez faire.

Avec un hochement de tête indéchiffrable, elle accrocha un sourire à ses lèvres et s'éloigna.

Bo l'attira contre lui avec un manque évident de délicatesse, puis tous deux s'engouffrèrent à l'intérieur du bâtiment. Etouffant un juron, Nick décida d'aller retrouver Laney Cavanaugh.

Mais au moment où il pénétra dans le foyer, un cri perçant retentit. Dans un mouvement de panique, la foule convergea vers la table des desserts.

Se frayant un chemin parmi les invités, Nick découvrit Géraldine Shaw étendue sur le sol, en train de suffoquer, le visage rouge et les yeux globuleux.

— Que tout le monde recule ! cria-t-il tandis qu'il s'agenouillait à côté d'elle. Vous m'entendez ?

La panique se lisait sur le visage de la vieille femme. Tandis qu'elle essayait de lever son bras du sol, il aperçut un macaron serré dans son poing.

Il s'était déjà retrouvé dans cette situation auparavant. Mais comme la dernière fois, il n'y avait plus rien à faire. Le poison agissait trop vite. Alors que les convulsions la gagnaient, il sentit une odeur familière d'amande amère. Une seconde plus tard, la vieille dame était morte.

5

— Asphyxie interne, annonça le coroner en sortant de la salle d'autopsie. Elle est littéralement morte par manque d'oxygène.

— Et en ce qui concerne le macaron qu'elle tenait dans sa main ? demanda Nick.

— Il contenait suffisamment de cyanure pour tuer un cheval. Evidemment, l'âge et l'état de santé de la victime ont été des facteurs déterminants dans la rapidité avec laquelle le poison a agi.

Nick jura tout bas. Même s'il avait le fort pressentiment que Géraldine Shaw avait été empoisonnée au cyanure, il espérait se tromper.

— Qu'en est-il des autres biscuits ?

Le coroner secoua la tête.

— Ils ont tous été analysés, mais aucun d'eux ne contenait de poison.

— Il se trouvait donc dans ce seul et unique macaron ?

— Apparemment, oui.

Nick secoua la tête, l'air incrédule. Comment l'assassin pouvait-il être certain que le gâteau empoisonné serait mangé par la bonne personne ? Peut-être s'agissait-il d'un acte commis au hasard. Inquiet que ceci n'ait rien à voir avec Géraldine mais avec lui, il se passa nerveusement une main dans les cheveux.

Il était pourtant impossible que Keller ait pu le retrouver. Personne ne savait qu'il se trouvait dans le Montana. Après les événements survenus à Los Angeles, il avait choisi de ne révéler à personne dans quel endroit il se rendait. L'empoisonnement au cyanure de Géraldine Shaw — comme pour son ami, Danny — ne pouvait être qu'une coïncidence.

Après tout, c'était un produit assez commun, se rassura-t-il, même si la peur d'avoir été démasqué lui serrait le ventre. L'assassinat de cette femme était peut-être le moyen qu'avait choisi Keller pour lui faire savoir qu'il était remonté jusqu'à lui ?

Malgré tous ses efforts pour conserver son sang-froid, il sentit une vieille panique familière resurgir en lui. Il ne pourrait supporter l'idée d'être responsable de la mort d'une autre personne innocente.

Sans doute ferait-il mieux de quitter la ville ? Ayant voyagé léger pour venir s'installer ici, il ne lui faudrait qu'une poignée de minutes pour emballer ses affaires et disparaître de nouveau.

S'efforçant de repousser ses craintes, il tenta de raisonner avec lucidité. Keller était désespéré. Jouer à ce genre de petits jeux ne l'intéressait plus. L'unique chose qu'il voulait c'était se débarrasser de Nick une fois pour toutes. Pourquoi irait-il s'en prendre à une femme innocente, à la place ? Cela ne rimait à rien.

A cette pensée, il se détendit légèrement. Le shérif se trouvant en Floride, il fut tenté un instant de faire venir un enquêteur pour l'aider, mais il craignait que cela ne fasse qu'attirer davantage l'attention sur l'affaire

— et par la même occasion sur lui, ce qu'il ne pouvait pas se permettre.

Ayant passé la soirée de samedi à s'occuper du meurtre, il n'avait pas eu le temps d'effectuer de surveillance à la sortie des bars. Comme prévu, une nouvelle attaque s'était produite. Suivant le même mode opératoire, l'agresseur s'était encore servi d'une batte de base-ball.

— Savez-vous qui a cuisiné les macarons ? lui demanda le coroner.

Nick acquiesça en songeant à Laci Cavanaugh. Il regrettait vivement de ne pas avoir eu l'opportunité de danser avec sa sœur. Dans sa malchance, il se dit qu'il en était sans doute mieux ainsi. Surtout si Keller le recherchait. Ses jours à Whitehorse étaient comptés. Dès qu'il recevrait l'appel de Californie, il quitterait le Montana aussi vite qu'il y était apparu.

— Malheureusement, le macaron qui se trouvait dans la main de Géraldine Shaw était complètement écrasé, reprit le coroner. Nous n'avons donc aucun moyen de savoir de quelle manière le cyanure y a été introduit.

N'importe quelle personne présente à la fête aurait pu le trafiquer, songea Nick.

Après avoir remercié le coroner pour son aide, il se mit en route en direction de la Vieille Ville et du domicile des Cavanaugh.

— Empoisonnée ! s'écria Laney.

Elle n'en croyait pas ses oreilles. Assise sur le porche, elle avait vu la voiture de Nick arriver de loin. Une vive excitation s'était instantanément emparée d'elle.

Et lorsqu'il était descendu du véhicule, son cœur s'était emballé sans qu'elle parvienne à le contrôler.

Le regard fixé sur le paysage devant elle, malgré sa vue brouillée par la peur, elle avança jusqu'à la balustrade.

— Je croyais que Géraldine Shaw avait eu une crise cardiaque.

— Il va falloir que je m'entretienne avec votre sœur, annonça-t-il en la rejoignant.

— Vous ne pensez pas sérieusement que Laci ait empoisonné cette femme ! s'exclama-t-elle en essayant d'empêcher sa voix de trembler.

— Franchement, je ne suis sûr que d'une chose : Géraldine Shaw a été empoisonnée par un macaron cuisiné par votre sœur.

— Mais quel aurait été son mobile ?

— A vous de me le dire.

Elle se remémora alors la visite de Géraldine avant la fête.

— Nous la connaissions à peine, fit-elle remarquer.

Malheureusement, cette femme avait accusé leur cousine de lui avoir dérobé son bracelet en diamants. Et même si cela n'avait probablement rien à voir avec sa mort, Laney ne pouvait s'empêcher de redouter le pire.

Elle le vit jeter un coup d'œil sur le côté de la maison, où Laci garait habituellement sa voiture. L'emplacement était vide.

— Ma sœur est allée en ville.

— Quand va-t-elle rentrer ?

— Je n'en sais rien. J'ose espérer que vous avez d'autres suspects…

— Comme qui ?

Jamais Laney n'avait vu un homme avec un regard aussi sombre.

Perplexe, elle secoua la tête. Elle n'avait pas la moindre idée de qui pourrait en vouloir à la pauvre Géraldine Shaw, encore moins la tuer. La simple pensée que l'un des biscuits de Laci ait pu contenir du poison la fit frémir.

— Où est-ce que vous vous trouviez, lorsque Géraldine Shaw s'est effondrée ?

Laney réfléchit un instant.

— J'étais allée voir si Laci avait besoin d'aide.

— Vous étiez derrière ou devant les tables ?

— A l'extrémité.

— Et votre sœur ?

Laney essaya de se représenter la scène dans son esprit.

— Elle regarnissait les assiettes vides et regrettait de ne pas avoir fait davantage de certaines choses par rapport à d'autres.

— Tel que ?

— Les minicheesecakes à la cerise et au chocolat, et…

Elle s'interrompit brusquement.

— Les macarons, reprit-elle en le regardant droit dans les yeux. Il n'en restait qu'un. Plus tôt, j'avais vu Violet Evans en train d'en engloutir une partie et d'en mettre plusieurs dans ses poches. Laci s'apprêtait à remplir de nouveau l'assiette, quand quelqu'un s'est emparé du dernier.

— Vous ne vous rappelez pas qui ?

Laney secoua négativement la tête.

— Je sais que Violet se trouvait devant la table,

en compagnie de sa mère. Puis que Charlotte les a rejointes.

— Avez-vous entendu quelqu'un offrir le macaron à Géraldine Shaw ?

Elle fit de nouveau non de la tête.

— Le groupe de country avait recommencé à jouer et tout le monde était en pleine conversation.

— Dans ce cas, le biscuit empoisonné aurait pu être destiné à une personne plus éloignée de la table, peut-être même derrière Arlène Evans. Vous rappelez-vous qui se tenait à côté d'elle ?

— Non, désolée.

— Pourriez-vous, s'il vous plaît, demander à votre sœur de me téléphoner dès son retour ? demanda-t-il en remettant son chapeau.

Il hésita un instant, puis ajouta :

— Je suis désolé que nous n'ayons pas eu l'occasion de danser ensemble.

Après lui avoir adressé un bref signe de tête, il partit rapidement.

Trop vite pour qu'elle ait eu le temps de lui répondre :

— Moi aussi.

Arlène Evans ne décolérait pas. Comment Géraldine Shaw avait-elle osé avoir une crise cardiaque durant la fête de fiançailles de son fils ? Si elle ne se sentait pas bien, elle n'avait qu'à s'excuser et rentrer chez elle. Elle avait tout gâché et à bien des égards.

Comme si la situation n'était pas déjà assez catastrophique, son service de rencontres sur internet, *Cœurs à prendre*, ne décollait pas. Tous ceux à qui elle en avait parlé refusaient de voir leur photo, ainsi que des informations personnelles les concernant, accessibles en ligne à n'importe qui.

— Je n'arrive pas à le croire, marmonna-t-elle, le regard fixé sur son ordinateur.

Tout allait de travers. Une dispute avait éclaté entre Bo et Maddie, juste après le départ de l'ambulance transportant le corps de Géraldine et son fils était parti furieux.

Elle ne pouvait pas lui en vouloir. Mais elle aurait bien aimé savoir s'ils avaient enfin rompu pour de bon. Depuis le début, elle était persuadée que son fils pouvait trouver mieux. Et son sentiment s'était renforcé lorsqu'elle avait appris que Violet avait vu la jeune fille dans un bar en train de danser avec tout le monde et n'importe qui. Il était évident qu'il pourrait trouver mieux.

Arlène attrapa l'appareil photo posé à côté de son ordinateur. Avant que Géraldine ne fasse le saut de l'ange sous la table des desserts, elle avait pris quelques clichés des invités. Une fois l'appareil numérique connecté à l'ordinateur, elle commença à parcourir les fichiers à la recherche d'une nouvelle fiancée pour son fils. Quand une idée lui traversa soudain l'esprit.

Elle connaissait tous les habitants du comté et savait plus de choses personnelles à leur sujet que n'importe qui. Etant en possession d'une photo de la plupart d'entre eux, elle allait s'en servir pour se créer une base de données. Dès que ces jeunes célibataires commenceraient à se voir proposer des rendez-vous, ils ne pourraient que lui en être reconnaissants.

Son excitation grandissant au fil des minutes, elle commença à télécharger les photos une à une sur son site. Elle ne gagnerait pas autant d'argent de cette façon, mais il fallait bien que son affaire démarre d'une manière ou d'une autre, et son premier objectif serait de trouver un mari à Violet et un meilleur parti pour Bo.

Pourquoi fallait-il qu'elle ait décidé de porter cette horrible robe-chasuble usée ? se demanda-t-elle en étudiant une photo de sa fille aînée. Le vêtement la faisait paraître encore plus grande et plus grosse. Heureusement, elle avait au moins pris la peine de se changer avant de partir en ville avec sa sœur la veille au soir.

Après avoir recadré la photo, elle ajouta un maximum d'informations élogieuses à son égard et admira le résultat d'un air satisfait.

Puis elle étudia les autres clichés pris sur le vif et s'arrêta sur un en particulier, du shérif adjoint, Nick Rogers. Elle ne savait pas grand-chose de lui, mais elle pourrait toujours improviser.

Elle l'ajouta donc sur son site de rencontres. Comme les autres, il la remercierait quand elle lui trouverait la femme de ses rêves.

Maddie Cavanaugh vivait encore chez ses parents, dans une ferme en dehors de la Vieille Ville, au bout d'une route poussiéreuse, au milieu de nulle part.

Alors qu'il se garait dans la cour, Nick remarqua que la voiture de la jeune fille — celle qu'il l'avait vue conduire le jour où elle avait eu l'intention de passer au bureau du shérif — n'était nulle part en vue.

D'ailleurs, personne ne semblait être là. Il s'apprêtait à faire le tour de la maison, quand la porte grillagée s'ouvrit soudain. La femme se tenant dans l'embrasure avait la cinquantaine, des cheveux blonds et des yeux bleus.

Descendant rapidement de voiture, il marcha d'un bon pas jusqu'au porche. Le soleil tapait dur, desséchant la terre sous ses pieds.

— Shérif adjoint Nick Rogers. Je souhaiterais parler à Maddie Cavanaugh.

— Désolée, elle n'est pas ici, répondit la femme qui se présenta comme sa mère.

— Savez-vous où elle se trouve ? demanda-t-il, ne pouvant s'empêcher de continuer à éprouver une certaine inquiétude à l'égard de la jeune femme.

Le meurtre de Géraldine Shaw avait détourné son esprit un moment. Mais après la scène dont il avait été témoin entre Arlène Evans et elle, il était davantage préoccupé à son sujet.

— Elle a passé la nuit chez une amie, à Whitehorse. N'est-ce pas tout simplement horrible ce qui est arrivé à Géraldine ? Personne ne savait qu'elle avait des problèmes de cœur.

Il se garda de lui dire que la vieille femme se portait bien avant d'être empoisonnée.

— Pouvez-vous me donner le nom de cette amie ?

— Figurez-vous que je n'ai même pas pensé à le lui demander. Elle connaît beaucoup de monde. Il lui arrive de dormir chez l'un ou l'autre, lorsqu'elle va en ville, expliqua Sarah en fronçant les sourcils. Pourquoi est-ce que vous avez besoin de voir ma fille ?

— J'interroge toutes les personnes qui étaient proches de Géraldine…

— Je vois. *Proche* n'est pas le terme que j'emploierais pour décrire leur relation. Ma fille l'aidait simplement de temps en temps. Géraldine la payait une somme dérisoire.

Tout le monde savait qu'elle était radine. D'ailleurs, elle n'avait aucun ami. La plupart du temps, elle restait seule chez elle. Il me semble pourtant qu'elle faisait partie du club de couture de Whitehorse…

— Et vous, non ?

— Moi ?

Elle parut surprise par la question.

— Ma mère, et sa mère avant elle, ainsi que ma tante, Pearl, aimaient coudre. Pour ma part, je trouve ça plutôt ennuyeux. Et puis j'étais trop occupée à élever ma fille et à prendre soin de ma maison pour rester assise des heures entières à ne rien faire en compagnie de femmes qui ne font que parler de la météo.

D'après ce qu'il pouvait voir de l'intérieur de la maison, elle paraissait effectivement impeccable. Sarah Cavanaugh devait passer ses journées à l'entretenir pour la maintenir dans cet état.

— Merci de m'avoir accordé un peu de votre temps. Je repasserai plus tard pour voir Maddie.

— Entendu.

En repartant, Nick se demanda à quoi les autres femmes qui vivaient dans un ranch — Arlène Evans, par exemple — pouvaient bien occuper leurs journées.

Lorsque Laney avait appelé Maddie plus tôt dans la journée, celle-ci lui avait dit qu'elle se rendait chez Géraldine Shaw. Elle avait donc décidé d'aller la rejoindre.

Les femmes de la communauté se rassemblaient toujours en temps de crise pour faire le nécessaire. Si sa grand-mère avait été en état, elle se serait assurément

Cavanaugh. Si vous avez besoin de la joindre, elle ne bouge pas de chez elle.

A son arrivée, Nick trouva Laci dans la cuisine. Laney n'était nulle part en vue, pas plus que sa voiture de location. Il aurait dû se sentir soulagé, car plus tôt, lors de sa première visite, il avait éprouvé les plus grandes difficultés à maintenir un aspect professionnel à leur discussion, alors qu'il n'avait qu'une seule idée en tête : l'inviter à dîner.

— Pouvons-nous parler pendant que je cuisine ? demanda Laci, visiblement nerveuse. Ça m'aide à rester calme.

— Qu'est-ce que vous préparez ? s'enquit Nick en la regardant faire tomber un morceau de beurre dans un poêlon avant de se mettre à hacher des gousses d'ail.

— Des crevettes sautées. J'avais l'intention de faire un dessert, mais après ce qui s'est passé…

— J'en déduis que votre sœur vous a mise au courant ?

Elle acquiesça d'un signe de tête.

— Je n'arrive pas à le croire.

— La connaissiez-vous bien ?

— Pas du tout. Je veux dire, il m'arrivait de la croiser. Ma grand-mère et elle étaient toutes les deux membres du club de couture de Whitehorse. Mais en ce qui me concerne, je ne crois pas avoir jamais échangé deux paroles avec elle.

— Et votre grand-mère et Géraldine, est-ce qu'elles entretenaient de bons rapports ?

Laci éclata de rire tandis qu'elle mélangeait l'ail haché au beurre fondu.

Une odeur agréable s'éleva aussitôt dans la cuisine et fit gronder l'estomac de Nick.

— Ma grand-mère s'entend avec tout le monde. C'est le genre de personnes qui n'a jamais une parole déplaisante au sujet de qui que ce soit.

Elle roula des yeux avant de reprendre.

— Sérieusement. Elle déteste les commérages. Lorsque Arlène Evans commençait à parler des rumeurs qui circulaient dans la ville, et qu'elle se trouvait à proximité, elle l'arrêtait immédiatement.

Les larmes aux yeux, elle marqua une légère pause.

— Actuellement, ma grand-mère se trouve à l'hôpital. Elle a eu une attaque.

— Je suis désolé de l'apprendre. Avez-vous idée de qui pourrait avoir une raison de tuer Mme Shaw ?

Laci secoua la tête.

— Où vous trouviez-vous lorsque Géraldine s'est écroulée au sol ?

— Derrière les tables des desserts. Ils se mangeaient à une vitesse folle. J'étais inquiète de ne pas en avoir fait suffisamment.

— Et qu'en était-il des macarons ?

— Il n'en restait plus qu'un sur l'assiette. J'ai voulu la reprendre pour la remplir de nouveau quand j'ai entendu quelqu'un en train de suffoquer. Au moment où j'ai redressé la tête, Géraldine se trouvait sur le sol et les gens criaient autour d'elle.

— Pourquoi avez-vous décidé de faire des macarons ?

— Ce sont les préférés de Bo Evans, répondit Laci en fronçant les sourcils.

— De qui tenez-vous cette information ?

— De sa mère… A moins que ce ne soit de sa sœur, Charlotte… Ou bien de Violet.

Elle haussa les épaules.

— Il pourrait également s'agir de Maddie. A dire vrai, je ne m'en souviens pas vraiment. Mais vous devez me croire, je ne mettrais jamais de poison dans aucun de mes plats. Imaginez la réputation que ça ferait à mon affaire de restauration !

La logique de la jeune femme le fit sourire intérieurement. Il n'eut pas le cœur de lui faire remarquer que si elle était coupable du meurtre de Géraldine, son affaire serait la dernière de ses préoccupations. Elle se retrouverait à la cafétéria de la prison, un filet sur les cheveux, en train de préparer des pâtes au fromage plutôt que des crevettes sautées.

Les yeux écarquillés et remplis d'inquiétude, Laci se retourna abruptement vers lui.

— Oh mon Dieu, que vont penser les gens ? Je n'ai pas encore démarré et voilà que quelqu'un tombe raide mort à cause de l'un de mes macarons, à la première fête à laquelle j'officie en tant que traiteur…

Reportant son attention sur la cuisinière, elle glissa plusieurs douzaines de crevettes fraîches dans le poêlon, puis commença à hacher des oignons, semblant une nouvelle fois se perdre dans sa cuisine.

Fasciné, Nick l'observa un instant en silence. Son amour pour la cuisine était indéniable. Lorsqu'elle affirmait qu'elle n'utiliserait jamais sa nourriture pour tuer quelqu'un, il n'avait aucun mal à la croire.

— Dites-m'en plus au sujet des macarons, reprit-il.

— C'est une vieille recette de famille. Ma mère nous en préparait à Laney et moi, lorsque nous étions enfants.

C'est l'unique chose que je me rappelle l'avoir jamais vue cuisiner.

La tristesse était perceptible dans sa voix.

— Votre mère est… ?

— Morte ?

Laci haussa les épaules.

— Je n'en sais rien… Un matin, nous nous sommes réveillées et elle était partie. Personne ne l'a revue depuis.

Elle mélangea les oignons hachés au reste de son plat, éteignit le brûleur et regarda sa montre.

— Est-ce que vous attendez quelqu'un pour le déjeuner ?

— Ma sœur et ma cousine. Elles devraient arriver d'une minute à l'autre.

Ayant vraisemblablement entendu son estomac gronder, elle ajouta :

— Vous restez avec nous, bien sûr… Je prépare toujours une double ration.

Laney dut attendre que la maison de Géraldine se vide pour pouvoir parler à Maddie librement.

— On l'a empoisonnée ? s'écria la jeune femme. C'est impossible !

Laney s'efforça de la calmer avant de poursuivre d'une voix plus douce.

— Maddie, parle-moi. Je sais que tu as des problèmes.

La jeune fille éclata tout à coup en sanglots hystériques, mais fit un geste de déni.

— Hier, avant la fête, Géraldine est passée à la maison.

Elle te cherchait. D'après elle, tu lui aurais pris un bracelet en diamants. Elle était très contrariée.

Les larmes de Maddie s'atténuèrent. Sanglotant de manière saccadée, elle regarda Laney d'un air effrayé.

— Où est le bracelet, Maddie ?

— Je ne sais pas. Avant de partir pour la fête, je l'ai remis dans la boîte. Je le jure.

Laney ne savait plus quoi penser.

— Qui d'autre aurait pu entrer dans la maison après ton départ ?

— Comment le saurais-je ? Personne ne ferme jamais sa porte d'entrée à clé, ici. N'importe qui aurait pu s'introduire dans la maison et voir le coffret à bijoux. Je l'ai laissé sur la table avec ceux que Géraldine voulait nettoyer avant de les vendre.

— Les vendre à qui ?

— A une antiquaire de Billings.

— Pour quelle raison voulait-elle s'en débarrasser ? demanda Laney, le cœur battant à tout rompre. A-t-elle dit pourquoi ?

La jeune femme secoua la tête.

Laney regarda autour d'elle, écœurée par ce qu'elle s'apprêtait à faire. Néanmoins, elle n'avait pas le choix. A l'heure actuelle, sa sœur et sa cousine étaient toutes les deux dans le pétrin.

— Est-ce que tu sais où Géraldine conservait ses livres de compte ? demanda-t-elle.

Nick se chargea de laver la salade pendant que Laci préparait sa vinaigrette préférée. Il ne pouvait s'empêcher d'éprouver de l'excitation à l'idée de revoir Laney. Même s'il ne savait pas vraiment ce qui, chez cette femme, le mettait dans un tel état.

A bien y réfléchir, elle lui faisait penser à une brise d'été soufflant sur des rideaux blancs, à une tarte aux pommes tout juste sortie du four en train de refroidir sur le rebord d'une fenêtre de cuisine, à un barbecue dans un jardin, un 4 Juillet. Cela ne rimait à rien, mais il avait le sentiment que c'était l'unique chose qui avait un sens dans sa vie en ce moment.

Enfant des rues difficile, ayant grandi à Los Angeles, il s'était remis sur le droit chemin à temps pour devenir policier comme la majorité des hommes de la famille : son père, trois de ses oncles et quelques cousins.

Il était né d'un père irlandais et d'une mère italienne, un mélange terrible puisqu'ils étaient tous deux entêtés et avec des idées bien arrêtées. Nick n'aurait jamais imaginé qu'ils lui manqueraient autant.

Laney ne serait intimidée par aucun des deux, ni même par sa grand-tante Elvira, ou encore son oncle, Cosmos. Ce dernier se plairait assurément dans le Montana, lui qui n'était jamais sorti de Californie depuis qu'il avait quitté New York dans les années 1940.

Le bruit de voitures dans la cour, le tira de ses pensées. Il se mit de nouveau en garde de ne rien faire de stupide, tandis qu'il regardait Laci goûter la vinaigrette de la salade.

— C'est prêt, annonça-t-elle.

— La cuisine est une véritable passion pour vous, n'est-ce pas ?

Le visage de la jeune femme s'adoucit.

— J'ai toujours voulu en faire mon métier. Tous mes souvenirs préférés sont liés aux parfums, aux goûts et au plaisir simple de mélanger des ingrédients.

Elle esquissa un large sourire puis ajouta :

— Je suis sûre que vous devez me prendre pour une folle.

— Pas du tout. Croyez-le ou non, j'aime également faire la cuisine. Ma grand-mère, qui est italienne, m'a appris à faire des Rigatoni à la Calabraise.

— Alors, vous êtes Italien ! s'exclama Laney Cavanaugh depuis l'embrasure de la porte. Voilà qui explique vos traits sombres. Mais pas l'origine de votre nom de famille.

A la simple vue de la jeune femme, Nick sentit son pouls s'emballer. Elle portait un pantalon blanc et un haut sans manches jaune pâle qui faisait ressortir sa peau bronzée, lisse et brillante. Ses cheveux blonds étaient noués en une queue-de-cheval.

— Je n'en ai aucune idée, répondit-il, se sentant incapable d'inventer le moindre mensonge.

Pendant un instant, tandis qu'il discutait avec Laci, il avait oublié qu'il se trouvait à Whitehorse, sous une fausse identité et il avait livré davantage d'informations qu'il n'en avait l'intention.

Laney l'observa comme si elle avait remarqué le bref instant au cours duquel il avait baissé sa garde.

— Avez-vous terminé de *cuisiner* ma sœur ? demanda-t-elle en pénétrant dans la pièce.

— C'est de l'humour de cuisine ? la taquina Laci avec un rire nerveux. Je lui ai dit que je n'empoisonnerais personne avec ma nourriture et il me croit.

Laney haussa un sourcil, dubitative.

— Vraiment ?

— Je viens de démarrer mon enquête. Si je survis au déjeuner, je vous ferai part de mes conclusions.

Nick esquissa un sourire, révélant deux petites fossettes

que Laney remarquait pour la première fois. Elle était si distraite qu'il lui fallut un moment pour enregistrer ce qu'il venait de dire.

— Vous restez pour le déjeuner ?

— Votre sœur m'a invité à me joindre à vous et après l'avoir regardée cuisiner, je ne pouvais tout simplement pas refuser.

Elle n'arrivait pas à croire qu'elle allait devoir assister à un repas entier en sa compagnie. C'était bien la dernière chose dont elle avait envie à ce moment précis. Maddie, qui s'arrêta net devant lui au moment où elle pénétra dans la pièce, semblait partager son avis.

— Le shérif adjoint se joint à nous pour le déjeuner, lui annonça Laney avant de contourner le comptoir pour rejoindre sa sœur près de la cuisinière.

— Comment allez-vous, Maddie ? entendit-elle Nick demander à sa cousine sans parvenir à saisir la réponse de cette dernière.

— A quoi pensais-tu donc en lui proposant de déjeuner avec nous ? demanda Laney dans un murmure de reproches.

— Je faisais simplement preuve de politesse, dit Laci également à voix basse. Et puis il est mignon et je sais qu'il te plaît. Je pensais que ça te ferait plaisir…

Laney poussa un grognement sourd. Elle eut envie de rappeler à sa sœur que Nick enquêtait sur un meurtre, mais préféra laisser tomber. D'une nature innocente, Laci n'était pas du genre à s'inquiéter pour ce genre de détail.

Elle-même aurait voulu partager la confiance de sa sœur dans le système judiciaire. Malheureusement, elle avait vu bon nombre de situations où des gens innocents se retrouvaient en prison pour des crimes qu'ils n'avaient pas commis.

Et après ce qu'elle avait découvert dans les livres de comptes de Géraldine Shaw, elle était plus qu'inquiète. Depuis des mois, celle-ci retirait des sommes importantes de son compte.

Or, étant donné la manière frugale dont elle vivait le reste du temps, ces retraits étaient une véritable sonnette d'alarme. Il était inutile d'être comptable pour que cela soulève des questions.

Lorsque Nick Rogers en découvrirait l'existence, il allait assurément en tirer les mêmes conclusions qu'elle. Elle n'avait aucun doute à ce sujet.

Quelqu'un faisait chanter Géraldine Shaw qui allait bientôt ne plus avoir les moyens de payer.

6

Durant tout le déjeuner, Nick perçut une certaine tension autour de la table. Maddie jouait avec sa nourriture, s'évertuant à ne pas croiser son regard. A force d'avoir pleuré, elle avait les yeux rouges et il remarqua que la main avec laquelle elle tenait se fourchette tremblait.

Qu'est-ce qui avait bien pu la bouleverser à ce point ? se demandait-il. Dès qu'il se retrouverait seul avec elle, il s'efforcerait de le découvrir.

— Le repas est divin, complimenta-t-il Laci. Je ne me souviens pas avoir jamais rien mangé d'aussi délicieux. Quelle herbe avez-vous utilisée dans la vinaigrette de la salade ?

Visiblement ravie, la jeune femme s'empressa de lui répondre :

— Du cerfeuil. C'est l'ingrédient secret. La cuisine vous intéresse donc réellement ? Vous ne plaisantiez pas ?

— Je ne mentirais jamais sur un tel sujet.

— Mais vous le feriez pour d'autres choses ? demanda Laney.

Se retournant vers elle, il l'observa un instant en silence.

Depuis le début du repas, elle n'avait pas prononcé un seul mot.

— C'est une manière de parler, fit-il.

— Vraiment ?

Telle une mère poule protectrice à l'égard de Laci et de Maddie, elle lui en voulait visiblement d'oser soupçonner sa sœur et sa cousine. Ce qui, étrangement, la rendait encore plus attirante à ses yeux.

Alors qu'ils terminaient leurs assiettes, Laci orienta la conversation sur la météo afin de détendre l'atmosphère. Tentant de concentrer son attention sur la nourriture, Nick se rappela à lui-même la raison pour laquelle il se trouvait dans le Montana et ce qu'il avait à perdre s'il ne se montrait pas plus prudent. Entamer une relation avec Laney serait une terrible erreur qui pourrait lui coûter cher.

— Et vous, Laney, vous aimez cuisiner ? demanda-t-il tandis que Laci se levait pour aller chercher la salade de fruits qu'elle avait préparée pour le dessert.

Redressant brusquement la tête, comme si elle s'était trouvée à des kilomètres de là, la jeune femme le regarda attentivement.

— J'arrive déjà tout juste à faire bouillir de l'eau, répondit-elle.

— Qui ment, cette fois-ci ? intervint Laci en approchant de la table. N'en voulez pas à ma sœur, il faut lui pardonner. C'est la cérébrale de la famille.

Elle adressa un large sourire à Laney.

Le regard de Nick passa successivement de l'une à l'autre, sentant une plaisanterie privée.

— Je suis comptable. Ma sœur passe son temps à me reprocher de toujours tout analyser.

— Et vous, Maddie ? demanda Nick.

La jeune fille écarquilla les yeux, l'air inquiet.

— Moi, quoi ?

— Vous aimez cuisiner ?

Les joues écarlates, elle regarda autour d'elle comme à la recherche d'un trou de souris dans lequel elle pourrait se faufiler.

— Arlène essaie de m'apprendre. D'après elle, mon cas est désespéré.

— Je te donnerai des cours, proposa Laci. Tu verras, c'est très facile. On va bien s'amuser.

Maddie se remit à jouer avec sa nourriture.

Il fallait absolument qu'il trouve le moyen de la voir seul à seule afin de lui parler. L'amener à se confier à lui s'avérerait certainement très compliqué.

— J'aimerais vous poser quelques questions, lui dit-il après le déjeuner.

Voyant la jeune femme jeter un coup d'œil en direction de Laney, il ajouta :

— Il ne s'agit que de questions préliminaires.

— Bien…

— Et si nous allions jusqu'à ma voiture ? suggéra-t-il en lui adressant un sourire rassurant. Nous y serons plus au calme.

Hésitant un instant, elle se décida finalement à le suivre. Une fois à l'intérieur du véhicule, il mit le moteur en marche.

— J'allume simplement la climatisation, fit-il en la voyant sursauter. Je veux que vous soyez à l'aise.

Ce qui était définitivement loin d'être le cas, constata-t-il rapidement.

Le moindre mouvement de sa part semblait la faire décoller de son siège.

— Parlez-moi de vos liens avec Mme Shaw, commença-t-il.

— Ils étaient inexistants.

— Vous travailliez pour elle. Vous la connaissiez. Etiez-vous amies ? Ou était-ce simplement une relation employée-employeur ?

— Une relation employée-employeur. Je me contentais de l'aider de temps en temps. Je la connaissais à peine.

Nick haussa un sourcil d'un air dubitatif.

— Ce matin, en parlant avec son avocat, j'ai pourtant cru comprendre qu'elle vous avait légué la majorité de ses biens, en dehors de la maison et du terrain qui l'entoure. Vous êtes l'unique personne nommée dans son testament.

Manifestement choquée de voir qu'il était au courant pour l'héritage, elle ne sut quoi répondre.

— Vous deviez compter pour elle, d'une façon ou d'une autre, pour qu'elle décide de vous laisser ses biens personnels et son argent.

— Je ne comprends pas pourquoi elle l'a fait, dit Maddie, au bord des larmes. Jamais je n'aurais imaginé…

En dépit du bouleversement sincère qu'il sentait chez la jeune fille, Nick ne put s'empêcher de soupçonner qu'elle en connaissait la raison et que c'était cela qui la bouleversait tant.

Debout devant la fenêtre et malade d'inquiétude, Laney épiait à travers les rideaux ce qui se passait à l'intérieur de la voiture de police.

— Qu'est-ce qui ne tourne pas rond chez toi ? lui lança sa sœur en l'écartant de la vitre.

— Je n'aurais jamais dû laisser Maddie lui parler sans la présence d'un avocat.

— Pour l'amour du ciel, tu veux bien arrêter ! Ce n'est pas comme si elle avait empoisonné Géraldine !

— Ce n'est pas ce que je sous-entends. Mais Géraldine est passée ici avant la fête. Elle était très contrariée parce qu'elle ne retrouvait pas un bracelet en diamants qu'elle avait montré à Maddie, plus tôt dans la journée.

Laci secoua la tête.

— Maddie ne l'a pas volé.

— J'espère que non. Ce qui complique tant les choses c'est que Géraldine lui a légué l'ensemble de ses biens personnels, y compris ses bijoux.

— Eh bien, tu vois, ça n'a donc aucune importance. Tôt ou tard, elle se serait de toute façon retrouvée en possession du bracelet.

Incrédule, Laney la dévisagea longuement. Comment faisait-elle pour toujours voir le bon côté des choses ?

— Quoi qu'il en soit, si Nick Rogers apprend la nouvelle concernant le bracelet volé, il pourrait considérer ça comme un mobile pour le meurtre et penser qu'elle l'a assassinée pour que la disparition du bijou ne s'ébruite pas. Après tout, Maddie ne se doutait pas qu'elle allait en hériter.

Du moins, espérait-elle que la réaction de sa cousine lorsqu'elles se trouvaient au domicile de Géraldine avait été provoquée par la surprise et non pas la culpabilité.

— Et puis, en y réfléchissant bien, Maddie s'est comportée de manière très étrange ces derniers temps…

— Il y a forcément une bonne explication à ça, répliqua Laci. Et si je nous préparais un pudding au chocolat ? Peut-être que le shérif adjoint aura envie d'en manger un morceau avant de repartir.

Tandis qu'elle courait chercher la recette, Laney ne put s'empêcher de sourire. Au même instant, la portière côté passager de la voiture de police s'ouvrit. S'éloignant légèrement de la fenêtre, elle aperçut Maddie qui en descendait, le visage livide.

Ses deux semaines de vacances d'été dans le Montana se terminaient dans quelques jours, mais il était hors de question qu'elle s'en aille tant qu'elle n'aurait pas apporté la preuve de l'innocence de sa sœur et de sa cousine.

Alors que Nick quittait le domicile des Cavanaugh, il retourna les faits dans son esprit. Géraldine était pingre. Elle ne payait Maddie que quelques dollars de l'heure pour l'aider à mettre de l'ordre dans ses affaires.

Pour quelle raison la jeune femme avait-elle accepté ce travail ? Même le baby-sitting rapportait davantage. Il n'avait pas pensé à lui poser la question et il le regrettait à présent. La prochaine fois qu'il la verrait, il ne manquerait pas de l'interroger à ce sujet.

Lorsqu'il arriva chez Arlène Evans, celle-ci sembla ravie de le voir.

— Je souhaiterais que l'on parle un peu de Géraldine Shaw, annonça-t-il tandis qu'il s'asseyait avec précaution dans le fauteuil recouvert de plastique qu'elle lui indiquait.

Juchée de manière guindée sur le canapé assorti — lui aussi recouvert de plastique —, Arlène croisa les mains sur ses genoux, un air vertueux affiché sur le visage. Depuis le fond du couloir leur parvenaient les vibrations d'une chaîne stéréo. Apparemment, l'un des enfants Evans se trouvait dans la maison.

— Géraldine Shaw ? s'étonna Arlène, comme si elle trouvait étrange d'être interrogée à son sujet.

— La connaissiez-vous depuis longtemps ?

— Depuis toujours.

— Comment était-elle ?

Elle prit une profonde inspiration et souffla lentement.

— Radine. Cette femme ne dépensait pas un sou si elle pouvait l'éviter.

— Peut-être n'en avait-elle pas à dépenser, fit-il remarquer. J'ai entendu dire que son mari était mort l'été dernier et qu'il n'avait pas d'assurance vie.

Arlène eut un rire moqueur.

— Il ne faut pas croire tout ce qu'on raconte. Ollie était aussi pingre qu'elle.

Elle se pencha vers lui d'un air conspirateur et ajouta :

— Géraldine avait hérité, à l'époque où elle vivait dans l'Est. Ollie et elle *avaient* de l'argent. Des gens qui ne jettent rien, voilà ce qu'ils étaient. Ils ne faisaient pas non plus confiance aux banques, poursuivit-elle en hochant la tête d'un air entendu.

— Voulez-vous me faire croire qu'ils enterraient leur argent dans le jardin ?

— Qui sait ? répliqua-t-elle avec un sourire. Ou bien ils le cachaient dans la maison. Ils n'y invitaient jamais personne. Ils préféraient rester entre eux. Peut-être que c'est là qu'il est caché.

Nick n'avait aucun mal à imaginer Arlène se rendant au domicile des Shaw en pleine nuit pour arracher les lattes du plancher afin de récupérer le butin dissimulé. Mais y en avait-il réellement un ? Il en doutait. Ce n'était qu'une simple rumeur, qui avait probablement été lancée par Arlène en personne. Et si tel était le cas, cette rumeur était peut-être la raison pour laquelle Géraldine avait été tuée.

— Je sais avec certitude que Mme Shaw était pratiquement ruinée, annonça Nick.

— C'est ce qu'elle voulait que tout le monde croie. Ne laissez personne vous duper, cette femme ne semblait pas très intelligente, mais en réalité, elle l'était.

— Dans ce cas, comment se fait-il qu'elle n'ait pas réussi à éviter de manger le seul et unique macaron empoisonné de la fête ?

Avec un immense plaisir, il savoura le fait d'être enfin parvenu à laisser Arlène Evans sans voix. Elle ouvrit la bouche, comme si elle s'apprêtait à répliquer, mais la referma au bout de trente secondes, ne trouvant rien à dire.

— *Empoisonnée ?* s'exclama-t-elle enfin.

Il acquiesça d'un signe de tête.

— Je me demandais si vous aviez une idée de qui aurait voulu la voir morte ?

Arlène prit une profonde inspiration.

— Je vais vous dire qui…

Elle jeta un coup d'œil le long du couloir, vers ce qu'il supposa être les chambres des enfants, et plus particulièrement dans la direction d'une porte close d'où leur parvenait le bruit assourdissant d'une musique.

— Je vous écoute, la pressa-t-il.

— Maddie Cavanaugh. Je déteste porter de telles accusations sur la fiancée de mon fils, mais je les ai surprises, Géraldine et elle, en pleine dispute à l'extérieur du foyer municipal juste avant la fête.

— A quel sujet ?

— Un bracelet en diamants. Géraldine était persuadée

que Maddie le lui avait volé. Bien évidemment, celle-ci a juré le contraire.

Arlène grimaça puis ajouta :

— Plus tard, j'ai essayé de lui soutirer la vérité sur cette histoire, mais en vain.

C'est à ce moment-là qu'il les avait trouvées ensemble derrière le foyer, réalisa-t-il.

— Je lui ai expliqué que je ne voulais pas de voleur dans ma famille. J'ai menacé de mettre Bo au courant.

— L'avez-vous fait ?

Arlène jeta un nouveau coup d'œil vers le fond du couloir.

— Je ne pouvais pas lui cacher un détail aussi important. C'est mon fils. Vous avez probablement appris qu'ils avaient eu une grosse dispute plus tard dans la journée. Je ne sais pas s'ils ont oui ou non rompu pour de bon, mais Bo n'est pas sorti de sa chambre depuis. Je ne le vois qu'aux heures des repas.

— Il ne travaille pas ?

Elle parut indignée du ton accusateur de sa voix.

— Chaque fois que son père a besoin de lui, il lui donne un coup de main pour diriger le ranch.

Ce qui ne devait pas arriver très souvent, songea Nick en hochant la tête. Bo avait tout d'un fils à sa maman.

— Pouvez-vous me dire où vous vous trouviez lorsque Géraldine s'est effondrée sur le sol ? poursuivit Nick.

Arlène fronça les sourcils.

— Dehors. Avec vous.

— Je crois plutôt que vous êtes retournée à l'intérieur du foyer. Quelqu'un vous a vue près de la table des desserts en compagnie de vos filles.

— Dans ce cas, pourquoi me posez-vous la question ? fit-elle d'un ton brusque. Je n'arrive pas à me rappeler.

Ç'a été si traumatisant. Une femme est morte au cours de la fête de fiançailles de mon fils !

Elle secoua la tête, comme si elle n'arrivait pas à croire l'effronterie de Géraldine.

— Avez-vous une idée de ce qu'elle aurait pu avoir mangé juste avant ?

— Comment pourrais-je le savoir ?

— Une personne a vu l'une de vos filles tendre un macaron à quelqu'un, probablement à vous, dit-il.

— Impossible, assura-t-elle en secouant la tête.

— Vous n'aimez pas les macarons ?

— Je les adore, mais j'attendais que Laci regarnisse l'assiette. Je ne voulais pas de ce vieux biscuit desséché. J'étais contente que Géraldine l'ait pris.

Elle renifla comme s'il y avait une odeur malodorante dans l'air.

— Franchement, Laci a beaucoup à apprendre sur l'art culinaire. Les macarons devraient être moelleux, pas mous, légèrement arrondis et ne jamais contenir d'extrait d'amande.

— Qu'est-ce qui vous fait penser que le biscuit avait de l'amande à l'intérieur ?

Elle eut un sourire méprisant.

— On voit que vous êtes nouveau dans le coin. Vous ne savez pas que je suis considérée comme la meilleure cuisinière du comté ?

Elle se déplaça jusqu'à un meuble vitré qu'il n'avait jusque-là pas remarqué et qui était rempli de rubans bleus.

— Je m'y connais, moi, en cuisine, dit-elle avec un hochement de tête. Quoi qu'il en soit, j'ai senti un parfum d'amande, tandis que Géraldine s'en emparait.

— Votre fille a semblé les apprécier, fit-il remarquer.

— Vous devez faire erreur. Charlotte ne toucherait jamais à un seul gâteau et Bo est allergique à la noix de coco.

— Je parlais de Violet.

— Oh !

Elle leva les yeux au ciel.

— Celle-là, elle avalerait n'importe quoi. J'ai pourtant essayé de lui apprendre à faire la cuisine, soupira-t-elle en haussant les épaules pour signifier que c'était sans espoir.

— J'ai cru comprendre que vous donniez également des cours à la fiancée de votre fils.

Une nouvelle fois, elle leva les yeux au ciel.

— Tout le monde n'est pas capable de cuisiner. Il faut avoir du talent pour ça.

— Votre fille Charlotte est-elle douée dans ce domaine ?

— Charlotte ?

Elle éclata de rire.

— Ma fille n'aura pas besoin d'apprendre à faire la cuisine. Avec son physique, il est évident qu'elle fera un beau mariage.

Nick s'efforça de masquer son écœurement.

— Et *vous*, que recherchez-vous chez une épouse ? demanda Arlène.

Mal à l'aise, il eut un petit rire nerveux.

— Je ne cherche pas d'épouse.

— Vous êtes un homme séduisant. Trop vieux pour Charlotte, mais il y a toujours Violet ou d'autres femmes célibataires dans la région susceptibles de vous intéresser.

Je peux vous inscrire à mon service de rencontres en ligne, *Cœurs à prendre*. Ça ne prendra qu'une minute…

— Non, merci.

Il se leva rapidement, se préparant à s'éclipser dès que l'occasion se présenterait.

— Pouvez-vous me fournir la liste des poisons que vous conservez à votre domicile ? poursuivit-il.

Ce devait être son jour de chance. Pour la deuxième fois en quelques minutes, il était parvenu à laisser Arlène Evans sans voix. Hélas, rien ne durait très longtemps.

— Comment osez-vous me demander une chose pareille ? s'offusqua-t-elle. Il n'y a aucun poison dans cette maison !

— Bien sûr, dit-il tandis qu'il se dirigeait vers la porte pour partir.

— Si vous changez d'avis au sujet de *Cœurs à prendre*, lui cria Arlène depuis le porche, n'hésitez pas à me le faire savoir. Le premier mois d'abonnement est offert !

S'éloignant rapidement au volant de sa voiture, Nick décida de faire un détour par le domicile de Géraldine Shaw. Il avait appris de l'avocat chargé de régler la succession que les femmes de la communauté étaient passées plus tôt dans la journée pour s'occuper de faire le nécessaire.

Plus le nombre de personnes était important, moins le danger était grand. Il ne pensait donc pas découvrir de lattes du plancher soulevées à l'endroit où le soi-disant butin aurait pu être dissimulé.

Mais il s'inquiétait réellement au sujet de ce qu'il ne trouverait pas, à savoir le bracelet en diamants qui avait disparu. L'avocat avait rassemblé le reste des bijoux de Géraldine. Ils seraient remis à Maddie Cavanaugh dès que les formalités auraient été réglées.

Le fait que cette dernière fût l'unique personne à passer autant de temps dans cette maison continuait d'intriguer Nick. Qui d'autre qu'elle aurait pu avoir pris le bracelet ? Etait-il réellement impossible qu'il ait simplement été égaré ?

Il gara son pick-up dans la cour et entra par-derrière. A son arrivée à Whitehorse, il avait été sidéré de découvrir que personne dans la région ne fermait sa porte à clé.

La maison renfermait une odeur de vieux qui se mariait parfaitement avec les meubles. Il faisait à la fois frais et sombre à l'intérieur. En passant d'une pièce à l'autre, on avait presque la sensation de se trouver dans une sorte de musée, songea Nick tandis qu'il s'efforçait de se faire une impression sur Géraldine Shaw. Les rideaux étaient anciens mais propres, les draps sur son lit usés et son armoire remplie de vêtements démodés. Quant aux placards, ils étaient pleins de conserves faites maison à partir des produits de son jardin.

Arlène n'avait pas menti sur un point. Géraldine Shaw vivait de manière parcimonieuse. Mais le faisait-elle parce qu'elle y était forcée ? Ou bien parce qu'elle était radine comme semblaient le croire le reste des habitants ?

Des bruits de pas sur les marches de devant attirèrent soudain son attention. Surpris, il se cacha rapidement tandis que la porte d'entrée s'ouvrait avec un grincement. Il ne s'attendait pas à trouver des visiteurs avant la tombée de la nuit.

Persuadé qu'il allait tomber nez à nez avec Maddie ou Arlène Evans, il eut du mal à dissimuler sa surprise lorsque l'intrus s'avéra être la dernière personne qu'il pensait voir à cet endroit.

Bondissant hors de sa cachette, il fit sursauter Laney

Cavanaugh qui se retourna vivement en plaquant une main sur son cœur, l'air à la fois stupéfaite et coupable.

— Bonjour, lança-t-il, incapable de dissimuler son large sourire.

Laney était la plus jolie des criminelles qu'il eût jamais vues.

— Que faites-vous ici ? demanda-t-elle.

— C'est drôle, j'allais vous poser exactement la même question.

Elle rougit, jetant un coup d'œil autour d'elle à la recherche d'une échappatoire.

— Vous n'êtes pas en train d'interférer dans mon enquête, n'est-ce pas, mademoiselle Cavanaugh ?

L'air déterminé, elle se redressa de toute sa hauteur.

— Vous enquêtez sur des personnes auxquelles je tiens.

Il hocha la tête.

— Votre cousine Maddie cache quelque chose.

Son envie de le contredire était perceptible, mais elle n'en fit rien.

— Pourquoi ne me dites-vous pas tout de suite ce que vous faites ici ?

— Je suis passée plus tôt avec le reste des femmes de la communauté afin de leur proposer mon aide, expliqua-t-elle. Et il se trouve que j'ai oublié mon pull.

Elle attrapa au même instant un vêtement bleu pâle sur le bras du rocking-chair près de la fenêtre.

Etait-ce le sien ? Ou avait-elle simplement l'esprit rapide sous la pression ? Il était incapable de le dire. Elle paraissait si calme.

Etant donné la manière dont elle s'était introduite dans la maison, il penchait plutôt pour la deuxième solution, ce qui n'était pas pour lui déplaire.

— Cette couleur se marie bien avec vos yeux, dit-il en souriant, tandis qu'il se rapprochait d'elle et saisissait une bouffée de son parfum.

Chaque fois qu'il s'était trouvé près d'elle, il avait remarqué qu'il se dégageait d'elle une odeur de fraîcheur et de soleil. Celle qu'il sentait à présent venant du pull posé sur son bras était totalement différente. Elle lui fit penser à la description que lui avait fournie Glen Whitaker : une odeur de vieilles fleurs.

— Quelle est cette odeur ? demanda-t-il, réalisant que ce n'était pas la première fois qu'il la sentait.

Il lui avait semblé en percevoir un léger soupçon dans la maison d'Arlène Evans. D'ailleurs, il aurait juré avoir vu Violet vêtu d'un pull bleu identique à celui que tenait Laney.

Cette dernière fronça les sourcils.

— Quelle odeur ?

— Sur votre pull.

Une partie de sa décontraction quitta son regard vert émeraude. Portant le vêtement à son nez, elle le renifla légèrement.

— C'est de la lavande.

7

L'expression que Laney lut dans le regard de Nick lui déplut fortement. C'était comme s'il savait quelque chose qu'elle ignorait. Et le sentiment qu'elle éprouvait d'être une pitoyable comédienne ne faisait qu'empirer la situation. Ou peut-être était-ce simplement dû au fait qu'elle n'aimait pas dissimuler des preuves. A lui, en particulier.

— J'ai un aveu à vous faire, lâcha-t-elle brusquement. Avant la fête, Géraldine Shaw est passée à la maison. Elle ne retrouvait plus un bracelet en diamants et elle était persuadée que Maddie le lui avait pris, ce qui la contrariait énormément.

Nick hocha la tête.

— Et où se trouve le bracelet en question ?

— Tout le problème est là. Personne ne le sait.

— Vous avez interrogé Maddie ?

Elle avait essayé d'amener cette dernière à se confier à elle après l'interrogatoire que lui avait fait subir Nick dans sa voiture. Mais celle-ci, manifestement bouleversée, était partie précipitamment pour aller retrouver Bo.

— Elle jure l'avoir laissé dans le coffret à bijoux avec ceux que Géraldine prévoyait de vendre et je la crois, affirma Laney avec plus de conviction qu'elle n'en éprouvait réellement.

Dès le premier jour où elle avait vu sa cousine, elle avait immédiatement perçu qu'il y avait un problème. Sa préoccupation n'avait fait que s'accroître au fil des jours. A présent, elle était persuadée que Maddie avait de sérieux ennuis.

— Pouvez-vous me décrire ce bracelet ?

— Je peux même faire mieux, répondit-elle en lui tendant les photos que Géraldine avait fait prendre à Maddie avant d'en envoyer des copies à l'antiquaire.

— Les autres bijoux sont tous là ?

Laney acquiesça.

Il prit les clichés et les mit dans sa poche.

— D'autres aveux à me faire ?

Troublée par son regard sombre, elle fut tentée l'espace d'une seconde de lui avouer qu'elle mourait d'envie de l'embrasser depuis le moment où elle l'avait vu pour la première fois.

— Je pense avoir fait le tour. Excepté que je me suis trompée. Ce n'est pas mon pull.

Elle reposa le vêtement sur le bras du rocking-chair et se retourna pour lui adresser son plus beau sourire.

— Cessez de jouer les détectives amateurs, entendu ? lui lança Nick.

Il semblait sur le point d'ajouter autre chose, puis se ravisa.

Après son départ, Nick demeura immobile jusqu'à ce que le bruit de la voiture de Laney se soit complètement évanoui. Manifestement, elle n'était pas venue ici pour récupérer un pull. Mais alors que cherchait-elle ? Le bracelet ? C'est alors qu'il remarqua le tiroir légèrement ouvert d'un meuble de rangement, comme s'il avait été refermé trop précipitamment.

S'en rapprochant, il vit sur le dessus des marques de longs doigts fins imprimés dans la poussière. L'empreinte d'une main qui aurait parfaitement pu appartenir à Laney Cavanaugh.

Une fois le tiroir ouvert entièrement, il ne fut pas surpris d'y découvrir les livres de comptes de Géraldine Shaw. Laney étant comptable, il se demanda quelles informations elle avait bien pu y trouver.

Alors qu'il s'apprêtait à partir, une pensée lui traversa l'esprit. Il se dirigea vers la cuisine et s'empara d'un sac poubelle propre qu'il avait trouvé sous l'évier, y déposa le pull sentant la lavande et le referma. Si son intuition était bonne, Glen Whitaker reconnaîtrait le parfum qu'il avait senti le jour de son agression.

Il était impatient de retourner à son bureau et de mettre la photo du bracelet en diamants en circulation, espérant que le voleur — qui qu'il soit — ait déjà cherché à le vendre ou à le mettre en gage, en pensant qu'il était plus sûr de s'en débarrasser rapidement, particulièrement après la mort de Géraldine Shaw.

Mais en passant devant le foyer municipal, il remarqua que la porte d'entrée était entrebâillée, fait anormal puisqu'il avait demandé à Titus de ne laisser personne y entrer jusqu'à la fin de l'enquête. Aucune voiture n'était garée devant. Néanmoins, des marques de pneus, derrière le bâtiment, conduisaient au parking qui se trouvait en bas de la colline.

Perplexe, il se gara sur le bas-côté et rebroussa chemin

à pied. Un bruit sourd retentit au moment où il approchait de la porte. L'endroit était définitivement occupé.

Grimpant rapidement les marches, il jeta un coup d'œil dans l'obscurité tranquille par la mince ouverture. A première vue, rien n'avait été déplacé depuis le jour du meurtre, à l'exception de la nourriture.

Il poussa la porte en grand et pénétra à l'intérieur.

Debout à l'extrémité de la table où se trouvaient les desserts au moment de la fête, les mains sur les hanches et la tête inclinée sur le côté, Laney Cavanaugh marmonnait tout bas des propos qu'il ne parvenait pas à comprendre depuis l'endroit où il se trouvait.

Esquissant un sourire, il secoua la tête. A l'évidence, elle n'avait pas franchement suivi son conseil de ne plus se mêler de l'enquête.

Il songea un instant à l'arrêter. Puis une forte envie de l'embrasser s'empara de lui. Cette perspective était bien plus attrayante à ses yeux.

— Regardez qui voilà ! s'exclama-t-il en se ressaisissant rapidement.

Laney sursauta puis fit demi-tour, une expression de culpabilité peinte sur le visage.

— J'étais simplement en train de…

— Chercher votre pull-over ? Certainement pas puisque vous l'avez récupéré chez Géraldine Shaw. Ah, mais j'oubliais qu'en fin de compte ce n'était pas le vôtre ! J'espère au moins que vous avez trouvé ce que vous vouliez. Et s'il vous plaît, n'insultez pas mon intelligence avec une autre histoire de vêtement égaré.

Ils échangèrent un regard.

— Parfait. J'essaie de découvrir qui a tué Géraldine Shaw afin d'innocenter ma sœur.

L'honnêteté était une autre des qualités qu'il appréciait

chez elle. Chaque fois qu'il se retrouvait en sa présence, il avait l'impression de l'aimer davantage.

— Il me semble que nous avons déjà eu cette discussion. Celui qui enquête sur l'affaire, c'est moi. Et vous, vous restez à l'écart. Je pensais que c'était plutôt clair.

— Mais vous ne connaissez pas ces gens. Moi, oui. Je sais tout sur cette ville et son histoire.

Il secoua la tête, craignant d'entendre ce qui allait suivre.

— Vous avez besoin de mon aide, décréta-t-elle.

A cette remarque, il ne put s'empêcher de sourire. Il devait admettre que sa proposition était tentante.

— Dois-je vous rappeler que je suis policier ?

Il n'ajouta rien de plus, ne voulant pas entrer dans les détails de son expérience en matière de meurtres. Et encore moins avec les empoisonnements au cyanure.

Elle ne répondit rien, mais son regard était toujours aussi déterminé.

— Vous êtes consciente du fait que l'entrave à enquête est punie par la loi ?

— Eh bien, arrêtez-moi si ça peut vous faire plaisir, le provoqua-t-elle en redressant le menton.

Ce n'était pas en prison qu'il avait envie de l'emmener, mais plutôt dans un bon restaurant pour un dîner en tête à tête.

— Je pourrais vous être utile, insista-t-elle.

Elle hésita, puis ajouta :

— J'ai trouvé les livres de comptes de Géraldine Shaw.

Les soupçons de Nick étaient donc confirmés. Curieux de connaître les conclusions qu'elle avait tirées de ses découvertes, il haussa un sourcil et la laissa poursuivre.

— Tous les mois, au cours de l'année dernière, elle a retiré mille dollars en liquide de son compte-épargne.

Ce qui expliquait probablement pourquoi celui-ci contenait à présent moins de cent dollars, pensa-t-il.

— Vous pensez à un chantage ?

Laney haussa les épaules d'un air malicieux.

— C'est vous le policier.

Il secoua la tête, incapable de ne pas sourire.

— D'après Arlène Evans, Géraldine cachait des milliers de dollars à l'intérieur de sa maison.

— Cette rumeur court depuis des années. Les Shaw n'étaient pas pauvres, mais ils ne roulaient pas non plus sur l'or. Comme la plupart des habitants de la région, ils vivaient des produits de leur terre. Ici, personne ne fait fortune. Ni ne mène un train de vie fastueux.

— Dans ce cas, pour quelle raison quelqu'un l'aurait-il fait chanter ?

— Je suis aussi perplexe que vous.

Il ôta son chapeau et se passa une main dans les cheveux.

— Excusez-moi, mais ce n'est pas vous qui êtes censée connaître ces gens et cette communauté ? Rappelez-moi en quoi ça peut m'aider, déjà ?

Piquée au vif, elle lui lança un regard noir.

— Si ça vous intéresse, j'ai plusieurs théories concernant le meurtre. C'est l'une des raisons pour lesquelles je suis passée ici.

Les bras croisés, Nick s'adossa au mur.

— J'ai hâte de les entendre.

Laney choisit d'ignorer son ton sarcastique. Pour sauver sa sœur, elle était prête à supporter beaucoup de choses. De même que pour sa cousine. Surtout pour cette dernière. Car elle craignait que Maddie ne soit d'une manière ou d'une autre impliquée dans cette histoire.

Néanmoins, supporter Nick Rogers et ses remarques signifiait également devoir ignorer la manière dont son cœur s'emballait chaque fois qu'elle se trouvait près de lui. Par sa seule présence, il semblait remplir tout l'espace, faire modifier la pression de l'air et la température. Son corps devenait aussitôt hypersensible.

Il lui rappelait qu'elle était une femme, ce qu'aucun homme n'avait fait depuis très longtemps.

— Si le poison ne se trouvait pas dans les macarons — ce qui était le cas puisque Laci les avait confectionnés — il a donc dû être ajouté entre le moment où elle les a préparés et celui où ils ont atterri sur la table.

Nick hocha la tête.

— Qui les a transportés de la maison au foyer ?

— Tante Sarah, la mère de Maddie, pour certains des desserts, Laci et moi pour d'autres…

Avant qu'il ne pose la question, elle ajouta en le regardant droit dans les yeux :

— Je me suis personnellement occupée des macarons. Au cas où vous vous le demanderiez, je n'y ai injecté aucun poison.

— Donc, vous avez apporté les macarons et vous les avez laissés sur le comptoir, derrière les tables. Laci les a ensuite déposés sur la table et elle était la seule à y avoir accès, exact ?

— Oui, répondit-elle même si elle détestait devoir l'admettre.

— Dans ce cas, si Laci n'a pas mis le poison dans le macaron, alors il a dû être administré pendant que les biscuits se trouvaient sur la table.

Le regard sombre de Nick lui faisait penser aux vastes espaces du Montana.

S'efforçant de ne pas se laisser submerger par le trouble qu'elle éprouvait, elle secoua la tête et poursuivit son raisonnement.

— Ça manque un peu trop de rigueur. L'assassin ne pouvait prendre le risque d'être vu. A la place du meurtrier qu'auriez-vous fait ?

Il haussa les épaules.

— Eclairez-moi.

— Vous auriez apporté votre propre macaron avec le poison déjà à l'intérieur.

— Votre sœur ne mentait pas en disant que vous étiez la cérébrale de la famille.

Au-delà de ses paroles, elle perçut surtout celles que son regard traduisait tandis qu'il glissait lentement sur elle. Sentant le rouge lui monter aux joues à cause de l'intense chaleur qui s'élevait dans son corps, elle lui tourna le dos et se concentra sur l'examen du comptoir qui se trouvait derrière la table. Son comportement la faisait probablement paraître coupable.

Mais il valait mieux qu'il pense ça plutôt que ce qu'elle avait réellement à l'esprit.

Nick étudia son dos, appréciant la courbe de ses épaules, l'inclinaison déterminée de sa tête et la manière dont son jean lui allait. Elle l'intriguait tout autant que le fait qu'elle puisse lui cacher quelque chose.

— Jolie théorie, dit-il tandis qu'il se demandait quel comportement adopter avec elle.

Elle était définitivement trop intelligente pour sa

propre sécurité. L'assassin allait inévitablement découvrir qu'elle enquêtait de son côté. Et manifestement, elle ne semblait pas prête à abandonner avant d'avoir découvert la vérité.

Cela posait un véritable problème. Qu'elle aille fureter partout était beaucoup trop dangereux. Pire encore, elle risquait d'aller trop loin et de trouver non seulement l'assassin, mais également la vérité à son sujet et sur la raison de sa présence à Whitehorse.

Malheureusement, la prier de rester en dehors de l'enquête était une perte de temps. Elle avait raison sur plusieurs points : d'une part elle connaissait les gens du coin, ainsi que la région et d'autre part, même si c'était dur pour lui de l'accepter, il avait besoin d'elle.

Il éprouvait également la nécessité de garder un œil sur elle pour assurer sa protection. Ce qui, il devait bien l'admettre, n'était pas pour lui déplaire car en cet instant, il n'y avait rien dont il n'avait plus envie.

— L'assassin aurait donc fait un macaron contenant de l'extrait d'amande et y aurait injecté du cyanure, réfléchit-il à voix haute, ayant lui-même quelques théories.

Il était curieux de savoir quel autre scénario elle avait imaginé.

Tandis qu'elle se retournait face à lui, il plongea son regard dans ses yeux vert clair.

— De l'extrait d'amande ? s'étonna-t-elle.

— Arlène Evans en a reconnu le parfum, fit-il en hochant la tête.

— Laci n'aurait pas modifié la recette d'origine. C'est une puriste en matière de recettes de famille. Nos macarons ne contiennent jamais d'extrait d'amande.

Il aimait la manière dont elle défendait non seulement sa sœur, mais les traditions familiales.

— Comment l'assassin savait-il que Laci préparerait des macarons ?

— Une personne lui a dit qu'ils étaient les biscuits préférés de Bo, expliqua Laney.

— Mais j'ai parlé à Arlène. Il est allergique à la noix de coco.

— Il fallait que la victime visée aime les macarons.

Esquissant un sourire, il hocha lentement la tête.

— Ce qui était apparemment le cas de Géraldine. Ainsi que d'Arlène, même si elle dit préférer sa propre recette. Et il ne faut pas oublier Violet.

— Par ailleurs, le macaron devait être identique aux autres, dit-elle tout bas.

— Mais alors comment l'assassin a-t-il eu accès à ce que vous dites être une vieille recette de famille ?

— Ma grand-mère en a fait don afin de récolter de l'argent pour le foyer. Elle a été publiée dans le livre de cuisine du club de couture de Whitehorse.

Il hocha la tête. Evidemment !

— Vous avez raison. Vous connaissez ces gens, cet endroit. Je ne fais pas le poids.

— Mais si…

Il vit qu'elle l'observait attentivement.

— Vous ne croyez donc pas que Laci ait empoisonné Géraldine ?

En le voyant secouer la tête, elle parut grandement soulagée et s'adoucit un peu. L'attirance qu'il éprouvait pour elle devenait si forte qu'il commençait à avoir du mal à lutter, malgré ses efforts.

— Venez dîner avec moi.

Les mots franchirent ses lèvres avant qu'il ne puisse les retenir.

— Merci pour l'invitation, mais je ne pense pas que ce soit une bonne idée.

— Pourquoi pas ?

Elle l'étudia ouvertement.

— Etre vu en train de fraterniser avec une suspecte ne serait pas du meilleur effet, pas vrai ? Car je suppose que je fais partie de la liste des suspects ?

— J'ai du mal à vous imaginer capable d'empoisonner qui que ce soit.

— Vraiment ? Pourtant, il me semble avoir déjà entendu dire que le poison était une arme de femme.

Et sa féminité était indiscutable, pensa Nick intérieurement.

— Si vous étiez l'assassin, vous n'auriez rien laissé au hasard, fit-il remarquer.

— C'est vrai, reconnut-elle.

— Le meurtrier ne pouvait pas être certain que la victime mangerait *ce* biscuit, fit-il remarquer.

— Sauf s'il l'a donné lui-même à la personne visée, c'est-à-dire à Géraldine.

— Bonne remarque. Reste à savoir à qui profite le crime, comme on dit…

Elle sourit une nouvelle fois.

— Vous lisez dans mes pensées, maintenant ?

— Non, mais vous et moi savons qu'en l'état des connaissances actuelles, l'unique personne à qui a profité la mort de Géraldine Shaw, c'est Maddie.

— Et le club de couture de Whitehorse…

— En parlant avec l'avocat, j'ai eu l'impression que les femmes du club ne s'attendaient pas le moins du monde à ce qu'elle leur laisse quoi que ce soit, dit-il.

Laney acquiesça d'un signe de tête.

— J'étais là lors de la lecture du testament. Elles étaient toutes sous le choc.

— Donc, il ne reste plus que votre cousine. Elle aurait pu tuer Géraldine pour dissimuler le vol du bracelet en diamants.

— Le bracelet a disparu le jour de la fête. Elle n'avait pas le temps suffisant pour confectionner un macaron empoisonné.

— A moins d'avoir planifié son coup à l'avance. Maddie était la seule à être au courant du fait que Géraldine vendrait les bijoux à une antiquaire de Billings. Il fallait donc qu'elle agisse rapidement. La fête était l'endroit idéal pour mettre son plan à exécution.

— Pourquoi ne pas avoir simplement frappé Géraldine sur la tête et s'être emparée des bijoux à ce moment-là ? Ça n'aurait pas été plus simple ? Il lui aurait suffi de raconter que la vieille femme avait fait une chute. Personne n'était au courant de l'existence des bijoux en dehors de Géraldine et elle. Personne n'aurait su qu'il manquait un bracelet.

Il aimait sa logique.

— Bonnes remarques, fit-il en souriant. Et puis, Arlène a mentionné à quel point Maddie était une piètre cuisinière. Par ailleurs, elle se trouvait à l'extérieur du foyer, avec moi, quand Bo est sorti pour la ramener à l'intérieur. Jamais elle n'aurait eu suffisamment de temps pour glisser le macaron dans la main de Géraldine.

— Vous vous faisiez donc simplement l'avocat du diable ?

Une lueur de colère traversa le vert émeraude de ses yeux.

— Je souhaitais voir s'il y avait des trous dans ma logique.

— Vous auriez pu me dire d'emblée que vous ne pensiez pas Laci ou Maddie coupables !

— Je n'ai pas dit que votre cousine était innocente. Je ne crois simplement pas qu'elle ait assassiné Géraldine Shaw.

— Mais vous êtes persuadé qu'elle a volé le bracelet en diamants ?

— Ce n'est pas impossible. Dans le cas contraire, elle connaît l'identité du voleur, dit-il. En ce qui concerne le meurtre, je pense que l'assassin a décidé de tirer avantage de la fête.

Et si cela faisait paraître Laci Cavanaugh coupable au passage, c'était encore mieux.

— Des idées sur l'identité de la personne qui aurait pu confectionner le faux macaron ? demanda-t-il.

— Toutes les personnes possédant chez elles le livre de cuisine vendu au profit du foyer !

— Vous vous rappelez du nombre d'exemplaires imprimés ?

— Deux cents.

— Voilà qui laisse beaucoup de possibilités ! s'exclama-t-il en laissant échapper un petit sifflement. Faites-moi penser à en acheter un avant mon départ.

— Vous partez ? s'étonna-t-elle, le regard rivé sur lui.

— Je voulais dire avant de quitter la Vieille Ville, aujourd'hui, se rattrapa-t-il. Ils sont encore en vente, n'est-ce pas ?

Laney fit non de la tête.

— Néanmoins, je pourrais probablement vous en obtenir un exemplaire un de ces jours.

Etait-ce simplement son imagination ou bien l'observait-elle d'un air soupçonneux ?

Il se faisait probablement des idées, mais d'un autre côté, cette femme était maligne. S'il ne voulait pas qu'elle découvre la vérité à son sujet, il devait faire preuve d'une vigilance redoublée.

— Alors, qu'est-ce qu'on fait, maintenant ? demanda-t-elle.

— On décide de l'endroit où on va aller dîner, dit-il en jetant un coup d'œil à sa montre. A vous de choisir, puisque vous connaissez la région…

Elle secoua la tête en souriant.

— Etes-vous déjà allé à La Coupe d'Argent ?

Après avoir fait promettre à Laney de ne plus fureter sans lui, Nick la regarda s'éloigner en voiture avant de se mettre en route à son tour en direction de Whitehorse. Il passa d'abord à son bureau, afin de faxer la photo du bracelet volé à tous les prêteurs sur gage et les départements de police dans un rayon de trois cents kilomètres.

Ensuite, il passa au journal *Milk River.*

Le sac poubelle contenant le pull à la main, il se dirigea directement vers le bureau de Glen Whitaker.

— J'aimerais vous montrer quelque chose. Je pense que vous serez sans doute en mesure de m'aider, annonça-t-il. Je me demandais si par hasard vous reconnaîtriez cette odeur…

Il ouvrit le sac et tendit le vêtement au reporter.

— C'est ça ! s'écria ce dernier avant de baisser rapidement la voix.

Le bureau était désert, mais Glen savait d'expérience que les murs pouvaient parfois avoir des oreilles.

— C'est l'odeur dont mes vêtements étaient imprégnés après mon agression. De quoi s'agit-il ?

— De lavande.

Glen fronça le nez.

— Il me donne un peu mal au cœur.

Qu'avait-il bien pu arriver au reporter avant qu'il ne reprenne conscience sur le bas-côté de la route ? se demanda Nick pour la énième fois.

— Pour quelle raison sentirais-je la lavande après avoir été attaqué ?

— J'y travaille, fit Nick avant de prendre congé et de retourner à son bureau.

Harvey T. Brown avait rempli une déposition pour agression. Il était inscrit sur la plainte que l'homme se rappelait avoir senti un parfum doux, peut-être de fleurs ou semblable à « ces choses que les gens mettent dans leur voiture pour masquer les odeurs ». Il avait également aperçu une batte de base-ball juste avant d'être frappé.

Nick décida donc de se rendre à son domicile pour lui montrer le pull. Harvey T. Brown était grand, avec un ventre bedonnant et un crâne dégarni.

— Ça ressemble assez à ce que j'ai senti, dit-il depuis son fauteuil, en ayant un mouvement de recul face à l'odeur, de la même manière que Glen Whitaker.

— S'agit-il du parfum d'une fleur qui pousse à l'extérieur du bar ?

Nick secoua la tête en signe de dénégation.

— Il y a de fortes chances pour que la personne qui vous a attaqué avec une batte de base-ball soit une femme.

— Impossible ! s'exclama Brown en se levant d'un bond.

Il se dirigea dans la cuisine, l'air furieux, ouvrit le réfrigérateur et en sortit une cannette de bière.

— Allez raconter à qui que ce soit dans cette ville que j'ai été roué de coups par une femme et je jure que…

— Du calme ! s'exclama Nick. Ce n'est qu'une théorie.

— Il vaudrait mieux que je n'en entende plus parler, fit Brown tandis qu'il se rasseyait dans son fauteuil en décapsulant sa bière.

Après l'avoir pratiquement toute bue, il laissa échapper un rot et lança un regard noir à Nick.

— Le type qui m'a roué de coups était grand et baraqué. Je n'ai senti aucun parfum étrange. Pigé ?

— Pigé.

— J'aime cet endroit, commenta Nick, tandis que Laney et lui étaient attablés dans le salon du Country-Club donnant sur le terrain de golf.

Ce qui lui plaisait le plus, c'était la compagnie de la femme assise en face de lui.

— Surpris que Whitehorse possède un terrain de golf, pas vrai ? lui demanda-t-elle en lui adressant un sourire. Il y en a deux dans la région. L'autre se situe à Sleeping Buffalo.

Sa robe vert pâle faisait ressortir la couleur de ses yeux. Le vêtement semblait flotter sur les courbes de son corps aussi délicatement qu'une caresse. Elle sentait divinement bon. Son parfum avait un soupçon fruité qui se mariait à merveille avec la soirée estivale.

Nick savait qu'il n'oublierait jamais cette odeur. Ni

cette nuit. Et peu importait ce qui arriverait dans le futur.

Au cours du dîner, Laney évoqua son enfance dans la Vieille Ville, tandis que Nick lui servit l'histoire qu'il avait mise au point avant son arrivée, à savoir qu'il avait grandi au sein d'une grande famille italienne. Comme il s'agissait d'un soir de semaine, le restaurant était pratiquement désert.

La nourriture était exquise et la vue à couper le souffle. A l'horizon, le soleil se couchait dans un camaïeu de jaunes et de roses, tandis que les ombres de la nuit dérivaient lentement dans le ciel sous l'effet d'une brise chaude.

— Promettez-moi de conduire prudemment sur le chemin du retour, dit-il alors que la soirée tirait à sa fin.

Laney avait insisté pour venir avec sa propre voiture depuis la Vieille Ville, car elle avait prévu de rendre visite à sa grand-mère à l'hôpital avant de le rejoindre, et n'avait pas envie de faire l'aller-retour.

Tandis que le restaurant se vidait complètement, il tendit le bras au-dessus de la table et lui prit la main. Il avait passé la soirée entière à mourir d'envie de le faire.

— Je suis toujours prudente, répliqua-t-elle en croisant son regard. Enfin, presque.

Devant son ton rempli de sous-entendus, il était presque certain qu'elle flirtait avec lui.

Conscient d'avancer sur une corde raide, il était encore plus préoccupé par le fait qu'elle ne semblait pas le moins du monde effrayée. Que ce soit de flirter avec lui. Ou bien de chercher un assassin. Or, les deux étaient bien plus dangereux qu'elle ne l'imaginait.

Revenant brusquement à la réalité, il retira sa main.

— Un meurtrier court dans la nature et jusqu'à ce que nous découvrions pourquoi Géraldine est morte…

Elle l'interrompit en secouant la tête.

— Ne croyez-vous pas que nous devrions plutôt chercher à découvrir qui est la personne que l'assassin voulait réellement voir morte, puisque aucun de nous ne croit que la victime visée était Géraldine Shaw ?

Nick esquissa un sourire.

— Mais nous n'avons aucune preuve du contraire non plus.

— J'étais présente, vous vous souvenez ? Certes, je ne l'ai pas vue mordre dans le macaron ou s'effondrer, mais lorsque j'ai traversé la foule jusqu'à elle, je me rappelle avoir entendu quelqu'un s'écrier « Non, oh non. »

Ce qui ne constituait pas réellement une preuve concluante. La personne exprimait peut-être sa surprise ou bien son état de choc à la vue de la vieille femme écroulée sur le sol.

— Ce que je trouve également étrange, c'est que je ne pouvais pas distinguer l'un des bras de Géraldine à cause du monde attroupé autour d'elle, mais je voyais clairement qu'elle était en train de lutter, comme si quelqu'un lui tenait le poignet. Lorsque vous avez fait reculer les invités, j'ai regardé sa main, dans laquelle se trouvait le macaron. Ses doigts étaient serrés fermement et ses articulations étaient blanches, mais il y avait plusieurs marques rouges sur sa paume comme si on avait essayé de la forcer à desserrer les doigts.

— Le meurtrier tentait probablement de s'emparer de la preuve pour la détruire, fit-il remarquer.

— Sans doute, reconnut-elle. Ou peut-être qu'elle était

furieuse et qu'elle essayait de récupérer le biscuit parce qu'elle venait de tuer la mauvaise personne.

— Elle ?

Laney hocha la tête.

— La voix que j'ai entendue était définitivement celle d'une femme. Et un homme n'aurait-il pas été capable de lui faire ouvrir la main ?

Il émit un petit rire et but une gorgée de vin. Elle alliait à la fois l'intelligence et la beauté : un mélange explosif, qui pourrait s'avérer dangereux. Si le fait que l'assassin ait utilisé du cyanure n'était pas une simple coïncidence, cette Nancy Drew assise en face de lui pourrait bien trébucher sur la vérité, non seulement au sujet du meurtrier, mais également à son sujet à lui lui. Cela aurait dû l'effrayer davantage. Bon sang, si les enjeux n'avaient pas été aussi risqués, il lui aurait tout raconté sur-le-champ. Il détestait plus que tout devoir lui mentir.

Terminant son verre, il détourna les yeux de son visage et tenta de se raisonner. Parler à quiconque de sa situation serait comme signer son propre arrêt de mort. A quoi diable pensait-il ?

— Vous aimez que les femmes vous croient timide, pas vrai ? dit-elle en l'observant attentivement.

Il redressa la tête et sourit à pleines dents.

— Je le suis réellement. Du moins, avec vous.

Elle haussa un sourcil d'un air dubitatif.

— Vous êtes une femme effrayante, ajouta-t-il.

— Vous n'avez pas vraiment l'air d'avoir peur.

Il éclata de rire. Elle ne savait pas à quel point elle était proche de la vérité.

8

Le lendemain matin, à la première heure, le grand-père de Laney vint apporter à Nick un exemplaire du livre de cuisine du club de couture de Whitehorse.

Après avoir trouvé la recette des macarons, il la lut d'un bout à l'autre, puis appela Laney. Depuis qu'il l'avait quittée la veille, il n'avait cessé de penser à elle.

— Diriez-vous qu'il faut être doué en cuisine pour confectionner les biscuits de votre grand-mère ? demanda-t-il sans préambule. Ils n'ont pas l'air très simples à préparer.

— Ils ne le sont pas.

— Donc, notre meurtrière se situe au-dessus de la cuisinière moyenne. Et sa victime aime la noix de coco, exact ?

Même s'il ne la voyait pas, il la sentit sourire à l'autre bout du téléphone.

— Des suggestions sur les personnes à interroger ?

— Pratiquement toutes les femmes de la Vieille Ville, répondit-elle dans un éclat de rire. Vous n'êtes pas au courant ? Ce sont les meilleures cuisinières du comté. Du moins, à en croire Arlène Evans. D'ailleurs, elle a toute une collection de rubans bleus pour le prouver.

— Oui, elle me l'a dit. D'ailleurs, c'était elle qui se trouvait la plus proche de Géraldine, au moment du meurtre…

Demeurant silencieux, il tripota pendant un instant le stylo posé sur son bureau.

— J'ai passé une excellente soirée, hier, dit-il enfin.

— Moi aussi.

Sa voix était douce et profonde. Il l'imaginait aisément dans un pyjama de soie, de la couleur de ses yeux.

— Est-ce que vous verriez un inconvénient à me dire ce que vous portez à cet instant précis ?

— Quoi ? Vous ne parlez pas sérieusement !

Il avait besoin d'une bonne dose de réalité.

— Bien sûr que si.

Il y eut un silence, suivi d'un petit rire gêné.

— Un vieux jean et l'une des chemises en flanelle de mon grand-père, ainsi qu'une paire de baskets miteuses que j'ai trouvée au fond d'un placard. Le tout couvert de peinture.

— De quelle couleur, la peinture ?

Elle éclata de nouveau de rire.

— Blanche. Je suis en train de peindre la palissade devant la maison… Alors, ma tenue vous fait de l'effet ?

— Elle me fait réaliser qu'il faut que je vous revoie, dit-il en se redressant sur son siège.

— Bien.

— Super. Oh ! Et pas d'enquête sans moi, entendu ?

— Compris. Juste de la peinture.

— Brave fille.

Il raccrocha sans se départir de son sourire, jusqu'à ce qu'il surprenne son reflet dans la fenêtre.

—Tu as l'air d'un idiot, mon vieux ! Pire, tu te comportes comme tel !

S'efforçant de se ressaisir, il orienta ses pensées sur le meurtre de Géraldine Shaw. A l'évidence, il s'agissait d'un travail d'amateur, qui ne reposait pas sur une organisation méthodique, mais sur la passion, ce qui impliquait généralement la colère, sentiment qui s'avérait toujours un avantage pour le policier et un handicap pour l'assassin. Il ne restait donc plus qu'à découvrir qui pouvait bien en vouloir à la vieille dame au point de la tuer.

A première vue, personne.

Que lui restait-il ? Un meurtrier furieux de ne pas être parvenu à se débarrasser de la personne qu'il visait. Ou plus probablement une meurtrière. Laney semblait croire qu'il s'agissait d'une femme. Et si l'on suivait sa théorie, il fallait donc que la coupable ait une connaissance basique des effets du cyanure et de la cuisine. En plus d'avoir un mobile.

Alors qu'il était sur le point de quitter son bureau, la sonnerie du téléphone retentit.

— Shérif adjoint Rogers ? Ici Clyde Banner, je suis prêteur sur gage à Great Falls. Je crois avoir le bracelet en diamants que vous recherchez. J'en ai pris une photo à l'aide de mon appareil numérique. Vous devriez la recevoir par e-mail d'un instant à l'autre.

Nick se rassit devant son ordinateur, ouvrit sa messagerie et cliqua sur le message qui venait d'arriver, faisant apparaître une photo à l'écran. Il s'agissait bel et bien du bracelet de Géraldine Shaw.

— C'est le bijou que je recherche, confirma-t-il. Pouvez-vous me dire qui l'a mis en gage ?

— Eh bien, il se trouve que le type qui s'est présenté a prétendu s'appeler Nick Rogers.

Futé ! songea Nick. Manifestement, celui qui avait déposé le bijou cherchait à jouer au plus malin avec lui.

— A quoi cet homme ressemblait-il ?

— Jeune. Dix-neuf, vingt ans. Cheveux châtains, yeux marron. Belle gueule. Coupe de cheveux soignée. Il avait l'air assez réglo. Il conduisait même une belle voiture.

— Quelle marque ? demanda Nick avant d'écouter Clyde Banner lui décrire le véhicule de Bo Evans au détail près.

— J'aurais certainement besoin de vous pour une identification.

— Aucun problème. Je vais mettre le bracelet dans mon coffre en attendant que vous envoyiez quelqu'un pour le récupérer.

— Merci.

Après avoir raccroché, Nick demeura immobile un instant puis composa le numéro de Laney.

— Il faut que je parle à votre cousine. Voulez-vous m'accompagner ?

— Je vous attends, répondit-elle, percevant au ton de sa voix qu'il n'allait vraisemblablement pas lui apporter de bonnes nouvelles.

En voyant Laney et Nick sur le pas de sa porte, Maddie eut du mal à dissimuler sa surprise. La voiture de sa mère n'était pas dans la cour, elle était donc apparemment seule chez elle. A l'expression de son visage, il semblait évident qu'elle regrettait d'être venue leur ouvrir. Debout dans l'embrasure de la porte, elle les regarda tour à tour, l'air effrayée, dans l'attente de savoir ce qu'ils étaient venus lui annoncer.

— Peut-on entrer ? demanda Nick.

— J'étais sur le point de me rendre en ville pour…

— Ça ne prendra pas longtemps, lui assura-t-il.

Maddie hocha la tête et se poussa sur le côté pour les laisser passer.

L'intérieur de la maison sentait le produit d'entretien au citron. Pas le moindre grain de poussière ne recouvrait la table basse à côté du canapé, ni aucun magazine ou autre journal. Nick fut presque surpris que les meubles ne soient pas recouverts de plastique.

Il prit place sur le canapé, tandis que Laney étreignait sa cousine avant de s'installer sur l'une des chaises. Debout à l'entrée de la pièce, les bras le long du corps et manifestement nerveuse, la jeune fille semblait perdue.

— Est-ce que je peux vous offrir quelque chose à boire ? proposa-t-elle en leur adressant un sourire nerveux. Vous avez tous les deux l'air si sérieux…

— Asseyez-vous, Maddie, ordonna gentiment Nick.

Le regard effrayé, elle s'exécuta sans discuter.

— Il est arrivé quelque chose ?

— A qui avez-vous montré les photos que vous avez prises des bijoux de Géraldine Shaw ? demanda Nick en entrant directement dans le vif du sujet.

— A personne, répondit Maddie, la gorge serrée et les yeux humides.

— Pas même à votre fiancé ?

Une larme s'échappa et roula sur la joue.

— Je…

— Maddie, j'ai retrouvé le bracelet chez un prêteur sur gage, à Great Falls. L'employé a décrit Bo Evans comme étant la personne qui le lui a apporté.

Elle secoua la tête, tandis que ses larmes redoublaient d'intensité.

— Lui avez-vous donné le bracelet ?

— Non, s'écria-t-elle morte d'inquiétude en écarquillant les yeux. Je le jure. J'admets lui avoir parlé du bracelet, mais je n'aurais jamais imaginé qu'il…

Ses paroles se noyèrent dans ses sanglots.

Laney lui tendit un mouchoir en papier.

— Bo et vous avez eu une dispute après que sa mère lui eut dit que Géraldine Shaw pensait que vous aviez volé le bracelet, dit Nick.

Maddie leva les yeux vers lui. Les larmes ruisselaient sur son visage, mais elle ne parvenait pas à articuler un mot.

— N'a-t-il pas mentionné à ce moment-là que c'était lui qui l'avait fait ? insista Nick. Il n'aurait pas laissé sa mère penser que vous étiez une voleuse sans vous défendre ?

Maddie se mit à sangloter ouvertement. Il avait vu juste : Bo n'avait pas pris la peine de clarifier la situation.

— Il va être arrêté, l'informa-t-il. Vous devriez réfléchir à deux fois pour savoir si oui ou non vous restez sa fiancée.

— Vous ne pouvez pas faire ça ! s'écria Maddie à travers ses larmes. Est-ce qu'un avertissement ne suffirait pas ? Arlène va me rendre responsable de ce qui lui arrive.

— Pourquoi ferait-elle une chose pareille ? s'étonna Laney.

— Parce qu'elle le fait toujours.

Nick observa la jeune femme attentivement.

— C'est elle la responsable des ecchymoses que vous avez sur les bras, n'est-ce pas ?

La tête baissée, Maddie tira doucement sur ses manches pour dissimuler ses poignets.

— Je suis simplement maladroite.

— Cesse de couvrir cette famille, cria Laney en allant s'agenouiller devant sa cousine.

— Elle a raison, renchérit Nick. Si c'est de cette façon qu'ils vous traitent maintenant, faites-moi confiance, ça ne fera qu'empirer une fois que Bo et vous serez mariés.

— Mais je l'aime, sanglota Maddie. Je ne peux pas vivre sans lui.

Laney tendit d'autres mouchoirs à la jeune fille et passa un bras autour de ses épaules.

— Viens t'installer avec Laci et moi. Nous ne laisserons plus personne te faire de mal.

En arrivant devant la porte grillagée du domicile des Evans, Nick entendit distinctement le bruit de la musique retentissant à tue-tête depuis l'intérieur. La camionnette d'Arlène n'était pas là, mais la voiture de Bo était garée devant la maison.

Il frappa à plusieurs reprises contre l'encadrement de la porte.

— Bo ! appela-t-il finalement en criant presque.

Aucune réponse ne lui parvint. Il frappa donc encore une fois.

Violet apparut dans la pénombre qui régnait à l'intérieur, le faisant sursauter. Elle devait être assise dans le salon, dans le noir, avec les rideaux tirés. Il n'avait pas entendu de bruit au moment où elle s'était levée du canapé ni tandis qu'elle approchait.

— Ma mère n'est pas ici, dit-elle docilement.

Son visage était plus pâle que dans ses souvenirs et des cernes sombres soulignaient ses yeux.

— Elle est chez le médecin.

— Elle ne se sent pas bien ?

Violet secoua la tête.

— Votre frère est-il là ?

La jeune femme sembla hésiter, comme tentée de mentir, au grand étonnement de Nick. Il n'avait jamais eu l'impression qu'ils étaient aussi proches.

— Pourriez-vous lui dire que je souhaite lui parler ? reprit-il en poussant la porte pour entrer dans la maison.

— Je ne suis pas certaine qu'il soit là, répondit Violet, forcée de faire un pas en arrière.

— Et si j'allais voir dans sa chambre ?

Passant devant elle, il traversa le salon et se dirigea au fond du couloir, en suivant le bruit assourdissant de la musique, dont le rythme monotone lui donnait mal aux dents.

Avec une impatience grandissante, il martela la porte de la chambre à coups de poing.

— Fiche le camp ! cria le jeune homme.

N'en pouvant plus d'attendre, Nick ouvrit la porte à la volée. Affalé sur son lit défait, Bo releva la tête d'un air hébété.

— Qu'est-ce que vous voulez ? cria-t-il par-dessus le vacarme provenant de la chaîne stéréo.

Nick se dirigea vers l'appareil et l'éteignit.

— Pour qui vous prenez-vous ? s'écria Bo.

— Pour un officier de police qui va te lire tes droits.

— *Quoi ?*

Il se redressa vivement.

— Vous avez le droit de rester…

— Pas si vite ! Pour quelle raison vous m'arrêtez, d'abord ? demanda-t-il avec un léger craquement dans la voix qui trahissait son inquiétude.

— Devine ! répliqua Nick en sortant ses menottes.

— Je ne sais rien au sujet du bracelet.

— Est-ce que j'ai dit quoi que ce soit à propos d'un bracelet, Bo ?

— Maddie me l'a donné. C'est elle qui m'a obligé à le faire.

— Votre mère croira peut-être cette version de l'histoire, mais ça ne prend pas avec moi. Et même si c'était vrai, un fiancé digne de ce nom n'essaierait-il pas de couvrir la femme qu'il aime, au lieu de la dénoncer ? Vous êtes abject ! Maintenant, debout.

Il vit Bo regarder vers la porte comme s'il jaugeait ses chances de s'échapper.

— Allez-y ! Essayez de résister à l'arrestation, pour voir ! Je me ferai un plaisir de constater que vous aggravez votre cas !

La mine renfrognée, Bo Evans se leva et tendit les mains devant lui.

— Vous allez le regretter ! Ma mère vous fera renvoyer, s'écria-t-il, les dents serrées.

Devant le regard impassible de Violet, Nick l'entraîna jusqu'à son véhicule, puis le fit asseoir à l'arrière.

Au même moment, Charlotte Evans arriva en voiture. Elle jeta un coup d'œil vers son frère, menotté, puis vers Nick. Avec un désintérêt manifeste, elle sortit du véhicule et marcha jusqu'à la maison.

— Charlotte, est-ce que vous savez où je peux trouver votre mère ? l'interpella Nick.

— A l'hôpital, répondit-elle d'un air surpris. Bo ne vous a pas mis au courant ? Hier soir, ma mère a fait une mauvaise chute dans l'escalier menant au sous-sol. Elle s'est cassé le bras et souffre d'une commotion.

Les funérailles de Géraldine Shaw se déroulèrent un samedi, sous la pluie. Sur le coteau dominant la Vieille Ville, Laney et quelques habitants, dissimulés sous des parapluies noirs, s'étaient réunis autour de la tombe, tandis que Titus, sa bible à la main, prononçait quelques paroles bienveillantes.

Le temps maussade expliquait en partie le peu de personnes qui s'étaient déplacées. Mais Laney savait que leur petit nombre était davantage lié au fait que nul ne connaissait vraiment Géraldine.

Alors qu'elle redressait la tête, elle aperçut Nick qui se tenait en retrait, dans l'ombre des arbres. Il semblait observer les gens réunis autour de la tombe.

Toutes les femmes du club de couture étaient présentes, soit par respect, soit parce que Géraldine leur avait légué sa maison et sa propriété. Un don qui ne représentait pas une somme très importante, dans cette partie du Montana, mais le geste de Géraldine n'est restait pas moins généreux.

Même Arlène Evans s'était déplacée, arborant le plâtre autour de son bras cassé comme un insigne d'honneur. Le visage couvert de marques oscillant entre le violet et le jaune, elle avait raconté à tout le monde qu'elle était tombée à cause de la première marche de l'escalier qui menait au sous-sol, première marche qui attendait une réparation que ni Bo — qui était en prison pour un crime qu'il n'avait pas commis — ni son mari — trop occupé aux travaux de la ferme — n'avait eu le temps d'entreprendre.

La plupart des habitants savaient que sa chute s'était produite juste avant l'arrestation de son fils. Mais cela ne l'avait pas empêchée d'en rajouter.

De chaque côté d'elle se trouvaient ses filles : Violet dans une cape noire qui faisait penser à celle de Dracula ; Charlotte dans une petite robe sombre et des chaussures à talons, un châle en tricot drapé autour d'elle comme si elle se trouvait sur un podium de défilé de mode. Arlène arborait un chapeau à voilette qui dissimulait la majeure partie des marques sur son visage. Elle reniflait bruyamment toutes les cinq minutes et Laney soupçonnait que cela avait davantage à voir avec l'arrestation de son fils qu'avec le service funèbre de Géraldine Shaw.

Elle remarqua également qu'elle s'évertuait à se tenir le plus loin possible de Maddie. Cette dernière, au contraire, était au bord de la tombe, près de ses deux cousines. Elle pleurait doucement, la tête baissée, les cheveux humides à cause de la pluie. Laney avait essayé de la faire rester sous le grand parapluie qu'elle avait apporté, mais Maddie n'avait pas voulu en entendre parler, comme si la pluie allait laver sa peine.

« Je ne peux pas vivre sans Bo », s'était-elle écriée chaque fois que Laci ou Laney avaient essayé de lui parler de l'arrestation et des fiançailles. « Vous ne comprenez pas. Je ne trouverai jamais personne qui m'aimera autant que lui. »

Laney n'avait pu s'empêcher de lui faire remarquer que s'il l'aimait vraiment, il n'aurait pas volé un bracelet en diamants et surtout, qu'il ne l'aurait pas laissée être accusée à sa place.

— Il avait besoin d'argent pour notre mariage…

— Dans ce cas, pourquoi ne pas trouver un job, plus simplement ? avait rétorqué Laney.

Eclatant en sanglots, la jeune fille avait alors précipitamment quitté la pièce.

— Tu aurais pu être un peu plus diplomate, avait dit Laci à sa sœur avant d'aller rejoindre Maddie.

Laney aurait voulu faire entendre raison à sa cousine, mais elle se rendait compte que c'était tout à fait inutile : l'amour semblait vraiment aveugle, sourd et incroyablement stupide !

A cette pensée, elle regarda dans la direction de Nick. Elle ne l'avait pas vu depuis des jours. Ce qu'elle trouvait le plus troublant, c'était sans doute le fait qu'il n'ait pas tenté une seule fois de l'embrasser le soir où ils avaient dîné ensemble.

Après qu'il l'avait raccompagnée à sa voiture, ils avaient discuté un long moment sous la voûte étoilée. Une brise légère était venue atténuer la chaleur de la soirée, rendant ce moment très doux, particulièrement propice à un rapprochement tendre.

Mais, malgré toutes les opportunités qu'elle lui avait fournies, il s'était retenu, comme s'il avait eu peur. Mais peur de quoi ? s'interrogea-t-elle en l'observant. Il ne semblait pas le genre d'homme à être facilement effrayé.

Son grand-père referma sa bible.

— Si quelqu'un souhaite prononcer quelques mots…

Titus observa la petite assemblée.

— Personne…

— J'aimerais dire quelque chose, intervint Maddie.

La gorge nouée et les yeux rougis, elle avait le visage gonflé à force d'avoir trop pleuré.

— Je ne connaissais pas beaucoup Géraldine. Mais elle a toujours fait preuve de gentillesse à mon égard. Je suis triste qu'elle nous ait quittés…

Titus indiqua alors la fin du service, et tout le monde se dispersa peu à peu, telles des feuilles balayées par le vent.

Laney regarda les habitants s'éloigner lentement, à l'exception de Nick. Il semblait l'attendre. Elle se dirigea vers lui et remarqua que les rebords de son chapeau étaient remplis d'eau de pluie, de même que les lourdes branches du pin ponderosa sous lequel il se tenait.

— Bonjour, dit-elle d'une voix curieusement timide.

— Bonjour.

Il esquissa un sourire sans la quitter des yeux.

— Je suis venu vous prévenir qu'Arlène allait tenter de faire sortir Bo de prison.

La jeune femme émit un léger grognement de mécontentement.

— Maddie est-elle toujours déterminée à l'épouser ?

Elle acquiesça d'un signe de tête.

— Comment ne peut-elle pas se rendre compte du genre d'homme qu'il est réellement ?

— Les gens ne voient que ce qu'ils veulent voir, Laney, commenta-t-il en fixant attentivement son regard sombre sur elle. Vous m'avez manqué…

Cet aveu ne lui était pas venu facilement.

— Y a-t-il une chance pour que vous acceptiez de dîner en ville avec moi avant d'aller voir un film ?

— Quel film ? demanda-t-elle.

— Est-ce que ça a vraiment de l'importance ?

Pas le moins du monde, pensa-t-elle intérieurement.

Nick n'avait jamais vécu dans une ville pourvue d'un seul cinéma, qui ne projetait qu'un seul film et uniquement quelques soirs par semaine. Mais il adorait le genre de bâtiment ancien et classique dans lequel la salle avait été installée. Il lui rappelait son enfance, lorsque son oncle Cosmos l'emmenait aux matinées dans un immense cinéma du quartier possédant un balcon, comme dans un théâtre.

Il n'en existait plus beaucoup, aujourd'hui. Celui de Whitehorse était l'un des rares restant dans le Montana.

— Ce serait comme un vrai rendez-vous galant. Je passerais vous prendre chez vous. Je vous achèterais même du pop-corn, dit-il en s'enthousiasmant à cette idée, espérant qu'elle réponde oui.

— Du pop-corn au beurre ?

Il sourit à pleines dents.

— Voilà une femme comme je les aime !

— Dans ce cas, je crois qu'on peut en effet appeler ça un rendez-vous galant.

Nick eut soudain l'impression qu'un rayon de soleil venait d'apparaître au milieu de la pluie, tandis qu'il la raccompagnait jusqu'à sa voiture. Après qu'ils se furent mis d'accord sur l'heure à laquelle il passerait la prendre, il la regarda s'éloigner en regrettant que la situation ne soit pas différente.

Malheureusement, la réalité était là : d'un jour à l'autre, il risquait d'être obligé de s'en aller.

Sans parler du fait qu'il lui mentait sur sa véritable identité, sur l'endroit d'où il venait et sur la raison de sa présence ici. La culpabilité lui donnait mauvaise conscience. Il éprouvait de plus en plus de difficultés à assumer cette situation de mensonge. C'était la raison pour laquelle, dans un premier temps, il s'était fait un devoir d'éviter Laney.

Il ne voulait plus lui mentir.

Mais il ne pouvait pas non plus lui raconter la vérité. Ni à elle, ni à personne. N'importe quel jour pourrait être le dernier qu'il passerait en compagnie de la jeune femme. N'importe quel jour, aussi, pourrait être celui où il se retrouverait de nouveau face à Keller et à l'arme qu'il pointerait sur lui.

9

La pluie cessa, tandis que Nick se dirigeait vers la sortie de la Vieille Ville. Il n'arrivait pas à croire au nombre d'accidents survenus au cours des dernières semaines.

Arlène Evans était tombée dans les escaliers. Alice Miller avait embouti sa voiture contre un arbre. Et un incendie s'était déclaré au domicile de Muriel Brown.

Etant donné la taille de la ville, cela semblait presque surréaliste. Si Laney et lui avaient raison en pensant que Géraldine Shaw n'était pas la victime visée par l'assassin, alors peut-être que ce dernier prenait un malin plaisir à jouer les perturbateurs. Et Nick avait le mauvais pressentiment que ce n'était que le début. Le coupable ne s'arrêterait probablement pas tant que la Vieille Ville n'aurait pas un autre cadavre.

Son attention fut soudain attirée par le jeune Chaz et son chien, Prince, qui remontaient la route à pied, non loin du domicile des Evans. Nick alla se garer devant la maison et baissa sa vitre, tandis que l'animal arrivait près de sa voiture en bondissant, la langue pendante.

— Tu as volé des poules, dernièrement ? lui demanda-t-il en plaisantant.

— Aucune, shérif, répondit Chaz à la place de son chien. Je l'ai surveillé de près. Comme vous me l'aviez demandé.

Nick avait aperçu le garçon promener Prince presque chaque fois qu'il était venu dans la Vieille Ville. Nouveau dans la région, Chaz n'avait probablement pas beaucoup d'amis. Peu d'enfants de son âge vivaient dans les environs. La population était plutôt vieillissante. La jeune génération avait quitté la ville, à l'exception de quelques-uns dont les enfants étaient encore en couches-culottes.

Tandis que Charlotte Evans se garait à son tour dans la cour, Chaz posa une main protectrice sur la tête de son chien. Dès que la jeune fille descendit de sa voiture, elle fonça droit vers l'animal. Elle portait encore sa tenue d'enterrement, des chaussures noires à talons hauts et une robe courte de la même couleur, mais elle avait abandonné le châle.

— Comment est-ce qu'il s'appelle ? demanda-t-elle avec plus d'enthousiasme que Nick n'en avait jamais vu chez elle.

— Prince, répondit timidement Chaz.

— Quel joli nom ! Est-ce que je peux le caresser ?

Visiblement impressionné, Chaz acquiesça d'un signe de tête. Nick ne pouvait pas l'en blâmer. Vue de son âge, Charlotte semblait déjà une femme et il fallait bien reconnaître qu'elle était très séduisante.

— Comment se porte votre mère ? s'enquit-il.

— Bien. Mais Violet a dû la ramener à l'hôpital à cause d'une sorte d'infection qu'elle a développée.

N'ayant manifestement pas très envie de s'attarder sur l'état de santé de sa mère, elle reporta son attention sur le chien.

— Prince a l'air si gentil ! dit-elle encore, tandis que l'animal lui léchait la main en s'appuyant contre sa jambe. J'ai toujours voulu en avoir un, mais c'est impossible. Bo est allergique. A ça et au reste !

Tout particulièrement à l'effort et au travail, songea Nick.

— Est-ce que tu as envie d'un verre de thé glacé ? proposa-t-elle à Chaz. Je verserai un peu d'eau dans un bol que j'installerai sur le porche pour Prince.

— D'accord.

Sans un regard en arrière, il s'empressa de la suivre, son chien sur les talons.

C'est Bo qui allait être content, se dit Nick non sans amusement.

De retour à son bureau, il ne fut pas surpris d'apprendre qu'il avait reçu un appel du juge.

— Arlène Evans a fait valoir de bons arguments, lui expliqua ce dernier lorsque Nick le rappela. En ce moment, elle a besoin de son fils chez elle. Elle ne peut pas conduire et son mari est occupé dans les champs.

Nick réalisa alors qu'il n'avait jamais vu Floyd Evans. Il commençait même à se demander s'il existait réellement.

— Là où je veux en venir, poursuivit le juge, c'est qu'il s'agit du premier délit de Bo. Je serais d'avis de le laisser rentrer chez lui.

— Vous réalisez que la femme à qui il a dérobé le bracelet est morte et que c'est sa fiancée qui en a hérité, fit remarquer Nick.

— Là n'est pas la question. Le jeune homme semble avoir compris la leçon. Je connais les Evans depuis toujours. Arlène a pratiquement dû élever ses enfants toute seule. Vous ne le savez probablement pas, mais

Bo a été un brillant athlète. Il a permis à l'équipe de football d'être qualifiée pour le championnat national, deux années de suite.

Nick commençait à se demander si le juge ne cherchait pas délibérément à faire une faveur à la famille en relâchant Bo.

— Arlène a besoin de son fils, répéta-t-il. Puisque c'est son premier délit, je vais simplement lui donner cinquante heures de travaux d'intérêt général.

Au ton de sa voix, il paraissait évident qu'il ne servirait à rien de discuter davantage. Bo était un enfant du pays. Lui, non. Le jeune homme séduisant surferait assurément sur la vague de ces deux années de gloire au lycée aussi longtemps que possible.

— Je le raccompagnerai chez lui, fit Nick.

— Inutile. Sa fiancée est ici, elle va s'en charger, dit le juge.

Nick fit une grimace. Manifestement, Laney n'était pas parvenue plus que lui à convaincre Maddie que Bo n'était pas fait pour elle.

— Comment progresse l'enquête ? demanda Laney, en trempant une frite dans la mare de ketchup qui remplissait son assiette en plastique.

— Lentement, répondit Nick en levant les yeux de son cheeseburger au bacon.

Ils s'étaient acheté des hamburgers, des frites et des milk-shakes au fast-food du coin et avaient décidé de pique-niquer dans Trafton Park, près de Milk River. Au-dessus de leurs têtes, d'immenses peupliers de Virginie agitaient leurs feuilles.

— Je me suis un peu renseignée au sujet du cyanure, annonça-t-elle entre deux bouchées. Apparemment, il est couramment utilisé dans l'exploitation minière.

— C'est un de ses usages, reconnut-il. Il est utilisé dans de nombreux domaines qui vont de la photographie aux produits d'entretien pour métaux, malheureusement. Et facilement accessible dans la nature. Si vous réduisez en poudre un nombre suffisant de graines de cerisier de Virginie, le cyanure contenu à l'intérieur vous tuera probablement. Ce produit est tellement commun que nous ne remonterons jamais jusqu'à l'assassin.

Laney eut du mal à cacher sa déception. Elle ne voulait plus que cette épée de Damoclès pèse au-dessus de la tête de sa sœur. Ou de sa cousine. Ils devaient absolument découvrir qui avait tué Géraldine et pour quel motif.

— Ne vous inquiétez pas, je continuerai à chercher le meurtrier jusqu'à ce que je le trouve, lui assura-t-il comme s'il avait deviné ses pensées.

Elle mourait d'envie de prendre son visage entre ses mains et de sentir sous ses doigts sa peau chaude et sèche, légèrement rugueuse à cause du soupçon de barbe sur ses joues. Mais elle n'en fit rien et se contenta de lui sourire en frissonnant légèrement.

— Vous avez froid ?

— Non, ça va.

L'espace de quelques secondes, elle focalisa son attention sur son hamburger.

— Le Montana doit vous paraître bien différent du Texas, dit-elle enfin, particulièrement cette partie de l'Etat.

Esquissant un sourire, il leva la tête vers elle. Jamais elle n'avait vu des yeux aussi noirs que les siens.

— J'aime cet endroit. Les grands espaces. Les gens. Tout le monde est si amical.

Elle le regarda d'un air dubitatif.

— Vous ne nous prenez pas tous pour des paysans vivant dans un trou perdu ?

A cette remarque, il ne put s'empêcher d'éclater de rire.

— Je vous trouve tous charmants et uniques, dit-il en secouant la tête. Particulièrement vous. J'aime la sensation que dégage cet endroit. On dirait que rien n'a changé depuis des centaines d'années.

Elle éclata de rire à son tour.

— C'est le cas. Et vous trouvez que c'est une bonne chose ?

— Oui, dans un sens, c'en est une. On sent que les lieux sont chargés d'histoire. Vous voyez ce que je veux dire ?

Elle comprenait parfaitement ce qu'il ressentait. C'était l'une des raisons pour lesquelles elle aimait venir ici, chaque été. Les habitants se connaissaient tous entre eux et connaissaient la famille de chacun. Génération après génération, les hommes étaient restés pour cultiver la terre ; ils y avaient profondément ancré leurs racines et partagé leurs souvenirs. Elle aimait ce sentiment d'appartenance à un lieu, une communauté.

— Est-ce que je peux vous demander ce qui est arrivé à vos parents ?

— Il n'y a pas grand-chose à en dire. Ils se sont rencontrés au lycée, ils sont tombés amoureux, puis ils se sont mariés, très jeunes. Mon père vivait dans la vieille maison abandonnée à l'entrée de Whitehorse. Vous l'avez sans doute remarquée ?

— Celle qui a l'air hantée ?

Elle acquiesça en grimaçant.

— Je ne serais pas surprise si elle l'était réellement. Elle a été témoin de tragédies. Mon grand-père paternel s'y est suicidé après y avoir tué ma grand-mère. Depuis, l'endroit est vide.

— Je suis vraiment désolé, fit Nick. Et votre père… ?

— Après leur mariage, ils ont emménagé dans la maison où Laci et moi séjournons chaque été. Mon grand-père, Titus, l'avait construite pour eux et la leur avait offerte comme cadeau de mariage. Je suis née peu de temps après, puis Laci a rapidement suivi.

— Vous n'êtes pas obligée de continuer, si c'est trop douloureux…

— Non, pas du tout. En fait, j'ai presque l'impression de raconter l'histoire de quelqu'un d'autre, car ma sœur et moi étions si jeunes lorsque c'est arrivé. Quelques semaines après l'enterrement de mes grands-parents paternels, mon père s'est rendu en ville. Sur le chemin du retour, il a fait une série de tonneaux avec son pick-up et il est mort. Certains racontent qu'il avait trop bu. Je crois que ma mère ne s'en est jamais remise. Un jour, elle a simplement disparu et on ne l'a plus jamais revue.

Nick tendit le bras en travers de la table et lui prit la main.

— Vous avez perdu tant de personnes proches en si peu de temps !

— Mes grands-parents maternels nous ont élevées, Laci et moi. En fin de compte, nous avons eu de la chance. Jamais nous n'aurions pu espérer une enfance plus idyllique. J'aurais aimé que vous rencontriez ma grand-mère avant son attaque. C'était une femme si dynamique et si déterminée ! Une vraie pionnière.

— A l'image de sa petite-fille.

Sa remarque la fit sourire.

— J'espère lui ressembler, un jour. Mais ce ne sera pas facile de lui succéder.

— Vous saurez la rendre fière de vous. Je n'ai aucun doute à ce sujet.

Autour d'eux, les feuilles bruissaient dans les arbres et il régnait dans l'air une odeur d'herbe fraîchement coupée. La main de Nick lui procurait une chaleur rassurante.

Puis il eut un mouvement de recul, comme toujours.

— Comment va votre cousine ? demanda-t-il en changeant de sujet.

— Je n'ai pas encore pu lui parler.

Elle ravala sa déception et ajouta :

— Lorsque je téléphone, on me dit qu'elle est sortie.

— Vous croyez qu'elle vous évite ?

Elle acquiesça d'un signe de tête.

— Elle nous en veut à Laci et moi d'avoir essayé de la convaincre de rompre ses fiançailles. Je crains de ne pas avoir été très diplomate.

Il sourit d'un air entendu.

— Je n'ai probablement pas utilisé la meilleure tactique non plus. Elle a dix-neuf ans. Légalement, elle peut épouser qui bon lui semble.

Laney poussa un soupir.

— Je pense qu'elle a simplement peur de ne jamais aimer un autre homme comme elle aime Bo, ce que je peux comprendre.

— Comment s'appelait-il ? demanda Nick.

Laney cligna des yeux sous l'effet de la surprise.

— Le garçon qui vous fait dire que vous la comprenez ?

Elle détourna le regard et demeura silencieuse quelques secondes.

— C'était un garçon que j'avais rencontré au cours de ma première année d'université. J'étais folle amoureuse de lui.

— Que s'est-il passé ?

— Les aléas de la vie, dit-elle avec un rire mêlé de regret. Nous étions trop jeunes pour prendre un engagement à vie. Et nous avons fini par emprunter des chemins différents. J'ai appris qu'il avait été engagé dans une grande société commerciale dans l'Est et qu'il avait épousé la fille du patron. Ça n'aurait jamais fonctionné entre nous. Ce n'était pas la vie dont je rêvais, et ceci, dit-elle en agitant la main autour d'elle, était très éloigné de ce qu'il désirait.

Elle regarda Nick droit dans les yeux et décida de l'interroger à son tour.

— Et vous ?

— J'ai eu le cœur brisé tellement de fois que j'en ai perdu le fil, répondit-il.

— J'en doute sérieusement.

— Pourtant, c'est la vérité. Les femmes pensent toujours qu'elles veulent un homme du genre silencieux et fort, jusqu'à ce qu'elles réalisent que nous sommes ennuyeux à mourir.

Laney éclata de rire et l'observa longuement tandis qu'ils finissaient de manger dans un silence complice. Etrangement, elle commençait à se rendre compte qu'il ne répondait presque jamais à ses questions de manière directe. Comme s'il avait peur qu'elle ne s'approche trop près de la vérité.

— Nous ferions mieux de nous mettre en route pour le cinéma, suggéra-t-il en se levant. J'espère qu'il vous reste de la place pour le pop-corn.

Il rassembla les papiers d'emballage de leur pique-nique et alla les déposer dans une grande poubelle.

Alors qu'elle le regardait s'éloigner, Laney ne put s'empêcher de penser qu'il était l'homme le plus sexy qu'elle eût jamais rencontré ; le plus intrigant également. Néanmoins, elle ne pouvait ignorer cette petite voix dans sa tête qui lui recommandait de garder ses distances.

Il y avait davantage chez Nick Rogers que ce qu'il voulait bien laisser voir. Et plus elle passait de temps en sa compagnie, plus elle était convaincue qu'il ne lui disait pas tout à son sujet.

— Est-ce que vous avez aimé le film ? lui demanda Nick sur le chemin du retour, en réalisant qu'il n'arrivait même pas à se rappeler de l'intrigue, ayant passé la séance entière à penser à la femme assise à côté de lui, incapable de se concentrer sur l'écran.

— Oui. Mais je continue de m'inquiéter au sujet de ma cousine.

Il n'était pas sûr que ce soit l'entière vérité. Depuis qu'ils avaient quitté le parc, plus tôt dans la soirée, elle s'était montrée distante. Il craignait d'avoir été maladroit dans ses propos. Ou bien au contraire de ne pas en avoir dit assez.

— Moi-même, je me demande si Géraldine a légué quelque chose à Maddie par gratitude, parce qu'elle l'a aidée de temps à temps, ou pour la faire taire, commenta-t-il.

— *Quoi ?*

En voyant l'expression choquée sur le visage de Laney et en sentait sa colère, il se demanda ce qui lui avait pris d'aborder ce sujet. Cherchait-il à obtenir son avis sur la question ? Ou bien voulait-il simplement l'empêcher de s'éloigner à des kilomètres de lui ?

— J'essaie simplement de comprendre leur relation et par la même occasion ce qui se passe avec Maddie. Géraldine n'avait soi-disant aucun ennemi. Ni d'amis, apparemment. Maddie était l'une des rares personnes à avoir le droit d'entrer dans sa maison. Je suis forcé de me demander pourquoi *elle* ?

— Parce qu'elle est douce, gentille et…

— Je n'avais pas l'intention de vous contrarier, fit Nick en se tournant vers elle, bien qu'il se demandât intérieurement si c'était réellement le cas.

Elle appuya son front contre la vitre et fixa son regard sur le paysage plongé dans l'obscurité.

— Etes-vous au courant de la somme dérisoire que Géraldine donnait à Maddie en échange de ses services ? lui demanda-t-il.

— Deux dollars de l'heure, répondit-elle, ce qui prouve que ma cousine l'aidait par bonté de cœur — non pas pour un sombre mobile.

— Ou bien qu'elle recevait davantage que deux dollars de l'heure, si bien qu'elle n'avait pas l'intention de réclamer plus.

Laney lui lança un nouveau regard noir.

— Vous trouvez vraiment qu'elle a la carrure d'un maître-chanteur ?

Nick devait reconnaître que sur ce point, la jeune femme n'avait pas tort. Maddie était loin d'en avoir le profil type.

— Mais vous devez quand même admettre qu'elle est assez perturbée. Si ce n'était pas le cas, elle ne persisterait pas à vouloir épouser Bo Evans.

— Ce n'est pas moi qui vous contredirai sur ce point, mais je suis absolument certaine — *certaine*, répéta-t-elle en appuyant sur le mot — qu'elle n'exerçait aucun chantage sur Géraldine Shaw.

— Apparemment, quelqu'un le faisait. Ce qui soulève une autre question : qu'est-ce que cette femme avait à cacher ?

— Rien.

Il ne partageait pas son avis et secoua la tête.

— La plupart des gens ont quelque chose à cacher, même si c'est une chose infime.

Elle leva un sourcil, interloquée.

— Est-ce votre cas ?

La question le prit au dépourvu. Malgré le faible éclairage dans le véhicule, il vit qu'elle était sérieuse. Il pensait avoir fait preuve d'une extrême vigilance, mais à l'évidence il l'avait rendue soupçonneuse.

— Nous avons tous nos petits secrets, dit-il avec un large sourire. Vous aussi, je parie.

Une lueur fugace traversa son regard. Laney était comme un livre ouvert. Du moins était-ce l'impression qu'il avait. Mais peut-être se trompait-il. Peut-être que tout le monde dissimulait réellement quelque chose.

Préférant changer de sujet, il revint à Géraldine.

— Son mari est mort l'année dernière, exact ?

— A la fin de l'été. Laci et moi étions déjà reparties lorsque c'est arrivé.

Nick fronça les sourcils.

— Je n'ai pas vu de tombe à côté de celle de Géraldine, à part celle d'un enfant, sans nom.

— Géraldine a perdu un bébé au huitième mois de sa grossesse, expliqua Laney d'une voix monotone.

Même si cela ne la ravissait guère, elle semblait s'être résignée à parler du meurtre, plutôt que de ce qu'il cherchait à lui dissimuler.

— Elle n'a jamais eu d'autres enfants ? poursuivit-il.

Laney secoua la tête.

— Le bébé, c'était l'idée d'Ollie. D'après ma grand-mère, Géraldine n'en voulait pas à cause d'un problème héréditaire dans sa famille. Je crois qu'elle craignait que ça n'affecte son enfant — et elle ne s'était pas trompée.

Nick enregistra l'information, se maudissant d'avoir abordé ce sujet. Ce n'était pas surprenant que Laney se méfie de lui. Il la courtisait, puis faisait brusquement marche arrière comme s'il ne savait pas ce qu'il voulait, alors qu'il savait exactement de quoi il avait envie. Il avait envie d'elle. Si seulement les circonstances avaient été différentes…

— En ce qui concerne Ollie, son mari, reprit Laney en le tirant brusquement de ses pensées, il est mort dans le Minnesota, pendant qu'il rendait visite à sa famille. Sa dernière volonté était d'être enterré là-bas.

Nick tourna et retourna l'information dans sa tête un instant.

— Vous ne trouvez pas étrange que Géraldine n'ait pas souhaité être enterrée près de lui ?

Laney haussa les épaules.

— Elle avait davantage d'attaches avec la Vieille Ville que Ollie. La maison appartenait à ses grands-parents. J'imagine qu'elle voulait être là où se trouvaient ses racines. Par ailleurs, tous ses parents sont enterrés sur le coteau.

Nick s'engagea sur le chemin qui menait jusqu'à la maison de Laney. Il comprenait l'importance d'avoir des racines bien plus qu'elle ne pourrait l'imaginer.

— Donc, vous êtes originaire du Texas ? demanda soudain Laney.

— Non, répondit-il un peu trop rapidement.

Il secoua la tête et ajouta :

— Je ne suis pas d'un endroit en particulier.

— Ah oui, j'oubliais. Votre père était dans l'armée et vous déménagiez souvent.

Sentant son regard fixé sur lui, il voyait bien qu'elle faisait des efforts pour essayer de le comprendre.

— Vous avez de la chance. Je vous envie. Toute votre histoire se trouve ici.

— Nous créons tous notre propre histoire, fit-elle remarquer. Peu de jeunes gens s'installent définitivement dans la région, parce qu'il n'y a pas assez d'emplois qui paient bien. La vie ici est en train de changer.

— C'est très dommage.

Il étudia son visage pendant une seconde, tandis qu'ils arrivaient devant la maison.

— Et vous ? Pensez-vous qu'un jour vous vous installerez ici pour toujours ?

— Ma sœur est déterminée à le faire. Du moins, c'est ce qu'elle dit. Pour ma part, j'aime vraiment cet endroit et, étant comptable, je pourrais assurément y faire carrière…

— Mais ?

Elle détourna le regard et se mordit la lèvre avant de lui répondre.

— Il faudrait que je rencontre l'homme de ma vie pour prendre une telle décision.

Et Nick Rogers ne l'était définitivement pas, songea-t-il le cœur transpercé.

En arrivant devant chez elle, Laney sut qu'il n'allait pas l'embrasser. Il avait reçu un appel radio, pendant qu'il la raccompagnait jusque devant sa porte. Courant jusqu'au véhicule, il avait appris par la standardiste qu'une nouvelle agression avait eu lieu derrière un bar, à Whitehorse.

— Vous feriez mieux de vous mettre en route, lui cria-t-elle. Merci pour le dîner et le film. J'ai passé une agréable soirée.

Elle commençait à ouvrir la porte d'entrée quand elle entendit le bruit de ses bottes derrière elle, sur les marches. L'instant d'après, il la prenait dans ses bras pour l'embrasser.

Puis il repartit à vive allure, la laissant pantelante sur le porche, à se demander si elle venait de rêver ce qui s'était passé. Même dans ses rêves les plus fous, elle n'aurait pu imaginer un tel baiser. Ni même un homme comme lui.

Elle en voulait davantage. Elle réalisa que son cœur était prêt à tout miser sur lui.

10

Le matin suivant, Nick contacta le département chargé de traiter les naissances et les décès dans l'Etat du Minnesota, afin d'obtenir des renseignements au sujet d'Oliver Raymond Shaw, déclaré mort un an auparavant, alors qu'il rendait visite à des membres de sa famille.

La réponse ne manqua pas de le surprendre : aucun acte de décès n'avait été établi à ce nom. Pas plus que dans le Montana.

Il se rendit alors aux bureaux du *Milk River* et demanda à Glen Whitaker d'effectuer une recherche pour savoir si Géraldine Shaw avait fait paraître une notice nécrologique pour son mari. C'était le cas. D'après celle-ci, Ollie avait trouvé la mort à North Pond, dans le Minnesota, il y avait presque un an jour pour jour.

Le reporter lui en fit une copie.

— Vous avez des pistes concernant les deux affaires qui agitent Whitehorse ? lui demanda-t-il.

Nick aurait aimé pouvoir lui annoncer qu'il avait arrêté son agresseur.

— Pas encore, répondit-il. Mais vous serez le premier informé, dès que j'aurai des éléments.

De retour à son bureau, il contacta le bureau d'enquête

du Minnesota qui lui répondit qu'aucune ville de l'Etat ne portait le nom de North Pond. Et que ni le funérarium cité dans la notice nécrologique ni le cimetière où Ollie Shaw était censé être enterré n'existaient.

Il était effectivement né à Minneapolis, mais personne ne semblait en mesure de lui dire à quel endroit reposait son corps.

Nick réfléchit un instant à ce qu'il allait faire. Ayant été entouré de policiers depuis sa naissance, il éprouvait parfois le sentiment de faire ce métier depuis trop longtemps. Il avait vu beaucoup de choses au cours de sa carrière. Pourtant, tandis que les pièces du puzzle commençaient à s'assembler dans son esprit, il sentit monter en lui une sensation d'écœurement face à ce qui commençait à prendre forme. Certains jours, il détestait ce job.

Il déverrouilla le dernier tiroir de son bureau et en sortit le téléphone portable, comme il le faisait chaque jour depuis son arrivée dans le Montana. Seulement, contrairement aux autres fois, il y avait un message.

Son cœur se mit à battre avec une extrême violence. Les paumes moites sous l'effet de la peur, il plaqua l'appareil contre son oreille et écouta les paroles qu'ils redoutaient d'entendre depuis le jour où il avait quitté la Californie. Il s'était préparé au pire, s'attendant à devoir quitter la ville sur-le-champ parce que Keller avait retrouvé sa trace, par exemple. Mais il avait toujours imaginé qu'au moment où on lui enverrait ce message, il serait probablement déjà mort.

La voix à l'autre bout de la ligne était monotone et officielle.

— La date du procès a été déplacée. Veuillez

vous présenter au tribunal, au début de la semaine prochaine.

Une lame de couteau s'enfonça dans son cœur. Il devait rentrer en Californie. A cette pensée, il eut un mouvement de recul. Il savait qu'il n'avait pas le choix. S'il ne témoignait pas, Keller ne serait pas le seul dont il aurait à s'inquiéter. Et il avait déjà bien assez d'un seul homme pour lui causer des insomnies.

La semaine prochaine, se répéta-t-il mentalement.

Une partie de lui avait envie de s'enfuir en courant. Mais pour aller où ? Aucun endroit ne serait jamais assez sûr. Dès son arrivée dans le Montana, il avait pris conscience qu'il ne serait jamais totalement libéré de son passé.

En attendant, il avait un meurtre à résoudre. Attrapant ses clés de voiture, il se mit en route en direction de la Vieille Ville. A l'entrée, il aperçut Chaz accompagné de son chien, qui tirait derrière lui un grand chariot rouge.

Tandis qu'il s'arrêtait à sa hauteur, il vit une expression de dépit s'afficher sur le visage du garçon.

— J'imagine que vous avez appris que Prince a encore eu des ennuis, dit Chaz pendant que Nick descendait de son véhicule. Ne vous en faites pas, je suis en chemin pour aller rendre tout ce qu'il a pris.

— De quoi parles-tu ? s'étonna Nick en regardant le chariot rempli d'objets en tous genres, allant de l'arroseur de jardin à une télécommande de télévision. Prince est entré chez les gens pour voler toutes ces choses ? demanda-t-il alors qu'il s'emparait d'une vieille batte de base-ball.

— C'est un chien intelligent. Il sait comment ouvrir les portes grillagées, expliqua Chaz, les épaules voûtées.

Il est s'est introduit dans les maisons, a pris ce qui l'intéressait puis est reparti.

Le regard fixé sur la batte qu'il tenait entre ses mains, Nick remarqua qu'elle était usée et qu'une substance rouge était incrustée dans les fentes. Sauf erreur de sa part, cela ressemblait fortement à du sang.

— Où a-t-il récupéré ça ? demanda Nick en s'efforçant de garder une voix normale.

Le garçon haussa les épaules.

— Aucune idée. Je fais du porte à porte afin que chacun puisse reprendre ce qui lui appartient. Puis, je présente mes excuses, comme ma tante m'a dit de le faire.

Nick hocha la tête, essayant de décider la meilleure façon de gérer la situation.

— Cette batte me paraît familière. Veux-tu bien me rendre service ? Garde une trace de qui prend quoi, afin que je puisse rédiger un rapport. N'en fais pas toute une montagne. Je ne veux pas que les habitants portent plainte contre toi. Crois-tu que tu pourras te souvenir de tout ?

Chaz acquiesça rapidement d'un signe de tête.

— Après avoir tout rendu, rédige une liste. Je passerai la prendre plus tard, entendu ? ajouta-t-il en replaçant la batte dans le chariot.

— Oui, monsieur. Prince ne causera plus aucun problème. Ma tante m'a demandé de le garder attaché dans la cour durant la nuit, à partir de maintenant.

— C'est probablement une bonne idée, reconnut Nick avant de remonter dans sa voiture et de se remettre en route vers le domicile de Maddie Cavanaugh.

Alors que Laney surfait sur internet, elle tomba par le plus grand des hasards sur le site de rencontres d'Arlène Evans. Avec ses couleurs vives et ses décorations fantaisie, il avait un côté très amateur.

Décidant dans un premier temps de ne pas aller consulter la liste des candidats inscrits et de passer à autre chose, elle se ravisa finalement, sa curiosité ayant repris le dessus.

Sans surprise, le premier visage qui apparut à l'écran fut celui de Violet. Le portrait, qui avait été recadré à partir d'une photo ordinaire, ne la mettait pas du tout en valeur. La pauvre ! A l'évidence, la jeune femme n'avait assurément pas donné son accord sur le choix de la photo et encore moins pour que celle-ci se retrouve en ligne sur un site de rencontres.

La candidate suivante habitait Whitehorse. Laney n'arrivait pas à se rappeler son nom, mais son visage lui était familier. Sur ce cliché, Arlène avait conservé une partie de l'arrière-plan de la photo d'origine.

Laney sursauta aussitôt en se rendant compte qu'elle avait été prise au cours de la fête de fiançailles de Bo et Maddie.

— Que se passe-t-il ? demanda Laci en entrant dans la pièce. J'ai cru t'entendre jurer.

— Tu ne croiras jamais ce que je viens de trouver, fit-elle en cliquant sur la photo suivante.

— Je connais cette femme. Elle se trouvait à la fête, commenta sa sœur en s'asseyant à côté d'elle.

— J'ai dans l'idée que tous ces candidats s'y trouvaient, observa Laney en continuant à progresser à travers la galerie de portraits.

C'est alors que son propre visage apparut à l'écran.

Sous le choc, elle resta bouche bée durant plusieurs

secondes — son expression légèrement identique à celle de la photo qu'Arlène avait prise d'elle.

— Oh non ! s'exclama Laci à côté d'elle. Je n'arrive pas à croire qu'elle ait osé faire une telle chose !

C'était la photo la moins flatteuse qu'elle avait jamais vue d'elle. Et pour rendre les choses encore pires, elle l'avait en quelque sorte « mariée » à Nick. Son portrait était au moins plus réussi que le sien.

— Elle a un sacré culot, commenta Laney. Je n'en reviens pas qu'elle ait mis des informations me concernant sur son site de rencontre, sans me mettre préalablement au courant.

De toute évidence, Nick ne s'était pas non plus volontairement inscrit à *Cœurs à prendre*.

Laci cliqua sur la souris pour passer au candidat suivant.

— La mienne n'est pas trop mauvaise. Regarde, on aperçoit certains de mes desserts à l'arrière-plan.

— Attends une minute, fit Laney en regardant fixement la photo de sa sœur. On dirait que ce n'est pas Arlène qui l'a prise, celle-ci.

La photo semblait avoir été prise pendant que l'appareil se trouvait sur la table, si bien qu'Arlène n'avait pas été en mesure de supprimer complètement les gens qui se trouvaient devant l'objectif quand elle avait voulu recadrer pour ne garder que les personnes présentes à l'arrière-plan.

— Tu as raison, acquiesça Laci. Ce sont ses doigts, là. Je reconnais sa bague et ses faux ongles qui ressemblent à ceux de sa fille Charlotte.

— Mais alors à qui est cette main ?

Laney tressaillit.

— C'est celle de Géraldine, au moment où elle attrapait le dernier macaron.

A la fois stupéfaite et choquée, elle se tourna vers sa sœur.

— Il faut que j'en parle à Nick. Si d'autres photos ont été prises au cours de la fête, il pourrait y en avoir une de l'assassin en train de déposer le gâteau empoisonné sur l'assiette !

Nick trouva Maddie, derrière la maison, en train de s'affairer dans le jardin. Elle semblait perdue dans son monde, indifférente à tout ce qui l'entourait à l'exception de la terre dans laquelle elle creusait.

— Bonjour, Maddie.

Surprise, elle sursauta et son regard se remplit instantanément de peur.

— Je ne vous ai pas entendu arriver.

S'étant délibérément garé en bas de la route, il avait effectué le reste du trajet à pied. Il voulait être certain que son arrivée passe inaperçue, afin que la jeune fille ne puisse pas se défiler. Chaque fois qu'il téléphonait, sa mère lui répondait invariablement qu'elle n'était pas à la maison. Le fait était que Maddie garait son véhicule dans le garage, si bien que même lorsqu'il faisait le déplacement, Sarah Cavanaugh était toujours en mesure de couvrir sa fille.

Nick avait vite fini par comprendre son manège. Ne voulant pas insister, il avait préféré la laisser tranquille quelque temps, même si son inquiétude était toujours aussi manifeste. Jusqu'à maintenant, il n'avait eu aucune raison officielle pour la forcer à lui parler.

— Aviez-vous l'habitude d'aider Géraldine pour les travaux de jardinage ? demanda-t-il en s'asseyant sur un banc à côté d'un parterre de pétunias.

— Parfois, répondit la jeune femme, visiblement nerveuse.

— Je n'ai jamais fait ça, mais j'aimerais bien essayer un jour.

Incrédule, elle leva les yeux vers lui.

— Les gens ne possèdent-ils pas de jardins à Houston ?

— Si, bien sûr, mais j'ai grandi en ville, où tout n'est que béton et asphalte. Ma mère conservait un pot, contenant des tomates cerises, sur le rebord de la fenêtre. C'est le plus proche d'un jardin qu'il m'ait jamais été donné de connaître.

— C'est triste, fit-elle en retournant une motte de terre avec sa bêche, l'ameublissant, avant d'arracher une mauvaise herbe qu'elle jeta sur un tas derrière elle.

— Que cultivait Géraldine ? poursuivit-il.

— Pourquoi continuez-vous à me poser des questions à son sujet ?

— Parce que je cherche toujours à découvrir l'identité de son assassin, expliqua Nick.

— Mais ce qu'elle faisait pousser dans son jardin n'a rien à voir avec sa mort, fit remarquer Maddie.

— Vraiment ?

— Je vous ai déjà dit que je ne savais rien, s'emporta-t-elle, le regard rivé sur sa bêche.

— J'aimerais que vous répondiez à une question. Il y a un an, l'avez-vous aidée à installer un nouveau parterre de fleurs près de sa maison ?

Manifestement sous le choc, Maddie redressa la tête, les yeux écarquillés.

— Qui l'a aidée à dissimuler le corps ? reprit Nick.

— *Quel corps ?*

— Celui de son mari. Géraldine aurait été incapable de le déplacer seule. Je me suis renseigné. Il était grand. Sans votre aide, elle n'y serait pas parvenue. Et vous étiez la seule personne proche.

Les yeux embués de larmes, elle secoua la tête.

— Il a eu une crise cardiaque. Financièrement, elle n'avait pas les moyens de payer pour l'enterrement.

— Cessez d'inventer des histoires. Vous l'avez aidée à couvrir son geste. Pour quelle raison ?

Incapable de retenir ses larmes plus longtemps, la jeune femme éclata en sanglots.

— Elle s'est toujours montrée gentille à mon égard. Avec elle, j'apprenais la cuisine, le crochet, à faire pousser des fleurs. Souvent, elle me disait que j'étais comme une fille pour elle. Si par malheur, je faisais quelque chose de travers, jamais elle ne criait après moi.

Perplexe, Nick la dévisagea un instant avant de demander :

— Votre mère ne se comportait-elle pas de la même manière avec vous ?

— Non. Chaque fois que je commettais une erreur, elle me chassait hors de la maison. Alors, j'allais me réfugier chez Géraldine et elle…

Ses larmes paraissaient sans fin, l'empêchant même de continuer à parler.

— Vous en avez parlé à quelqu'un ? D'Ollie je veux dire…

Maddie jeta un coup d'œil vers la maison et s'essuya les yeux.

— C'est entre vous et moi, insista Nick.

En arrivant, il avait été soulagé de voir que la voiture de Sarah n'était pas là.

— Maddie, la personne à qui vous avez raconté ce qui s'est passé — qui qu'elle soit — faisait chanter Géraldine. Etait-ce Bo ?

Elle secoua la tête frénétiquement.

— Géraldine était à court d'argent. Je pense qu'elle a expliqué à son maître-chanteur qu'elle n'allait plus pouvoir le payer. Peut-être même qu'elle a menacé d'aller se dénoncer à la police — et lui avec elle —, alors il l'a tuée.

— Je vous jure que je n'en ai parlé à *personne*.

Apeurée, elle jeta un nouveau regard vers la maison.

— Seulement quelqu'un a tout deviné, n'est-ce pas ? continua-t-il.

Alors que ses larmes redoublaient, Maddie focalisa son attention sur la bêche qu'elle tenait à la main et se décida enfin à répondre.

— Ollie était malade. Il ne savait plus ce qu'il faisait. Géraldine n'avait pas l'intention de le tuer, elle voulait simplement l'empêcher de me faire du mal.

Sous le choc, Nick tendit la main vers elle et l'attira contre lui.

— Tout va bien, c'est terminé, tenta-t-il de la réconforter tandis qu'elle sanglotait dans ses bras.

La situation était claire à présent : le changement que Laney disait avoir perçu chez sa cousine, la manière dont Maddie avait laissé Bo et sa famille la maltraiter.

Les sanglots de la jeune fille se calmèrent finalement, puis cessèrent dans un frémissement.

— C'est donc pour cette raison que Géraldine a tué son mari. Parce qu'il tentait de vous faire du mal ? reprit

Nick d'une voix douce. Et en retour, vous l'avez aidée à enterrer son corps.

Il s'écarta légèrement et la regarda droit dans les yeux.

— Je vous assure que ce n'était pas votre faute, Maddie.

Même si elle hochait la tête, il voyait bien qu'elle n'en était pas convaincue.

— Qui a deviné ce qui s'était passé ? Qui faisait chanter Géraldine ?

Qui avait bien pu oser tirer profit de ce qui était arrivé à cette jeune fille et s'en servir pour soutirer de l'argent à l'unique personne qu'elle aimait et en qui elle avait confiance ? s'interrogea-t-il en son for intérieur.

Frissonnante, Maddie regarda de nouveau vers la maison.

Cette fois-ci, Nick en fit de même, sachant d'avance ce qu'il allait voir : le visage de Sarah Cavanaugh qui les observait par la fenêtre.

— Votre mère ?

En entendant la voix de Nick au téléphone, Laney éprouva immédiatement une vive excitation. Elle avait songé à l'appeler. Peut-être même à l'inviter à dîner. Elle demanderait à Laci de cuisiner quelque chose de spécial, puis de s'éclipser pour la soirée.

— Laney, j'ai besoin de votre aide, annonça-t-il.

— Comme toujours, répliqua-t-elle sur le ton de la plaisanterie avant de réaliser à retardement qu'il ne semblait pas lui-même.

Elle se laissa tomber sur une chaise devant la table de la cuisine.

— Qu'y a-t-il ?

— C'est Maddie. Pouvons-nous passer vous voir ?

— Evidemment, répondit-elle. Mais, Nick, qu'est-ce que… ?

Réalisant qu'il avait raccroché, elle demeura immobile un instant, le combiné serré dans la main, le cœur battant si fort que sa poitrine lui faisait mal. Maddie ? Un millier de pensées envahit son esprit. Il avait dit *nous*. *Pouvons-nous* passer ? Ce qui signifiait Maddie et lui. Dans ce cas, ce ne devait pas être mauvais… Si ?

Tandis qu'elle se rendait sur le porche pour les attendre, un affreux pressentiment s'empara d'elle. Au ton de Nick, elle avait bien senti qu'une chose terrible s'était produite. Debout devant la balustrade, le regard fixé sur la route comme le premier jour de ses vacances d'été, elle sut que cette fois-ci les nuages de poussière sur le chemin n'apporteraient rien de bon.

Lorsqu'elle descendit de la voiture, Maddie avait une mine affreuse. Laney vit tout de suite qu'elle avait pleuré. Son visage était bouffi et rouge, et elle gardait les yeux baissés.

Elle se hâta de courir vers elle et de la prendre dans ses bras. A l'évidence, Bo Evans avait encore fait des siennes. Mais cela n'avait aucune importance. Quoi que ce soit, elle aiderait sa cousine à y faire face. Au même instant, Nick sortit du véhicule. Il avait l'air anéanti.

— Je te salis toute. J'étais en train de planter des fleurs, expliqua Maddie en s'écartant pour regarder ses vêtements et ses mains recouverts de terre.

Les larmes lui montèrent aux yeux.

— Ça ne te dérange pas si je vais prendre une douche ? demanda-t-elle.

— Dans une minute, intervint Nick.

Il entra dans la maison, les laissant seule à seule.

— Qu'est-ce qui ne va pas, Maddie ?

— J'ai simplement besoin de prendre une bonne douche. Et de mettre des habits propres, se contenta de dire sa cousine en secouant la tête.

— Bien sûr.

La voix monotone de Maddie fut suffisante pour accroître le sentiment de panique de Laney. Il s'était manifestement produit une chose horrible. Mais quoi ?

Nick ressortit de la maison et adressa un signe de tête à la jeune fille. Avançant telle une somnambule, en traînant des pieds, celle-ci disparut à l'intérieur.

— Que s'est-il passé ? demanda Laney dans un murmure dès que sa cousine fut hors de portée de voix.

Nick leva l'index pour l'interrompre, entra dans la maison et revint quelques instants plus tard.

— J'entends l'eau couler. Je pense qu'elle est sous la douche. J'ai ôté toutes les choses avec lesquelles elle pourrait se faire du mal, dans la salle de bains.

Laney écarquilla les yeux, la gorge nouée.

— Pourquoi ferait-elle une chose pareille ?

— Vous feriez mieux de vous asseoir.

Il n'eut pas à le lui dire deux fois. Elle se laissa tomber dans le fauteuil le plus proche. La chaleur étouffante de la journée était tempérée par une brise légère transportant l'odeur du foin, de la poussière et, inévitablement, de la fin de l'été.

Jamais Laney n'oublierait cet instant, ni la manière dont Nick se rapprocha d'elle et prit ses mains dans les siennes avant de prononcer d'une voix douce les paroles qui allaient lui briser le cœur.

Nick serra longuement Laney dans ses bras. Il pouvait sentir à la fois sa peine et sa colère. Lui-même avait du mal à gérer la sienne. Parfois, il détestait son métier de policier. Mais il arrivait que la nature humaine soit laide et il fallait bien que la justice suive son cours.

Lorsque l'eau s'arrêta de couler dans la salle de bains, Laney se hâta se sécher ses larmes et s'écarta de lui.

— Il faut que je voie ma cousine, annonça-t-elle. Et tante Sarah ?

— Elle a accepté de se rendre.

— Oncle Roy est-il au courant ?

Nick acquiesça d'un signe de tête.

— Il a très mal réagi.

— Oui, je n'en doute pas. Je sentais bien que quelque chose n'allait pas, mais je n'aurais jamais imaginé…

— Aucun de nous n'en avait idée, fit remarquer Nick. Elle aura besoin d'un suivi psychologique.

Laney hocha la tête.

— Ne vous inquiétez pas. Je veillerai à ce qu'elle obtienne l'aide nécessaire.

— J'en suis sûr. Je vous appellerai, dit-il en se levant.

Nick monta dans sa voiture, baissa toutes les vitres et repartit lentement en direction de Whitehorse. Il était écœuré. Heureusement que Maddie pouvait compter sur le soutien de ses deux cousines. Cette pensée constituait son seul soulagement.

Au bout de quelques mètres, il aperçut Chaz en train

de redescendre la route en tirant son chariot le long du fossé aride. Prince trottait à côté de lui, la langue pendante. La journée était devenue étouffante et même si le soleil commençait à décliner à l'horizon, la chaleur pesait encore de manière oppressante.

En arrivant à sa hauteur, il ralentit.

— Est-ce que tout s'est bien passé ? s'enquit-il en jetant un coup d'œil au chariot.

— Personne n'a réclamé la batte, répondit Chaz d'un air contrit. J'ai demandé à tout le monde. Je ne sais pas où Prince l'a trouvée.

Il aurait pu l'avoir dénichée n'importe où, songea Nick. Son propriétaire avait peut-être cherché à s'en débarrasser en la jetant dans une poubelle.

— Tu as rédigé la liste que je t'avais demandée ?

— Oui, monsieur.

Il sortit un morceau de papier roulé en boule de sa poche, qu'il lui tendit.

— Désolé, c'est un peu brouillon…

Nick esquissa un sourire.

— Tu as fait de l'excellent travail.

Il jeta un coup d'œil à la liste, puis la posa sur le siège à côté de lui.

— Ça ne te dérange pas, si je prends la batte pour essayer de retrouver son propriétaire ?

Chaz secoua la tête et la lui donna volontiers, manifestement soulagé de s'en débarrasser, étant donné que tout le reste avait été restitué.

— En attendant…

— Je vais garder mon chien chez moi, promit l'enfant avec un large sourire.

— Bonne idée, fit Nick. Et j'aimerais également que tu ne t'éloignes pas trop de chez toi.

Alors qu'il se remettait en route, Nick ne put s'empêcher de penser à la batte de base-ball. Si, tel qu'il le soupçonnait, les tâches incrustées dans les fentes correspondaient bien à du sang, son propriétaire avait tout intérêt à s'en débarrasser plutôt qu'à la garder chez lui.

Une pointe d'inquiétude lui serra le ventre en observant la silhouette de Chaz et de son chien dans son rétroviseur avant qu'ils ne disparaissent complètement de son champ de vision.

11

— Maddie a accepté l'aide d'une psychologue, annonça Laney lorsqu'elle téléphona à Nick, le samedi suivant.

Elle était stupéfaite de voir le bonheur que lui procurait le simple fait d'entendre sa voix. Depuis qu'il lui avait apporté la terrible nouvelle, ils ne s'étaient pas revus.

— Ma sœur l'a accompagnée à Billings, ajouta-t-elle.

— Tant mieux. Et Bo ?

— Laci a fait promettre à Maddie de ne pas lui dire où elle se trouvait.

— Bien, approuva-t-il. J'ai cru comprendre que vous alliez rester un peu plus longtemps ? Votre grand-père m'a dit que généralement, vous ne passiez pas plus de deux ou trois semaines à Whitehorse.

Il paraissait inquiet. Pensait-il qu'elle restait à cause de lui ?

— En fait, je retourne travailler bientôt. Mais je ne veux pas partir avant d'être sûre que Maddie va bien.

Et que l'assassin de Géraldine se trouve derrière les barreaux. A moins que ce ne soit déjà fait, se dit-elle en songeant à sa tante.

— Je n'arrive pas à croire que tante Sarah n'ait pas

cherché à aider Maddie. Et qu'en plus, elle ait osé se servir de ce qu'elle savait pour dépouiller Géraldine de son argent…

Elle secoua la tête.

— Comme le reste des habitants, elle croyait apparemment que cette femme était riche et que l'argent ne serait pas un problème pour elle. En tout cas, c'est ce qu'elle prétend, dit Nick.

Laney poussa un soupir de dégoût.

— A votre avis, Géraldine savait-elle que son maître-chanteur était la propre mère de Maddie ?

— Je pense qu'elle n'en avait pas la moindre idée.

La jeune femme rassembla son courage, puis demanda :

— Vous pensez qu'elle l'a tuée ?

— Elle jure que non.

— Et vous la croyez ?

— Nous n'avons aucune preuve du contraire. Ce sera au procureur de décider des poursuites à son encontre. Sarah a été suffisamment intelligente pour ne pas déposer l'argent sur son compte. Elle a néanmoins admis être l'auteur du chantage.

— Mon oncle Roy va demander le divorce, annonça Laney. J'ai aussi entendu dire qu'il allait mettre la maison en vente. Il lui est impossible de pardonner à sa femme, sans parler de l'immense honte qu'il éprouve. J'ai beau comprendre ce qu'il ressent, une partie de moi ne peut s'empêcher d'être désolée pour elle. En épousant un Cavanaugh, elle s'attendait certainement à quelque chose de différent. Maddie m'a raconté que sa mère s'était toujours sentie inférieure vis-à-vis du reste de la famille.

— C'est une situation que je connais bien, répliqua Nick avec esprit.

Laney eut soudain l'impression de retrouver enfin l'homme qu'elle avait appris à connaître, pas celui qui employait un ton si professionnel encore quelques secondes plus tôt. Elle se mordilla la lèvre, hésitante.

— Vous m'avez manqué, murmura-t-elle enfin.

Il y eut un silence dans l'écouteur.

Puis un soupir.

— Vous aussi.

— Je me disais que vous pourriez venir dîner à la maison, ce soir. Même si je ne suis pas aussi bonne cuisinière que ma sœur, je me débrouille.

Il y eut un nouveau silence, durant lequel elle eut l'impression d'entendre le rythme de son pouls s'accélérer, et son cœur tambouriner à l'intérieur de sa poitrine. Pourquoi cet homme la mettait-il dans un tel état ? Pourquoi cela avait-il tant d'importance ? Elle n'avait pas la réponse à ses questions. Elle savait simplement qu'elle éprouvait des sentiments qu'elle ne pouvait plus nier.

— Ce soir, c'est impossible, mais merci pour l'invitation.

— Demain, alors ? insista-t-elle, choquée par sa propre audace.

Elle l'entendit traîner des pieds, puis déplacer quelque chose sur son bureau.

— Vous êtes sûre que c'est une bonne idée, Laney ?

A ce stade, elle avait l'impression de ne plus être sûre de rien.

— Je rentre en Arizona, lundi, se contenta-t-elle d'ajouter.

Elle faillit mentionner qu'elle était tombée sur un

élément susceptible de l'aider à résoudre le meurtre de Géraldine, mais elle lui avait déjà dit qu'elle partait pour le décider à venir chez elle pour dîner, elle ne voulait pas en rajouter. D'autant plus qu'elle détestait se servir de ce genre de stratagèmes. Par ailleurs, elle n'était pas certaine qu'Arlène ait encore les photos de la fête dans son appareil numérique.

— A quelle heure ?

— Pourquoi pas 19 heures ? proposa-t-elle, excitée comme elle ne l'avait pas été depuis longtemps.

— Parfait. Dois-je apporter quelque chose ?

— Simplement votre appétit, répliqua-t-elle.

Elle eut aussitôt envie de se mordre la langue.

Durant le court silence qui s'ensuivit, elle sut qu'ils étaient tous deux en train de penser à un tout autre genre d'appétit, et qui n'avait rien à voir avec la nourriture.

— A demain.

Elle se hâta de raccrocher avant qu'il ne change d'avis. Au son de sa voix, elle avait cru déceler de la peur. Avait-il vécu une relation amoureuse douloureuse pour se comporter de la sorte ? Etait-ce la raison pour laquelle il redoutait tant la direction que semblait prendre leur relation ?

Ou bien craignait-il simplement de se retrouver seul avec elle ?

Quoi qu'il en soit, le lendemain soir, il n'aurait pas le choix. Ils ne seraient que tous les deux, seuls, par une chaude nuit d'été. Pour la dernière fois.

Nick regretta aussitôt d'avoir accepté l'invitation. Il s'était pourtant promis de garder ses distances. Particulièrement depuis qu'il avait appris son départ imminent. Il quitterait en effet Whitehorse immédiatement après le dîner. Et après avoir dit au revoir à Laney.

Il éprouvait la même sensation que s'il venait d'être condamné à mort. Ce qui pourrait très bien être le cas, si Keller était informé de son retour en Californie.

En apprenant que la jeune femme rentrait en Arizona, il avait éprouvé une sorte de contentement. Mesa n'était pas si éloigné de Los Angeles. Si les choses se déroulaient bien, peut-être que… Il se hâta de repousser cette pensée au fond de son esprit. En aucun cas, il ne pouvait se permettre d'emprunter ce chemin pour l'instant. Même si tout se passait bien lors du procès, il n'était pas certain qu'elle aurait envie de le revoir, une fois qu'elle connaîtrait sa véritable identité.

Pendant longtemps, son unique préoccupation avait été de trouver un endroit où se cacher afin de pouvoir rester en vie. Grâce à Laney, il avait oublié tout cela. Elle lui avait rendu l'espoir, l'envie d'avoir une vie et de la partager avec elle. Malheureusement, même s'il restait vivant jusqu'au procès, il ne retrouverait jamais une existence normale.

Il regarda la liste de Chaz. Le garçon avait inscrit en face de chaque objet, le nom de la personne à qui il l'avait remis.

Durant la nuit, il avait fait transférer la batte de baseball au laboratoire criminel de Missoula, ainsi que les échantillons d'ADN de chacun des hommes ayant été agressés. Il ne faisait aucun doute dans son esprit que ce qui se trouvait sur la batte était bel et bien du sang. A présent, il lui fallait simplement une confirmation que celui-ci était d'origine humaine, afin de voir ensuite s'il était possible d'obtenir une correspondance avec les différents ADN.

La sonnerie du téléphone le fit soudain sursauter.

— Shérif adjoint Rogers, répondit-il, surpris de voir avec quelle facilité il jouait son rôle.

Les années passées à travailler sous couverture, à faire semblant d'être quelqu'un d'autre, y étaient sans doute pour quelque chose. A cet instant, l'existence qu'il menait sous le nom de Nick Rogers lui semblait bien plus réelle que son ancienne vie en Californie.

— Maximilian Roswell à l'appareil, du laboratoire.

Nick retint son souffle.

— Comme vous le suspectiez, la substance sur la batte de base-ball correspond définitivement à du sang humain.

— Etes-vous parvenu à en extraire un échantillon d'ADN ?

— En fait, elle correspond à l'un de ceux que vous nous avez envoyés. Celui de Curtis McAlheney.

Nick se remémora immédiatement qu'il avait saigné du nez. Poussant un soupir de soulagement, il s'empressa de raccrocher puis téléphona au domicile de Chaz. La tante de l'enfant l'informa que Prince et lui se trouvaient dans le jardin en train de jouer.

— S'il vous plaît, veillez à ce qu'ils y restent.

— Ce chien a-t-il encore des ennuis ? demanda la tante, manifestement plus lasse qu'en colère.

— Pas du tout, la rassura-t-il. C'est un animal très intelligent. Il vient probablement de m'aider à résoudre l'une des affaires sur lesquelles j'enquête.

Après avoir raccroché, il attrapa ses clés de voiture et sortit à la hâte. Il craignait que l'un des habitants ait reconnu la batte mais ne l'ait pas réclamée, par peur de s'incriminer lui-même.

Il ne pouvait pas laisser l'agresseur penser que Chaz était encore en sa possession. La dernière chose qu'il souhaitait c'était de mettre cet enfant en danger, même si Prince s'était déjà pratiquement chargé de le faire.

Une fois à la quincaillerie, il acheta une batte de base-ball identique à celle volée par le chien, ainsi qu'une bombe de peinture rouge foncé. De retour à son appartement, il cogna la batte contre les marches en béton à l'arrière du bâtiment puis y ajouta suffisamment de peinture pour qu'elle ressemble à celle que l'enfant lui avait remise.

Il repartit ensuite en direction de Whitehorse. En chemin, il repassa dans sa tête la liste de Chaz. Il n'y avait qu'une seule maison dans le voisinage dans laquelle le chien n'avait apparemment rien dérobé. Du moins, aucun de ses habitants n'avait réclamé le moindre objet.

Et pourtant, il savait avec certitude que l'animal y était entré.

Laney était trop agitée pour rester assise à ne rien faire. Sans Laci, la maison semblait vide. Sa sœur lui avait téléphoné dans la matinée. D'après elle, Maddie semblait aller mieux. Ses séances avec la psychologue lui faisaient du bien.

Lorsque sa cousine avait demandé à lui parler, elle avait surtout voulu savoir si Bo avait cherché à la contacter. Ce qui n'était pas le cas.

— Je dois justement me rendre chez les Evans,

l'avait informée Laney. Veux-tu que je lui transmette un message ?

— Non. Inutile.

Elle éprouvait de la compassion à l'égard de Maddie. Tout ce qu'elle espérait c'était que grâce à la thérapie, celle-ci voie enfin quel genre d'homme était réellement son fiancé.

En approchant du domicile des Evans, Laney vit une ambulance démarrer, les gyrophares allumés. Elle s'arrêta sur le côté de la route pour la laisser passer, puis se hâta d'atteindre la maison afin de savoir ce qui était arrivé.

Violet vint lui ouvrir la porte, vêtue d'une robe hawaïenne au tissu délavé et usé, et de pantoufles en forme de lapin rose. On aurait dit qu'elle venait tout juste de se réveiller.

— Vous avez un souci ? s'enquit Laney.

— Maman a pris trop d'anti-douleurs.

— Elle va bien ?

— Ils lui ont fait un lavage d'estomac, mais ils préfèrent l'emmener à l'hôpital pour la garder en observation.

Laney dévisagea Violet d'un air perplexe.

— Ils pensent qu'elle aurait pu avoir pris les comprimés délibérément ?

Bo apparut dans le couloir au même instant. Lui aussi semblait à peine sortir de son lit, même s'il était déjà tard. Pieds nus, il portait un T-shirt froissé et un pantalon de pyjama.

— Qu'est-ce que vous racontez ? Maman n'a pas essayé de se tuer. C'était un accident. Son bras cassé la faisait souffrir. Elle s'est trompée sur le nombre de pilules qu'elle a pris. Fin de l'histoire.

Après avoir adressé un regard noir aux deux jeunes

femmes, il se dirigea d'un pas nonchalant jusqu'à la cuisine.

Laney se demanda où pouvait bien se trouver Charlotte avant de se souvenir qu'elle n'avait pas vu sa voiture. Elle était la seule des enfants Evans à avoir un travail. Shampouineuse dans un salon de coiffure, c'était probablement là-bas qu'elle se trouvait.

— Je suis désolée d'apprendre ce qui est arrivé à votre mère, reprit Laney.

Elle l'était même davantage qu'elle ne voulait l'admettre, car elle avait espéré pouvoir s'entretenir avec Arlène et surtout que celle-ci retire sa photo de son site de rencontres. Par ailleurs, elle espérait obtenir des copies de celles prises à la fête afin de les montrer à Nick.

Dans la cuisine, Bo faisait s'entrechoquer les pots et les casseroles bruyamment, visiblement à la recherche de quelque chose qu'il ne trouvait pas.

— Votre mère devait me remettre des copies des photos prises à la fête, mentit-elle. J'étais même prête à les lui payer.

Violet la dévisagea comme si elle avait perdu l'esprit.

— Géraldine est morte ce jour-là.

— Je n'ai pas oublié, dit Laney. J'avais promis vingt dollars à votre mère en échange des copies. Mais je suis prête à payer plus si…

Bo réapparut avant que Violet n'ait eu le temps de répondre.

— Combien en plus ? demanda-t-il d'un air intéressé.

— Quarante dollars, répondit Laney en grimaçant face à la cupidité qui brillait dans ses yeux.

— Je ne sais pas pourquoi vous les voulez, mais je vais vous les donner.

Debout dans le salon, Laney attendit patiemment, en compagnie de Violet, que Bo lui rapporte les photos. Parti dans la pièce voisine, il marmonnait tout bas tandis que l'imprimante faisait son travail. Songeant un instant à s'asseoir, Laney regarda les meubles recouverts de plastique et préféra s'abstenir.

Lorsque Bo revint avec deux ou trois douzaines de clichés, elle sortit deux billets de vingt dollars de son sac qu'elle lui tendit. Après les avoir enfoncés dans sa poche, il retourna dans la cuisine sans ajouter un seul mot.

Satisfaite d'avoir obtenu ce qu'elle était venue chercher, Laney se hâta de quitter la maison.

Nick croisa l'ambulance, alors qu'il se dirigeait vers la Vieille Ville. En allumant sa radio, il apprit qu'elle transportait Arlène Evans à l'hôpital après que celle-ci eut fait une overdose de médicaments. Il effectua aussitôt un demi-tour et décida de suivre le véhicule jusqu'à Whitehorse.

Ayant repris connaissance, Arlène était assise sur son lit en train de se plaindre auprès d'une infirmière au moment où il entra dans sa chambre.

— Comment vous sentez-vous ? demanda-t-il.

— Bien, fit-elle d'un ton brusque. Je ne comprends pas pourquoi on en fait toute une histoire. J'ai mélangé mes comprimés. Ça aurait pu arriver à n'importe qui.

— Je me rendais chez vous lorsque j'ai vu l'ambulance, expliqua Nick. Alors, je venais prendre de vos nouvelles, c'est tout.

Elle se radoucit un peu.

— C'est gentil de votre part. Mais ça ne compense pas le fait que vous avez arrêté mon fils au sujet d'une faute qu'il n'a pas commise.

Evidemment ! se dit Nick en son for intérieur.

— Bien, je constate que vous allez déjà mieux.

Il était sur le point de partir, quand il saisit une bouffée de son parfum et se retourna d'un air perplexe.

— Qu'y a-t-il ? demanda-t-elle en voyant l'expression de son visage.

— Cette senteur m'est familière.

— Vous aimez ? demanda-t-elle avec un large sourire. On me fait sans arrêt des compliments à ce sujet. C'est mon parfum préféré. Il me rappelle ma mère. Elle adorait la lavande.

Alors qu'il sortait de l'hôpital pour retourner au domicile des Evans, Nick se demanda si ce qu'il s'apprêtait à faire était une bonne idée. Il n'était pas certain de devoir prendre ce risque. Mais c'était samedi après-midi. Et il était déterminé à régler certains détails avant son départ.

Il se mit alors à penser à Laney et au fait qu'il allait devoir lui dire au revoir.

L'idée qu'il ne la reverrait probablement jamais le dévastait. Conscient que passer cette dernière soirée en sa compagnie rendrait encore plus dur le fait de lui dire adieu, il avait même envisagé d'annuler le dîner.

Mais égoïstement, il avait envie de vivre ses derniers instants dans le Montana en sa compagnie.

Tout comme il savait qu'il était nécessaire de prendre un risque, ce soir, décréta-t-il en se garant devant la maison Evans. La batte de base-ball à la main, il descendit de sa voiture et se dirigea lentement vers la porte d'entrée.

Au loin, il distingua la silhouette d'un tracteur dans un champ, et celle d'un homme courbé au-dessus du volant. Le véhicule tirait une machine qui provoquait un soulèvement de poussière au fur et à mesure qu'il avançait contre l'horizon. Le mari d'Arlène Evans, réalisa-t-il.

Il frappa deux coups avant de voir Violet apparaître derrière la porte grillagée. A l'arrière-plan, la musique hurlait à tue-tête depuis le fond du couloir. Ayant vu la voiture de Bo garée devant la maison, il était pratiquement certain que celui-ci se trouvait à l'intérieur.

— J'espérais pouvoir parler à votre mère, expliqua Nick en mentant honteusement.

— Elle est à l'hôpital, annonça Violet.

— Rien de grave, j'espère ?

— Non, répondit-elle en jetant un coup d'œil à la batte qu'il tenait dans sa main.

— Puis-je entrer ? insista Nick en haussant la voix.

Sans un mot, la jeune femme ouvrit en grand la porte grillagée et s'écarta pour le laisser passer.

Derrière elle, sur le canapé recouvert de plastique, se trouvait Charlotte, vêtue d'un T-shirt moulant et d'un short court. Les jambes repliées sous ses fesses, elle mâchonnait l'extrémité d'une mèche de ses cheveux tout en regardant la télévision.

— Est-ce que vous êtes venu voir Bo ? l'interrogea Violet.

Nick remarqua que la musique s'était soudain arrêtée.

— J'espérais que l'un de vous pourrait m'aider. Le garçon qui vient de s'installer dans le voisinage a un chien qui s'empare de tout ce qu'il trouve, cria-t-il par-dessus le son de la télévision.

Suffisamment fort pour que Bo puisse entendre au fond du couloir.

— Je me suis dit que ceci pourrait appartenir à l'un de vous, expliqua-t-il en levant la batte.

Comme prévu, la curiosité de Bo fut piquée au vif. L'air débraillé et à moitié endormi, il sortit de sa chambre et arriva d'un pas rapide.

— Où diable l'avez-vous trouvée ? s'exclama-t-il.

— Elle est à *vous* ? le questionna Nick en plaquant la batte dans la paume de la main qu'il lui tendait.

— Evidemment que c'est la mienne. Je me demandais ce qu'il lui était arrivé.

— Depuis combien de temps a-t-elle disparu ? poursuivit Nick.

— Suffisamment longtemps, rétorqua Bo. Comment un chien a-t-il pu se retrouver en sa possession ?

Le shérif adjoint haussa les épaules d'un air innocent.

— Je n'étais même pas certain que c'était la vôtre. Le garçon a pourtant fait le tour de toutes les maisons pour tenter d'en retrouver le propriétaire. Je croyais qu'il vous l'avait montrée et que vous aviez répondu qu'elle n'était pas à vous.

Bo lança un regard noir à sa sœur aînée.

— Est-ce que c'est vrai ? Tu lui as dit que ce n'était pas la mienne ?

— Comment pouvais-je savoir ? D'après Charlotte, elle avait été cassée.

Il se retourna brusquement vers l'adolescente et la fusilla à son tour du regard.

— C'est ce que je croyais, répliqua-t-elle en haussant les épaules. De toute façon, elle est vieille et poisseuse. Je ne comprends pas pourquoi tu tiens tant à la garder.

Bo secoua la tête et agita la batte, nerveusement. Il avait du mal à dissimuler sa colère.

— Vous l'avez retrouvée, c'est tout ce qui compte, fit remarquer Nick avant de se retourner pour sortir.

Alors qu'il faisait demi-tour, il jeta un coup d'œil à Charlotte.

Ayant cessé de mâchonner ses cheveux, elle détourna brièvement son regard de la télévision. Il y avait de la tension sur son visage.

Mal à l'aise, elle se hâta de reporter son attention sur l'écran.

— Dites à votre mère que je suis passé, fit-il.

— Et vous, dites à ce gosse de garder son fichu chien loin de chez moi ! cria Bo tandis que Nick regagnait sa voiture.

Installé derrière le volant, Nick s'efforça de reprendre son calme. Il tremblait intérieurement. En partie à cause de la crainte d'avoir commis une énorme erreur. Ainsi qu'à cause des mauvaises vibrations qu'il avait perçues à l'intérieur de la maison. Si on ajoutait à cela le soupçon de lavande, on avait tous les éléments essentiels pour obtenir une potion mortelle.

Ce samedi soir, un seul groupe se produisait dans l'un des bars de la ville.

Installé derrière le bâtiment, suffisamment à l'écart pour ne pas être vu, il surveillait l'endroit depuis déjà plus d'une heure.

Malgré la nuit fraîche et noire comme de l'encre, il espérait bien que l'agresseur fasse une nouvelle apparition. Pour cela, il fallait encore que le coupable ne se soit pas rendu compte qu'il lui avait rapporté la mauvaise batte de base-ball. Ou qu'il l'ait laissée dans la bonne maison.

Les variables étaient multiples. Mais les coïncidences étaient trop nombreuses pour qu'il ait pu se tromper.

Tandis que les heures défilaient, il s'efforçait de ne pas se laisser envahir par le doute. Chacun des hommes ayant été agressé était sorti par la porte de derrière, peu avant la fermeture du bar. Il y avait fort à parier que quelqu'un les avait poussés à se rendre à l'extérieur. Soit ils avaient suivi cette personne, soit cette personne s'était arrangée pour les attirer dehors.

Le regard rivé sur la porte, il se tenait prêt à intervenir dès qu'il apercevrait du mouvement. Mais son esprit ne cessait de revenir à Laney et au dîner qui devait avoir lieu le lendemain.

Pour expliquer son départ, il avait déjà une histoire toute prête à raconter au département du shérif. Il se contenterait de leur dire qu'il avait dû repartir pour prendre soin d'un membre de sa famille.

Retourner dans l'Etat de Californie ne serait pas sans danger. Tout comme témoigner contre Zak Keller dans un tribunal. Il signerait probablement son arrêt de mort en faisant cela, Keller ayant un tas d'amis prêts à mourir pour le protéger et empêcher que la vérité n'éclate.

Plus il y réfléchissait, plus il se rendait compte qu'il n'aurait jamais la vie qu'il désirait. Même un bookmaker ne parierait pas sur ses chances de s'en sortir vivant. Mais qu'il témoigne ou non ne changerait rien au résultat final : tôt ou tard, il finirait par se faire tuer. Alors il préférait encore tout mettre en œuvre pour s'assurer que Keller croupisse en prison pour le restant de ses jours.

Son téléphone se mit soudain à vibrer dans sa poche et le tira brusquement de ses pensées. Au même instant la porte de derrière du bar s'ouvrit, une forte musique se déversant depuis l'intérieur. Ravalant un juron, il ignora son portable et se concentra sur la femme qui venait de sortir.

Vêtue d'une robe bleue, elle se dirigea vers sa voiture, hésitant un instant avant d'ouvrir sa portière comme si elle attendait quelqu'un.

Retenant sa respiration, Nick patienta encore avant d'intervenir, le temps de voir ce qui allait se passer. La jeune femme s'installa finalement derrière le volant, mais elle ne mit pas le moteur en marche. A la place, elle paraissait fixer du regard la porte de derrière.

Plusieurs minutes s'écoulèrent, interminables. En la voyant soudain se pencher en avant et presser son front contre le volant, il ressentit toute sa déception et son chagrin. L'instant d'après, Violet Evans démarra enfin sa voiture et partit.

Il était si persuadé que cette nuit serait la bonne. Qu'il mettrait enfin la main sur l'agresseur. Et il avait tout misé sur elle. Comme elle ne semblait pas avoir de chance avec les hommes et que sa mère la poussait constamment dans les bras du premier venu, sa réaction aurait été compréhensible.

Elle aurait pu prendre un malin plaisir à rouer de coups ceux qui la décevaient.

Mais il s'était trompé. Non pas sur le fait que la batte

de base-ball appartenait à l'un des habitants de cette maison ; il en était certain. Il ne croyait simplement pas que Bo était celui qui s'en servait. Pour Arlène, c'était différent. Il n'avait aucun mal à l'imaginer dans ce rôle. Mais, ce soir, elle se trouvait à l'hôpital. Ce qui expliquait sans doute qu'il ne se soit rien passé, songea soudain Nick.

Alors qu'il s'apprêtait à partir, la porte s'ouvrit une nouvelle fois. Se tapissant rapidement dans l'ombre, il observa attentivement la scène.

Un homme passa la tête par l'entrebâillement, regarda autour de lui, comme pour s'assurer que la voie était libre, et sortit d'un pas hésitant. Visiblement nerveux, il se dirigea d'un pas rapide vers un vieux pick-up marron garé au bout du parking.

L'obscurité étant totale, Nick n'arrivait pas à mettre un nom sur cet homme, mais il le soupçonnait d'être celui que Violet attendait et qui lui avait posé un lapin.

Alors qu'il atteignait son véhicule, Nick aperçut du mouvement en provenance de l'allée qui se trouvait à proximité. Une silhouette arriva rapidement derrière lui. Il n'eut pas le temps de voir le mouvement de la batte, mais il entendit distinctement le son qu'elle fit au moment où elle vint heurter le dos de l'homme. Laissant échapper un râle, ce dernier s'effondra au sol, le visage dans la terre. Vêtue d'une grande cape à capuche noire, la silhouette se rapprocha de lui, prête à frapper une nouvelle fois.

— Nom d'un chien !

L'arme à la main, Nick couvrit au pas de course la distance qui le séparait de la victime.

Alors que l'agresseur s'apprêtait à porter un autre coup sur sa cible, il saisit la batte et tira dessus de toutes ses forces pour s'en emparer, en enfonçant de l'autre main le canon de son pistolet dans le dos de la coupable.

— Police ! On ne bouge plus ! cria-t-il.

Laissant tomber la batte, Nick s'empara de sa lampe torche. Il avait immédiatement reconnu la cape noire. Elle était identique à celle que portait Violet à l'enterrement de Géraldine Shaw. Baissant la capuche d'un geste brusque, il projeta la lumière en plein dans le visage de la jeune femme.

Aveuglée, Charlotte Evans cligna des yeux. Frappé de stupeur, Nick dirigea la lampe vers le sol.

— J'avais le sentiment que j'aurais mieux fait de ne pas venir en ville, ce soir, dit-elle en le dévisageant avec un sourire.

Aux premières heures du matin, il l'avait déjà fait enregistrer et enfermer après lui avoir lu ses droits et l'avoir mise en garde de ne pas faire la moindre déclaration qu'elle puisse être susceptible de regretter.

— Je n'ai aucun regret, avait-elle rétorqué. Ils l'avaient tous mérité.

Voyant que Nick ne comprenait pas de quoi elle voulait parler, elle ajouta :

— Les hommes de leur espèce. Ils se montrent gentils avec moi parce que je suis jolie.

L'expression de son visage devint aigre.

— Mais je détestais la manière dont ils se comportaient avec ma sœur. Ils pensaient pouvoir la traiter comme ils le voulaient simplement parce qu'elle n'a pas mon physique. Ce n'est pas juste. Il fallait que quelqu'un réagisse.

Forcé de téléphoner à Arlène à l'hôpital pour la mettre au courant, il eut droit à un tissu d'insultes, comme il s'y attendait. De toute façon, il doutait fortement que Charlotte passe plus d'une nuit en prison. Il savait déjà qu'elle ne serait jamais jugée.

D'une part parce que les hommes agressés refuseraient de porter plainte contre une jeune fille de dix-sept ans. Particulièrement lorsqu'ils apprendraient la raison pour laquelle elle avait agi de la sorte. Charlotte Evans s'en tirerait donc à bon compte.

Mais il avait le mauvais pressentiment que ce ne serait pas la dernière fois que les gens du Montana entendraient parler d'elle. Il avait vu la façon dont elle avait manié cette batte. Cela lui donnait la chair de poule de penser qu'elle serait de nouveau par-delà les rues.

Le matin suivant, après une nuit agitée, peuplée de mauvais rêves et de peu de sommeil, il se souvint qu'il avait reçu un appel pendant qu'il surveillait le bar.

Il s'empressa de vérifier le message et constata qu'il provenait du labo, plus exactement du portable de Maximilian Roswell.

— Je viens d'avoir votre message, annonça Nick lorsque ce dernier décrocha, avant de s'excuser de l'appeler un dimanche.

— Je pensais que vous aimeriez savoir que nous avons restreint le domaine d'utilisation du composé chimique retrouvé dans le poison qui a tué Géraldine Shaw, dit Maximilian. Il a été retiré du marché depuis un bon moment maintenant, mais je peux vous dire à la confection de quel produit il a servi : un dissolvant pour faux ongles.

Incrédule, Nick cligna des yeux.

— Quoi ?

— Vous m'avez bien entendu. Cette marque en particulier contenait suffisamment de cyanure à l'intérieur pour tuer.

Nick se frotta le front et réfléchit rapidement : Arlène portait des faux ongles. De même que sa fille, Charlotte. Et Sarah Cavanaugh, se rappela-t-il avec un sursaut. Cette dernière avait d'ailleurs un mobile sérieux pour vouloir tuer Géraldine.

La jeune femme de l'accueil apparut au même instant dans l'embrasure de la porte pour lui dire qu'il avait un appel urgent.

— Je vais devoir vous rappeler, fit Nick avant de raccrocher.

— C'est l'hôpital. Quelqu'un vient d'essayer d'étouffer Arlène Evans avec un oreiller. L'agresseur s'est enfui. L'officier de service est en train de fouiller les lieux, mais jusque-là ça n'a rien donné.

Alors qu'il quittait précipitamment son bureau, Nick entendit le téléphone portable qui était rangé dans le dernier tiroir de son bureau se mettre à sonner. Mais il décida de ne pas faire demi-tour. Il ne voulait pas s'entendre dire que le procès avait été reporté une nouvelle fois. Laney partait lundi. Et il ne voulait qu'une seule chose : que tout soit enfin terminé.

La sonnerie cessa, tandis qu'il s'éloignait en voiture. Dans le tiroir, le portable enregistrait le message suivant :

— Tu as été découvert. Quitte immédiatement la ville.

12

Le dimanche matin, Laney appela sa sœur afin de lui demander conseil pour le menu du dîner.

— Un plat exotique. Quelque chose qu'il n'a jamais mangé de sa vie, suggéra-t-elle, avant d'énoncer à toute allure des plats dont Laney n'avait même jamais entendu parler.

A cet instant, la jeune femme se rendit compte qu'elle avait commis une erreur en s'adressant à elle.

— Finalement, je devrais sans doute me contenter de quelque chose de simple, un plat familial comme un pain de viande, accompagné d'une purée de pommes de terre et de petits pois. Et peut-être une salade aux carottes et raisins secs.

— Tu plaisantes ! s'écria Laci. Il faut que tu lui en mettes plein la vue.

Laney aurait préféré l'épater avec son intelligence, son sens de l'humour, ou bien son charme naturel. Réflexion faite, peut-être qu'elle devrait effectivement cuisiner quelque chose d'exotique.

— Comment va Maddie ? demanda-t-elle en sautant du coq à l'âne.

— Beaucoup mieux. La psychologue l'a autorisée à

téléphoner à Bo… qui s'est empressé de lui dire qu'elle était la source de ses ennuis et il a rejeté la faute sur elle. Puis il a rompu leurs fiançailles. Après avoir raccroché, Maddie était bouleversée. Néanmoins, elle semble enfin voir quel genre d'homme il est réellement.

— Tant mieux. J'espère que cette fois-ci, elle ne changera pas d'avis.

— Profite de ta soirée avec Nick. Vous allez tellement bien ensemble, tous les deux…

Laney ne put s'empêcher d'éclater de rire.

— Ce n'est rien de plus qu'une amourette d'été. Je rentre à Mesa, lundi, fit-elle remarquer, espérant secrètement qu'aucune de ces deux affirmations ne soient vraies. Tu es toujours décidée à t'installer ici pour y ouvrir une affaire de restauration ?

— Oui, même si je déteste le fait que je ne te verrai pas avant Thanksgiving.

— Qui a dit que je reviendrai le fêter à Whitehorse ? demanda Laney en souriant, sachant parfaitement où sa sœur voulait en venir.

— Bien sûr que tu le feras ! Tu auras trop envie de revoir Nick.

Sur ce point, elle n'avait pas tort. Pour la première fois depuis qu'elle avait pris l'habitude de venir ici chaque été, elle n'avait pas envie d'en partir. Si elle avait été à la tête de sa propre affaire, elle aurait probablement prolongé son séjour. Mais, malheureusement, elle n'avait pas le choix.

Décidant de ne pas se laisser gagner par la mélancolie, à l'idée de son départ tout proche, elle focalisa son attention sur la composition du menu. Elle voulait que le dîner soit agréable. Et même si elle risquait de le regretter, elle allait opter pour le pain de viande.

Une fois sa décision prise, elle s'attela à la préparation du repas.

Le choix de sa tenue s'avérerait plus compliqué. En aucun cas elle ne voulait paraître trop anxieuse, encore moins désespérée, que ce soit à travers ses vêtements ou sa cuisine. Une fois le pain de viande au four, les pommes de terre en train de cuire à l'eau et les petits pois écossés, elle irait s'habiller, pour ne pas avoir à courir ça et là, quand il arriverait.

L'heure venue, elle opta pour sa robe bain de soleil préférée, remonta ses cheveux en une queue-de-cheval et appliqua un soupçon discret de brillant à lèvres.

Elle avait dressé le couvert sur le porche et placé une bougie au centre. Elle n'avait pas utilisé la belle vaisselle en porcelaine, mais la vaisselle ordinaire et elle commençait à le regretter, songeant à refaire toute sa table. Mais le bruit d'une voiture en train de remonter le chemin l'arrêta dans son élan.

Lorsque Nick descendit de son véhicule, elle sentit son cœur se mettre à battre la chamade, ses mains devenir moites et sa bouche s'assécher. Vêtu d'un jean, d'une chemise à manches longues boutonnée et de bottes, il paraissait à la fois intimidé et effrayé, mais heureux de la voir.

— J'espère que vous aimez le pain de viande, lui cria-t-elle.

Il esquissa un large sourire.

— J'*adore* ça.

Laney éclata de rire puis demanda :

— Vous voulez une bière avant de passer à table ?

— Décidément, vous êtes vraiment une femme comme je les aime, murmura-t-il en montant les quelques marches du porche pour la rejoindre.

Ils étaient si proches l'un de l'autre que l'odeur masculine de son after-shave lui emplissait les narines. Elle inspira une bouffée de ce parfum comme si elle prenait sa dernière respiration.

Il se tenait si près, son regard si intime, qu'elle sentit un éclair de désir la traverser.

— Je vais la chercher, ne bougez pas, dit-il doucement.

Se contentant de hocher la tête, elle attendit qu'il ait disparu à l'intérieur de la maison pour attraper le dossier d'une chaise afin de ne pas flancher. Ses seins étaient aussi durs que des galets et pressaient fermement contre son soutien-gorge de soie et le fin tissu de sa robe. Elle aurait volontiers fait l'impasse sur le dîner, songea-t-elle, rougissante. L'unique chose qu'elle désirait c'était qu'il lui fasse l'amour ici, sur ce porche exposé aux regards des passants.

En sentant la main de Nick sur son épaule, elle sursauta légèrement.

— Vous semblez avoir chaud, murmura-t-il à son oreille en pressant la bouteille de bière humide et glacée contre sa tempe. Est-ce que c'est mieux, comme ça ?

Elle n'osa pas le regarder de crainte qu'il ne devine la réponse à sa question et qu'il ne parvienne à cerner ce que renfermait son cœur.

— Laney…

Une main serrée autour de sa bière, il plongea son regard dans le sien.

Elle ne le quittait pas des yeux.

S'il ne l'embrassait pas sur-le-champ, elle avait l'impression qu'elle allait se mettre à crier. Mourant d'envie de sentir ses mains sur son corps, elle avait les seins lourds et leurs pointes étaient aussi dures qu'elle était douce à l'intérieur.

Rivé à son regard, Nick lui retira la bière des mains et frotta sa bouteille humide et fraîche contre le tissu recouvrant sa poitrine. La jeune femme ferma les yeux, tandis qu'un doux gémissement s'échappait de ses lèvres.

Se débarrassant à son tour de sa propre boisson, Nick encercla sa taille d'un bras et l'attira contre lui. Elle sentit la chaleur de sa bouche contre ses lèvres, puis sur son corps, tandis que sa main humide glissait sur son sein avant de glisser le long de ses jambes, jusqu'au creux de ses cuisses.

Avec un gémissement de plaisir, elle rejeta la tête en arrière. Jamais elle n'avait eu autant envie d'un homme avant lui. Ni même imaginé pouvoir ressentir une telle intensité. Elle s'était toujours montrée prudente dans ses relations amoureuses.

Mais tandis que Nick la hissait dans ses bras, elle étreignit son cou et l'embrassa avec un désir tel qu'il donnait l'impression de pouvoir être fatal s'il n'était pas assouvi.

Du pied, il poussa la porte grillagée et porta la jeune femme à l'intérieur, dans la fraîcheur et l'obscurité, là où les voisins ne la verraient pas se donner à lui.

Dans un élan de passion, Laney l'attira contre elle et plaqua sa bouche brûlante contre la sienne, pendant qu'elle s'affairait à déboutonner sa chemise, puis son jean.

Nick lui retira sa robe et elle l'entendit retenir sa respiration, tandis que son regard se déplaçait comme du miel chaud sur son corps. Il écarta une bretelle de soutien-gorge, puis l'autre, sa bouche passa de ses lèvres à son cou avant de descendre jusqu'au creux de ses seins. Les paumes pressées contre la peau nue et chaude de son torse, Laney se pencha en arrière.

Nick prit le bout de son sein dans sa bouche, en fit le tour avec sa langue, puis fit la même chose avec l'autre. Laney se serra contre lui, gémissant de plaisir, et plaqua les mains sur ses hanches, sentant son désir ferme contre elle.

— Laney, murmura-t-il en l'allongeant sur le sol.

La première fois fut rapide et furieuse. Elle poussa un cri avant de se détendre en frissonnant contre lui, leurs corps moites et brûlants, leurs respirations fortes et saccadées.

Allongée dans ses bras, elle entendit à peine le minuteur se déclencher pour lui annoncer que le pain de viande était prêt. L'estomac de Nick se mit à gronder au même instant et elle ne put s'empêcher d'éclater de rire. Roulant sur le côté, elle se redressa sur un coude et le dévisagea. Son regard était si tendre qu'elle crut que son cœur allait se briser en mille morceaux.

Après dîner, alors que le soleil avait complètement disparu à l'horizon et que l'air s'était rafraîchi, Nick éteignit la lumière et l'allongea sur le sol.

Dans l'obscurité, elle ne parvenait pas à voir son regard, mais elle le sentait posé sur elle. Il lui fit l'amour une nouvelle fois comme pour mémoriser chaque parcelle de son corps. Comme si cette nuit devait être la dernière.

— Oh mon Dieu ! s'écria Laney en laissant échapper la cruche qu'elle tenait à la main.

Réveillé par son cri et le bruit du verre qui se brisait

avec fracas, Nick se redressa droit comme un i dans le lit. Sortant immédiatement son pistolet du holster posé sur la table de chevet, il se précipita dans la cuisine et la trouva debout devant la télévision, une mare de jus d'orange sur le carrelage.

Sans un mot, elle pointa l'écran du doigt.

Une photo de lui occupait tout l'écran. Le cliché, pris sur le vif, ne resta affiché qu'un instant avant d'être remplacé par un plan d'Arlène Evans assise sur son lit d'hôpital, en train de sourire à la caméra.

— Mon idée est très simple. Je souhaite aider des jeunes gens vivant en milieu rural à se rencontrer, expliquait-elle. Dans cette région du Montana, les maisons se trouvent à des kilomètres les unes des autres. Et les villes sont encore plus éloignées. Non seulement les gens ont beaucoup de corvées dans les fermes et peu de temps pour sortir, mais qui plus est, ils n'ont bien souvent pas l'opportunité de rencontrer des personnes de leur âge. C'est donc de ce constat qu'est né le service de rencontres en ligne *Cœurs à prendre*.

— Non, mais je rêve ! fulmina Nick en déposant son arme sur le comptoir de la cuisine.

— Pendant la fête de fiançailles de Maddie et Bo, elle a photographié les invités puis elle a mis les clichés en ligne, sur son site, expliqua Laney. Et voilà qu'à présent, c'est la télévision !

Cette fois, il était vraiment mort, songea Nick avec horreur.

— J'avais l'intention de t'en parler, hier soir…

— Tu étais au courant ? l'interrompit-il d'un ton brusque.

Manifestement surprise et blessée par le ton de sa voix, elle se figea un instant, puis fit un pas en arrière.

— Ne bouge pas !

Elle était pieds nus et entourée de bris de verre et de jus d'orange. S'empressant d'attraper le rouleau de papier essuie-tout, Nick se baissa pour tout nettoyer.

— Je suis désolé, commença-t-il, c'est simplement que…

Comment pouvait-il lui expliquer ce que cela signifiait pour lui ? A cause de ce reportage, tout était fini pour lui.

Se voir à la télévision l'avait brutalement ramené à la dure réalité.

— Je voulais te le dire mais j'ai oublié, fit-elle tandis qu'il achevait de nettoyer le désordre et jetait le papier et le verre brisé dans la poubelle. Je suis allée chez Arlène pour récupérer des copies des photos prises à la fête. J'allais te les montrer au cas où il y aurait une preuve…

Il l'observa en silence. Elle portait un peignoir de soie collant à ce corps qu'il connaissait par cœur à présent. Le simple fait de la regarder lui était douloureux.

La nuit dernière, après qu'elle se fut endormie, il l'avait observée longuement, la désirant plus que jamais. Pas simplement pour une nuit. Jamais il n'avait éprouvé un sentiment aussi fort à l'égard d'une femme. Ce qui lui procurait une peur bleue. Non seulement il ne pourrait jamais lui offrir la vie dont elle rêvait, mais il serait peut-être même mort demain.

Il était effrayé à l'idée de vouloir passer le reste de son existence avec elle, d'avoir envie de lui acheter une bague et de lui demander de l'épouser, de se tenir devant l'autel et de lui promettre de l'aimer pour toujours.

Pourtant, quelque chose, en lui, lui disait que Laney était la femme de sa vie. Il était amoureux d'elle. Tendant la main vers la jeune femme, il l'attira dans ses bras et la serra fort contre lui. Sa peur et sa confusion étaient perceptibles. Il se maudissait d'avoir laissé les choses aller aussi loin entre eux.

— Je te demande pardon. Il faut que je m'en aille, annonça-t-il en reculant pour prendre son pistolet sur le comptoir.

Hésitant, il l'observa un instant en silence.

Puis il ouvrit la bouche, ayant désespérément besoin de lui dire toute la vérité, mais il n'en fit rien. Ses heures étaient comptées. Il devait quitter la ville sur-le-champ.

— Je t'appellerai plus tard, dit-il en se dirigeant vers la chambre.

— J'ai les photos, si tu les veux…

— Elles ne servent plus à rien à présent, répliqua-t-il en s'habillant.

Il redressa la tête et l'aperçut dans l'embrasure de la porte.

— Que se passe-t-il ? demanda-t-elle en plissant les yeux. Si c'est à propos d'hier soir…

— Non.

Il essaya de trouver les paroles qui pourraient la réconforter.

— Laney, la nuit dernière a été… incroyable. Je n'ai jamais…

Les mots lui échappaient.

— Mais ça n'aurait pas dû arriver. Je ne peux pas m'impliquer dans une relation pour le moment.

Le visage de la jeune femme passa de la tristesse à la colère.

— Tu n'as pas d'explications à me fournir. Je comprends.

Elle se dirigea vers le lit et laissa tomber les photos sur l'édredon, avant de quitter la pièce précipitamment.

Nick dut se mordre la langue pour ne pas la rappeler. *Parle-lui, bon sang. Dis-lui la vérité,* lui criait une petite voix. Etouffant un juron, il attacha son holster. Avec sa photo à la télévision, Keller ne mettrait pas longtemps à le localiser. Une raison supplémentaire pour prendre ses distances avec Laney. Il ne voyait pas de meilleure chose à faire.

Il n'avait pas eu, dans un premier temps, l'intention de prendre les photos qu'elle avait jetées sur le lit, mais il se ravisa finalement et les enfonça dans la poche de sa veste. Il les remettrait à l'un des adjoints du département, après avoir détruit toutes celles où il se trouvait, afin de ne laisser aucune piste susceptible de conduire Keller jusqu'à Laney, au cas où les choses tourneraient mal, en Californie.

Dans le hall, il marqua une pause et se retourna vers la cuisine. La dernière chose dont il avait envie c'était de franchir cette porte. Et de quitter cette femme. Mais sa vie ne valait rien en cet instant. Il n'avait absolument rien à lui offrir. Etre près de lui ne ferait au contraire que la mettre en danger.

Rassemblant ses forces, il sortit de la maison, se hâta de descendre les marches et de rejoindre sa voiture, sans se retourner, craignant que son courage ne l'abandonne s'il jetait un seul regard derrière lui.

Debout derrière la fenêtre, Laney regarda Nick s'éloigner. Ou plutôt s'enfuir. La nuit dernière avait été exactement comme il l'avait décrite — *incroyable.* Ils avaient été si proches. Trop sans doute. Elle s'en rendait compte à présent. Dès le départ, elle avait perçu sa peur à l'idée de la laisser entrer dans sa vie. Elle s'était elle-même mise en garde de ne pas s'attacher à lui.

Après la manière dont il avait réagi quand sa photo était apparue à la télévision, elle se demandait ce qu'il aurait fait s'il l'avait vue associée à la sienne, le tout entouré d'un cœur rouge. Elle en voulait tellement à Arlène, qu'elle aurait été capable de la tuer à cet instant précis. D'un autre côté, elle savait que ce qui s'était passé n'était pas sa faute. Nick n'était pas prêt à s'engager avec qui que ce soit. Et encore moins avec elle. Depuis le début, elle en avait toujours eu conscience.

La première fois qu'elle avait posé les yeux sur lui, il y avait eu comme des étincelles dans l'air. Elle n'était pas certaine de savoir à quel moment précis elle était tombée amoureuse, mais le résultat était là : elle était amoureuse… Et aujourd'hui, il venait de lui briser le cœur.

Elle n'éprouvait néanmoins pas le moindre regret à ce sujet. Pas plus qu'elle ne réussissait à se maudire pour ce qui s'était passé entre eux la nuit dernière. Si elle avait quitté la ville sans faire l'amour avec lui, elle se serait sentie encore plus mal. Il lui resterait au moins ce souvenir à défaut d'un avenir avec lui.

La sonnerie du téléphone la tira soudain de ses pensées. Son pouls s'emballa inconsciemment et elle tendit la main pour soulever le combiné, priant pour que Nick se trouve à l'autre bout de la ligne.

— Alors ? s'enquit Laci. Il est encore là ?

— Non, répondit Laney, en tentant de dissimuler sa déception. Il a dû partir.

— Hier soir ? Ou ce matin ?

Elle ne put s'empêcher d'esquisser un sourire.

— Ce matin.

— Et comment c'était ?

— Merveilleux. Cette nuit restera gravée dans ma mémoire. J'allais te téléphoner pour te dire que j'ai finalement décidé de prendre l'avion aujourd'hui au lieu de patienter jusqu'à demain.

— Attends une minute, l'interrompit sa sœur. Tu t'en vas ? Et Nick ? Oh non, ne me dis pas que tu lui as fait un pain de viande !

— Il a adoré, je te signale, s'insurgea-t-elle dans un éclat de rire. Mais, comme je te l'ai dit, ce n'était qu'une amourette d'été. Rien de plus.

— Pourquoi ai-je du mal à te croire ?

— Parce que tu es une incorrigible romantique. Ecoute, il faut que je termine de faire mes valises. Je t'appellerai dès mon arrivée à Mesa. Embrasse Maddie pour moi.

— Je suis désolée, Laney, dit sa sœur avant qu'elle ne raccroche.

Alors qu'il se dirigeait vers Whitehorse, Nick commença à planifier son départ. Avant toute chose, il devait passer à son bureau afin de récupérer le téléphone portable, puis à son appartement pour prendre le peu d'affaires qu'il avait emportées avec lui. Il pensait avoir le temps nécessaire de faire deux arrêts sans que cela ne soit trop risqué. Même si Keller avait vu sa photo à la télévision, ce matin, il n'arriverait jamais ici aussi vite.

A moins qu'on ne l'ait déjà renseigné sur la ville où il se cachait. Ce qui, Nick le savait, avait toujours été une possibilité, puisque Keller se trouvait en liberté sous caution, et qu'il n'avait rien d'autre à faire que de passer son temps à le chercher.

Le grésillement de sa radio le tira de ses pensées.

— On a tenté de mettre fin aux jours d'Arlène Evans, lui annonça la standardiste.

Jurant tout bas, il décréta qu'il lui était impossible de gérer cela pour l'instant. Il devait quitter la ville avant qu'il ne soit trop tard. Si ce n'était pas déjà le cas. Qui sait depuis combien de temps sa photo se trouvait sur le site de rencontres. Keller avait vraisemblablement fait passer le mot. Et tout le monde serait aux trousses de Nicolas Giovanni.

— Arlène va bien, ajouta-t-elle. Mais vous auriez peut-être intérêt à venir immédiatement à la prison.

— Sous-entendez-vous qu'ils ont attrapé l'agresseur ? demanda Nick, surpris.

— L'une des infirmières l'a prise sur le fait. L'officier qui était de garde vient de l'amener et m'a demandé de vous mettre au courant. Il s'agit de Violet Evans.

Nick n'en croyait pas ses oreilles. La benjamine de la famille se trouvait déjà derrière les barreaux et voilà qu'ils venaient d'arrêter sa sœur aînée ?

— Si vous saviez ce qu'elle raconte, c'est inimaginable. Vous feriez bien de venir.

Après que Laney eut raccroché, elle sécha rapidement ses larmes, en colère contre elle-même de s'être mise à pleurer, puis elle s'attela au nettoyage de la cuisine.

Une fois ses valises faites, elle irait jusqu'à Billings en voiture et y prendrait un vol pour rentrer à Mesa.

L'idée de passer une autre nuit seule dans cette maison lui était insupportable. L'expression qu'elle avait lue sur le visage de Nick était claire. Il ne reviendrait pas.

Contrairement à sa sœur, qui avait apparemment vidé tout le contenu de son armoire dans ses quatre valises, elle avait voyagé léger. Il ne lui fallut donc pas longtemps pour être prête à partir. Son sac de voyage posé sur le porche, elle retourna dans la maison pour s'assurer que tout était en ordre.

Le bruit d'un véhicule attira alors son attention. Le cœur battant, elle pensa immédiatement à Nick, priant de toutes ses forces pour que ce soit lui, espérant qu'il ait été incapable de rester en retrait malgré ses efforts. Et qu'il éprouve exactement les mêmes sentiments qu'elle.

Au comble de l'excitation, elle traversa les pièces en courant jusqu'à la porte grillagée. Là, elle s'arrêta net, prête à se jeter dans ses bras dès qu'il apparaîtrait. Elle ne comprenait pas pourquoi il était si effrayé des sentiments qui existaient entre eux. Mais elle se moquait d'en connaître la raison. Qu'il cesse enfin de fuir était l'unique chose qui lui importait.

Il lui fallut moins d'une seconde pour se rendre compte qu'elle n'avait jamais vu le véhicule qui se garait devant la maison et que l'homme qui en descendait n'était pas celui qu'elle attendait.

Etudiant le visage de l'homme qu'elle apercevait pour la première fois, elle sut d'instinct que c'était probablement la dernière chose qu'elle verrait de sa vie. Il sortit un pistolet de sous sa veste et le pointa sur son cœur.

— Allons à l'intérieur, dit-il en montant les marches du porche et en l'attrapant par le bras pour la faire avancer, le canon de l'arme pressé sur sa tempe. Toi et moi devons parler de notre ami commun, Nicolas Giovanni.

Lorsque Nick arriva à la prison, Violet se trouvait dans la salle d'interrogatoire en compagnie de deux officiers.

Assise à une extrémité de la table, elle donnait plutôt l'impression d'avoir été invitée pour le déjeuner qu'arrêtée pour tentative de meurtre.

Au moment où il pénétra dans la pièce, elle redressa aussitôt la tête et lui sourit comme si elle l'attendait. A première vue, elle ne semblait pas avoir versé la moindre larme.

— Violet !

— Adjoint Rogers, répondit-elle tandis qu'il prenait une chaise et s'asseyait en face d'elle en jetant un coup d'œil aux officiers présents.

Tous deux haussèrent les épaules, comme s'ils n'arrivaient pas non plus à comprendre la situation.

— Voulez-vous bien m'expliquer ce qui se passe, Violet ? demanda Nick en gardant une voix aussi calme que possible.

Alors qu'elle croisait son regard, il vit toute la détermination et la résolution qui brillaient dans ses yeux.

— J'ai essayé de tuer ma mère, ce matin. Et je regrette d'avoir encore échoué.

— Dois-je comprendre que ce n'était pas la première tentative ? poursuivit-il en s'efforçant de garder un ton neutre.

— On m'a interrompue pendant que j'essayais de l'étouffer dans sa chambre d'hôpital. Ce jour-là, j'ai réussi à échapper au policier en me cachant dans un placard. Je n'étais pas responsable pour les autres fois où nous avons cherché à la tuer.

Nous ? Il la dévisagea un instant, puis sortit son calepin et un crayon, même s'il pouvait voir que les policiers étaient en train de filmer ses réponses. Il avait simplement besoin de prendre une seconde pour se ressaisir.

— De qui voulez-vous parler quand vous dites « nous » ? demanda-t-il finalement.

— De Charlotte et Bo, répondit-elle d'une voix dépourvue d'émotion.

— Et si vous m'en disiez plus…

Violet s'exécuta sans rechigner, en commençant par la fête de fiançailles. Charlotte avait eu l'idée d'empoisonner leur mère avec le macaron. Violet s'était chargée de confectionner le biscuit puis de s'assurer que seul celui qui contenait le cyanure se trouverait sur l'assiette au moment où sa sœur le proposerait à leur mère.

— Géraldine n'était donc pas la personne visée. Il s'agissait d'Arlène, observa-t-il.

— Je me suis sentie désolée pour cette femme même si Charlotte n'arrêtait pas de répéter que nous lui avions rendu service.

Elle haussa les épaules.

— Et Bo ?

— Il s'en moquait, excepté qu'il fallait que nous trouvions un nouveau plan pour nous débarrasser de notre mère, expliqua-t-elle.

— Je voulais surtout savoir quel avait été son rôle dans les autres tentatives d'assassinat.

— Oh ! s'exclama-t-elle. C'est lui qui l'a poussée dans l'escalier. Il a prétendu que c'était un accident et bien évidemment notre mère lui a pardonné. Il a toujours été son favori.

— Ce qui, d'après moi, serait une bonne raison pour ne pas vouloir qu'elle meure, fit remarquer Nick.

Les deux autres officiers présents dans la pièce semblaient sous le choc en entendant le récit de la jeune femme, même s'ils en avaient déjà entendu la majeure partie.

— Bo la détestait autant que nous, à cause de sa manière de s'accrocher à lui, de le rendre si important. Ça l'embarrassait. Il ne souhaitait qu'une chose : qu'elle disparaisse.

Au ton dégagé de Violet, on aurait pu croire qu'elle était en train de parler de la météo ou du menu du dîner.

— Et en ce qui concerne l'overdose de médicaments ?

— C'est Charlotte qui a dissout les comprimés dans le café.

— Où donc se trouvait votre père durant tout ce temps ? ne put-il s'empêcher de demander.

— Il est constamment en train de travailler. Je pense qu'il fait ça pour ne pas avoir à rentrer à la maison, sauf pour manger et dormir.

Nick ôta son chapeau et se passa une main dans les cheveux. Il fallait absolument qu'il se mette en route. Pourtant, une question le hantait encore au sujet de cette histoire horrible.

— Pourquoi souhaitez-vous la mort de votre mère ?

— Moi personnellement ?

Avec un sourire contrit, elle leva les yeux vers lui.

— Faut-il vraiment que vous le demandiez ? Si elle avait pu, elle m'aurait mariée à Jack L'Eventreur. Seulement, comme elle ne parvenait pas à me trouver d'époux, elle me rendait la vie impossible. J'ai pourtant essayé car un mariage m'aurait permis de quitter la maison et de partir loin d'elle. Seulement, ce n'est pas aussi simple.

La souffrance était perceptible dans sa voix.

— Savez-vous que votre sœur a été arrêtée pour agressions ? demanda Nick, avant de lui expliquer la raison de son geste.

Pour la première fois, il vit des larmes apparaître dans les yeux de Violet.

— Je n'étais pas au courant, répondit-elle en se mordant la lèvre. Je croyais que tout le monde s'en moquait.

Ne sachant quoi répondre, Nick se tourna vers l'un des officiers.

— Avez-vous déjà arrêté Bo Evans ?

— Nous attendions vos instructions.

— Allez le chercher et vous feriez mieux d'appeler le procureur et de le mettre au courant de la situation.

Reposant son regard sur Violet, il ajouta :

— Je suis désolé que vous ayez eu le sentiment de n'avoir aucune autre alternative que de tuer votre mère.

— Nous avons fait ce que nous pensions nécessaire, répliqua-t-elle en haussant les épaules.

— Elle est encore en vie, annonça-t-il, ne sachant pas avec certitude si elle savait que son frère, sa sœur et elle avaient encore échoué.

— Du moins pour l'instant, rétorqua la jeune femme en hochant la tête.

Un frisson parcourut la pièce tandis que Nick se levait pour sortir. Il n'avait aucune envie de rester dans le même endroit que cette femme plus longtemps.

Assis à son bureau, il sentit dans sa poche les photos que Laney lui avait remises. Il les sortit et les jeta devant lui, écœuré par ce qu'il venait d'entendre dans la salle d'interrogatoire. Et même davantage lorsqu'il songea à Laney et à la manière dont il l'avait quittée.

Jetant un œil à sa montre, il constata qu'il était temps pour lui de se mettre en chemin. Il fallait qu'il quitte la ville au plus vite. Avec Keller sur ses traces, il n'avait pas beaucoup de temps devant lui. Néanmoins, même si le meurtre de Géraldine Shaw avait été résolu et que l'agresseur du bar se trouvait derrière les barreaux, il ne pouvait s'empêcher d'éprouver un sentiment d'inachevé.

L'une des photos où se trouvait Laney attira alors son attention. Elle était si belle. Comme il regrettait de ne pas avoir eu l'occasion de danser avec elle, ce jour-là.

A l'arrière-plan, on pouvait apercevoir Charlotte en train de sortir le macaron de sa poche pour le déposer sur l'assiette. Quelques secondes plus tard, Arlène se verrait offrir le biscuit, mais Géraldine s'en emparerait avant que l'arme du crime n'arrive jusqu'à la bonne victime. La vie jouait parfois de drôles de tours, songea-t-il en secouant la tête avant de reposer la photo.

Bientôt, les trois enfants Evans seraient en garde à vue. Il se demandait comment Arlène allait accueillir la nouvelle. Elle rejetterait certainement la faute sur Violet. Souvent, les policiers se demandaient entre eux si c'était l'environnement ou les gènes qui amenaient des enfants à tenter de tuer l'un de leurs parents.

Il était difficile de répondre à cette question. Mais une chose était certaine : aussi horrible que soient les Evans, ils n'arrivaient pas à la cheville d'un type comme Zak Keller. Ce dernier avait grandi dans la même rue que Nick. Il vivait pratiquement avec sa famille.

Se hâtant de déverrouiller le dernier tiroir de son

bureau, il en sortit le téléphone portable et s'aperçut en l'allumant qu'il avait reçu un nouvel appel.

Légèrement inquiet, il plaqua l'appareil contre son oreille. Au fur et à mesure que le message défilait, il sentit instantanément son sang se glacer dans ses veines.

13

L'homme qui se faisait appeler Zak Keller entraîna Laney dans la cuisine et la força à s'asseoir sur une chaise. Grand, les épaules larges, il avait un visage étonnamment séduisant et des cheveux blonds couleur de sable, coupés à la dernière mode. Ses vêtements coûteux lui donnaient l'air d'un homme d'affaires. Même son parfum était agréable. En surface, il ne paraissait pas le moins du monde dangereux.

Jusqu'à ce que vous croisiez son regard.

Celui de Zak Keller était d'un bleu froid, totalement dépourvu d'émotion.

— Voilà le plan, annonça-t-il. Vous allez téléphoner à Nicolas pour lui dire que je suis ici, que je veux le voir et que s'il ne suit pas mes ordres à la lettre, je vous mettrai une balle dans la tête. Croyez-vous pouvoir vous rappeler de tout ?

Ce n'était pas quelque chose qu'elle risquait d'oublier. Son cœur battait si fort que sa poitrine en était douloureuse. Elle avait du mal à trouver son souffle et les pensées se bousculaient à toute allure dans son esprit. Il fallait absolument qu'elle parvienne à se calmer et qu'elle réfléchisse.

Les yeux fixés sur l'homme devant elle, elle savait qu'il ne plaisantait pas quand il menaçait de la tuer.

— Je me rappellerai de tout, promit-elle, surprise de voir à quel point sa voix était assurée.

Hochant la tête, Zak Keller esquissa un sourire satisfait, semblable à celui d'un requin juste avant de mordre sa proie à pleines dents.

Quoi qu'il en soit, il faisait forcément erreur sur la personne, pensa Laney. Elle ne connaissait aucun Nicolas Giovanni, seulement un Nick Rogers, un shérif adjoint timide au grand cœur, qui fuyait manifestement quelque chose.

Dans un premier temps, elle avait cru que c'était elle.

Mais, à présent, elle avait le pressentiment qu'il s'agissait d'une personne bien plus dangereuse. Tout autant peut-être que l'homme qui se tenait devant elle.

Luttant pour ne pas montrer à quel point elle était terrifiée, elle voulait encore croire que Nick Rogers et Nicolas Giovanni n'étaient pas une seule et même personne. Il avait bien dit être italien. Pourtant, cela ne collait pas avec son nom. Le jour où il avait évoqué sa famille, l'espace d'une seconde, l'expression de son visage avait changé comme s'il s'était rendu compte qu'il en avait trop dit, ce qui ne lui avait pas échappé.

— Etes-vous prête à passer cet appel ? s'impatienta Zak Keller, jetant un œil à sa montre avant de poser les yeux sur elle.

— Oui.

— J'ai omis un point important, fit-il en lui tendant le téléphone. Si vous tentez de prévenir quelqu'un avant d'avoir Nicolas en ligne, vous êtes morte. Que vous restiez en vie ou non ne fait aucune différence pour moi, je vous assure. Je pensais simplement que procéder de cette manière serait plus amusant pour Nicolas. Nous nous sommes bien compris ?

Laney hocha la tête, puis s'empara du combiné. Tandis qu'elle composait le numéro du département du shérif, il se rapprocha plus près et pressa le pistolet contre sa tempe, sans se départir de son sourire.

— Pourrais-je parler au shérif adjoint Nick Rogers, s'il vous plaît ? demanda-t-elle lorsque la standardiste décrocha.

Sa voix était un peu trop aiguë, mais Zak Keller ne parut pas le remarquer.

— Un instant.

Etant donné la manière dont Nick avait quitté la maison, plus tôt dans la matinée, il devait se trouver à des kilomètres d'ici à présent. Elle se rappelait à quel point voir sa photo à la télévision l'avait contrarié. Qu'avait-il bien pu faire pour qu'une chose aussi anodine l'effraie à ce point ? Pourquoi un assassin était-il à ses trousses ? Les questions se bousculaient dans son esprit.

Zak Keller se tenait au-dessus d'elle, telle une ombre menaçante, s'impatientant au fil des secondes. Il avait prévu de se servir d'elle mais, manifestement, il était prêt à changer ses plans et à la tuer s'il y était forcé avant d'aller retrouver Nick.

— Allô ?

En entendant la voix familière dans l'écouteur, Laney faillit se mettre à pleurer de soulagement.

— Nick !

Elle n'eut pas besoin d'en dire davantage pour qu'il comprenne à ce seul petit mot que tout ce qu'il avait craint depuis le début était en train d'arriver. Il était sur le point de quitter son bureau, lorsque le téléphone avait sonné, et il n'était pas certain de ce qui l'avait poussé à faire demi-tour pour prendre l'appel. Un pressentiment, sans doute.

— Laney, qu'est-ce que…

Zak Keller pressa plus fort le pistolet sur la tempe de la jeune femme.

— J'ai un message pour Nicolas Giovanni, de la part de Zak Keller, dit-elle en s'efforçant de garder une voix calme. Si tu ne fais pas exactement ce qu'il demande, il va me tirer une balle dans la tête.

Les paroles de Laney firent à Nick l'effet d'un coup de poing. Une douleur intense le transperça, le brûlant jusqu'au plus profond de lui. L'espace d'un instant, il fut incapable de parler, de respirer. Son cœur semblait s'être arrêté, son esprit terrassé par l'horreur de la vision qui s'imposait à lui : Zak Keller auprès de la femme qu'il aimait, la menaçant de mort.

— Tu es là, Nicolas ? demanda Keller en s'emparant du téléphone.

— Oui.

Il était conscient qu'il était parfaitement inutile de le supplier de relâcher Laney. La meilleure tactique était sans doute de prétendre qu'elle n'avait aucune importance à ses yeux. Il ne connaissait que trop bien la manière dont Keller opérait.

— Bien. Il y a trop longtemps que ça dure. Tu n'es pas un homme facile à trouver.

Demeurant silencieux, la gorge nouée, Nick s'efforça de ne pas penser à ce qu'il serait capable de faire.

— Nous devrions nous rencontrer face à face, tu ne crois pas ?

— Seulement si Laney t'accompagne, décréta-t-il.

— Je suis surpris, elle n'est pas vraiment ton genre,

rétorqua Keller. Il me semblait que tu préférais les brunes.

— On se contente de ce que l'on peut avoir.

A son rire, Nick comprit qu'il ne croyait pas à son indifférence et se demanda depuis quand il se trouvait dans la région et de quelles informations il disposait exactement.

— Comment tu m'as retrouvé ?

— C'est important ?

— Simple curiosité.

— J'ai vu ta photo sur internet. Elle se trouvait sur un de ces sites de rencontres. Apparemment, tu es tombé amoureux. Tu vas vraiment vite en besogne, mon vieux. Est-ce que tu as un téléphone portable ?

— Tu veux le numéro ? s'étonna Nick, en imaginant que Keller l'avait probablement déjà.

— Evidemment.

Il débita les chiffres à toute vitesse, se demandant si l'autre prenait seulement la peine de les écrire. S'il était déjà en possession de ce numéro, cela signifiait qu'il s'était débarrassé du seul homme en qui Nick avait une totale confiance. Combien de gens encore allaient-ils devoir mourir ? Il avait bien peur d'en connaître la réponse : au moins deux.

— Je t'appellerai pour te donner le lieu de rendez-vous, annonça Keller. Encore une chose, juste au cas où tu déciderais de prendre une initiative stupide…

Il y eut un court silence, puis le cri de Laney retentit dans l'écouteur. L'angoisse que Nick éprouvait fut aussitôt remplacée par les flammes dévorantes de la colère. La communication fut alors brusquement coupée. Jetant le téléphone en travers de la pièce, dans un accès de rage, il se ressaisit rapidement en voyant la standardiste l'observer depuis son bureau. Il devait tout faire pour garder son sang-froid, malgré la petite voix qui répétait en boucle dans sa tête que Keller détenait Laney.

Rien sur cette terre ne pouvait être pire.

Laney tenta de s'enfuir, mais Zak la rattrapa aussitôt et la plaqua violemment contre le mur, lui donnant une nouvelle gifle pour la faire crier une seconde fois avant de raccrocher le téléphone en souriant.

— Tu peux te relever, maintenant, lança-t-il d'une voix si calme que le sang de la jeune femme se glaça dans ses veines. Nous partons faire une petite balade.

Elle se redressa tant bien que mal, portant la main à sa bouche. Un filet de sang en coulait. Cette ordure lui avait fendu la lèvre pour le simple plaisir de pouvoir se payer la tête de Nick.

La colère fut rapidement plus forte que la peur, et elle commença à réfléchir à un moyen de se sortir de cette situation. Elle ne voulait pas « aller faire une balade » avec lui, comme il avait dit. Il était impératif qu'elle l'empêche de l'emmener. Elle serait plus forte en restant sur son propre terrain.

Comme s'il pensait ne plus avoir besoin de son pistolet, Keller le remit dans son holster.

Balayant la cuisine du regard, Laney ne vit rien qui puisse lui servir d'arme. Le bac à couteaux était trop éloigné. Keller l'aurait rattrapée avant même qu'elle ne puisse l'atteindre. Par ailleurs, elle n'était pas complètement certaine d'être capable de le poignarder, si elle en avait la possibilité. L'assommer, plutôt ? Une boîte serait trop peu commode, de même que le mixeur ou le toaster, plus à portée de main pourtant.

Elle se dirigea en chancelant jusqu'à l'angle du comptoir puis s'immobilisa. Keller se retourna au même instant pour jeter un coup d'œil dans sa direction. Pelotonnée sur elle-même, elle fit mine d'être davantage blessée qu'elle ne l'était réellement.

Lui tournant de nouveau le dos, Keller reposa le téléphone.

Elle s'approcha alors lentement de la cafetière presque pleine et la souleva de son socle. Pendant qu'elle faisait le ménage et se préparait pour partir, elle l'avait mise en route puis l'avait complètement oubliée. Mais l'appareil avait gardé le café au chaud.

Sans plus réfléchir, elle courut sur lui. Malheureusement, le bruit attira son attention et il fit demi-tour plus vite qu'elle ne l'avait souhaité.

Elle eut néanmoins le temps de lancer sur lui la cafetière avec tout son contenu, au moment où il soulevait le bras pour bloquer son geste.

Il eut un mouvement de recul, dans un hurlement, et la frappa violemment au passage.

Elle perdit l'équilibre et retomba lourdement en arrière en heurtant le mur. Une douleur fulgurante jaillit dans sa tête, puis tout devint noir autour d'elle.

Nick ouvrit le dernier tiroir de son bureau, sortit le portable et l'alluma, puis fit l'échange avec celui qui était accroché à sa ceinture et qu'on lui avait remis lors de son premier jour de travail au département du shérif de Whitehorse.

Ses mains tremblaient. Il s'en voulait de ne pas parvenir à garder mieux que cela son sang-froid. C'était exactement ce que cherchait Keller : le faire accourir vers lui, diminué par la frayeur.

Mais comment ne pas l'être, alors qu'il retenait Laney ? Il savait quel genre d'homme était Zak Keller. Autrefois, il avait pu entrevoir à quel point cet homme était capable de se montrer insensible et sans pitié. Le danger que courait la jeune femme était bien réel.

Depuis le début, Nick savait qu'il ne s'en sortirait probablement pas vivant. Et que quoi qu'il arrive, il n'aurait plus jamais la possibilité d'exercer son métier de policier en Californie. Les amis de Keller y veilleraient.

Mais Laney, elle, n'avait rien demandé. Et elle méritait tellement mieux. Jamais il ne se pardonnerait d'avoir mis sa vie en péril. Comment Zak avait-il appris son existence ? Ce qui s'était passé entre eux la nuit dernière avait-il eu une incidence sur les événements ?

Impossible ! Keller ne pouvait pas avoir appris leur relation aussi rapidement. Seulement, il avait dit les avoir trouvés tous les deux sur internet. Que sous-entendait-il par là ?

Il eut une illumination. Il se connecta au site d'Arlène Evans. Trop contrarié d'avoir vu sa photo à la télévision, il n'avait pas prêté attention à quoi que ce soit, à part au fait qu'elle et son fichu site passaient sur une chaîne nationale.

En passant en revue la liste des couples potentiels, il tomba sur ce que Keller avait dû voir : une photo de Laney et une de lui, toutes deux entourées d'un stupide cœur rouge et légendées de « L'amour avec un grand A ? ».

D'autres candidats étaient également accouplés sur le même modèle.

Il était écœuré. Arlène n'avait pas la moindre idée de ce qu'elle avait fait. Non seulement à lui, mais à Laney. Etant donné les renseignements qu'elle avait inscrits au sujet de chacun d'eux, il comprenait mieux à présent pourquoi Keller n'avait eu aucun mal à le retrouver.

Hors de lui, il aurait voulu courir à l'hôpital cracher toute sa fureur au visage d'Arlène. Mais il avait une autre urgence.

S'il voulait sauver Laney, il devait commencer à penser comme Keller : être calme et sans pitié. Et surtout, si l'occasion se présentait, ne pas hésiter à le tuer.

D'un autre tiroir verrouillé, il sortit son arme personnelle. Même s'il n'avait pas besoin de vérifier qu'elle était chargée, il le fit néanmoins. Keller ne laisserait rien au hasard, lui non plus.

S'emparant de deux chargeurs pleins, il les enfonça dans la poche de sa veste. Puis il sortit un couteau rangé dans un étui et le glissa dans sa botte.

Keller s'attendait à ce qu'il soit armé jusqu'aux dents. Il ne voulait pas le décevoir. Après avoir rangé son arme de service dans son holster, il enfila sa veste, laissa les clés de sa voiture de patrouille sur son bureau et sortit du bâtiment.

A son arrivée à Whitehorse, il avait loué un vieux pick-up d'occasion. Le véhicule ressemblait davantage à un tas de ferraille, mais il roulait bien. Comme Nick travaillait constamment, il avait à peine eu le temps de s'en servir.

Une fois à son appartement, il prépara ses bagages pour s'occuper dans l'attente du coup de téléphone. Il n'avait pas beaucoup d'affaires. Tout tenait dans deux sacs de paquetage qu'il transporta jusqu'au pick-up pour les poser sur les sièges arrière.

Après s'être installé au volant, il se rendit chez Packy pour faire le plein d'essence.

Keller n'avait toujours pas appelé, ce qui ne le surprenait pas vraiment. Il ferait s'éterniser la situation aussi longtemps que possible, car il ne voulait pas seulement le tuer mais le faire souffrir.

Nick ne se faisait aucune illusion. Il veillerait à ce qu'il n'ait pas la moindre chance de s'en sortir. Son arrêt de mort était signé et rien ne pourrait changer cela. Mais il restait une chance pour que Laney s'en sorte, et il mettrait tout en œuvre pour sauver la jeune femme. C'était à cet espoir qu'il devait se raccrocher.

Ainsi qu'au fait que Keller serait définitivement libre, s'il échouait aujourd'hui.

Il ne pouvait pas laisser faire. La première fois qu'il s'était trouvé en position de le tuer, il n'avait pas saisi cette opportunité et il ne referait pas la même erreur.

A moins qu'il n'existe une autre solution, pensa-t-il en retournant à son bureau. Après avoir vérifié la caméra et la cassette qui se trouvait à l'intérieur, il alla fermer la porte à clé. Il se plaça devant l'objectif et lorsque la lumière rouge se mit à clignoter, il commença à parler.

— Mon nom est Nicolas Giovanni. Si vous regardez cette vidéo, cela signifie que je suis mort. A l'heure où j'enregistre ceci, l'inspecteur au département des homicides de Los Angeles, Zak Keller, retient en otage Laney Cavanaugh. Elle est même peut-être déjà morte.

Sa voix menaça de se briser, mais il se racla la gorge et se ressaisit.

— Il était prévu que je témoigne contre lui la semaine prochaine, au cours de son procès. N'étant plus certain de pouvoir arriver à Los Angeles sain et sauf, j'ai décidé de fournir mon témoignage par le biais de cette vidéo. Le 31 mai dernier, j'ai vu Zak Keller abattre de sang-froid deux policiers.

Il prit une profonde inspiration et poursuivit.

— Alors que je tentais de l'arrêter, j'ai été blessé par balle et il en a profité pour s'enfuir. Néanmoins, j'ai retrouvé le pistolet dont il s'était servi et je l'ai ajouté au dossier comme pièce à conviction. L'arme, de même que le rapport attestant que ses empreintes se trouvaient dessus, ont disparu quelque temps plus tard, de même que Zak Keller. Ce dernier a fini par être arrêté, puis a été relâché sous caution. Après qu'il a tenté de m'éliminer, je me suis caché. A cet instant précis, j'attends son appel pour qu'il m'indique l'endroit où je dois le rencontrer.

Une fois la caméra éteinte, il attendit tranquillement que la nuit tombe.

Lorsque la sonnerie de son portable retentit enfin, il ralluma la caméra et se rapprocha de l'objectif avant de répondre.

— C'est toi, mon vieux ? demanda Zak d'une voix amusée. Il t'en a fallu du temps pour répondre. Tu essaies de jouer avec mes nerfs ?

Comme toi tu le fais avec moi ? songea Nick avec amertume.

— Je n'arrivais pas à sortir ce maudit téléphone de ma poche, mentit-il en tentant de lui faire croire qu'il était nerveux.

Ce qui, il devait bien l'admettre, n'était pas entièrement faux.

— D'accord, fit Zak en éclatant de rire, voilà le plan. Tu…

— J'ai besoin d'une preuve que Laney est toujours en vie, l'interrompit Nick.

Il espérait que la caméra pourrait enregistrer distinctement les deux parties de la conversation, celle de Zak et la sienne.

— Tu n'es pas en position d'exiger quoi que ce soit, Nicolas, fit-il remarquer.

— Laisse-moi seulement entendre sa voix.

Il y eut un silence dans l'écouteur. Pendant une minute, Nick crut qu'il avait raccroché.

— Juste une minute. Elle arrive.

Retenant son souffle, il fixa la lumière rouge qui clignotait sur la caméra, attendant d'entendre la voix de Laney, terrifié à l'idée de ce que Keller avait bien pu lui faire.

— Nick, je vais bien.

Elle n'en avait pas la voix.

— Est-ce qu'il t'a fait du mal ?

— Tu veux connaître le plan, Nick, ou tu préfères l'entendre crier ? C'est toi qui vois.

— Je t'écoute, Zak.

— Roule vers le nord, en direction de Saco. Je te rappellerai plus tard pour t'indiquer le reste du trajet.

— Quand est-ce que tout ça va finir, Keller ? demanda Nick.

— Tu connaîtras vite la réponse à cette question, mon vieil ami. A bientôt.

La communication fut brusquement coupée. Le regard fixé sur la caméra, Nick s'en approcha pour l'éteindre et en ôter la cassette qu'il plaça à l'intérieur d'une enveloppe matelassée adressée à l'avocat général, à Los Angeles, en Californie. Il remit le paquet à la jeune femme de l'accueil en lui demandant de la faire partir immédiatement par le courrier de nuit.

Puis il rejoignit son pick-up, grimpa à l'intérieur et se mit en route en direction du nord.

Lorsqu'elle reprit connaissance, Laney fut instantanément saisie de panique. Dans le noir complet, elle ne voyait rien, mais se rendit très vite compte qu'elle se trouvait dans un endroit réduit et qu'elle avait du mal à respirer. S'efforçant de bouger, elle réalisa que ses poignets et ses chevilles étaient ligotés et qu'elle avait du ruban adhésif sur la bouche.

Elle rassembla ses forces pour repousser la terreur qui menaçait de l'envahir, prenant de grandes inspirations par le nez pour tenter de se calmer. Elle comprit qu'elle se trouvait enfermée dans le coffre d'une voiture.

Le bruit du moteur lui parvenait distinctement, de même que le frottement des pneus sur la route. Le tapis était rugueux contre sa joue et elle faisait des bonds chaque fois que la voiture heurtait une bosse.

Pelotonnée en position fœtale, elle avait mal à la tête. Il lui fallut un moment avant de se souvenir de ce qui s'était passé. Zak Keller l'avait enlevée. Les yeux fermés, elle sentit la terreur monter en elle par vagues.

Où l'emmenait-il ?

A la rencontre de Nick ? Ou plutôt de Nicolas Giovanni.

Elle était davantage paralysée par la peur que par le

ruban adhésif qui lui liait les mains et les pieds. Keller allait la tuer, une fois qu'il serait arrivé jusqu'à Nick, puisqu'alors il n'aurait plus besoin d'elle. Cela ne faisait aucun doute.

La voiture ralentit soudain avant de prendre un virage ; la route devint cahoteuse. Ils venaient manifestement de quitter l'autoroute. Au bout de quelques kilomètres, le véhicule s'immobilisa.

Le moteur s'arrêta. Elle retint son souffle en entendant qu'une portière s'ouvrait et se refermait. Un bruit de pas sur le gravier semblait se rapprocher de plus en plus.

Le couvercle du coffre se souleva brusquement.

Aveuglée par la minuscule lumière au-dessus de sa tête, elle cligna des yeux un instant, puis se rendit compte qu'il faisait déjà nuit. La silhouette de Zak Keller paraissait encore plus menaçante dans l'obscurité.

— Venez, Laney Cavanaugh.

Sa voix était aussi glaciale que son regard.

— Laissez-moi vous aider à sortir.

La lumière renvoya un reflet sur la lame de son couteau. Tandis qu'il se penchait vers elle, elle eut un mouvement de recul. Avec un petit rire, il coupa le ruban adhésif qui liait ses chevilles ; puis il rangea son arme, esquissa un sourire et l'aida à s'extraire du coffre.

— J'espère que le voyage n'a pas été trop inconfortable.

Il faisait simplement la conversation pour entendre le son de sa voix, qu'il semblait particulièrement apprécier. Il se moquait pas mal de son bien-être et elle le savait. Elle n'était pour lui qu'un moyen d'arriver à ses fins.

Sans lui ôter le ruban adhésif de la bouche, ni défaire les liens qui retenaient ses poignets, il referma le hayon en le faisant claquer. Pendant un moment, ils demeurèrent immobiles près de la voiture.

Au loin, elle distinguait à peine les bâtiments plongés dans l'obscurité. Elle ne reconnut l'endroit qu'une fois qu'il la conduisit vers le plus grand d'entre eux. Il s'agissait de la station de Sleeping Buffalo. D'après ce qu'elle avait entendu dire, l'endroit était fermé pour rénovation. Manifestement, Zak Keller était lui aussi au courant.

Il la plaqua contre un mur.

— Restez là. Vous ne voudriez pas qu'un nouvel épisode comme celui qui a eu lieu plus tôt se reproduise ?

A l'expression affichée sur son visage, il était évident qu'il espérait au contraire la voir essayer de s'échapper une fois encore. Il n'attendait qu'une seule chose : qu'elle lui fournisse une bonne raison de lui faire du mal.

Alors qu'il brandissait une barre de fer pour s'en servir comme d'un levier, elle aperçut un objet brillant dans son autre main.

Keller travaillait rapidement et avec une compétence évidente en matière d'effraction. Pendant ce temps, l'esprit de Laney s'emballa. Que faisaient-ils ici ? Elle se demandait ce qu'il pouvait bien leur réserver. Même s'il ne faisait aucun doute qu'au bout du compte il allait les tuer.

Paradoxalement, savoir qu'elle n'avait pas la moindre chance de survivre lui procurait une sorte de paix. La peur se nourrit de l'espoir qu'on peut encore sauver sa peau. Et elle n'en avait plus aucun.

Keller s'immobilisa brusquement tandis que le bois autour de la porte se fendait en éclats. Attentif au moindre bruit, il voulait s'assurer que personne ne se trouvait à l'intérieur, même s'il savait que ce n'était pas censé être le cas. Il n'était pas du genre à laisser le moindre détail au hasard.

Constatant que l'endroit semblait effectivement désert, il attira Laney à l'intérieur. Une forte odeur, due à l'eau de source minérale qui remplissait la piscine, flottait dans l'air.

Le plafond était haut, et l'écho de leurs pas sur le béton résonnait dans cette partie du bâtiment, se mêlant au gargouillis de l'eau qui s'écoulait par les tuyaux d'arrivées. Malgré l'obscurité, elle parvint à distinguer une faible lumière en provenance des vestiaires pendant qu'ils longeaient la piscine.

Il la poussa à l'intérieur de la pièce par l'entrée étroite, la fit avancer devant des casiers grillagés démodés, tous numérotés, puis tourner à l'angle pour rejoindre les cabines qui servaient habituellement pour se changer.

S'arrêtant devant l'une d'elle, il tira le rideau en plastique, faisant apparaître un banc.

— Asseyez-vous.

Elle s'exécuta sans rechigner, pendant qu'il s'emparait de nouveau de son couteau. D'un geste vif, il coupa le ruban adhésif autour de ses poignets. Essayant de ne pas imaginer ce qui allait suivre, elle frotta sa peau meurtrie.

— Bien, voilà le marché, commença-t-il en se penchant au-dessus d'elle. Vous allez appeler votre petit copain et lui dire de venir vous chercher. Mais si vous criez, ce qui serait stupide de votre part puisqu'il n'y a personne à des kilomètres à la ronde, vous le regretterez. On s'est bien compris ?

Parfaitement, pensa-t-elle en hochant la tête.

Il arracha d'un geste brusque le ruban adhésif de sa bouche et esquissa un sourire au cri de douleur qu'elle ne parvint à réprimer. La voir souffrir lui procurait un malin plaisir. Sortant un téléphone portable de sa poche, il composa un numéro et lui tendit l'appareil.

Au bout de trois sonneries, elle vit que son impatience grandissait de nouveau. Si Nick était intelligent, il serait à des kilomètres d'ici à l'heure qu'il est. Il ne serait pas assez fou pour venir à ce rendez-vous. A quoi bon les faire tuer tous les deux ?

— Allô ?

— Nick !

Sans quitter Zak des yeux, elle s'éclaircit la gorge. Tripotant la lame de son couteau, il semblait attendre la première occasion de lui faire du mal.

— Il veut que tu viennes à Sleeping Buffalo.

— Surtout, fais tout ce qu'il te dit, lui conseilla Nick d'une voix presque trop calme. Ne lui donne aucun prétexte pour te faire du mal.

— Demandez-lui s'il sait où se trouve la piscine, lui ordonna Zak.

— Est-ce que tu sais où se trouve la piscine ? répéta-t-elle.

— Je suis en route.

Quelque chose dans sa voix lui fendit le cœur.

— Ne fais pas ça, Nick. Va-t'en ! Il…

Zak ne lui laissa pas le temps d'achever sa phrase et la plaqua violemment contre le mur de la cabine.

S'étant préparée à recevoir un coup, elle se retint de toutes ses forces pour ne pas crier.

Le téléphone tomba lourdement sur le sol. Avec calme, Zak le ramassa en lançant un regard furieux, visiblement déçu qu'elle n'ait pas crié afin de faire réagir Nick. La communication n'était pas coupée.

— Comment fais-tu pour inspirer une telle loyauté ?

demanda-t-il à Nick. Elle est prête à risquer sa vie pour sauver ta peau. T'es vraiment pas croyable, Nicolas. Mais d'un autre côté, tu as toujours su y faire avec les femmes, pas vrai ? Fais vite, on t'attend.

Il raccrocha et regarda Laney.

Elle pouvait deviner qu'il mourait d'envie de la frapper une nouvelle fois. Croisant son regard, elle ne baissa pas les yeux ; plusieurs secondes interminables s'écoulèrent.

— Déshabillez-vous ! ordonna-t-il enfin.

14

— Je vous ai dit de vous déshabiller, répéta Keller. Ou bien est-ce que vous préférez que je le fasse moi-même ?

Laney redressa la tête et l'observa d'un air méprisant. Dans les profondeurs de ce regard bleu et froid, se reflétait une lueur malveillante aussi sombre que les entrailles de l'enfer.

— Ne vous méprenez pas sur mes intentions, dit-il d'un ton brusque. Bien que la tentation soit forte. Mais on est à court de temps. Sauf que Nick n'en saura rien. Et ça va le rendre fou d'imaginer qu'il ait pu se passer quoi que ce soit.

Il sortit son pistolet et le pointa sur la tempe de la jeune femme.

— Mais si vous préférez, Nick peut également vous retrouver dans une mare de sang, à l'intérieur de cette cabine. A vous de voir.

— Pourquoi faites-vous ça ? demanda-t-elle en commençant à ôter lentement ses chaussures et ses chaussettes.

— Nick ne vous a rien dit ? Non, j'imagine que non. Lui et moi étions équipiers…

Agitant le canon de son pistolet, il lui fit signe d'aller plus vite.

— Equipiers ? répéta-t-elle avec incrédulité en déboutonnant à présent son chemisier et en essayant de comprendre pour quelle raison Nick et cet individu s'étaient retrouvés associés.

— Nous étions inspecteurs à la section des homicides.

— Vous étiez *policier* ? s'exclama-t-elle, incapable de dissimuler sa stupéfaction.

Zak eut un rire nerveux.

— Je le suis toujours. Nick fait son possible pour prouver que je n'en suis plus digne, mais moi vivant, ça n'arrivera pas.

Quelques veines apparurent sur son front. Et la main dans laquelle il tenait le pistolet se mit à trembler. Manifestement, il avait du mal à contrôler sa colère.

— Vous étiez équipiers ? répéta-t-elle d'une voix plus douce, comme pour tenter de le calmer tandis qu'elle faisait tomber son chemisier sur le sol.

— Exact, acquiesça-t-il.

Il marqua une pause, puis ajouta :

— Nous venons du même quartier. Nous avons grandi ensemble, aussi proches que des frères avant de devenir frères d'armes. Seulement Nicolas a trahi notre code.

— Quel code ?

Elle commença à déboutonner son jean.

— Celui qui stipule que peu importe ce qui se passe durant le service, les policiers se serrent toujours les coudes.

— Vous étiez donc tous les deux officiers de police à Houston ?

— Houston ? Est-ce que c'est ce qu'il vous a dit ?

Il éclata de rire.

— Nous faisions partie de la police de Los Angeles. Manifestement, il n'a pas été très honnête avec vous.

Sur ce point, il n'avait pas tort, se dit-elle avec amertume. Mais en voyant cet homme, elle comprenait pourquoi.

Après avoir retiré son jean, elle s'immobilisa, uniquement vêtue de son soutien-gorge et de sa culotte. Elle sentit le regard glacial de Zak se poser sur elle.

— Il n'a jamais fait allusion à moi ? l'interrogea-t-il. Je trouve ça extrêmement blessant. Il faudra que je le lui dise quand je le verrai. Autrefois, je passais plus de temps avec sa famille qu'avec la mienne. Est-ce qu'il vous a parlé d'eux ? Je suppose que non. Ce sont des Italiens.

Voilà au moins un détail sur lequel il n'avait pas menti, songea Laney.

— Allez, enlevez le reste !

Jetant un coup d'œil vers la piscine, il poursuivit.

— Ce qui est surprenant, c'est que Nicolas ait choisi de se faire appeler Rogers. Il aime tellement les vieux westerns de Roy Rogers qu'il n'a même pas réalisé que ce nom déclencherait immédiatement la sonnette d'alarme chez moi. Un nouveau shérif adjoint en ville. Lié romantiquement avec une jolie fille du coin. C'est tellement le portrait craché de Nick. Il n'a jamais pu résister à ces *happy ends* à l'eau de rose.

Achevant de retirer ses sous-vêtements, Laney croisa les bras sur sa poitrine nue, frissonnante, et leva lentement les yeux vers Keller qui arborait un large sourire.

— Alors, ce n'était pas si difficile, si ?

Sans répondre, elle soutint son regard.

— Baissez les bras, lui ordonna-t-il.

Elle s'exécuta, refusant de détourner les yeux, tandis qu'elle sentait son regard glisser sur son corps. Elle rassembla tout son sang-froid pour rester impassible. Réagir aurait fait trop de plaisir à son bourreau.

Il bloquait l'ouverture étroite de la cabine et il était impossible de lui échapper. Elle était piégée. En tentant de le combattre, elle ne ferait qu'entrer dans son jeu.

Son large sourire s'agrandit tandis que son regard rencontrait de nouveau le sien.

— Je crois que je commence à comprendre maintenant ce que Nicolas a vu en vous.

Plongeant sa main libre dans sa poche, il en sortit le ruban adhésif.

— Je vais devoir vous attacher les poignets de nouveau.

Avec un regard noir qui le fit pouffer de rire, elle tendit les mains.

Remettant son pistolet dans sa poche, il les attrapa et lui attacha les poignets fermement.

Déterminée à ne pas lui donner la satisfaction de lui laisser voir qu'il lui faisait mal, elle n'émit pas le moindre son, réprimant sa douleur de toutes ses forces.

Lorsqu'il eut terminé, il déchira un autre morceau de ruban adhésif qu'il plaqua sur sa bouche.

— Nicolas sera bientôt là. Et nous sommes prêts à l'accueillir.

Au sud de Saco, Nick sortit de l'autoroute et emprunta un chemin qu'il avait déjà emprunté auparavant. Sur la droite, se trouvait une zone entourée de grillages. A l'intérieur, il y avait un grand rocher marron dont certains pensaient qu'il ressemblait à un bison endormi. Etant sacré pour les Amérindiens de la région, il était recouvert du tabac que ces derniers venaient déposer en guise d'offrandes.

Une vieille légende racontait qu'il avait autrefois été déplacé jusqu'à Whitehorse, mais que chaque matin il se retrouvait dans la direction opposée de celle dans laquelle il était la nuit précédente. Effrayés, les habitants avaient décidé qu'il valait mieux le rapporter à son emplacement d'origine. Plus tard, on avait balisé la zone pour le protéger.

Sur la route vers le Réservoir Nelson et la station de Sleeping Buffalo, Nick avait la bouche sèche à cause de la peur qui lui rongeait le cœur et l'esprit. Si Zak n'avait pas eu Laney entre ses mains, il se serait précipité à l'intérieur de la piscine tout feu tout flamme. Seulement, sa présence changeait tout. C'était pour cette raison que Keller l'avait enlevée. Mais ce qu'il ne comprenait pas, c'était pourquoi il lui avait donné rendez-vous dans ce lieu.

Après s'être garé à côté de ce qu'il présumait être la voiture de location de Keller, Nick s'approcha lentement du bâtiment. La porte d'entrée avait été forcée. Il la poussa et patienta quelques secondes avant d'entrer.

Il ne s'attendait pas vraiment à une embuscade. Keller ne fonctionnait pas de cette façon. Il préférait les effets dramatiques. Depuis toujours, il se moquait de son amour pour les vieux westerns. Pourtant, il avait planifié un duel dans la plus pure des traditions, à l'intérieur de cette station des années 1930.

Tendant l'oreille, afin de s'assurer que la voie était libre, il ne perçut que le léger clapotis de l'eau. Ce son lui fit l'effet d'un coup de poing dans le ventre. A bien y réfléchir, Keller n'avait pas choisi cet endroit au hasard. Il savait à quel point Nick avait la phobie de l'eau. Au début de sa carrière, tandis qu'il poursuivait un criminel, il était passé à travers les planches de bois pourries d'un embarcadère et s'était retrouvé piégé sous l'eau. Plusieurs minutes s'étaient écoulées avant qu'il ne soit secouru par des passants. C'était à la suite de cet incident que sa phobie était apparue.

Debout dans le noir, à côté de la piscine, Laney frissonnait de tout son être. Zak la tenait par le bras et ses doigts s'enfonçaient dans sa chair. De là où ils se trouvaient, ils avaient entendu la voiture arriver, le moteur s'arrêter puis une portière s'ouvrir. Après cela, un profond silence s'était installé.

La tension de Keller était perceptible dans la manière dont il serrait la main autour de son bras. Après avoir de nouveau sorti son pistolet de sa poche, il avait entraîné la jeune femme vers la piscine. A la façon dont il se tenait légèrement en retrait derrière elle, elle devinait qu'il prévoyait de se servir d'elle comme d'un bouclier au cas où Nick surgirait en faisant feu.

Laney se mit à penser à sa sœur et à ses grands-parents. L'idée qu'elle ne les reverrait jamais lui déchirait le cœur. La nouvelle de sa mort tuerait certainement sa grand-mère Pearl. Quant à Titus, il serait dévasté. Elle n'osait même pas imaginer la réaction de Laci. Elles avaient toujours été tellement proches.

Au fil des secondes, la peur la paralysait. Lorsqu'ils s'étaient arrêtés près du bassin, Zak lui avait une nouvelle fois ligoté les chevilles. Elle avait toujours été une bonne nageuse, mais avec ses mains et ses pieds liés, elle doutait de parvenir à maintenir sa tête hors de l'eau. Car il allait la jeter dans la piscine, cela ne faisait aucun doute. Sinon pour quelle autre raison aurait-il choisi de donner rendez-vous à Nick dans cet endroit ?

Nick longea le mur en pierres sur la pointe des pieds. L'eau claquait contre les parois de la piscine. De la vapeur s'élevait de la surface du bassin et venait effleurer son visage.

A la fois effrayé et en colère, il prit de profondes inspirations. Déjà lorsqu'ils étaient plus jeunes, certains agissements de Keller l'avaient inquiété. Il avait eu parfois du mal à contrôler sa fureur, par exemple. Enfant à problèmes, né d'un père alcoolique et d'une mère prostituée, Zak vivait dans la même rue que lui. Très tôt, Nick avait remarqué des ecchymoses sur lui. Zak mettait toujours cela sur le compte de sa maladresse, de son côté aventurier et bagarreur.

Mais Nick n'était pas naïf, même s'il l'avait laissé sauver les apparences. La famille Giovanni avait pratiquement fini par adopter Zak, lui procurant un endroit sûr où venir se réfugier lorsque les choses allaient mal chez lui, le nourrissant, l'habillant même avec des vêtements donnés par des cousins.

Dès cette époque, il avait annoncé qu'il voulait devenir policier. Contrairement à Nick, désireux de rompre avec une tradition familiale. Zak avait été si persuasif qu'il avait fini par le faire changer d'avis. Le premier avait aidé l'autre à obtenir de bonnes notes. Le second avait aidé le premier au stand de tir.

Nick se rappelait encore du jour où ils avaient été tous les deux diplômés de l'Ecole de police. Une photo d'eux, dans leurs uniformes et le sourire aux lèvres, trônait sur le manteau de cheminée au domicile de ses parents. Zak était tellement fier. Plus tard, cette année-là, son père s'était suicidé et sa mère avait pris la fuite. On ne l'avait plus jamais revue.

S'accroupissant dans un renfoncement du mur, Nick s'empressa de chasser ces souvenirs. Tous les signes avaient été là dès le départ : les arrestations violentes auxquelles se livrait son ami, les mises en garde, la distance grandissante entre eux, les divergences d'opinions et de façons de faire.

Jusqu'à cette nuit où il l'avait vu tuer deux officiers de police d'un autre commissariat, uniquement parce qu'il leur reprochait d'avoir ruiné son taux record de saisie de stupéfiants lors d'une descente qui avait échoué.

Pendant des mois, Nick avait craint d'en arriver là. Les lois et les procès n'étaient pas faits pour des hommes tels que Keller. Il se croyait au-dessus de tout. Pour lui, la justice était *sa* justice, et consistait à tuer tous ceux qui contrecarraient ses projets, y compris son meilleur ami.

— Zak ? appela-t-il en restant dissimulé.

Aucune réponse ne lui parvint. Seul le clapotis de l'eau troublait le silence.

— Tu voulais que je vienne, je suis là, alors montre-toi à présent !

Un rire s'éleva de l'autre côté de la piscine.

— Je n'étais pas certain que tu viendrais !

Nick savait pertinemment qu'il mentait. Il n'aurait pas enlevé Laney, s'il n'avait pas pensé pouvoir s'en servir comme d'un moyen de pression.

— Où est Laney ?

— Juste à côté de moi. Commence donc par jeter ton arme.

Nick s'exécuta.

— Les autres, dit Keller en patientant quelques secondes. Là, voilà. C'est bien. Maintenant, que dirais-tu d'appuyer sur l'interrupteur qui se trouve sur ta gauche ?

Il voyait au moins deux raisons pour lesquelles ce serait une mauvaise idée. La peur de ce qu'il verrait apparaître devant ses yeux était tout en haut de cette liste. Suivie de près par la certitude qu'il recevrait immédiatement après une balle, non pas une qui le tuerait, mais une qui se contenterait dans un premier temps de l'immobiliser, en lui faisant bien mal.

— Je veux d'abord savoir si Laney va bien.

— Tu n'as jamais eu la foi, on te l'a déjà dit ? C'était l'un de tes principaux défauts.

— Tu plaisantes ? J'avais une confiance aveugle en toi, Zak.

Nick sentit la rage monter lentement en lui. Et c'était un atout. Keller comptait sur le fait de le voir tétanisé par sa phobie de l'eau. La colère produisait l'effet exactement inverse.

— Tu as trahi la profession, Zak, et tu as trahi notre amitié…

— Nicolas, si j'avais voulu entendre un sermon, je serais allé à l'église ! Ta petite amie va te dire quelque chose…

Le bruit d'un ruban adhésif que l'on arrache fut suivi d'un faible « Nick ? ». La voix de Laney semblait tendue.

— Que se passe-t-il ?

— Tu ne lui as pas raconté, Nick ? Ah ! Tu me déçois.

Tout ce discours au sujet de l'honnêteté et tu la laisses se retrouver dans une telle situation, sans qu'elle ait la moindre idée de ce qui se passe ?

— Tout ira bien, Laney. Je vais lui donner ce qu'il veut et il te relâchera.

— J'en doute vraiment, Nick. Il…

Elle fut brusquement interrompue et le son de sa voix fut remplacé par un bruit sourd de lutte. Nick dut se retenir pour ne pas se mettre à courir vers elle dans l'obscurité avant que Keller ne puisse allumer la lumière et faire feu sur lui.

Mais il n'eut pas le temps de faire un pas. Il entendit nettement le bruit d'un corps qui venait de plonger dans l'eau.

— Très bien, voilà la nouvelle donne, Nicolas. Ta petite amie vient de faire un plongeon dans la piscine. Ses mains et ses pieds sont liés. Tu ferais mieux d'allumer la lumière avant qu'elle se noie.

15

Laney coula à pic. Avant que Keller ne la pousse, elle n'avait eu qu'un instant pour aspirer une longue goulée d'air. Ses poignets et ses chevilles ligotés, elle lutta de toutes ses forces pour remonter à la surface.

A cet endroit, la piscine n'avait pas une profondeur de plus de trois mètres. Mais même si elle n'avait été que de un mètre quatre-vingts, il lui aurait encore été possible de se noyer. Battant des pieds simultanément, dans un mouvement de jambes similaire à celui de la queue d'une sirène, elle se hissa lentement vers le haut.

Sortant la tête hors de l'eau, elle prit une grande bouffée d'air par le nez avant de replonger de nouveau. Durant ce court instant, elle avait vu Zak au bord de la piscine, le pistolet à la main. Son regard fixé sur le fond de la pièce, près de la porte d'entrée, il ne lui avait pas accordé la moindre attention, trop occupé à localiser Nick dans l'obscurité.

Elle savait qu'il fallait qu'elle s'éloigne le plus loin possible de lui. Se propulsant avec ses pieds, elle se dirigea vers le plongeoir, là où le niveau de l'eau était le plus profond.

Refaisant surface une nouvelle fois, elle prit une

profonde inspiration. Il ne lui restait plus que quelques mètres à parcourir. Consciente qu'atteindre l'autre extrémité de la piscine constituait son seul espoir, elle se laissa couler au fond du bassin et recommença à se propulser en avant, comme elle le pouvait. Elle s'épuisait vite et n'était pas certaine de réussir à atteindre l'extrémité de la piscine.

La gorge serrée, Nick regardait les secondes défiler avec impuissance. Il entendait Laney se débattre dans l'eau. S'il ne devait faire qu'une seule chose avant de mourir, c'était de tuer Keller, ce qu'il aurait dû faire bien avant, quand il avait réalisé que son ami était en réalité un policier de la pire espèce.

Faisant confiance au système judiciaire, il avait préféré tenter de l'arrêter. Mais encore choqué par la scène à laquelle il venait d'assister, il en avait été incapable et Keller en avait profité pour prendre la fuite.

Convaincu de pouvoir agir comme bon lui semblait et de s'en tirer en toute impunité, Keller, jusque-là, y était parvenu.

Nick jura tout bas. Des secondes capitales s'écoulaient et il fallait absolument qu'il réagisse, s'il voulait sauver Laney. Il n'avait pas le choix. Allumer la lumière les ferait indubitablement tuer tous les deux. Il en avait conscience. Particulièrement en sachant de quoi Keller était capable. Mais puisqu'il ne semblait pas y avoir d'autre alternative que de tuer et d'être tué, il décida de foncer tête baissée.

— D'accord, lui cria-t-il. Laisse-moi le temps de trouver l'interrupteur.

Se hâtant d'ôter ses bottes et sa veste, il glissa son arme personnelle dans le holster attaché à son épaule, retira le couteau de son étui puis longea le mur en pierres à pas de loup jusqu'à ce qu'il atteigne le plongeoir du grand bassin, dans la direction opposée de celle que Keller lui avait demandé de suivre.

Tout près de lui, il entendait Laney se débattre vigoureusement dans l'eau. Il pria de toutes ses forces pour qu'elle parvienne à remonter à la surface suffisamment longtemps pour prendre une bouffée d'air.

— Je ne le trouve pas, mentit-il.

— C'est parce que tu es parti dans la mauvaise direction, répliqua Keller. Tu n'as jamais su discerner ta gauche de ta droite.

Nick avait toujours joué ce rôle dans leur tandem : celui du garçon naïf.

Le couteau à la main, Nick glissa sans faire de bruit dans le grand bassin.

L'eau de source chaude et riche en minéraux était extrêmement sombre.

Conscient de n'avoir qu'une poignée de secondes pour rejoindre Laney, la libérer de ses entraves et faire feu sur Zak, il ouvrit les yeux mais ne vit rien. D'un moment à l'autre, Keller allait allumer la lumière et il deviendrait alors une cible facile.

Soudain, à peine à quelques centimètres de lui, il aperçut Laney en train de lutter pour remonter à la surface. Se précipitant vers elle, il l'entraîna jusqu'au bord de la piscine, sous le plongeoir et s'empressa de couper le ruban adhésif qui emprisonnait ses mains. Puis il lui laissa le couteau avant de sortir le pistolet de son holster.

Mais l'arme n'était plus là.

Keller, qui avait allumé la lumière entretemps, se tenait à présent au-dessus de lui. Il s'agenouilla au bord de la piscine, et pointa le canon d'un Magnum .357 sur sa tête.

— Jolie tentative ! s'exclama-t-il avec un sourire cruel. Mais c'est raté ! Tu as toujours été complètement cinglé.

Nick le sentit presser son arme plus fort contre sa tempe. La lumière au-dessus de lui commençait à faiblir et menaçait de s'éteindre.

Arrachant le ruban adhésif de sa bouche à l'aide de sa main libre, Laney suffoqua, le temps de reprendre son souffle. Agrippée à la paroi de la piscine, elle serrait le couteau dans sa main.

Ses poumons étaient douloureux et elle se sentait faible à cause de toute l'eau qu'elle avait absorbée.

Elle vit Keller frapper Nick et le pousser sous l'eau. Elle se hâta d'amener le couteau jusqu'à ses pieds pour se libérer.

Au même instant, Nick remonta à la surface, toussa et porta une main à sa tête. Du sang coulait le long de son visage depuis l'entaille au-dessus de son œil gauche. L'air hébété, il s'efforçait de reprendre ses esprits.

A la hâte, Laney redoubla d'effort pour couper l'épais ruban adhésif enroulé autour de ses chevilles. Elle était tellement à bout de forces qu'elle dut s'aider de ses deux mains pour y parvenir, glissant le long du bord de la piscine avant de descendre jusqu'au fond.

Il fallait qu'elle se libère au plus vite car elle

commençait à manquer d'air et elle allait devoir remonter à la surface.

C'est alors que Nick la saisit par le bras. Elle leva les yeux et le vit en train de flotter dans l'eau, assombrie par son sang, juste au-dessus d'elle.

Elle ne pouvait rester immergée plus longtemps. Ses poumons étaient en feu.

La lame lui glissa des mains, éraflant sa peau au passage. Ignorant la douleur, elle le rattrapa et donna un coup sec vers le haut, parvenant enfin à se libérer.

Sa vision commençait à décliner à cause du manque d'oxygène, mais elle eut tout de même le temps d'apercevoir le pistolet de Nick, au fond de la piscine, presque à portée de mains.

Zak Keller saisit Nick par sa chemise et le tira brusquement à la surface.

— Nicolas, à quoi pensais-tu ? Laisse-moi deviner, il fallait encore que tu joues au héros. Que tu sauves la fille. Et ton âme, par la même occasion.

— Si tu crois qu'en me tuant tu vas faire disparaître tous les ennuis qui t'attendent en Californie, tu te mets le doigt dans l'œil, lui lança Nick en s'efforçant de reprendre sa respiration.

Du sang lui coulait dans l'œil, mais il ne voulait pas quitter Zak du regard.

Il avait vu Laney se débattre sous l'eau pour parvenir à couper le ruban adhésif qui lui liait les pieds et malgré son envie de venir l'aider, il avait préféré ne rien faire pour ne pas attirer l'attention sur elle. Keller serait du genre à lui tirer dessus maintenant que Nick était là pour assister au spectacle. Il le connaissait par cœur. Et il ne faisait aucun doute dans son esprit, que c'était exactement ce qu'il prévoyait de faire.

— Ils te surveilleront, poursuivit-il en remuant dans l'eau pour bloquer son champ de vision. Des soupçons pèseront toujours sur toi.

— Et ce grâce à toi, fit remarquer Keller avec colère en pressant le canon de son pistolet entre ses yeux. Pourquoi a-t-il fallu que tu t'en mêles ? Que représentaient ces policiers pour toi ? Rien !

Il secoua la tête avec incrédulité.

— Nom d'un chien, Nick ! Toi et moi étions équipiers. Nous étions frères !

Etonnamment, il semblait au bord des larmes.

— Je tenais à toi. Tu étais toute ma famille.

— Qui se serait douté à l'époque que c'était toi qui avais hérité de tous les gènes criminels ?

— Très drôle, Nicolas. Tu as toujours été un vrai comique !

Il lui lança un regard noir avant de poursuivre.

— Ce que j'essaie de te dire c'est que je ne voulais pas que ça se termine ainsi. Comment peux-tu encore croire à toutes ces idioties de bureaucratie ? C'est celui qui enchérit le plus haut qui obtient justice. Tu crois que j'étais le seul policier sur le coup ?

Il éclata de rire.

— Tu n'as pas idée, ajouta-t-il.

— Ce n'était pas l'unique problème, fit remarquer Nick. Dois-je te rappeler que tu as assassiné deux *policiers* ?

Un morceau de ruban adhésif flottant à côté de lui attira son attention, signe que Laney était enfin parvenue à libérer ses chevilles. Alors pour quelle raison ne remontait-elle pas à la surface ?

Zak avait le regard rivé sur lui, il ne faisait plus attention à elle. Que faisait-elle ? L'eau remuait autour de lui. Elle était donc manifestement en train de nager, mais ne semblait pas se diriger vers la surface. Bon sang, que se passe-t-il ? se demanda-t-il en s'efforçant de ne pas céder à la panique.

Au même instant, une idée lui traversa l'esprit. Elle avait certainement vu son pistolet au fond du bassin et elle descendait le récupérer. Il mourut d'envie de lui crier de laisser tomber. Elle ne connaissait pas Keller. Il lui tirerait dessus avant même qu'elle comprenne comment s'en servir.

Bien que conscient du danger, il décida de se rapprocher plus près de Keller. Il devait se tenir prêt à réagir au moment où Laney referait surface, pour l'empêcher de la tuer.

— Vas-y, tire-moi dessus, lui cria Nick. C'est la raison pour laquelle tu as fait tout ce chemin, n'est-ce pas ? Alors qu'est-ce qui te retient ? Oh, ai-je mentionné le fait que j'avais fait un enregistrement vidéo sur lequel j'avais tout raconté ? Au sujet de ces policiers, de l'enlèvement de Laney, de ton plan de nous éliminer tous les deux. J'ai même enregistré l'appel téléphonique au cours duquel tu m'indiquais l'endroit du rendez-vous.

L'air bravache de Keller s'estompa légèrement, puis il plissa les yeux en maintenant son attention focalisée sur lui.

— Et tu l'as expédiée par le courrier de nuit ? Joli coup, Nicolas, mais j'ai des amis au bureau du procureur. Ce paquet n'arrivera jamais entre les mains d'une personne susceptible de me nuire.

Il s'interrompit pour armer le pistolet.

— Tu as raison, reprit-il. Il n'y a aucune raison de retarder l'échéance plus longtemps. J'avais espéré pouvoir te persuader de changer ton histoire, mais je me rends compte aujourd'hui que ça aurait été une vraie perte de temps.

Pointant l'arme sur le front de Nick, il mit le doigt sur la détente.

— Adieu, Nicolas.

Laney trouva le pistolet plus lourd que ce à quoi elle s'attendait. Fournissant un suprême effort, elle l'amena à la hauteur de son visage. Le manque d'oxygène commençait à lui donner des vertiges. Il fallait qu'elle remonte à la surface, mais elle ne pouvait pas le faire avant d'être prête à faire feu sur Keller.

Elle ne connaissait pas grand-chose aux armes. Son grand-père leur avait appris à tirer à Laci et elle, quand elles étaient plus jeunes, mais cela s'arrêtait là.

Ce modèle-ci possédait un chargeur. Elle n'était pas certaine qu'une cartouche se trouvait dans la chambre, mais elle arma et relâcha. Il ne lui resterait plus qu'à presser la détente lorsqu'elle remonterait. Glissant son doigt à travers la gâchette, elle leva les yeux d'un air déterminé. Elle avait besoin d'air et ne pouvait plus attendre. Son corps semblait lourd comme du plomb.

Poussant sur ses deux pieds depuis le fond du bassin, les mains tremblantes serrées autour du pistolet, elle se propulsa à la surface, les yeux grands ouverts. Elle n'aurait qu'une seule chance. Si elle échouait, elle était morte. Et Nick avec elle.

Luttant pour garder ses mains immobiles, elle souleva l'arme, prit une profonde inspiration et pressa sur la détente dès qu'elle eut la tête hors de l'eau. Une première détonation retentit, résonnant comme le grondement du tonnerre à travers la pièce. Puis elle tira une deuxième fois, juste avant de replonger. Plusieurs coups de feu suivirent.

Elle sentit une vive douleur la traverser : elle était touchée.

A la seconde même où il entendit Laney bondir hors de l'eau et faire feu, Nick tenta d'empoigner Keller. Ne parvenant qu'à saisir sa jambe, il tira dessus aussi fort que possible.

Un premier coup de feu retentit et résonna longuement.

Keller perdit l'équilibre et retomba lourdement en arrière, heurtant le bord de la piscine. Au second tir, Nick l'attira dans l'eau et s'empara de son pistolet.

Ayant repris ses esprits, Zak était dans une rage folle qui semblait décupler ses forces. Nick ne se rappelait pas l'avoir vu aussi fort, tandis qu'ils se livraient à une lutte sans merci pour l'arme. Bien que blessé, Zak luttait sous l'eau tel un homme obsédé.

Nick manqua vite d'oxygène. Il lui fallait remonter à la surface. Sa blessure à la tête lui faisait mal et il avait perdu beaucoup de sang. Après avoir réussi à arracher le pistolet des mains de son adversaire, il sortit la tête de l'eau. Ses poumons le brûlaient horriblement. Il n'eut qu'une demi-seconde d'inattention au cours de laquelle Zak se jeta sur lui, saisit le revolver, l'arma et le pointa sur lui.

Nick lutta durant un moment qui lui parut une éternité pour détourner le canon de l'arme. Le coup partit sans prévenir. Nick vit le visage de son ancien équipier passer de la surprise à la douleur au moment où il comprenait que la balle l'avait atteint.

Se cramponnant d'une main à la paroi de la piscine, Laney luttait pour respirer. La douleur qu'elle éprouvait au flanc lui déchirait les chairs. De l'autre main, elle exerçait une pression sur sa blessure, afin d'en limiter le saignement.

Elle percevait du mouvement sous l'eau et la surface était agitée. Des vagues clapotaient contre les bords du bassin. La vapeur rendait l'air plus épais.

A bout de forces, elle sentit sa main glisser et lâcher le rebord. Lorsque que sa tête se retrouva une nouvelle fois immergée, elle fournit un effort désespéré pour remonter, mais la douleur était insoutenable. Elle savait pourtant qu'il lui fallait sortir de l'eau et aller chercher de l'aide.

Il lui sembla alors apercevoir une forme au fond de l'eau. Un corps inerte… Nick ?

Sans avoir le temps de s'interroger davantage, elle se sentit hisser vers le haut, en direction de la lumière qui devenait de plus en plus vive jusqu'au moment où elle atteignit la surface. Elle prit une immense bouffée d'air, avant de constater que l'homme qui la tenait dans ses bras était Nick.

De soulagement, de douleur et de stress accumulé, elle éclata en sanglots.

— Tout va bien, ma chérie, souffla-t-il contre son cou en l'entraînant vers l'extrémité peu profonde de la piscine. Tout va bien. C'est fini. Tu ne crains plus rien.

Se sentant enfin en sécurité, elle se cramponna à lui de toutes ses forces, sentant la lumière s'affaiblir au-dessus de sa tête. Puis tout s'obscurcit autour d'elle.

16

Nick resta au côté de Laney dans l'ambulance puis dans l'hélicoptère qui l'évacua en direction de Billings. Les médecins insistèrent pour lui recoudre l'entaille au-dessus de son œil gauche pendant qu'il attendait qu'elle sorte de chirurgie.

Bien qu'épuisé, il ne parvenait pas à se détendre, ni à somnoler. La sensation du corps de Laney, vidé de ses forces, dans ses bras, ne cessait de le hanter, de même que l'image de Zak gisant au fond de la piscine.

Il n'avait pas mis les pieds dans une église depuis qu'il était enfant, mais il se mit à prier pour qu'elle survive. L'idée de la perdre lui était insupportable, même s'il savait qu'une fois qu'elle aurait repris connaissance, ses premiers mots seraient pour le chasser loin d'elle. En un sens, il ne pouvait pas l'en blâmer. Ce qui s'était passé était sa faute. Et il ne se le pardonnerait jamais.

Juste avant le lever du jour, Laney ouvrit brièvement les yeux. Il vint s'asseoir à côté d'elle et prit sa main dans la sienne, la gorge serrée par le soulagement et les yeux embués de larmes. Incapable de prononcer le moindre mot, il se contenta de lui sourire en tremblant.

Elle pressa ses doigts légèrement, puis ferma les yeux de nouveau.

Quelques instants plus tard, le médecin vint lui annoncer que le shérif Carter Jackson l'attendait dans le couloir.

Après avoir déposé un baiser sur le front de Laney, Nick sortit le rejoindre. Il avait appris son retour de Floride. Et il y avait fort à parier qu'il ne s'attendait pas à trouver sa prison pleine et le corps sans vie d'un homme au fond d'une piscine.

— J'ai pas mal de questions à vous poser, dit Jackson.

Il était accompagné de deux adjoints.

— Et lorsque vous aurez terminé d'y répondre, il semblerait que vous ayez davantage de réponses à fournir en Californie.

Hochant la tête, Nick jeta un coup d'œil derrière lui vers la chambre de Laney. Il ne voulait pas la quitter, mais s'il refusait de suivre Jackson, ce dernier n'hésiterait manifestement pas à l'arrêter.

— D'après le docteur, il semblerait qu'elle soit tirée d'affaire, commenta le shérif en suivant son regard. En attendant, vous allez devoir me suivre.

Nick savait qu'il se trouvait maintenant dans un sacré pétrin. C'était sa parole contre celle de Zak au sujet de ce qui s'était passé la nuit où les deux policiers avaient été assassinés. Keller ne s'était pas servi de son arme de service pour les éliminer, il avait donc été impossible d'établir un lien entre les deux. Et maintenant que le pistolet ayant servi au meurtre et comportant ses empreintes avait également disparu, il ne restait plus aucune preuve concrète.

La cassette vidéo qu'il avait enregistrée était son

unique espoir. Si la voix de Zak s'y trouvait, audible, cela prouverait qu'il l'avait tué dans un cas de légitime défense.

Il ne voulait en aucun cas que Laney se retrouve contrainte à témoigner. Le shérif Jackson prendrait sa déposition et l'enverrait en Californie.

Son implication s'arrêterait là. Du moins, il l'espérait. Keller avait encore des amis en Californie. Et il était hors de question qu'il mette la vie de Laney en danger une seconde fois.

Laney se laissa convaincre de retourner dans la Vieille Ville pour se rétablir et laisser sa sœur et son grand-père s'occuper d'elle. Ce qui s'était passé ressemblait encore à un cauchemar. Lorsqu'elle s'était réveillée dans sa chambre d'hôpital, bourrée de médicaments et meurtrie, elle avait été déçue de ne pas trouver Nick à son chevet.

Elle croyait pourtant l'avoir vu à côté de son lit, la première fois qu'elle avait ouvert les yeux. Sans doute avait-elle rêvé, même si la sensation de ses lèvres sur son front lui avait semblé bien réelle.

Son médecin l'avait informée que Nick avait quitté l'hôpital en compagnie du shérif de Whitehorse. Depuis, elle avait appris qu'il était retourné à Los Angeles pour être interrogé sur la mort de Zak Keller et l'assassinat de deux policiers survenu huit mois plus tôt. Il était suspendu de ses fonctions jusqu'à la fin du procès.

Après ce qui s'était passé cette nuit-là, les rumeurs les plus folles avaient surgi : Nick était en réalité un espion travaillant pour le compte de la CIA, ou bien il appartenait au FBI et était en mission secrète à Whitehorse.

Cela avait fait une bonne publicité pour la station de Sleeping Buffalo, qui avait atteint des records de fréquentation depuis sa réouverture, survenue très peu de temps après.

— Comment te sens-tu ? demanda Laci en la rejoignant sur le porche.

— Bien.

Observant le paysage qui s'étalait devant elle, Laney poussa un profond soupir. Le mois de septembre touchait à sa fin. Contrairement à ces derniers jours où le temps s'était rafraîchi, il faisait chaud, le ciel était sans nuages et d'un bleu aveuglant.

— Je te prépare tes gâteaux préférés, annonça sa sœur. Tu sais, ceux que tu aimes tant, avec du glaçage à la vanille et saupoudrés de sucre…

— Continue comme ça et je vais devenir aussi ronde qu'un ballon de foot ! s'exclama Laney en souriant.

En vérité, elle se sentait coupable de ne presque rien avaler. Elle avait perdu l'appétit et n'était pas certaine de le retrouver un jour.

— Tu es sûre que tu te sens bien ? insista Laci, l'air préoccupé.

Laney lui prit la main et la serra doucement.

— D'après le médecin, la blessure guérit bien. Il dit même que si je reste ici plus longtemps, ce sera de la comédie car je ne suis plus vraiment malade.

— Il s'agit de Nick, alors ? reprit sa sœur.

Laney détourna son regard sur la route, réprimant les larmes qui lui montaient aux yeux. Ses sentiments étaient partagés. Le shérif Jackson lui avait raconté toute l'histoire et elle comprenait les raisons qui l'avaient poussé à mentir sur son identité, sur l'endroit d'où il venait et sur qui il était réellement.

Seulement, elle était tombée amoureuse de Nick Rogers. Nicolas Giovanni, de Los Angeles, était un inconnu pour elle.

— Il a encore appelé, dit Laci au moment où se déclencha le minuteur du four dans la cuisine.

Alors qu'elle se levait pour allez surveiller ses gâteaux, Laney lui adressa un petite signe de tête.

Elle n'avait pas envie de lui parler. En vérité, elle ne savait pas quoi lui dire. A présent, il avait retrouvé son poste d'inspecteur à la section des homicides, puisqu'il avait été rétabli dans ses fonctions après le procès, avait-elle appris. Elle avait proposé d'aller à Los Angeles pour témoigner si sa déposition ne suffisait pas. Mais la cassette vidéo que Nick avait enregistrée la nuit où Zak Keller l'avait enlevée s'était révélée déterminante dans la conclusion de l'affaire.

— Je crois que tu devrais lui parler.

— Et moi je crois que tu ferais mieux d'aller surveiller mes gâteaux, répliqua Laney avec un sourire contraint.

— Il est amoureux de toi. Il faudrait être aveugle pour ne pas s'en rendre compte, cria Laci en disparaissant à l'intérieur de la maison.

Le regard fixé sur la route, Laney éprouvait l'étrange sensation qu'elle ne serait plus jamais la même. D'après le médecin, c'était parfaitement normal, étant donné le traumatisme qu'elle avait subi.

Cette remarque la faisait sourire aujourd'hui. Même si elle avait été affreusement terrifiée durant chaque instant passé avec Zak Keller, cela paraissait dérisoire à côté de la véritable épreuve qu'elle avait traversée durant l'été, à savoir tomber amoureuse de Nick Rogers et sentir son cœur se briser à la simple pensée qu'elle ne le reverrait jamais.

Au fond d'elle, elle savait que c'était la raison pour laquelle elle ne répondait pas à ses appels. Maintenant qu'il était de retour à Los Angeles, auprès de sa famille, il était de nouveau Nicolas Giovanni. Le traumatisme qu'elle devait surmonter, c'était la disparition de Nick Rogers, l'homme dont elle était tombée amoureuse, un jour d'été, au milieu du Montana.

Elle fixait la route depuis si longtemps qu'elle crut dans un premier temps avoir imaginé le nuage de poussière qui s'élevait à l'horizon et grossissait au fur et à mesure qu'un véhicule approchait. Il s'agissait probablement encore d'une mauvaise nouvelle.

Whitehorse avait été très secouée au moment où l'histoire des enfants Evans avait été révélée. Arlène refusait toujours d'accepter la vérité. Du moins, en ce qui concernait Bo et Charlotte, à qui elle avait trouvé un avocat. Tous deux juraient à présent que seule Violet était l'instigatrice de tout ce qui s'était passé, y compris des agressions à l'extérieur du bar. Il y avait fort à parier que c'était leur mère qui les avait persuadés de donner cette version des faits afin de ne pas risquer de perdre tous ses enfants.

Violet avait été conduite dans une prison de haute sécurité, à Great Falls, après avoir attaqué son frère et sa sœur en pleine séance au tribunal. La rumeur courait dans la ville qu'elle serait bientôt emmenée en observation dans un hôpital psychiatrique, à Warm Springs. Personne ne s'attendait à ce qu'elle soit jamais jugée. Et Arlène avait déjà obtenu la libération sous caution de ses deux autres enfants.

Le regard fixé sur la route, Laney remarqua qu'une voiture qu'elle ne connaissait pas était en train d'approcher en direction de la maison. Son pouls s'emballa instantanément et de manière incontrôlable, et son cœur se mit à tambouriner dans sa poitrine au moment où le véhicule s'immobilisa.

A cause des reflets du soleil sur le pare-brise, elle ne parvenait pas à distinguer le visage du conducteur.

Au moment où la portière s'ouvrit enfin, elle crut voir un mirage lorsque Nick apparut devant elle.

Il était vêtu d'un Stetson gris, d'un jean, d'une chemise de cow-boy et de bottes. Il hésita à s'avancer, observant un instant sa réaction par-dessus le capot de la voiture. Incapable de prononcer le moindre mot, elle le regarda attentivement monter les marches pour la rejoindre.

Il ôta son chapeau et fit tourner le bord nerveusement entre ses doigts.

— Je suis désolé, mais il fallait que je te revoie, au moins une dernière fois…

— Je suis contente que tu sois venu, répondit-elle simplement.

Les yeux brûlants de larmes, elle se hissa hors de son fauteuil, attirée vers lui comme une pièce de métal à un aimant.

— Reste assise, je t'en prie, l'implora-t-il en faisant un pas dans sa direction.

Ne l'écoutant pas, elle continua à avancer pour venir se blottir dans ses bras. Il la serra contre lui et enfouit son visage dans ses cheveux.

Elle sanglota silencieusement contre son torse, alors qu'il veillait à ne pas l'étreindre trop fort par crainte de lui faire mal. Ses médecins lui avaient assuré que la balle qui l'avait atteinte n'avait fait que traverser son flanc avant de ressortir sans toucher d'organes vitaux.

Mais il savait d'expérience la sensation que l'on éprouvait à la suite d'une blessure par balle. Le traumatisme n'était pas seulement présent dans la chair. Et après ce que Laney avait subi, même si elle était forte, il s'inquiétait de ne jamais la voir s'en remettre.

— Je suis tellement désolé, murmura-t-il à son oreille.

Elle secoua la tête et recula légèrement.

— Le shérif m'a tout raconté, dit-elle en plongeant son regard dans le sien. Ce n'était pas ta faute.

— Jamais je n'aurais dû m'intéresser à toi, mais je n'ai pas pu m'en empêcher.

— C'est un sentiment que je connais très bien, répliqua-t-elle en souriant à travers ses larmes.

Au même instant, la porte grillagée s'ouvrit dans un grincement derrière eux.

— Si ça intéresse quelqu'un, il y a des gâteaux et du thé glacé dans la cuisine, lança Laci en passant la tête par l'entrebâillement.

Nick esquissa un large sourire et échangea un regard avec Laney.

— Peut-être plus tard. Je dois d'abord parler à votre sœur.

— Entendu. Je vais en profiter pour préparer un peu de glace maison, fit-elle avant de disparaître de nouveau.

— J'ai tellement de choses à te dire, reprit Nick en songeant à son meilleur ami, Danny O'Shay, à son enfance dans les rues de Los Angeles, puis à tout ce qui s'était passé entre Zak Keller et lui jusqu'à cette nuit, dans la piscine, où il avait bien failli perdre Laney.

Mais cela attendrait. Il avait plus urgent à lui annoncer.

— Le shérif de Whitehorse m'a proposé de reprendre mon ancien poste. Il avait laissé la place vacante au cas où je souhaiterais revenir. Etonnamment, il pense que je fais un bon shérif adjoint. Il n'est visiblement pas au courant de l'aide que j'ai reçue pour la résolution des crimes sur lesquels j'enquêtais pendant son séjour en Floride.

Laney le dévisagea avec stupeur.

— Mais je croyais que ta vie était en Californie.

— J'ai une grande famille italienne qui vit à Los Angeles, mais aucun d'eux n'a jamais visité le Montana. Il y aura donc certainement un long défilé de parents, d'oncles, de tantes et de cousins au cours des années à venir si je m'installe ici, souligna-t-il.

— Est-ce que tu es en train de me dire que tu songes sérieusement à reprendre ton ancien travail ? demanda-t-elle, l'air incrédule.

— J'ai répondu à Carter que je devais réfléchir. Que ma décision dépendrait de toi.

— Comment ça, de moi ?

— Un jour, tu m'as confié que ça ne te dérangerait pas de t'installer ici si tu rencontrais l'homme de ta vie. Je ne prétends pas l'être. Mais j'aimerais sacrément essayer. S'il n'est pas trop tard, évidemment. Et surtout si tu penses pouvoir de nouveau me faire confiance, après tout ce qui s'est passé…

Laney posa un doigt sur ses lèvres pour le faire taire, puis éclata de rire. Il y avait longtemps qu'elle n'avait pas éprouvé une sensation aussi agréable. Elle n'en revenait pas de voir à quel point c'était merveilleux d'être de nouveau dans ses bras.

— Tu n'as qu'à m'embrasser et on verra bien ce qui se passera, suggéra-t-elle.

— Mais qu'as-tu fait de la femme qui analyse toujours tout avant de prendre une décision ? se moqua-t-il gentiment en l'attirant contre lui.

Au moment où il pressa ses lèvres contre les siennes, toutes les questions et les doutes qui la hantaient depuis des jours s'évanouirent instantanément. Avec un plaisir non dissimulé, elle s'abandonna complètement dans les bras de Nicolas Giovanni, qu'elle avait l'impression d'avoir tout juste rencontré. Pour une fois, elle n'avait pas envie de réfléchir mais simplement de foncer tête baissée.

Ils auraient tout le temps d'apprendre à se connaître.

Alors que la journée touchait à sa fin, ils s'installèrent sur le porche pour regarder le soleil se coucher en dégustant des gâteaux et de la glace faite maison.

Le sentiment d'agitation qu'elle avait éprouvé au début de son séjour lui revint à l'esprit. En embrassant Nick, elle sut que plus jamais elle n'éprouverait cette sensation. Pas tant qu'il serait auprès d'elle. Comme disait le proverbe : où le cœur aime, là est le foyer. Et son cœur était définitivement chez lui, ici, dans le Montana.

Le 1er avril

Black Rose n°46

Sous le nom d'une autre - M.J. Rodgers
Alors qu'il vient de sauver une jeune femme de la noyade, Noah Amstrong est stupéfait en écoutant son histoire : elle a été adoptée, porte un nom qui n'est pas le sien, et veut à tout prix retrouver ses parents biologiques. Surtout, elle a été poussée du haut du pont par deux inconnus. Bouleversé, Noah décide de l'aider à découvrir sa véritable identité, le seul moyen pour elle de savoir qui lui veut du mal...

Surgi du passé - Marie Ferrarella
Menacée de mort après avoir dénoncé les activités frauduleuses de son patron, Ilène est placée sous protection policière. Mais quand elle découvre qui est chargé de veiller sur elle, elle est sous le choc : Clay Cavanaugh se tient là, devant elle, tout droit surgi de son passé ! Comment faire dès lors pour vivre jour après jour aux côtés de celui qu'elle a passionnément aimé six ans plus tôt ?

Black Rose n°47

Un dangereux héritage - Gayle Wilson
A la mort de son père, la vie de Valerie Beaufort bascule : elle devient l'héritière d'une fortune colossale. Et quand Grey Sellers lui annonce qu'en raison d'une clause testamentaire elle est tenue d'être protégée nuit et jour et qu'il est son garde du corps, elle sent la colère la gagner. Alors aussi séduisant soit Grey, elle est déterminée à se débarrasser au plus vite de cet homme bien trop attentionné pour être honnête...

Prisonnière d'un inconnu - Diana Duncan
Tessa Beaumont croyait vivre un mauvais rêve : un individu cagoulé menaçait ses clients et dérobait des liasses de billets. Un hold-up. Dans sa banque. A deux semaines de son mariage ! Quand elle comprend que l'homme a également décidé de l'emmener avec lui, elle se rebelle et se jure de lui fausser compagnie au plus tôt. Aussi séduisant soit-il...

Black Rose n°48

Les amants menacés - Rita Herron
Lorsqu'elle apprend que Matt Mahoney a été libéré, après quinze ans passés en prison pour un crime qu'il n'avait pas commis, Ivy Stanton décide aussitôt de le revoir. Mais Matt a beaucoup changé, l'adolescent rebelle dont elle était amoureuse autrefois est devenu un homme farouche au regard dur. Un homme qui n'a qu'une pensée en tête : se venger. Quand elle n'a qu'un désir : lui apprendre à aimer de nouveau. Et affronter avec lui le danger qui les menace...

BLACK ROSE

HARLEQUIN

Le 1er mars

Rédemption - M.J. Rose • N°318

Psychothérapeute à Manhattan, Morgan Snow est confrontée à la disparition de Cleo Thane, une call-girl de luxe qui comptait parmi ses patientes. Une disparition d'autant plus inquiétante qu'elle survient au moment où un tueur en série s'en prend aux prostituées de la ville dans le but de sauver leur âme...

Noire révélation - Brenda Novak • N°319

Madeline n'avait que 16 ans lorsque son père, le respectable Révérend Barker, a mystérieusement disparu. Vingt ans plus tard, au moment où la voiture de son père est retrouvée, Madeline espère découvrir la vérité sur la nuit du drame. Mais de sulfureux indices sont retrouvés dans la voiture, qui laissent Madeline perplexe, et réveillent de douloureux souvenirs.

Noces de sang - Carla Neggers • N°320

Abigail Browning est veuve. Car l'homme qu'elle aimait a été assassiné pendant leur lune de miel, sur une île du Maine... Sept ans plus tard, elle est devenue flic et ne parvient pas à oublier ce crime, resté impuni. Jusqu'au jour où un appel anonyme la pousse à retourner sur l'île et à affronter le passé de son mari défunt...

Intention mortelle - Karen Harper • N°321

Lauren Taylor se fige lorsqu'elle découvre dans un journal le portrait-robot d'un pyromane recherché par toute la police du pays : elle connaît cet homme. C'est elle qui l'a introduit dans son village isolé du Montana, grâce à son avion de tourisme. Un homme responsable de dix incendies criminels. Un homme qui aime s'attaquer aux femmes seules et les voir brûler vives...

Un printemps à Blossom Street - Debbie Macomber • N°322

Lorsque Lydia Hoffman ouvre sa boutique sur Blossom Street, elle réalise son rêve de toujours. Car à travers la laine qu'elle y vend et les ateliers de tricot qu'elle anime, c'est son goût de la vie qu'elle transmet. L'envie d'avancer envers et contre tout qui guide son existence depuis qu'elle a vaincu la maladie. La boutique devient le rendez-vous privilégié de trois femmes – Jacqueline la bourgeoise, Carol, la jeune mariée en mal d'enfant et Alix la rebelle – qui, par delà leurs différences, vont se découvrir bien plus proches qu'elles ne le croyaient...

La dame au fleuret - Elaine Coffman • N°323

Ecosse et France, 1746

Lady Kenna Lennox doit fuir ses Highlands natales pour échapper à l'ennemi juré de sa famille, lord Ramsay, qui a assassiné son père et ses trois frères. Résolue à venger les siens, elle décide de se rendre à Paris pour apprendre à y manier l'épée avec le meilleur maître d'armes d'Europe, et de rentrer en Ecosse afin d'y affronter lord Ramsay en duel. Forte de cette résolution, elle se rend au port d'Edimbourg par un jour de neige, et use de son charme pour persuader un ombrageux capitaine corsaire, cloué à quai par la tempête, de l'embarquer à son bord...

Neige de sang - Rachel Lee • N°324 *(réédition)*

Quand l'avion où se trouvaient son mari et ses deux enfants explose, Jennifer ne songe plus qu'à mourir à son tour. Suicide ? Il n'en est pas question : ses parents en nourriraient une terrible culpabilité. Elle fait donc appel à un tueur à gages, avant d'apprendre que l'enquête sur la mort de sa famille a conclu à un attentat. Qui se cache derrière ce plan diabolique ? Jennifer va devoir faire vite pour le découvrir, avec l'aide de l'homme qui lui a révélé l'existence du mystérieux tueur. Un tueur embusqué déjà lancé à ses trousses, et que rien ni personne ne peut plus arrêter...

Le venin - Erica Spindler • N°325 *(réédition)*

Enceinte d'un ancien amant de sa mère, un homme pervers et violent, Julianna prend la fuite et décide de faire adopter l'enfant. Mais pas par n'importe qui. Par Richard et Kate Ryan, un couple parfait à ses yeux, à travers lequel elle vit par procuration. Jusqu'au jour où elle décide de s'immiscer réellement dans leur vie. En épiant Kate, elle s'efforce alors de lui ressembler au point de lui voler son identité et sa place dans le cœur de son mari...

L'ennemi sans visage - Heather Graham • N°326 *(réédition)*

Le soir du meurtre de sa mère, la petite Madison a douze ans. Avant de s'évanouir, elle sent l'étreinte glacée de la mort dans le cœur de sa mère, elle voit le sang couler... Douze ans plus tard, elle est de nouveau la proie de visions au moment où des meurtres se produisent. Mais jamais elle ne voit le visage de l'assassin. Les visions enferment Madison dans le cercle de la terreur, tandis que le serial killer se rapproche d'elle. Car ce n'est pas par hasard qu'il choisit chaque fois des femmes rousses, belles, et tatouées d'une rose. Comme elle...

Titres non disponibles au Québec.

Composé et édité par les
éditions Harlequin
Achevé d'imprimer en février 2008

par

LIBERDÚPLEX

Dépôt légal : mars 2008
N° d'éditeur : 13404

Imprimé en Espagne